W0356742

Journaliste, Olivier Truc habite depuis 1994 à Stockholm d'où il couvre les pays nordiques et baltes. Son premier roman, *Le Dernier Lapon* a reçu de nombreux prix : prix Mystère de la critique, prix Quais du Polar, Trophée 813 du festival Paris Polar, prix Polar Saint-Maur en poche. Les autres enquêtes de la police des rennes, *Le Détroit du Loup* et *La Montagne rouge* sont disponibles chez Points.

DU MÊME AUTEUR

L'Imposteur
Calmann-Lévy, 2006
et « Points », n° P4198

Le Dernier Lapon
Métailié, 2012
et « Points Policier », n° P3103

Le Détroit du Loup
Métailié, 2014
et « Points Policier », n° P4171

La Montagne rouge
Métailié, 2016
et « Points Policier », n° P4655

Le Cartographe des Indes boréales
Métailié, 2019
et « Points Policier », n° P5186

L'Affaire Nobel
Grasset, 2019

Olivier Truc

LES CHIENS DE PASVIK

Éditions Métailié

© Olivier Truc, 2021
(par accord avec Pontas Leterary & Film Agency)

ISBN 978-2-7578-9469-9

© Éditions Métailié, 2021

Le Code de la propriété intellectuelle interdit les copies ou reproductions destinées à une utilisation collective. Toute représentation ou reproduction intégrale ou partielle faite par quelque procédé que ce soit, sans le consentement de l'auteur ou de ses ayants cause, est illicite et constitue une contrefaçon sanctionnée par les articles L. 335-2 et suivants du Code de la propriété intellectuelle.

À mon ami Pawel,
qui avait encore tant à donner

Au professeur Christian Mériot,
qui a tant donné

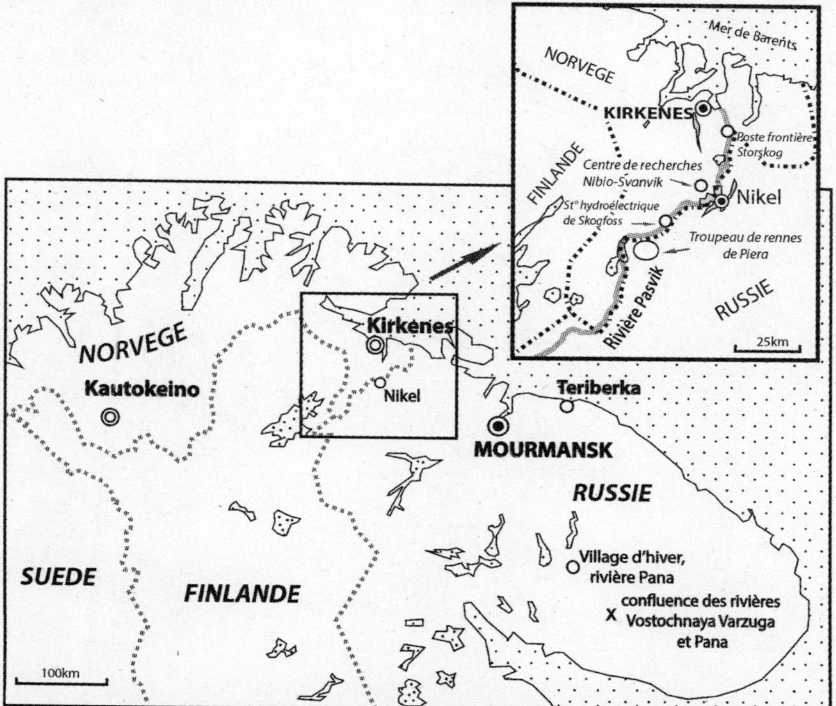
Mer de Barents
NORVEGE
KIRKENES
Poste frontière Storskog
FINLANDE
Centre de recherches Nibio-Svanvik
Nikel
St° hydroélectrique de Skogfoss
Troupeau de rennes de Piera
Rivière Pasvik
RUSSIE
25km
NORVEGE
Kautokeino
Kirkenes
Nikel
Teriberka
MOURMANSK
RUSSIE
Village d'hiver, rivière Pana
X confluence des rivières Vostochnaya Varzuga et Pana
SUEDE
FINLANDE
100km

1

La neige qui craque, résiste à peine, porte l'élan irrésistible. Les pattes s'enfoncent, mais trouvent l'appui. L'appui sûr qui donne l'élan, qui conforte. Par là. Suivre l'appel de la neige qui craque. Cette odeur. Suivre l'odeur. Est-ce qu'une odeur craque ? Comme la neige ? Est-ce qu'une odeur vous serre le ventre ? L'odeur qui craque, perce le cœur, perce tout. L'appel, suivre, le suivre, la neige, l'odeur. Le son de la neige qui craque. Ce léger craquement qui se répète, foulée après foulée, amplifié par la course des autres. Les autres. Pas besoin de se retourner. Ils suivent. Ils doivent suivre. Pourquoi ne suivraient-ils pas ? Ils ont toujours suivi. Ils savent. Savent qu'en me suivant, la neige craque plus belle, l'odeur craque plus belle. Est-ce qu'ils savent ? Est-ce qu'ils sentent la peur qui me serre le ventre ? La peur de ne pas trouver l'odeur ? Ou cette autre peur. La glace maintenant. L'instinct ne m'a pas trompé. Cette glace jamais franchie, je la connais. Où sont les autres ? Ils suivent. Leurs yeux apeurés s'adoucissent. Ils ont vu que je les observais. Ils me suivront. Jusqu'au bout. Braves, fidèles. Est-ce qu'ils sentent la peur ? Ils ont confiance. Mais savent-ils ? Sentent-ils ? Ou bien est-ce seulement moi ? S'ils avaient tort ? Je m'arrête, ils s'arrêtent. Ils sont inquiets. Ils tendent l'oreille, comme moi. Ils entendent, comme moi. Ce hurlement, lugubre, toujours le même. Les autres arrivent. Loin encore, mais ils se rapprochent. La neige craque, pour eux aussi. Est-ce que l'odeur craque aussi pour eux ? Alors ce serait terrible. La fuite serait vaine. La confiance aveugle des autres serait leur mort. La mienne. De qui faut-il avoir peur ? De ceux qui suivent ? De la neige qui craque ? De cette odeur qui entête ? Qu'ai-je à perdre ? Bientôt au bout de cette glace, serpente entre les bois, la neige partout. Je ne veux pas voir ces yeux qui observent, là-bas. Pourquoi ajouter la peur à la peur ? Si je m'arrête, est-ce que ces yeux vont disparaître ? Ils me fixent. Ils savent. Pourquoi est-il seul ? Un hurlement. Qui tord les tripes. Où sont les autres ? Il sait résister au froid, comme moi ? Tout le monde ne peut pas résister ? Si je m'arrête, peut-être le froid le fera-t-il fuir ? Pourquoi est-il seul ? Où sont les autres ? Qui est-il ? L'oublier. Reprendre la piste de la neige qui craque, de l'odeur qui craque. D'où vient-elle cette odeur ? Ce sentiment de croquant que je ne connais pas. Que je reconnais. Et les autres, les premiers, par où sont-ils passés ? Vais-je les retrouver ? Les autres me font confiance. Leurs yeux le disent. Ils sont prêts à me suivre jusqu'au bout. Alors suivons la neige qui craque, l'odeur qui craque. Jusqu'au bout, jusqu'à notre fin.

2

Dimanche 9 février.
Lever du soleil : 7 h 59. Coucher du soleil : 14 h 30.
6 h 31 d'ensoleillement.

Vaggatem, vallée de Pasvik (Norvège). 11 heures.

Les hurlements cessèrent. Pour reprendre, plus lancinants encore. Déchirés, hachés. Éteints enfin. Klemet frissonna, essayant de ne rien montrer. Que ce connard de Jaakoppi Kujala ne l'aperçoive pas. Pour la troisième fois depuis qu'il avait arrêté son scooter des neiges, Klemet pouvait les entendre. Ils n'étaient pas loin, hors de portée tout de même. Il ne connaissait que trop bien ce grondement languissant qui se répercutait dans ses oreilles. Cela faisait partie des rares échos, avec les récits de son oncle Nils-Ante, qui pouvaient lui serrer les tripes. Un tel hurlement valait dix histoires fantastiques. Un hurlement qui racontait tout le cheminement du monde, franchissait les montagnes et les steppes, rapportait les souffrances et les espoirs, la lutte sans fin, la fatalité du vivant, les âmes sous les montagnes.

Quand de telles pensées lui traversaient l'esprit, Klemet se disait qu'il exagérait. Mais au hurlement suivant, ses tripes ne mentaient pas.

De son point d'observation, Klemet apercevait la rivière Pasvik remonter sur un bon kilomètre vers le nord. Le mirador côté russe, sur la berge en face, semblait vide à cette heure. Même pas sûr que leur caméra fonctionne en ce moment. Ce n'était pas la saison des touristes. Derrière, les trois hautes et fines cheminées de l'usine russe de Nikel crachaient leur fumée qui se perdait dans la froidure du ciel, dans une lumière rose orangé qui planait sur la frontière.

Il resta encore un long moment à tendre l'oreille. Le silence était revenu. Plus inquiétant. Réveillant des souvenirs d'enfance. Quand silence rimait avec embuscade, attaque, mort. Les histoires de l'oncle Nils-Ante en étaient bourrées. Un silence habité de vent lourd, de paquets de neige que leur poids entraînait d'une branche à l'autre, d'un écoulement d'eau qui se faufilait sous la glace.

Un bruit derrière. Retour à la réalité.

Klemet posa sa main emmitouflée sur le poteau jaune surmonté de noir qui indiquait la frontière côté norvégien. Il tenait bon. Son binôme râlait encore.

– T'as peur qu'il tienne pas seul ? Bon Dieu, c'est pas notre boulot, en plus, ces sacrés poteaux, on peut rentrer maintenant. Et qu'est-ce qu'on en a à foutre de ces hurlements ? Pas besoin de passer des heures ici !

Klemet ignora les plaintes de son collègue. Plus l'autre râlait, plus Klemet se sentait porté au zèle. Question de principe.

Cela faisait des mois que Nina avait quitté la police des rennes à sa demande. Klemet savait que c'était à cause de lui, même si Nina avait juré que pas du tout. Elle était jeune, voulait tester d'autres postes, voilà tout. On lui avait attribué ce nouveau partenaire de patrouille, Kujala. Un type bas du front, taiseux, toxique. Une punition. Mais Klemet, lui, se voyait mal, à son âge, après trente-cinq années de police dont les dix dernières dans la police des rennes, demander à rejoindre un nouveau service. Il fallait subir, tenir.

Klemet observa la clôture le long de la rivière Pasvik, qui traçait la frontière avec la Russie, comme le rappelaient les poteaux qui énervaient tant son collègue.

– T'as vraiment besoin de regarder dix fois pour voir que leur putain de clôture, elle est bourrée de trous ? Une vraie passoire. Des têtes de mule, tes éleveurs ! Et toujours à râler que c'est la faute des autres. Voilà tout ! Ça changera jamais, crois-moi. C'est pas compliqué, ils sont aussi entêtés que toi, c'est pas peu dire !

– Et la partie arrachée, c'est le vent peut-être ?

– C'est le vent, c'est les rennes, les élans, les ours, c'est des petits cons du coin, et alors ? Et puis ces poteaux qui marquent la frontière, c'est pas eux qui vont empêcher les rennes de passer !

Klemet tapa ses moufles l'une contre l'autre. Pas qu'il ait froid, non. À peine moins vingt et un degrés, pas de quoi s'affoler. C'était juste une façon de donner la réplique à cette plaie que la commissaire Hotti lui avait imposée. Sans lui donner la satisfaction d'ouvrir la bouche. Il frappa encore ses moufles, juste assez pour que l'autre réalise que Klemet se foutait de lui. Ça marchait.

– Des têtes de mule, c'est tout ce que vous êtes, toi et ces putains d'éleveurs !

Klemet observait la clôture qui descendait vers le sud. Il n'apercevait pas de béance de ce côté-là.

– Tu sais, Jaakoppi, que tu frises la discrimination…

– Fous-toi de ma gueule en plus… Maintenant on rentre, café.

– Comme tu veux, c'est toi le chef de patrouille après tout…

– C'est ça, c'est moi le chef de patrouille, tu seras assez brave de pas l'oublier !

Klemet leva la main, pour lui demander de faire silence. Jaakoppi Kujala le regarda l'air soupçonneux. Klemet savourait.

– Tu entends le craquement de la neige ? Tu l'entends ? Cette délicatesse ? Cette impression de début du monde ?

– Mais c'est que tu te fous de ma gueule pour de vrai !

– Si mon oncle Nils-Ante était là, il trouverait des mots magnifiques pour faire craquer cette neige à tes oreilles, et même toi, avec ton âme insensible, tu serais…

– Mais tu vas la fermer, bon Dieu de merde !!!

Klemet prit un air faussement contrarié, s'avança vers son scooter tout en tendant l'oreille pour saisir le craquement de la neige qui semblait soudain sonner à ses oreilles comme la plus parfaite des mélodies et exiger toute son attention. Mais il pensait aussi à ces hurlements qui le troublaient. Des hurlements sur la frontière, ça n'augurait rien de bon. Il faudrait les signaler.

Jaakoppi Kujala démarra son scooter pour couvrir le silence, avec un sourire hargneux. Il partit sans attendre Klemet, remontant le long de la rivière gelée, du côté norvégien du cours d'eau.

Klemet allait l'imiter lorsque son téléphone vibra. Celui de Jaakoppi devait sonner aussi, car les feux stop de son scooter brillèrent de toute leur intensité. Il arrêta le moteur. Le silence retomba sur la rivière. Klemet répondit le premier. Il regardait autour de lui, tout en écoutant un jeune garde-frontière lui débiter son rapport.

La neige écrasait tout le paysage. Un ciel maintenant rose vif posé sur un voile de coton immaculé aux reflets scintillants. C'était la période de l'année que Klemet préférait. Celle où le bruit des hommes se perdait dans l'épaisseur des couches de flocons. Celle où les constructions humaines s'effaçaient devant la nature. Dommage que la neige n'étouffe pas Jaakoppi, songea Klemet.

Jaakoppi Kujala pestait contre son téléphone. Il pestait contre tout. Ce type avait été envoyé au purgatoire, ça se sentait. Comme moi, finalement. Sauf que moi, je suis chez moi. Presque chez moi.

Au téléphone, le garde-frontière s'impatientait.

– Je croyais que c'était fini, ces histoires.

– Et pourquoi ça finirait, tu peux me dire ?

– Parce que vous êtes censés veiller à ce que les éleveurs bouchent les trous dans la clôture, non ?

– Eh, oh, un autre ton, hein !

Encore un de ces petits gardes-frontières à peine majeurs qui se la pétait parce qu'on lui avait mis dans le crâne que la Norvège et même toute l'OTAN comptaient sur lui pour contenir les Russes…

– Et tu dis qu'il en serait passé combien ? Une cinquantaine !? T'es vraiment sûr ? Parce qu'une cinquantaine, ça fait un sacré paquet !

L'autre avait l'air sûr.

– Et les hurlements, vous les avez entendus ?

Jaakoppi sauta lourdement de son scooter et approcha de Klemet, l'air mauvais. C'est bizarre, remarqua Klemet, lui, sous ses pas, la neige ne semblait pas craquer. Question de vibrations, sûrement. Il s'enfonçait. Comme son ombre. La sienne s'accrochait à la surface de la neige. Klemet la maintenait à distance. Si ça se trouve, Kujala nc réalisait même pas qu'il piétinait son ombre et l'enfonçait dans la neige. Où elle se perdait. Pauvre type. Négliger son ombre, c'était commencer à sombrer.

Klemet, lui, ne négligeait jamais son ombre. Cette ombre qui ne le quittait jamais. Qui l'obsédait. Vieille histoire. Qui remontait au jour – il avait sept ans comme Aslak – où les deux garçons auraient dû s'enfuir du pensionnat de Kautokeino où ils subissaient les vexations des institutrices norvégiennes car ils ne comprenaient que le sami. Fuir dans la nuit glaciale battue par une tempête de neige. Aslak et lui avaient grimpé sur le rebord de la fenêtre de leur petite chambre. C'est là que Klemet avait vu cette ombre effrayante. Cette ombre que la lumière du plafonnier de la chambre projetait au-dehors dans la neige, au bas de la fenêtre. Aslak avait sauté et s'était enfoncé dans la nuit. Lui n'avait pas osé. Il avait trahi son ami. Cette ombre mouvante dans la nuit tempétueuse avait eu raison de sa volonté. Depuis, il avait noué un pacte avec son ombre. Sans savoir ce qu'il signifiait.

Klemet lui tendit le téléphone. À regret, le chef de patrouille l'attrapa. Il écouta à son tour le rapport du garde-frontière qui devait lui répéter sa position, en patrouille à une quinzaine de kilomètres plus au sud, vers Vaggatem, où démarraient les pâturages d'hiver du district 5A/C, là où la rivière s'élargissait, ce qui permettait une meilleure visibilité. Jaakoppi Kujala grogna une dernière fois et rendit son téléphone à Klemet. Le garde-frontière était encore au bout du fil. Il attendait des instructions.

– Je te rappelle, lui dit Klemet, j'aperçois des scooters qui approchent.

Klemet fit un signe de tête à son chef de patrouille. Ils démarrèrent et se dirigèrent vers deux motoneiges, des éleveurs sûrement, à en croire le chien de berger qui s'accrochait dans le dos d'un des pilotes. Ils longeaient un sentier parallèle à la rivière, en contrebas. Ils progressaient rapidement sur leurs engins puissants, enveloppant avec souplesse les courbes de la route. Les policiers les suivaient à distance. Klemet profita d'une courbe qui obligea son collègue à ralentir pour le doubler. Les deux éleveurs avaient disparu derrière les arbres. Le sentier montait à flanc de colline, avant de redescendre vers la rivière. Klemet s'arrêta un instant. Il repéra les phares des éleveurs. Arrêtés en contrebas, à quelque trois cents mètres. Klemet coupa son moteur. Jaakoppi le rejoignit.

Le silence s'imposa. Silence de vent et de craquements. Klemet pointa les hommes du doigt et sortit ses jumelles. C'est ce qu'il pensait. Deux éleveurs déchargeaient des sacs de pellets de leurs remorques. Ils répartirent des granulés au pied des bouleaux à moitié enfouis sous la neige. Nourriture de subsistance. Mauvais signe.

L'un des éleveurs – Klemet avait reconnu Piera Kyrö – fouillait lui-même la neige. Il creusait, comme un renne têtu l'aurait fait.

Son chien, à côté, ne le quittait pas des yeux. Il devait s'agir de Biegga. Klemet les avait déjà vus ensemble. Imbattables d'efficacité. D'harmonie. Le chien venait toujours s'enrouler aux pieds de Kyrö quand ils se reposaient. Jamais un mot entre eux. Ils respiraient d'un même instinct, pensaient à l'identique.

Kyrö retourna un instant vers son scooter, suivi du regard par Biegga, en ramena une pelle pliante avec laquelle il frappa la neige, sans doute pour briser une couche de glace coriace. Il plongea les mains à nouveau. Klemet, aux jumelles, aperçut Piera Kyrö approcher de son nez ce qu'il crut identifier comme du lichen. Il en portait à ses lèvres. Le goûtait. Le soleil venait de disparaître. Un ciel bas et alourdi de nuages se confondait avec la neige des collines assoupies, le tout teinté d'une même lueur bleutée dont seule l'intensité variait. Klemet pouvait presque imaginer les questions de Kyrö. À supposer qu'il n'y ait pas ces maudites couches de glace, ce lichen-ci suffirait-il à nourrir les rennes, à leur faire passer l'hiver, même s'il n'y avait pas ces deux ou trois couches de glace ? Était-ce la bonne sorte de lichen, ne serait-il pas meilleur de l'autre côté de la colline, moins exposé aux intempéries, moins enneigé, sans glace surtout ? Combien de bêtes pourraient s'en nourrir ? Jusqu'à quand ? À côté de Kyrö, le chien le regardait faire, attentif. Partageait-il l'inquiétude de son maître ? Klemet voulait le croire.

Les éleveurs rejoignirent le sentier et repartirent vers le sud, en direction de Vaggatem. Jaakoppi Kujala allait démarrer, Klemet freina son geste. Il tendit la main. Des rennes dévalaient du flanc de la colline. Ils étaient restés immobiles à l'approche des scooters, se rendant quasi invisibles parmi les arbustes et les arbres. Ils se mouvaient lentement. Épuisés par le manque de nourriture. Les rennes fouillèrent la neige à la recherche des granulés, attirés par l'odeur. D'autres paraissaient continuer à chercher du lichen, sans pouvoir percer les couches de glace. Année après année, la même malédiction.

– Bon, on peut y aller ou faut attendre que ces messieurs-dames aient fini leur déjeuner ?

– Les éleveurs peuvent encore nous voir, le mieux est d'attendre encore quelques minutes, sinon on va se les mettre à dos.

– Et alors, on est la police des rennes, non ? Des policiers, des rennes, tout va bien, non, c'est pas notre mission d'être au plus près ?

– Notre mission, c'est pas de déranger des rennes affaiblis.

– C'est vrai que j'oubliais. Klemet Nango, plus lapon que les Lapons, hein…

– Sami…

– Mes couilles… Moi, ce que je vois, c'est des éleveurs qui distribuent de la bouffe à leurs bestioles, qui vont ensuite aller réclamer des aides publiques, au lieu de veiller à ce que leurs sacrées bestioles ne foutent pas le camp chez les Russes. On a l'air malin maintenant !

– Ceux-là en tout cas sont du bon côté, c'est déjà ça.

– Vraiment, et pour combien de temps ? Ils pourraient bien se barrer comme les autres. Si ça se trouve, tes éleveurs ont même pas remarqué qu'une cinquantaine de bêtes a passé la frontière.

– Mais comme tu es un chef de patrouille exemplaire, tu vas nous emmener en un rien de temps auprès d'eux pour leur signaler, non ? Donc rien à craindre…

– C'est ça, continue à me gonfler, Nango, te gêne pas. Tiens, c'est simple, on dirait que ça te plaît d'être ici. Moi, ça me fait chier, et je le cache pas. Mais toi, Klemet Nango, déjà dix ou douze ans de police des rennes, à quelques années de la retraite, et tu te retrouves ici ? T'aimes vraiment ça ? Vraiment ? T'étais pas mieux dans le Sud, franchement, pourquoi on t'a muté ici, hein ? Presque le goulag. T'as fait des conneries dans le Sud, c'est ça ?

Klemet fit un geste de la main.

– On peut y aller, Kujala.

Klemet démarra son scooter. Il cria pour se faire entendre.

– Et tu sais quoi, Kujala ? Tu parles vraiment beaucoup pour un Finlandais…

3

Nikel, oblast de Mourmansk (Russie).

Oleg Gretchko balança la besace contre le mur en béton et jura encore.

– Avoue que c'est toi, bougre d'abruti ! Tu n'as pas su les ranger ! Bougre d'abruti !

Oleg Gretchko se jeta sur Piotr Potap. Potap, grand type maigre chauve et efflanqué, fit un bond de côté pour éviter le coup de poing de Gretchko.

– Monsieur Gretchko, ce n'est pas moi qui ai rangé les munitions, je n'étais pas là la dernière fois. Vous avez encore dû les ranger dans la cache à patates.

– Traite-moi de demeuré, tête de nœud ! Tu veux que je t'en colle une pour de vrai ?

– Attendez, monsieur Gretchko, regardons. Tenez, vous voyez ?

Le grand maigre Potap tirait une trappe dans le sol en terre battue du petit garage d'Oleg Gretchko. Potap souleva les poignées d'un gros sac plastique d'entre des tas de pommes de terre.

– Les voilà les munitions, personne ne les a prises.

Potap écarta son col roulé vert bouteille pour respirer. Il adoptait la mine consciencieuse du petit fonctionnaire zélé qu'il était. Sûr d'avoir suivi le règlement à la lettre même si, en présence de Gretchko, aucun règlement ne tenait, si ce n'est celui que ce petit homme sec à la mâchoire carrée inventait comme ça lui chantait.

Gretchko attrapa le sac plastique, fit semblant de compter les cartouches. Juste pour maintenir la pression sur cet abruti de Piotr.

– Recompte, le fritz, et qu'il en manque pas une, sinon je te fous une mandale !

Le fonctionnaire de la mairie de Nikel ouvrit le sac plastique et aligna soigneusement les cartouches en les comptant à haute voix.

Oleg Gretchko savait que Potap se ferait découper en morceaux plutôt que de commettre la moindre faute. Ce type était comme ça. Un mystère. Un vrai chien. Tu lui tapais dessus, et c'est tout juste s'il n'en redemandait pas. Oleg se désintéressa de Piotr, qui continuait comme un élève récitant sa leçon.

– Vingt-sept, vingt-huit…

– Les cartouches, bien alignées ! Jusqu'à cent !

Oleg alluma la lampe du fond. Elle éclaira l'établi d'une lumière jaunâtre et crue. Qui débordait sur le sol en terre battue. Le garage aux murs de béton craquelé de partout était recouvert d'un toit de bois à moitié pourri sur lequel reposaient des tôles et une toile goudronnée censée isoler le garage. Il n'avait jamais fait d'effort pour l'aménager, comme d'autres voisins qui y passaient leurs journées. Bande de minables. Lui, il avait sa datcha sur les bords de la rivière Pasvik, ça avait plus de gueule. Décorer son garage, quelle misère ! Quel manque de classe !

La lueur qui régnait dans le petit garage perdu au milieu des dizaines d'autres cabanes de ciment vérolé et de tôle brinquebalante de l'autre côté des immeubles de la rue Sportivnaya était à l'image de cette cité maudite.

Glauque, mais pour rien au monde il ne l'aurait échangée. Il s'était rendu à Mourmansk souvent, à Moscou trois fois, mais rien ne valait Nikel. Il souleva une planche dans l'établi, et en tira une bouteille de vodka. Il prit deux gobelets en étain de l'étagère, les remplit.

– Eh le fritz, viens donc boire un coup…

Piotr leva une main, il comptait, ne voulait pas se tromper.

– Quatre-vingt-trois, quatre-vingt-quatre…

Oleg prit sa casquette huileuse et la lança sur les cartouches alignées qui volèrent dans tous les sens.

– Je te dis de venir trinquer, tu viens trinquer !

Piotr affichait un air de biche prise au piège. Quelle tête d'œuf !

– Tu vas la ramasser, ma casquette ! Et puis tu viens trinquer ! Tu recompteras après, je sens que t'en avais oublié. Et fais pas cette tronche de cornichon !

Piotr allait balbutier, mais devait savoir que ça ne servait à rien. Il avait trop le sens de la hiérarchie. En intraveineuse. Pas de risque avec lui. La rébellion, c'était pas son monde. Oleg versa la vodka dans les gobelets métalliques, tendit le sien au fonctionnaire qui remercia d'une courbette. Il but à petites gorgées.

Oleg asséna un coup de casquette sur son crâne pointu et chauve.

– Après ton maître, tête d'œuf !

Oleg buvait une longue gorgée de vodka quand son téléphone sonna. Il garda la tasse en l'air, regarda le nom qui s'affichait. Répondit. Une voix cria aussitôt. Chadoff, bien sûr. C'était toujours Chadoff dans ces cas-là. Krazimir Chadoff. Seul Chadoff se permettrait de crier ainsi sur Oleg sans explication, sans saluer. Krazimir Chadoff, qui aurait fait passer Oleg pour un enfant de chœur.

Piotr baissa les yeux, comme s'il voulait signaler qu'il n'entendait rien, et retourna compter les cartouches.

– Oui, on est presque partis, on rassemble le matériel, vous inquiétez pas. Mais la prime, hein, on n'a pas tiré ça au clair. Après le bazar de l'autre fois, la police qui s'excite… Moi je veux bien faire le boulot à votre place, mais ça coûte, en sécurité, faut redoubler d'attention, et comme je disais, ça coûte… J'ai dû embaucher un type pour garder ma datcha pendant que je fais le boulot, alors, hein, ça…

L'autre criait toujours dans le téléphone.

– Voilà, au moins, on se comprend. Je sais bien que la nouvelle gouverneure fait du zèle, hein… C'est pour ça, pas vrai ? Moi je pense que cinq mille roubles par tête, on s'y retrouve tous, pas vrai ? Livrés avec les preuves, évidemment. Vous pouvez encore les surfacturer à l'administration de Mourmansk et prendre votre commission, hein, deux mille roubles de plus, ça passera… Et pour le reste, comme dirait l'autre, j'y travaille, ça se met en place, hein…

Oleg raccrocha et resta un instant pensif. Piotr continuait à aligner les cartouches.

– Trente-huit, trente-neuf…

Oleg ajusta sa casquette, ouvrit l'armoire métallique sur le mur de droite. Trois cadenas la fermaient, maintenant des barres de fer. Il sortit deux fusils.

– Bientôt fini ? Le type de Mourmansk avait l'air pressé. Il a son quota à remplir, et bien sûr, il compte sur moi, ce gros fainéant, au lieu de venir faire le sale boulot lui-même…

– Cinquante-trois, cinquante-quatre…

Oleg se pinça le bout du nez et se frotta les narines. Signe de réflexion profonde. Tout s'accélérait. Cette chasse organisée au pied levé à la demande du gars de Mourmansk. Et celui-ci, Chadoff, c'était un vrai tocard. Un mec blindé de tunes, qui voulait lancer le tourisme dans la péninsule de Rybachy, à deux pas de la frontière norvégienne. Un tocard, mais qui transformait la neige en or avec ses clients VIP qui venaient se faire des cartons en pleine toundra. Mais en attendant, les missions de merde, il me les refile, soi-disant que pour continuer à mener leurs petites affaires, il fallait de temps en temps lâcher un peu de lest vis-à-vis de la nouvelle équipe du gouvernorat. Des putains de chevaliers blancs qui promettaient de faire le ménage.

– Quatre-vingt-dix-neuf, cent !

Piotr se tourna vers Oleg, l'air enfantin. Prêt à recevoir son bon point. Oleg s'avança vers lui, observa longuement les cinq rangées de cartouches, tapota la nuque de Piotr qui sourit.

– C'est bien, mon petit Piotr. Allez, on embarque tout ça, et en chasse. Tu pourras ramener du café à ta sainte mère.

– C'est que vous avez pris celui que j'ai ramené vendredi, et…

– Et ta gueule ! T'iras en racheter, il va falloir que tu retournes à Kirkenes demain ou mardi, la demande est forte…

– Mais, c'est qu'on avait dit pas plus d'un aller-retour par semaine, et là…

Oleg le fusilla du regard. Piotr baissa les yeux, au supplice.

– Si vous pensez que c'est important, monsieur Gretchko, bien sûr…

Oleg referma la porte blindée du garage, le seul luxe qu'il s'était permis ici. Comme il aimait dire, ça envoyait un signal. Pas touche. On le connaissait dans le coin. Les occupants des garages voisins en tout cas. Quand ils n'étaient pas complètement abrutis de vodka. Oleg jeta un œil de chaque côté de la ruelle couverte de neige brunâtre encadrée d'alignements de garages aux portes à moitié rouillées, d'où dépassaient des tuyaux de poêle. La plupart fumaient à cette heure de la journée, on était dimanche après tout, et la plupart des hommes de Nikel n'avaient rien d'autre à foutre que de se bourrer la gueule dans leur garage. Et quand ces mecs étaient bien imbibés, ils pouvaient faire n'importe quelle connerie. Oleg fit la grimace, se pinça le bout du nez, et trouva le numéro de Pavel dans son portable.

– Il faut que je m'absente. Je pourrai pas passer à la datcha avant la fin d'après-midi. T'es pas de service aujourd'hui, hein ? Alors tu files à la datcha, et tu la quittes pas des yeux. Que les pochetrons du coin aillent pas encore me vider mes conserves, on est dimanche, ils sont de sortie, hein, c'est bon, t'y vas ?

Oleg raccrocha. Bien sûr qu'il allait y aller le Pavel, comme s'il avait le choix, avec sa solde de merde de lieutenant des gardes-frontières du FSB. Sa solde de merde, et sa vie de merde. Et le fait qu'Oleg le tenait par les couilles.

Poste-frontière russo-norvégien de Storskog.

Pile à l'heure.

Comme chaque dimanche depuis mille soixante-treize dimanches. Depuis mille soixante-treize jours du Seigneur. Depuis quand l'incantation au Très-Haut avait-elle cessé ? Depuis plusieurs centaines de dimanches, plus de cinq cents. Sept cents ? Bizarre de ne plus se souvenir de ça.

Pile à l'heure. La même silhouette qui vient se planter. Froid, pas froid, la silhouette se plante. Devant la cabane en bois peinte en rouge de Falun, avec la petite pancarte « Souvenirs-Postcards » au-dessus de la porte. Les bois de renne sous la fenêtre de droite. Le crâne de renne sur le bidon rouillé. Bizarre qu'avec les ans, personne n'ait songé à la voler, cette tête de renne.

L'affichette, la même, toujours la même, qui date de l'époque. Depuis mille soixante-dix ou mille soixante-neuf dimanches, facilement.

Bien sûr, il aurait changé.

Là-bas, au poste-frontière, on a déjà repéré la silhouette qui s'est plantée devant la cabane, au bord de la route, à 339 mètres de la ligne. Toujours à 339 mètres. Une frontière, ça ne bouge pas. En principe.

4

Kirkenes, Norvège.

Le portique chinois traînait depuis l'été passé au croisement des rues du Docteur Wessel, l'artère piétonne commerciale, et Hans Kirkegaard.

Jaakoppi Kujala trouvait ce portique assez marrant finalement. Avec ses décorations chinoises, incongrues dans cette petite ville de Laponie norvégienne, à deux pas de la frontière russe, érigé en l'honneur de l'amitié sino-norvégienne qu'on voulait sûrement éternelle, et lucrative. Fallait pas la lui faire…

Le vent s'engouffrait dans la rue Wessel, la cérémonie ne durerait peut-être pas si longtemps. Devant le portique, une dizaine de Chinois et le double de Norvégiens écoutaient le discours du maire de Kirkenes. Il évoquait des cargos chinois qui longeraient le nord de la Russie et viendraient décharger leurs cargaisons ici, à Kirkenes, le port européen le plus proche de la Chine, rien que ça. Et de là, tout serait chargé à bord de trains qui traverseraient la Laponie puis rejoindraient l'Europe, et hop, vite fait bien fait, le Kirkenes trou du cul du monde se transformerait en Singapour de l'Arctique. Ça, Kujala, ça le faisait marrer. Ça le faisait marrer, car les Norvégiens, avec tout leur pétrole et leur gaz, ils avaient quand même besoin du feu vert des petits Finlandais pour la construire, leur voie ferrée qui devait traverser la Laponie pour amener les containers chinois en Europe. Hein, sans les Finlandais et leur voie ferrée, pas de Singapour de l'Arctique !

Jaakoppi Kujala changea de position, mais le froid, même s'il ne l'aimait pas, ne le dérangeait pas plus que ça.

Le maire de Kirkenes, en tant que travailliste, avait son respect. Après tout, Jaakoppi Kujala avait longtemps été un militant travailliste, délégué syndical, fidèle au parti et au syndicat. Très fidèle même, jusqu'à en accepter les missions les plus… sensibles.

Kujala était venu tardivement à la police. Après un parcours étrange selon certains. Ouvrier de l'industrie papetière, dans le centre de la Finlande, puis délégué syndical, et syndicaliste à temps plein. Quand il avait déménagé dans la région d'Helsinki, il avait rejoint le syndicat du bâtiment. Et c'est là que son parcours avait pris un tour nouveau. Qu'il avait commencé à collaborer avec la police. À l'époque, le syndicat contrôlait les chantiers pour s'assurer que les ouvriers étaient bien syndiqués. Sinon, blocus du chantier. C'était surtout le cas au début des années 1990, quand les chantiers de la capitale avaient commencé à grouiller d'ouvriers russes et estoniens. Des salopards qui cassaient les salaires et prenaient le boulot des Finlandais. Jaakoppi Kujala était très bon dans cette mission. Les Estoniens, les Russes, il les repérait tous. Il parlait russe, les endormait, et quand les types ne s'y attendaient pas, une descente de police les embarquait. Certains avaient questionné cette collaboration. Mais on veut tous le bien du pays, non ?

Kujala avait été jugé tellement bon qu'on lui avait proposé de rejoindre la police, ce qu'il avait accepté.

Là, trois manifestants tenaient des banderoles ballottées par le vent glacial, mais eux non plus ne semblaient pas gênés par le souffle froid. Klemet Nango lui avait assuré qu'on retrouverait ici les éleveurs de rennes de tout à l'heure, et il avait eu à moitié raison sur ce coup-là. Il reconnaissait la combinaison de l'un d'entre eux. Il manquait celui au chien. Les trois manifestants étaient silencieux, un peu ridicules face à l'attroupement qui écoutait maintenant un discours en chinois traduit en norvégien. Sur les banderoles, Kujala lisait les lettres tracées à la peinture noire sur un drap blanc, « Non au chemin de fer sur nos pâturages », « Halte au néocolonialisme ».

Kujala ricanait intérieurement. Tout le monde se foutait des trois manifestants, qui brandissaient leurs banderoles sans dire un mot.

L'atmosphère changea quand un pick-up approcha et stoppa dans un crissement de pneus à quelques mètres du portique. Un type en combinaison en sortit. C'était l'autre éleveur. Mine fermée, gestes saccadés. Pas dans son état normal. Il se planta face aux délégations, à quelques pas des trois manifestants.

– Vous voulez ouvrir nos frontières aux Chinois ? Et vous n'êtes pas capables de maintenir la frontière avec la Russie en état !

Tous les regards convergeaient vers lui.

Il fit le tour de son véhicule, baissa le hayon arrière. Il se pencha, il tirait quelque chose, le prenait dans ses bras. Un chien. Une masse inerte. Son chien. Le chien. Biegga. Il se tourna à nouveau vers les délégations.

– C'est la faute des chiens russes, ça ! Les chiens errants, avec la rage si ça se trouve !

Il soulevait son chien aussi haut qu'il le pouvait, le présentant comme une offrande.

– J'ai dû l'achever de mes mains !

Il déposa le corps du chien délicatement, à ses pieds, devant l'équipe du maire et les Chinois. Il se redressa. Les yeux injectés de colère, tous les muscles tendus. Prêt à bouffer le monde entier.

– Et les Chinois, ils vont nous amener quoi !?

L'éleveur se retourna, il laissait le chien là, et il s'engouffra dans le café Centrum, placé au carrefour, face au portique, suivi par la poignée de manifestants avec les banderoles qu'ils avaient repliées. Kujala devait admettre que le gars avait du cran.

Les deux délégations finirent par se retirer en direction de la mairie.

– Allons-y, dit Klemet.

Les deux policiers firent leur entrée dans le café. La table basse à droite dans l'entrée était occupée par six Norvégiens, cinq hommes et une femme, tous visiblement âgés d'au moins soixante-dix ans. Ils s'arrêtèrent de parler au passage des deux policiers. Jaakoppi chuchota à l'oreille de Klemet.

– C'est plus notre boulot maintenant que les rennes sont passés en Russie.

Klemet Nango ne sembla pas l'avoir entendu et s'assit face à Kyrö.

– Piera, je suis désolé pour ton chien. Je sais qu'il était…

L'éleveur leva la main. Ça voulait dire stop, pas un mot sur le chien. Le gars en avait lourd sur la patate. Klemet Nango avait pigé aussi. Il hochait la tête.

– Nous avons été prévenus tout à l'heure par des gardes-frontières qui patrouillaient vers Vaggatem, au début du pâturage d'hiver de votre district, qu'une cinquantaine de rennes avaient traversé la rivière et étaient passés du côté russe.

Piera Kyrö l'ignorait apparemment. Il encaissa la nouvelle, qui venait s'ajouter à la perte de son chien. Jaakoppi ne savait pas combien de rennes il possédait, mais ça devait être un sacré paquet. L'éleveur demeurait silencieux. À quoi il pense ? À la façon de réclamer déjà une indemnisation ? À sa déclaration d'assurance ? Ça m'étonnerait pas, tiens. L'autre se réveilla.

– Et c'est ma faute, à moi ? Avec tous ces prédateurs qui traînent dans le coin ? Entre les loups, les ours, les gloutons. Et les chiens errants, vous les avez entendus ? J'ai dû achever mon chien à cause de la rage qu'ils propagent ! Et vous voulez me faire porter le chapeau ? Vous venez d'arriver dans le coin, vous, ça se voit…

– Tu as peut-être raison, Piera, mais là, tu sais que c'est pas seulement des rennes qui passent sur le pâturage d'un berger voisin. Cinquante rennes chez les Russes, c'est…

– C'est le bordel ! gronda Jaakoppi.

– Et alors, vous croyez peut-être que ça m'arrange d'avoir des rennes de l'autre côté ? Vous avez déjà oublié ce qui s'est passé début décembre ?

– On n'était pas là début décembre.

– Peut-être, et ben, je vais vous montrer, suivez-moi.

Sans attendre, Piera Kyrö traversa le café. Klemet Nango se leva à son tour.

– Et on va suivre comme des petits chiens-chiens ? On sait très bien ce qui s'est passé en décembre !

– On fait du renseignement, Jaakoppi, c'est notre mission aussi. Il a peut-être du nouveau.

– Tu parles…

Jaakoppi Kujala se leva à regret. Ils repassèrent devant les six vieux Norvégiens qui cessèrent à nouveau leur conversation pour les regarder sortir.

Ils suivirent en voiture Piera Kyrö, qui avait chargé le corps de son chien à l'arrière de son pick-up.

Klemet Nango ne disait rien, et ça énervait Jaakoppi. Jaakoppi aimait bien les gens silencieux, mais il y avait silencieux et silencieux… Et là, il sentait que c'était du silencieux hostile. Pas du silencieux respectueux. Hostile, Nango était hostile, voilà. Ça durait depuis que les deux s'étaient retrouvés dans les locaux de la police de Kirkenes, à devoir faire équipe. La patronne de la police du Finnmark, qui était basée ici à Kirkenes, sacrée poisse, leur avait fait la leçon, comme à des gamins. Elle connaissait leur passif à tous les deux, elle les aurait à l'œil. Tu parles…

Au moins, c'était lui le chef de patrouille. Nango avait dû faire une connerie plus grosse encore que la sienne, c'était toujours ça.

On sortait de Kirkenes, direction sud, la route de Pasvik, la mine, et puis la rivière à nouveau, la frontière, on la longeait toujours vers le sud, d'où ils étaient venus ce matin même. Des heures de route à nouveau.

Piera Kyrö habitait au bout du lac, dans le prolongement du fjord.

Une grande maison en bois sur deux étages, plus toute fraîche, entourée de granges et de cabanes. Il prit délicatement le chien et le déposa le long de la maison. Une vieille femme sortit. Elle chantonnait, portait une coiffe traditionnelle sami et un gros manteau en laine. Elle sembla soudain agitée, en colère peut-être, Jaakoppi n'aurait su dire. Elle recommença à chanter, une vraie foldingue. Maintenant elle parlait aux éleveurs, d'un ton sévère. Elle montrait un sac de granulés qu'un éleveur chargeait sur la remorque d'un scooter. Jaakoppi ne comprenait pas ce qu'elle disait.

Piera Kyrö haussa les épaules, poussa doucement la petite vieille vers l'intérieur et revint vers eux.

– Ma grand-mère Ida. Elle n'aime pas qu'on nourrisse les rennes de pellets. Elle dit que la viande n'a plus le même goût. Elle ne veut plus en manger. Bah, elle exagère… Mais suivez-moi plutôt.

Piera Kyrö mena les policiers vers un enclos situé derrière la maison, surplombant un petit lac gelé. On apercevait au loin d'autres lacs, des bois, des collines, un relief plus doux.

– C'est le début du territoire où les femelles mettent bas au printemps, précisa Kyrö.

– Tu nous as amenés ici pour nous raconter ça ? grogna Jaakoppi.

L'éleveur ne répondit pas. Il les amena devant l'enclos dont les clôtures étaient bâchées. Il ouvrit le portail et entra, attendit que les policiers fassent de même pour refermer derrière eux. Le vent soufflait légèrement, mais la température devait être de six ou sept degrés plus basse qu'en ville, à coup sûr.

Jaakoppi regardait autour de lui. L'enclos était vide, le sol plus brun que blanc, tant la neige avait été piétinée. Des tas de petites boules noires parsemaient la terre, des crottes de rennes. Il y avait juste, collé à la bâche, à quelques mètres d'eux, un faon qui paraissait terrorisé à leur vue.

– Et alors, on attend quoi ?

Nango ne disait rien, les yeux fixés sur l'animal.

– C'est ce faon que je voulais vous montrer, dit Piera Kyrö. Le seul renne à rester du troupeau qui a passé la frontière début décembre. Il est né le printemps dernier, en mai, là-bas, en contrebas. On a retrouvé que lui vivant, grâce à son collier GPS. Un miracle. Les autres… une boucherie… Et alors, ce gâchis… Les types avaient tué les rennes juste pour leur couper la langue. Sûrement pour la vendre ensuite comme un mets raffiné. Ils avaient laissé tout le reste. On les a retrouvés il y a quelques jours seulement.

Jaakoppi, il lui en fallait plus pour l'impressionner. Ces mecs-là, ils toucheraient le pognon des assurances. Si ça se trouve, ça les arrangeait, ce genre d'histoires.

– Qui les a retrouvés ? demanda Klemet. Pas nous en tout cas, pas le Commissariat de la frontière non plus, sinon on l'aurait su. Et les gardes-frontières russes, ils s'en fichent un peu de communiquer là-dessus.

– C'est le centre de recherche Nibio dans la vallée qui m'a dit ça.

Jaakoppi Kujala allait répondre, mais il ne put s'empêcher d'observer son coéquipier. Klemet Nango semblait fasciné par le faon. Fasciné, voire plus, oui, ému. Ému, voilà, Nango était ému par ce petit faon de rien du tout. Ça alors…

– Eh ben, Nango, on dirait bien que le petit faon t'a tapé dans l'œil, dis donc… Des souvenirs d'enfance ? C'est mignon tout ça…

– Ta gueule, Kujala, dit Klemet.

Le Finlandais allait répondre, mais l'éleveur s'interposa.

– Maintenant on va boire le café.

Ils gagnèrent la maison en silence.

La vieille était assise dans un coin de la cuisine, à regarder par la fenêtre.

Jaakoppi la rejoignit à table. Klemet Nango furetait dans le salon, suivi par l'éleveur. Ils s'étaient arrêtés devant des photos accrochées à droite de la télévision.

– C'est toi, là, avec les policiers russes ?

– Ça, c'est la première fois où je suis allé récupérer des rennes de l'autre côté. Je crois que les gardes-frontières russes étaient aussi étonnés que nous. Ils avaient reçu l'ordre de nous faciliter la tâche. Ça devait être vers 1991 ou 1992, juste après la chute de l'URSS. On avait trinqué à la vodka, je me souviens. Ça s'est durci par la suite.

– Et là, c'est ta grand-mère ?

– J'ai pas de photo d'elle avant, elle était belle, dans sa jeunesse, à ce qu'on dit. Et il paraît qu'elle chantait comme une déesse. Des joïks qui vous prenaient aux tripes et arrachaient des larmes aux bergers les plus endurcis, des joïks qui racontaient les vallées, le lichen, les proches, les disparus et leur âme, le monde d'en dessous, enfin tout ce qui fait qu'on est nous. J'ai pas connu ce temps-là.

Jaakoppi, ça commençait à l'énerver ces histoires de Sami, surtout quand ça commençait à toucher à des choses qui partaient dans l'au-delà. Lui, il venait du bâtiment, du syndicat, du dur, du concret, fallait pas essayer de l'enfumer avec des âmes d'en dessous ou d'au-dessus.

– Tiens, et là c'est moi encore, avec des éleveurs finlandais et suédois.

– C'est la même époque, on dirait.

– Oui, c'est la première fois qu'on recevait officiellement un berger sami de Lovozero. Il avait une trouille bleue, il était persuadé qu'en retournant en Russie, il serait envoyé au goulag. Il avait du cran, ce gars.

– Et alors ?

– Ça s'était bien passé. Ça, au moins. Mais c'était une époque bizarre.

Jaakoppi en avait marre.

– Fous-lui la paix avec ces vieilles photos. On a du boulot.

– Comment ça se fait que seul ce faon ait survécu ? demanda Klemet en revenant vers la table de la cuisine.

– Je pense qu'il était plus faible que les autres, il a pas pu les suivre, et c'est ce qui l'a sauvé.

– Sa mère l'a abandonné ?

– Il n'y a que des mâles qui s'échappent comme ça. Lui, sa mère a été dévorée cet automne par un glouton. Il s'est raccroché à ce groupe de mâles qui a passé la frontière. C'est un miracle qu'il ait survécu. Ce sont les gars de la réserve naturelle, en Russie, qui l'ont retrouvé avant Noël grâce au GPS et ont bien voulu le récupérer.

– Et pourquoi ça a tant tardé de trouver les autres ? Ils n'avaient pas de GPS ?

– Un seul en portait. Et les Russes ont fait traîner, histoire de marquer leur mécontentement. Chaque fois que des rennes passent, c'est pareil. Et quand je leur ai dit que le point GPS ne bougeait plus depuis plusieurs jours, ils en ont déduit que les rennes devaient être morts, et qu'il y avait encore moins de raisons de se presser.

– OK, interrompit Jaakoppi, mais tu sais bien que c'est du ressort du Commissariat de la frontière, ces histoires de rennes en Russie. Nous, on enquête sur ce qui les a *poussés* vers la frontière, on n'a pas le droit d'aller au-delà.

– Je le sais, coupa Kyrö. Mais c'est le deuxième troupeau qui passe en quelques mois, et jamais un aussi gros troupeau n'a traversé. Jamais.

– Tu veux dire quoi exactement ? demanda Klemet. Les chiens ?

Piera Kyrö fit la moue.

– Les chiens errants, ils attaquent, ils dispersent. Là, c'est autre chose. Moi, je dis que cinquante rennes d'un coup qui passent la frontière, c'est du jamais vu. À croire que…

– Que quoi ?

– À croire que quelqu'un a provoqué ce passage…

5

Kirkenes.

Au troisième essai, Anette Schou répondit à Klemet. Elle commença par râler. Son jour de congé !

L'assistante du commissaire avait grommelé quelque chose comme quoi la frontière avait été calme pendant les cinquante années de la guerre froide, et que ce n'était pas aujourd'hui, un dimanche d'hiver où on en était à accueillir des Chinois en grande pompe, qu'une réunion d'urgence s'imposerait… Klemet avait dû insister. L'affaire des rennes en Russie requérait l'intervention du Commissariat de la frontière, elle le savait bien. L'autre avait encore râlé, mais promis que la police des rennes pourrait rencontrer un des deux inspecteurs travaillant sous les ordres du commissaire dans l'après-midi.

Le pick-up se gara une heure plus tard devant une maison en bois sombre d'un quartier résidentiel de Kirkenes. Le soleil avait disparu derrière l'horizon, se reflétant encore de lueurs bleu roi et orangées sur un ruban de nuages. À gauche des escaliers qui menaient à l'entrée, deux poteaux étaient plantés dans le sol, de même type que ceux qui marquaient la frontière russo-norvégienne. Bandes horizontales rouges et vertes pour le poteau russe, poteau jaune surmonté de noir pour le norvégien. Un écriteau en bois indiquait que cette maison banale du centre-ville abritait le Commissariat de la frontière. Klemet monta les six marches et sonna. Il s'attendait à voir l'assistante bougonne. Il resta planté, yeux agrandis de stupéfaction, quand la porte s'ouvrit sur Nina, son ancienne binôme de la police des rennes. La jeune femme aux yeux bleus malicieux, ses cheveux blonds tirés en queue de cheval, portait un uniforme de camouflage avec le grade de trois étoiles sur la boutonnière de sa veste.

Elle jeta un œil au collègue de Klemet, puis reporta son regard sur lui. Klemet restait muet. Derrière lui, Jaakoppi Kujala commença à s'impatienter.

– C'est nous qui avons appelé, police des rennes de Kirkenes. Nous avons tous les deux été affectés ici en début d'année. Jaakoppi Kujala, chef de la patrouille P12, et voici mon collaborateur, Klemet Nango.

– Ton collaborateur…

Nina s'avança pour serrer la main de Kujala qui lui offrit son plus charmant sourire, lissant son épaisse barbe.

– Nina Nansen, inspectrice en charge de la zone sud de la frontière.

Elle se tourna vers Klemet et lui donna une accolade. Klemet n'avait pas le choix, il répondit à son geste, sous l'œil ahuri de Kujala.

– Salut Klemet, je ne pensais pas te revoir de sitôt…

– Ah, c'est toi la petite Nina ? sourit Kujala d'un air étrange.

Klemet balbutia, se sentant soudain stupide. Que faisait Nina ici ? Il ne l'avait pas revue depuis qu'elle avait quitté la police des rennes des mois plus tôt. Pourquoi fallait-il qu'il se retrouve dans cette situation en présence de Kujala, qui devait jubiler de son embarras ? Elle devait savoir qu'il avait été nommé ici.

– Nango, on pourrait peut-être entrer et parler de notre affaire avec l'inspectrice plutôt que de se les geler, non ?

Klemet laissa passer Kujala. Nina tenait toujours la porte. Elle s'effaça devant le policier finlandais, sans quitter Klemet du regard. Elle était belle, le teint vif, son visage s'était peut-être un peu creusé depuis l'automne passé, mais avait encore gagné en énergie. Ou en détermination. Klemet voulait parler, mais comme souvent les mots ne lui venaient pas. Elle n'avait pas l'air hostile. Mais Klemet se sentait gêné. Un sentiment bizarre. Comme s'il avait laissé passer sa chance avec Nina, et qu'il était trop tard maintenant pour remonter la pente. Que toute initiative lui paraîtrait maladroite, forcée, et serait interprétée ainsi. Une gifle lui avait suffi, une fois, lors de leur première mission ensemble, à Kautokeino. Et puis la différence d'âge, et puis… Toutes ces excuses.

Nina les fit entrer dans une pièce meublée d'un canapé à trois places et de deux fauteuils entourant une table basse.

– Café ?

– Café, oui, bien noir, trois sucres, lança Kujala, en s'asseyant au milieu du canapé, cuisses largement écartées. Il étendit les bras, prenant possession du divan.

Nina l'observa un instant. Elle posa le thermos et les tasses sur la table basse, sans faire un geste pour remplir la tasse de Kujala. Il grogna.

Il ramena ses bras d'un geste lent, se pencha et remplit sa tasse en marmonnant dans sa barbe. Nina avait laissé le sucrier sur la table dans le coin. Elle se versa une tasse, remplit celle de Klemet. Ni l'un ni l'autre ne prenaient de sucre. Kujala regardait le sucrier comme s'il allait le déplacer par la force de sa volonté. Il marmonna encore et rejeta ses bras sur le divan. Il renonçait au sucre, pour ne pas avoir à se lever.

– Nango, explique donc à ton ancienne collègue.

Klemet sortit une carte du sud de la rivière Pasvik, la partie qui constituait le pâturage d'hiver du district 5A/C. Une enclave norvégienne d'une trentaine de kilomètres de longueur sur dix à quinze kilomètres de large coincée entre la Finlande à l'ouest et la Russie au sud et à l'est. Vers le nord, la vallée de Pasvik remontait jusqu'à Kirkenes, et au-delà se jetait dans la mer de Barents.

Klemet eut vite fait de mettre Nina au courant de la situation. Piera Kyrö, l'éleveur concerné, devait en ce moment même consulter les autres bergers et le chef du district d'élevage pour évaluer le problème. Les gardes-frontières norvégiens avaient promis un rapport par courriel dans la soirée, avec quelques photos. Mais il revenait au Commissariat de la frontière de contacter les autorités russes pour régler le problème sur le terrain.

– Kyrö nous a dit que parmi les rennes qui étaient passés début décembre, compléta Klemet, un seul faon a survécu.

– Un petit faon tout mignon qui a beaucoup ému mon collaborateur, lança Kujala.

Nina regarda Klemet. Elle comprenait, ça se voyait. Pour le faon. Klemet en était sûr. Elle aussi aimait le faon de Kautokeino. Le faon qu'Anneli Steggo, une éleveuse du district d'Hammerfest, lui avait offert à l'issue d'une enquête précédente où Nina et lui faisaient équipe. Ce faon, ça avait été comme une révélation pour lui. Une boîte de Pandore. Réveillant toutes les cicatrices liées à son origine sami contrariée. Nina avait été sceptique.

Pensant que Klemet se mettait dans une situation impossible avec cette bestiole…

Plus tard, quand Klemet avait mis le feu à sa tente sami à Kautokeino, qu'il avait perdu ses repères, Nina en avait eu assez. Était-ce l'identité sami de Klemet qui s'était envolée en fumée ? Quelle identité sami ? Et cette façon de fuir son ombre. De se fuir soi-même. Toujours les mêmes questions, qui avaient fini par irriter Nina. Cette tente sami qu'il avait montée dans son jardin de Kautokeino n'était qu'une triste tentative de renouer avec un passé qui n'était pas le sien. Comme si une tente dans le jardin avait pu suffire à lui donner un vernis sami. Il avait pu y attirer quelques conquêtes. Y passer du bon temps. Sami de jardin, Sami d'opérette…

C'est pour ça aussi qu'elle a quitté la police des rennes. Marre de mes histoires. De mes questionnements sur mon identité. Avait-elle tort ?

Klemet avait du mal à se concentrer sur les rennes disparus en Russie. Ces retrouvailles inattendues le troublaient. Il fallait qu'il lui parle. Mais sûrement pas devant Kujala. L'occasion se présenterait plus tard.

– Le faon a été retrouvé grâce à son collier GPS.

– Je sais, dit Nina, c'est un des premiers cas que j'ai eu à traiter en arrivant ici. J'ai patrouillé côté russe avec les gardes-frontières du FSB juste avant Noël. L'enquête n'a pas abouti. On vient juste d'apprendre que les corps ont été retrouvés. Sans langue. Les Russes s'en occupent.

– Et vous leur faites vraiment confiance ? demanda Kujala.

– Qu'un seul renne traverse la frontière, et c'est aussitôt toute une machine administrative qui se met en branle, avec en plus la direction du parc naturel de

Pasvik qui vient se greffer dessus ! Alors si en plus, les rennes sont retrouvés morts de façon pas très naturelle…

– Et maintenant ?

– Je prends contact avec mon homologue russe du FSB. Et je vous tiens au courant.

– Bon, donc on n'a plus rien à faire ici. Tu vois Nango, mission accomplie. On va pouvoir retourner à nos petites affaires. Allez, on dégage. Et merci pour le café.

Kujala n'avait pas touché à sa tasse. Il sortit. Klemet entendit la porte d'entrée claquer. Nina l'attendait à la porte du salon. Il la suivit dans le couloir.

– Pourquoi tu ne m'as rien dit ?

– Que j'étais ici ? Il aurait fallu que je sache que toi-même tu l'étais !

– Parce que tu ne savais pas ?

– Comment l'aurais-je su ? Si tu veux tout savoir, c'est grâce à Ellen Hotti que j'ai été nommée ici.

– Ta commissaire ange gardienne…

– Elle m'a toujours soutenue. Depuis l'école de police. Je ne m'en suis jamais cachée. Pas à toi en tout cas. Quand j'ai demandé à quitter la police des rennes, je l'ai appelée. Elle a pensé qu'une affectation ici serait bien pour ma carrière. Tu sais tout.

– Ah oui, ta carrière, bien sûr…

– Oui, ma carrière. Ça te dérange que j'y pense ? Et puis je suis plus proche de mon père, même si c'est toujours compliqué avec lui.

– Je vois, ta carrière, ton père… C'est vrai que tu n'es plus qu'à 400 kilomètres de lui. Il a bon dos ton père…

– 400, c'est toujours mieux que plus de 1 200 kilomètres, comme quand on était en poste dans le sud de la Laponie, répliqua Nina, visiblement vexée.

Trois coups de klaxon retentirent.

– Il faut que j'y aille.

Klemet referma la porte derrière lui et prit son temps pour rejoindre Kujala dans le pick-up.

– Alors c'est vrai ce qu'on dit ?

Kujala avait un sourire narquois en coin. Il surveillait la route d'un œil, tout en observant Klemet.

– C'est vrai que tu l'as baisée ?

6

Nikel.

Piotr conduisait la Logan de monsieur Gretchko en respectant scrupuleusement les limitations de vitesse. Il tournait souvent la tête vers la droite. Pas de grimace, pas de moue. Regard fixe. Indifférent. Piotr préférait le regard indifférent. Sinon, il craignait une gifle. Ça partait toujours sans prévenir. Et quand Piotr tenait le volant, ça pouvait s'avérer dangereux. Monsieur Gretchko était un homme étonnant, plein de ressources, qu'il admirait profondément, mais comprenait rarement. À la vérité, il ne le comprenait jamais, c'est pour ça qu'il lui obéissait sans poser de questions. Son intelligence résidait là. Il connaissait ses limites. Il faisait un employé municipal exemplaire. Douze ans au cadastre, sept au service des sports, dont deux à la direction du complexe sportif Metallurg, et maintenant secrétaire du conseiller aux Affaires économiques. Piotr avait cru à une promotion, jusqu'à ce qu'il apprenne la décision de fermeture de l'usine de Nikel, et que ça allait en partie lui retomber dessus. L'usine avait fait vivre la ville depuis la grande époque communiste, et voilà que la catastrophe les atteignait. Les gens perdraient leur emploi, les familles se déchireraient, les enfants souffriraient, les hommes boiraient encore plus, parce qu'ils buvaient toujours plus. Pour l'instant, Piotr n'avait pas besoin de s'embarrasser de ces sombres idées. La chasse. Voilà. Organisée par monsieur Gretchko, avec une prime. Et c'est tout ce qui comptait. Piotr lui arrangerait le coup de tampon nécessaire, comme d'habitude.

Monsieur Gretchko regardait toujours par la fenêtre. Piotr voulait lui faire plaisir, lui montrer qu'il avait raison de compter avec lui. Ils roulaient sur les hauteurs de Nikel, avec les trois cheminées de l'usine qui crachaient encore leur fumée, pas toxique du tout comme le disaient ces maudits Norvégiens, une fumée qui depuis des décennies disait aux habitants, l'usine fonctionne, ne craignez rien ! Tiens, là-bas, un chien crasseux qui filait entre les deux maisons en ruine. Piotr stoppa, sortit de la voiture et ouvrit la porte arrière, se penchait déjà pour attraper un fusil. Monsieur Gretchko semblait sortir de sa rêverie. Il serait impressionné par sa rapidité.

Piotr chargea le fusil en un rien de temps, et s'éloignait déjà, fier de son initiative.

– Mais qu'est-ce que tu fous, espèce d'abruti !?

Piotr souriait, fier, il ciblait le chien qui fouillait une poubelle renversée. Tout autour d'eux, les collines noires de pollution étaient nues à part quelques baraques abandonnées depuis des lustres. Les cheminées crachaient leur mort. En contrebas, la ville de Nikel avec ses alignements d'immeubles lépreux et ses routes défoncées vivait au ralenti. Piotr n'y voyait qu'une cité prospère et heureuse que des édiles allaient trahir. Il ajusta le fusil, visa le chien. Une bonne prime en vue, ça ferait un bon début de journée. Il allait appuyer sur la gâchette lorsqu'il reçut un formidable coup de pied aux fesses.

– Je t'ai demandé ce que tu foutais, abruti !?

Piotr sourit à monsieur Gretchko, mais il sentait bien que son sourire n'était plus tout à fait assuré comme il l'aurait souhaité.

– Mais, euh, un chien, là, c'est bien ça qu'on…

La gifle le surprit autant que le coup de pied aux fesses précédent.

– Un dimanche, on tire pas les chiens en ville. Regarde donc là-haut.

Piotr regarda. À part les collines noires et désolées qui surplombaient la ville, il ne voyait rien de spécial.

– C'est l'heure de la messe.

La petite église orthodoxe tout en bois clair était perchée seule sur un petit monticule, à deux pas de l'usine. Des jeunes gens en uniforme beige étaient groupés devant l'entrée de l'église.

– On tire pas un chien en pleine messe, abruti… Surtout quand il y a du monde… Faut qu'on aille là-haut maintenant, sinon ces gars-là vont se poser des questions.

Vexé, Piotr rangea le fusil à l'arrière de la voiture et suivit monsieur Gretchko. Il rejoignit la douzaine de petites vieilles qui se tenaient debout devant l'autel plaqué de dorures et d'icônes. Les épais rondins de bois des murs étaient éclairés de petites lampes. Les femmes portaient un foulard sur la tête. Le prêtre menait ses affaires tout seul, dos tourné au monde. Deux jeunes filles se tenaient à l'entrée. Elles portaient la même tenue que les garçons à l'extérieur. Piotr n'était pas à l'aise, les jeunes filles avaient un air farouche. Même monsieur Gretchko semblait différent en passant devant elles. Sa façon de regarder celle de droite, un regard par en dessous, un petit sourire, mais pas trop, c'était bizarre, ça lui ressemblait pas, à monsieur Gretchko, ce genre de manières, lui qui paraissait toujours sûr de tout. Piotr le reconnaissait, cet uniforme, c'était celui de Yunarmiya, l'organisation paramilitaire des jeunesses patriotiques. À l'extérieur, les garçons portaient la chapka, mais dans l'église les filles portaient le béret rouge, affublé d'un écusson avec une étoile à cinq branches dans la tête d'un aigle rouge au regard pénétrant. Qu'est-ce qu'elles faisaient là ? Il reconnaissait surtout Alissa, celle de droite, du haut de ses dix-huit ans, un visage enfantin et sensuel, lèvres gourmandes, pommettes douces et regard en amande perçant, calqué sur l'aigle de son écusson, prête à vous dévorer de son implacable jeunesse. Pavel Zubkov, son père, gardait la datcha de monsieur Gretchko en ce moment, mais cette gamine, avec son uniforme de pionnière, faisait perdre contenance à monsieur Gretchko !

Le prêtre, dos toujours tourné à la petite assemblée, évoquait maintenant le martyre de saint Pancrace des Grottes de Kiev.

– Par les souffrances que les saints ont endurées pour Toi, sois imploré, Seigneur, et guéris toutes nos maladies. Nous T'en prions, ô Ami des hommes.

Les petites vieilles et les quelques hommes présents se courbaient, tels des balanciers, et Piotr, qui se méfiait de tout ça, se sentait obligé d'osciller, tant il sentait le regard d'Alissa le brûler lui aussi.

Monsieur Gretchko alluma un cierge. Il le posa dans un plateau monté sur pied devant une petite fenêtre. Il fit des courbettes, Piotr l'imita, pas très à l'aise. Un quart d'heure plus tard, après être repassé sous le regard glaçant d'Alissa et des autres pionniers de Yunarmiya, monsieur Gretchko et Piotr regagnaient la Logan. Piotr aurait voulu questionner monsieur Gretchko, mais il sentait qu'il se prendrait un coup vite fait sur le crâne s'il ouvrait la bouche à ce moment précis. Monsieur Gretchko avait été vu dans une situation étrange, et l'instinct de Piotr lui conseillait d'oublier ce qu'il avait observé.

Poste-frontière russo-norvégien de Storskog.

Parfois, comme maintenant, la silhouette se demande si tout ça vaut la peine.

Mille soixante-treize dimanches, comment serait-il ?

Une voiture approche de Russie.

Rare en cette saison.

Immatriculation russe. Chapka bon marché. Cigarette au coin de la bouche. La fenêtre se baisse.

Sous la chapka, deux petits yeux fixent l'affichette que la silhouette tient devant elle. Fixent la photo, le message. Prennent le temps de lire. En russe, bien sûr. Remontent sur la silhouette.

Les deux petits yeux ne disent rien.

Peut-être qu'ils ne voient rien.

7

Nikel.

Pavel Zubkov reposa son téléphone. Il était seul dans la datcha d'Oleg Gretchko, à quelques pas du lac Kuetsjarvi. Il leva les bras au ciel, gémit, prit le téléphone, vérifia encore le numéro qui l'avait appelé, et choisit de s'effondrer dans le divan râpé couleur rouille. Les deux mains posées à plat sur la nappe plastifiée de la table basse, il se força à réfléchir. Il regarda par la fenêtre, à travers le rideau blanchâtre décoré de roses brodées. Le potager d'Oleg était enfoui sous la neige, à part les deux serres où brillaient des lampes allumées jour et nuit. Ses yeux disséquaient le lac gelé relié à la rivière Pasvik. Son esprit vagabondait. Cette rivière était toute sa vie. En suivant son cours qui remontait vers le nord, Pavel savait qu'il arriverait à Kirkenes, en Norvège, et au-delà, en mer de Barents, et là, le monde s'ouvrait, le vaste monde. C'était bizarre. Pour beaucoup de ses collègues gardes-frontières mutés ici, la péninsule de Kola rimait avec bout du monde. Ils avaient l'impression de venir s'enfermer. Lui, il savait qu'ici, c'était l'ouverture sur l'ailleurs. C'était ce qu'on leur avait toujours répété. La mer de Barents, l'Arctique, le poste avancé de la civilisation russe, quand la mer

Baltique était un goulot d'étranglement pour les navires russes. Pavel contemplait le lac gelé. Pour les habitants de Nikel, ce lac n'était qu'un lac. Ils s'interdisaient de voir que le lac n'en était pas un, qu'il baignait dans la rivière frontière, en Norvège. De bons citoyens russes, pensa Pavel. Ils ont intégré que cette rivière est interdite. Zone frontière. Taboue. On n'approche pas. On n'y pense même pas. La rivière ? Un long fil barbelé. Ça n'existe pas… Et voilà que ce coup de fil le ramenait à cette réalité. Cette ligne de démarcation, fierté des gardes-frontières du FSB dont il était un digne officier, était perméable. Une fois encore. Pavel plongea la tête dans ses mains. Ses coudes glissaient sur le plastique de la table. Il se redressa. Il regarda à nouveau son téléphone, se résolut à appeler Oleg Gretchko. Il fallait le prévenir qu'une urgence l'obligeait à quitter la garde de la datcha. Oleg se mettrait en colère bien sûr. Il l'insulterait, le menacerait. À sa manière. Mais Pavel n'avait pas le choix. Il ne savait pas pourquoi l'inspectrice norvégienne l'avait appelé lui, alors qu'il n'était pas censé être de permanence. Quelqu'un au standard s'était trompé dans la liste, ou avait voulu rendre service à un copain en lui mettant ça sur le dos. Il n'en saurait de toute façon rien, la fatalité était la seule explication logique acceptable sous ces latitudes. Tout le reste n'était que source de complication.

Pavel composa le numéro d'Oleg. Pas de réponse. Il réessaya trois fois, à deux minutes d'intervalle. Pas de réponse. Oleg verrait en tout cas qu'il avait tenté de l'appeler. Laisser un message ? C'était risqué. Oleg pourrait aussi, comme le reste, le retourner contre lui. Pas besoin d'en rajouter. Il voyait le titre des *Nouvelles de la mer Blanche*, « Un lieutenant du FSB travaille comme gardien pour un mafieux de Nikel ». La nouvelle gouverneure de Mourmansk le mangerait tout cru.

Non, pas de message. Les appels en absence suffisaient.

Depuis son adolescence, il s'était toujours vu comme un homme de devoir. De mission. Ses collègues redoutaient d'être mutés dans le Grand Nord ? Lui considérait ça comme un honneur. La défense immuable des frontières extrêmes de l'Empire. Oleg pourrait comprendre, peut-être.

Pavel fit le tour du salon, regardant par toutes les fenêtres. Sacrée datcha à bien y penser. Qui faisait des jaloux. Isolée, assez loin de Nikel pour que les ivrognes habituels n'aient pas le courage de venir jusqu'ici, mais sait-on jamais. Tout semblait calme. Pavel n'avait vu personne en arrivant tout à l'heure. Il n'avait pas le choix. Pour commencer, il fallait qu'il aille aux renseignements. La Norvégienne, une nouvelle, lui avait indiqué le point de passage supposé. À une demi-heure d'ici. Si ça se trouve, il aurait même le temps de contrôler l'histoire et de revenir à la datcha avant qu'Oleg ne réalise son absence. Il inventerait toujours une bonne raison à ses appels répétés. Il sortit de la datcha. Silence total. Les cheminées de l'usine crachaient leur fumée, rassurante et inquiétante. Il avait tenté d'en protéger sa fille toute son enfance, mais Alissa avait eu des problèmes respiratoires jusqu'à l'adolescence. Ça lui était passé. Sa vraie transformation était venue plus tard. De gamine chétive à pionnière implacable dans les rangs de Yunarmiya, qu'elle avait rejoint deux ans plus tôt. Idem pour le caractère. Plus dur, plus cynique. Plus déterminé. Pavel ne comprenait pas encore ce qui s'était passé, mais le fait est qu'Alissa avait presque du jour au lendemain changé de vie. Elle avait gardé les mêmes copines, mais ses copines avaient subi la même mue brutale qui intimidait les parents. Alissa n'aimait pas que Pavel fasse le vigile dans cette datcha. Plus jeune, elle adorait. L'impression d'aller à la campagne, de fuir les rues défoncées de Nikel, les immeubles gris qui se dégradaient, et cette fumée qui planait sur la ville. Elle jouait dans le jardin, ramassait les pommes de terre. Mais ça, c'était avant. Maintenant, ça lui faisait honte. Elle n'avait plus suivi Pavel depuis le début de l'ère Yunarmiya. Depuis l'épisode qui avait marqué le début de sa propre déchéance.

Pavel monta dans sa Lada Niva et démarra. Il s'engagea sur la route qui longeait la frontière norvégienne, vers le sud-ouest. Une demi-heure plus tard, après avoir croisé au plus une dizaine de véhicules, il poursuivit sur un chemin réservé aux gardes-frontières. Des panneaux interdisaient de l'emprunter. Des caméras plantées tout le long de la route décourageaient les imprudents. La zone frontalière était clairement marquée d'une bande dénudée qui longeait la forêt, avec une double clôture de barbelé et des détecteurs électroniques.

Pavel gara sa voiture au pied de la tour de surveillance qui se trouvait au sommet d'une colline. Natalya Pimenova occupait seule le mirador depuis le matin. C'était une jolie brune piquante originaire de Vorkouta, entrée chez les gardes-frontières après son divorce trois ans plus tôt. Elle impressionnait Pavel, autant par sa beauté que par son ambition affichée, dans le travail et dans la vie.

Elle l'accueillit avec un air froid, en se recoiffant de sa large casquette. Pavel était son supérieur et ne s'était pas annoncé. Il expliqua rapidement le coup de fil reçu de Norvège sur un passage important de rennes dans la zone couverte visuellement par Natalya. La brune confirma d'un hochement de tête. Elle poussa vers lui le cahier de jour où chaque événement était consigné. Natalya Pimenova, de son écriture fine et pleine, avait noté le passage quasiment en face de la tour. Pavel pouvait apercevoir, à trois kilomètres à l'ouest, les lumières d'une ferme norvégienne, de l'autre côté de la rivière Pasvik. Il savait que la zone de pâturage d'hiver du troupeau norvégien commençait juste en dessous de cette ferme, et descendait vers le sud.

– Je pensais qu'ils devaient boucher la clôture ?

Natalya haussa les épaules, ce qui eut pour effet de mettre en valeur ses seins que l'uniforme ne parvenait pas à camoufler. Pavel la regarda. Il la savait gourmande en hommes, toxique s'il le fallait, bien décidée à ne plus se laisser emmerder après son mariage calamiteux. Trop dangereuse pour lui, qui avait du mal à se dépêtrer de sa propre relation avec celle qu'il n'appelait plus que la mère d'Alissa.

– Tu as pu voir si le troupeau était poursuivi par des animaux, des loups ou autres ? Ou déceler une présence humaine ?

Natalya fit une moue. Ça devait vouloir dire non. Pas bavarde aujourd'hui.

– Ils ont traversé la route ou bien ils sont toujours le long de la frontière ?

– Je les ai perdus de vue quand ils ont contourné la colline.

Cette voix… C'est ce qui la rendait la plus dangereuse. Une voix grave, chaude, roulante et douce en même temps. Qui le prenait au ventre à chaque fois.

– Il devrait y avoir des traces dans la neige.

Nouveau haussement d'épaules.

Il se tourna vers le dos de la colline, comme s'il pouvait apercevoir quoi que ce soit dans l'obscurité. Il reporta son attention sur le cahier qu'il feuilleta. Natalya avait noté la présence de trois employés du parc naturel qui étaient venus faire des prélèvements le matin même.

– Ils avaient signalé leur venue ?

Natalya se pencha sur le cahier, tourna quelques pages.

– A priori, non.

Il fronça les sourcils, pointant du doigt l'autre événement du jour, survenu avant la visite des employés et le passage des rennes.

– Oui, reprit Natalya, les Norvégiens auront eux aussi de bonnes raisons de râler, une fois de plus…

Pavel jura intérieurement. Son dimanche était définitivement pourri. Une bande de chiens errants avait traversé la frontière vers la Norvège un peu plus au sud.

– C'est bizarre non, ces chiens, ici ?

Natalya haussa encore les épaules. Pavel ferma les yeux pour oublier ses seins un instant.

– S'ils viennent de Nikel, comme c'est souvent le cas avec les chiens errants, ça fait un peu loin, c'est vrai. Surtout en hiver. Ils restent plutôt en ville en cette saison. Mais…

– Mais c'est un hiver pourri, je sais. Bien plus chaud que d'habitude. Plus chaud, et pourtant avec plus de neige.

– Oui, plus de neige qui peut couvrir la clôture, reprit Natalya. Du coup, c'est facile pour des rennes ou des chiens de passer.

Cette voix qu'elle laissait traîner… Pavel hocha la tête, comme s'il pesait les paroles de sa subordonnée.

– Tu as peut-être raison, Pimenova. L'inspectrice norvégienne a demandé un rendez-vous. Il va falloir prévenir le parc naturel, aussi.

– Une partie des chiens est apparemment restée de notre côté, ils ont dû être attirés par autre chose. Je pense que les chasseurs de Mourmansk ont été prévenus pour nettoyer de notre côté de la frontière.

– Ils sont en route ?

– Je ne sais pas. On est dimanche, ça fait loin pour eux.

– La nouvelle gouverneure a donné des instructions sur ces chiens, avec le risque de rage. Pas de pitié. Mais les chasseurs devront se signaler.

– Ça dépend où ils repèrent les chiens. Si c'est depuis la route…

Il posa sa main sur la manche de Natalya.

– Merci, Pimenova, bon travail. Tu me signaleras l'état des événements en quittant ton poste.

Pavel descendit le long de l'échelle et resta un instant au pied de la tour. S'imprégnant de la nuit. Il se demandait s'il devait rappeler la Norvégienne maintenant pour les rennes. Ça pouvait attendre demain matin. Mais ces chiens qui se baladaient de part et d'autre de la frontière, c'était une autre histoire. Entre le risque sanitaire avec la rage et les accusations qui ne manqueraient pas de pleuvoir sur leur incapacité à verrouiller la frontière, la nouvelle gouverneure ne les louperait pas.

8

Kirkenes.

Klemet avait hésité. Puis il avait choisi la sobriété.

– Pauvre connard.

– Nango, tu manques d'humour. Et tu ne réponds pas à la question. Elle est mignonne la petite, bien roulée en plus. Ne me dis pas que pendant vos longues patrouilles dans la toundra, les nuits dans les cabanes en pleine montagne, tu n'as pas… enfin, tu vois ce que je veux dire. Vous aviez du temps. Entre collègues, ça mange pas de pain, pas vrai…

– Kujala, je te laisse déjeuner tout seul… Non seulement t'es un connard, mais tu parles vraiment trop.

Il venait d'arrêter la voiture devant le restaurant chinois de la rue du Docteur Wessel.

Le policier finlandais haussa les épaules. Pendant que Kujala s'attablait, Klemet, resté à l'extérieur, sortit son téléphone.

Klemet appelait pour la troisième fois lorsque Berit Kutsi répondit enfin. Il n'avait pas revu sa vieille amie de Kautokeino depuis son arrivée à Kirkenes, ne lui avait parlé qu'une fois en un mois et demi. Il s'en voulut. Berit était la fidèle parmi les fidèles. La pauvre parmi les pauvres. Ils se connaissaient depuis l'enfance, mais Berit avait dû quitter l'école à onze ans, quand elle avait appris suffisamment de norvégien pour savoir quelle serait sa place dans cette société. Tout en bas. Non seulement comme Sami, mais en plus appartenant à un clan sami qui n'avait pas bonne réputation auprès des autres Sami. Elle en avait souffert, écopant des tâches dont les autres ne voulaient pas. Elle s'était réfugiée dans l'aide aux autres et dans la foi, laestadienne craintive, fervente adepte de cette branche rigoriste du luthéranisme, cette religion dans laquelle Klemet avait été élevé mais à laquelle il avait tourné le dos. Elle n'en avait jamais voulu à Klemet, continuant, comme elle disait, à veiller sur les âmes faibles du vidda, et sur les âmes pures. Klemet se demandait parfois si Berit le rangeait dans une de ces deux catégories.

C'est à elle en tout cas qu'il avait confié le faon donné par Anneli, en lui faisant promettre de le garder à l'abri des regards afin de ne pas attirer l'attention des éleveurs de Kautokeino.

Mais la vision du faon de Piera, seul survivant du groupe de rennes qui avait traversé la frontière en décembre, avait ému Klemet. Autant que les sarcasmes de Kujala l'avaient blessé. Berit le salua de sa voix enjouée. Ils échangèrent quelques banalités sur la météo, il faisait bien plus froid à Kautokeino, des clans se déchiraient pour des histoires de pâturages, comme tous les hivers. Elle avait commencé à travailler depuis le début d'année à la maison de retraite, celle près du temple, ce qui ne lui plaisait pas trop, car le pasteur était toujours là, et il devenait bizarre, mais Berit essayait de ne pas le croiser.

– Et Todd ?

Berit avait accepté d'héberger le père de Nina, prenant le relais de Nils-Ante et Changounette épuisés par les nuits blanches que leur imposait l'ancien plongeur de l'industrie pétrolière qui souffrait toujours, à cause des accidents, des pressions et des cadences inhumaines liées aux plongées, du syndrome de stress post-traumatique. Avec les cauchemars, les sautes d'humeur et le caractère imprévisible qui allaient avec. Berit disposait d'assez de place dans sa petite maison près de la galerie Juhls et la solitude ne valait rien à Todd Nansen, l'esprit toujours chamboulé par ses drames en mer du Nord.

– Si tu le voyais, il m'étonne. Plus je le découvre, plus j'entrevois le cœur de cet homme. Et combien il souffre de ne pas pouvoir sortir de tout ça ! Je prie pour lui tous les jours.

– Les médecins disent que ça prendra du temps.

– Je m'inquiète plutôt pour la petite. Elle veut tellement retrouver son père comme il était avant. Ça la rend triste. Elle est passée il y a deux semaines.

– Ah oui ? Elle ne m'a rien dit. Toi non plus d'ailleurs. Et tu sais quoi ? Je viens de la voir à l'instant. Je ne savais même pas qu'elle avait été affectée ici. J'avais l'air malin… Et toi bien sûr tu ignorais qu'on se trouvait dans la même ville ?

– Tiens, c'est vrai…

– Ça ne te va pas de jouer à ça, Berit, tu ne sais pas mentir. Et puis ne t'inquiète pas trop pour Nina, elle entame une nouvelle carrière, elle est bien occupée, et ça m'étonnerait qu'elle ait le temps de trop penser à son père.

– Qu'est-ce que tu en sais ? dit Berit brusquement, avant de s'adoucir aussitôt. Vous êtes toujours fâchés ?

– Bah, des histoires tout ça. C'est elle qui était fâchée, moi…

– Oui, toi bien sûr, tu n'étais pas fâché. Tu as juste mis le feu à ta tente sami devant tout le monde, pour bien montrer que tu étais réconcilié avec ton identité sami, juste après que la petite t'a surpris ivre mort en train de te mesurer le crâne avec ces instruments de malheur, comme si ça avait pu te faire comprendre ce que nos parents ont vécu quand les médecins scandinaves sont venus s'assurer qu'on était moins intelligents qu'eux…

– Ah, elle t'a raconté ça alors ?

– Oh, ça et bien d'autres choses !

Klemet grommela. Qu'est-ce qu'elles avaient toutes à se mêler de ses histoires ? Il avait mis le feu à sa tente parce qu'il en avait marre qu'on lui jette à la figure son identité sami de pacotille, oui, et alors ? Il avait plus de mal à justifier la circonstance embarrassante dans laquelle Nina l'avait un jour découvert. À se mesurer le crâne avec cet instrument que les médecins suédois avaient utilisé un siècle plus tôt pour soi-disant prouver que les Sami appartenaient à une race inférieure. Mais il était bourré, bon Dieu ! Il se souvenait de ces livres édités par l'Institut de biologie raciale, que les Suédois avaient ouvert en 1922. Des livres illustrés de planches, bons Suédois, mauvais Tatares, bons Suédois, mauvais Juifs, bons Suédois, mauvais Lapons, bons Suédois, mauvais Gitans. Avec des colonnes de chiffres de tous les angles du crâne, bonnes mesures, mauvaises mesures. Oui, il avait glissé, oui, il s'était perdu à comparer ses mesures avec ces colonnes de chiffres. Oui, Nina l'avait surpris et…

Le faon, c'était quand même pas pareil. Si mignon, si innocent, cette couleur fauve un peu cendré, à peine grisâtre sur les pattes, différent des autres. Comme lui finalement.

Dans la salle, Kujala prenait son café. Le policier finlandais croisa son regard, indifférent. Il reposa sa tasse, demanda l'addition.

– Oui, bon, on en parlera plus tard. Et…

– Le faon ?

– Ah oui, le faon aussi, tu as raison.

– Cher Klemet, comme si je ne te connaissais pas… Tu en as pris du temps pour demander.

– Je n'ai rien demandé, c'est toi qui…

– Il va bien, ton faon. Et tu sais quoi, il fait du bien à Todd. Je le vois à son visage quand nous sortons le promener le soir.

– C'est bien, alors. Ça me fait plaisir pour Todd. Il mérite d'être paisible, ce gars-là, après tout ce qu'il a souffert.

– Et la suite ?

– Pour le faon ? Je ne sais pas. Et pas la peine de me faire la leçon. Je trouverai une solution.

– Ça fait des lustres que tu dis ça. Je me demande même pourquoi on en parle encore comme d'un faon. On ne pourra pas continuer bien longtemps comme ça. Ma maison est peut-être isolée, mais le village est petit. Et tu sais ce qui arrivera à un renne non marqué si quelqu'un le trouve.

– Je sais, il finira en ragoût.

9

Kirkenes.

Le café Centrum était sur le point de fermer quand Olaf Renson fit son entrée. Il étendit les bras, comme s'il prenait possession du lieu, avec un sourire conquérant. Il avança d'un pas décidé vers le comptoir, saluant d'un geste ample la jeune serveuse.

Quelques-uns des vieux du matin, sur le départ, se rassirent en voyant débarquer Renson et ses grands airs. Il se passait quelque chose.

Piera Kyrö connaissait le député sami suédois depuis des années. On le surnommait l'Espagnol, il ne savait pas pourquoi. Ses manières grandiloquentes ne plaisaient pas à tout le monde, mais Renson savait maintenir la pression sur la question des droits des Sami.

– Piera, mon ami, bonjour !

L'Espagnol donna une accolade énergique à l'éleveur de Pasvik. Avec ces rennes en Russie, Piera aurait bien annulé ce rendez-vous s'il n'avait pas été fixé depuis des semaines. D'autant que Renson avait insisté. Un rendez-vous historique !

– Et je te présente Vitali !

Un homme de taille moyenne, aux cheveux noirs plaqués sur le crâne, lui mangeant le front et les tempes, aux yeux rêveurs et à la fine moustache, salua en se courbant.

– Vitali Tukavin, compléta-t-il.

Renson ne l'avait pas prévenu de la présence d'un Russe, tout sami fût-il. Piera le détailla, essayant de se souvenir s'il l'avait déjà vu. Les Sami russes n'étaient pas si nombreux. Ceux impliqués dans l'élevage encore moins.

– Vitali m'a rejoint de Lovozero. Les Sami russes comptent sur notre appui, Piera. C'est maintenant ou jamais ! Il va nous aider à préparer le prochain Conseil sami nordique. Il est temps que nos frères de Russie soient entendus. Nous en ferons le premier vrai Conseil sami unifié !

Il enveloppa Vitali Tukavin de son bras, le poussant vers une table bordant la large fenêtre qui donnait sur le portique chinois.

– Vitali parle un peu suédois, il a appris avec les entrepreneurs suédois et finlandais qui avaient installé un abattoir à Lovozero après la chute de l'URSS. Bon, cet abattoir n'a pas duré très longtemps, mais l'époque était compliquée.

L'évocation de l'abattoir mit Piera mal à l'aise. L'idée même d'y penser. Il la repoussa. Se concentra sur le Sami russe pour contenir le fantôme de l'abattoir. C'était plus fort que lui. Est-ce que le visage de Vitali Tukavin pouvait y être lié ? Est-ce que ce Vitali était venu se former ici à l'époque, il y a près d'une trentaine d'années ? Il aurait eu quoi ? Dix-huit, vingt ans ? Est-ce qu'il était lié à… ? Ne pas y penser.

Vitali hochait la tête.

– Je m'appelle Vitali Tukavin, berger à la 9e brigade du kolkhoze Taïga de Lovozero, je…

Olaf Renson le coupa.

– Vitali est éleveur de rennes, tu l'as compris. Notre frère d'armes. Oui, je sais, kolkhoze, ça fait un peu daté, mais tu comprends ce qu'il veut dire. Côté russe, ils sont toujours organisés sur ce modèle soviétique. Vitali, c'est un vrai pur. Ce qui se fait de mieux chez les bergers sami russes. Des durs à la tâche, pas vrai, Vitali ? Les Sami de Russie ne seraient plus que l'ombre d'eux-mêmes ? Détruits par quatre-vingts ans de communisme ? Et alors, ils ont aussi conservé un lien avec la terre comme il n'existe plus ici. Ce sont les héritiers des clans sami qui peuplaient la région avant les frontières ! Ces frontières iniques, indignes, criminelles !

Renson se pencha vers Piera. D'ici, Piera ne voyait pas les vieux de l'entrée, mais il se doutait qu'ils devaient tendre l'oreille. Renson chuchotait.

– Le Conseil sami nordique, c'est dans trois semaines, ici. Nous allons faire un coup d'éclat, secouer les gouvernements nordiques. Annoncer une demande commune d'autonomie, et réclamer le droit à lever l'impôt !

Olaf Renson se redressa, jaugeant Piera pour mesurer son effet.

Piera écoutait. Troublé. Lui, avec la poignée d'éleveurs du district 5A/C, le plus isolé de toute la Laponie norvégienne, coincé entre la Finlande et la Russie, devait se battre contre des frontières implacables et immuables. Des frontières que les guerres successives avaient tracées. Olaf Renson allait-il, comme coup d'éclat, déclarer la guerre à la Russie et à la Finlande pour régler les problèmes de Piera ? Un coup d'éclat… La belle affaire…

– Tu m'écoutes, Piera ? Cette fois-ci, on va les ébranler pour de bon. Je suis en route pour rencontrer officiellement les représentants sami russes à Lovozero. Vitali est venu me retrouver ici pour m'aider à préparer la rencontre et lui donner un caractère, comment dire, officiel. Il m'attendra au poste-frontière quand je passerai la ligne. Ça aura de la gueule, tu peux le croire.

Piera le croyait volontiers.

– Tu vois, Piera, toutes ces vieilles histoires… Ça fait des années que les gouvernements nordiques freinent insidieusement le rapprochement des parlements sami de Suède, de Finlande et de Norvège. Ils ont peur qu'on parle d'une voix ! Et tu sais quoi ? Ils ont raison !

– Peut-être, répliqua Piera, mais il faut bien dire qu'on n'a pas été très bons à parler d'une voix…

– La faute à qui ? lança Renson.

Il haussa le ton, répétant sa question, comme s'il prenait à partie les derniers clients du café Centrum.

Piera Kyrö baissa la tête. Deux gars de l'entrée regardaient dans sa direction. On n'aimait pas trop, ici, quand ça haussait le ton.

– Et tu sais ce qu'il manque pour qu'on puisse parler d'une voix ? Il manque nos frères de Russie ! C'est pour ça que Vitali va nous aider.

Piera bougea sur sa chaise, regardant les clients de l'entrée. Ces histoires de Russes le rendaient toujours nerveux. Lui, il était de la vieille école, encarté au parti travailliste, comme les vieux de l'entrée, qui surveillaient les allées et venues depuis leur point de vue stratégique. Dans la région, les travaillistes avaient toujours tenu les rouges à l'écart, et chez les Russes, qu'on le veuille ou non, beaucoup avaient toujours la nostalgie de l'empire communiste en bandoulière. À Kirkenes, avant-poste occidental face à l'ex-URSS, on le savait mieux qu'ailleurs. C'était l'Armée rouge qui avait libéré la cité, on ne l'avait pas oublié. Mais ça ne faisait pas d'eux des rouges.

– Tu me suis, n'est-ce pas ? dit Renson. Il est temps que nous ramenions les Sami de Russie dans notre espace. Tu vas m'aider. Quand je passerai la frontière pour aller en Russie, Vitali m'accueillera, côté russe. Ce serait bien que toi, tu m'accompagnes jusqu'à la frontière, côté norvégien. En termes d'image, ce serait bien, je crois… On pourra pas vous faire vous serrer la main, mais je ferai le lien entre vous deux. C'est pas mal, non ?

Piera Kyrö se frotta les tempes.

– Oui, peut-être, si ça peut aider. Même si je n'ai pas vraiment besoin de ça…

Piera ouvrit le *SVA* du jour. Le *Sør-Varanger Avis*, en page huit, publiait un long article qui mettait en cause la qualité réduite de la viande de renne nordique.

– À croire qu'ils ont interviewé ma grand-mère. Elle ne dit pas autre chose. Qu'à force de nourrir les rennes avec des granulés, la viande perd son goût originel.

Renson tapa du poing sur la table.

– Ils ne ratent décidément jamais une occasion !

– Ce n'est pas tout, poursuivit Piera. On manque de viande de renne, on n'arrive pas à fournir par rapport à la demande. J'ai des commandes en Allemagne, en France. Des restaurants gastronomiques qu'on travaille depuis des années. Et en plus de tout ça, j'ai une cinquantaine de bêtes qui sont passées côté russe. Une cinquantaine ! Une catastrophe. Même si ce que j'en dis, moi, c'est que les pâturages côté russe où vont ces rennes, ils nous reviennent. C'est ma famille qui les avait dans le temps, et j'en aurais bien besoin maintenant.

– Ah, mais je comprends très bien ! s'exclama Olaf Renson.

Piera observait Vitali du coin de l'œil. Il n'arrivait pas à se faire à l'idée que le Sami russe, tout Sami et tout russe fût-il, représentait ce que le peuple sami de Russie avait de plus éclatant à offrir.

Piera reporta son regard sur Olaf Renson. Le député sami venait sûrement d'avoir une idée. Et Piera n'était pas certain que ce fût une bonne nouvelle.

Poste-frontière russo-norvégien de Storskog.

La silhouette frissonne. Il est temps. Elle pose la planche qui soutient l'affichette au pied de la fenêtre de gauche de la cabane peinte au rouge de Falun.

Photo tournée vers le monde, vers la frontière. Elle s'éloigne, sans se retourner. Pile à l'heure. Elle reviendra dimanche prochain. Ce sera le mille soixante-quatorzième dimanche.

À 339 mètres de là, un garde-frontière norvégien l'observe aux jumelles. Les feux arrière de la voiture s'éloignent, vers la Norvège. Comme chaque dimanche.

Le garde-frontière met sa parka, sort. C'est son tour. Parcourt lentement les 339 mètres jusqu'à la cabane. Il n'aime pas ça. Mais ici, c'est comme ça.

Il jette un dernier coup d'œil vers sa gauche. Il sait que, parfois, la silhouette s'est arrêtée au loin et regarde. Le jeune soldat n'est pas fier. De la main gauche, il maintient la pancarte en bois. De la droite, il arrache l'affichette. Pas de vague, lui a-t-on dit. Le jeune soldat, en parcourant à nouveau les 339 mètres, se demande combien d'affichettes ont été arrachées.

10

Nikel.

Pavel Zubkov sifflait un air de Svetlana Loboda en conduisant en direction de Nikel. Il reprit l'unique bout de la chanson qu'il connaissait par cœur.

Cela n'a plus de sens d'avoir peur,
Tu frappes le cœur comme un coup…

Il chantait à tue-tête dans la voiture, seul endroit où il s'autorisait ce genre d'écart. Le lieutenant des gardes-frontières poursuivit en sifflant, mais le son resta au fond de sa gorge lorsqu'il reconnut au bord de la route la Dacia Logan d'Oleg. Il ralentit en rentrant la tête dans les épaules, éteignant la radio comme si l'autre pouvait l'identifier grâce à la musique. Pavel ne voyait rien dans l'obscurité, et se demandait bien ce qu'Oleg pouvait faire ici à cette heure, dans ce noir. Et qui justifiait son appel à Pavel pour la garde de sa datcha ? Il tourna la tête pour jeter un dernier coup d'œil sur la Logan et ramena son regard sur la route juste à temps pour éviter un chien. L'animal venait de bondir en travers de son chemin. Pavel donna un brusque coup de volant, aperçut l'espace d'un éclair l'éclat des yeux de deux autres chiens pris dans le faisceau de ses phares. La voiture partit en tête à queue. Il tapa contre un remblai de neige et parvint à la stabiliser. Les deux chiens traversèrent tranquillement et rejoignirent le premier qui semblait regarder en direction de Pavel, avant de s'en désintéresser. Les trois bêtes disparurent dans la nuit.

Pavel reprit son souffle. Tout en surveillant les environs. Appartenaient-ils à la meute repérée par Natalya ? La route était calme. Ni chiens ni Oleg. Il redémarra. En arrivant à l'embranchement qui menait à la datcha d'Oleg, avant Nikel, il hésita. Oleg ne se serait sans doute pas rendu compte de son abandon de poste, puisque sa voiture se trouvait derrière. Pavel sortit son téléphone. Aucun appel d'Oleg. Il n'avait donc pas constaté son absence. Ça lui laissait quelques minutes pour passer d'abord chez lui. Un pressentiment à évacuer.

Il gara sa voiture au pied de l'immeuble d'habitation des gardes-frontières, le seul bâtiment neuf de Nikel construit depuis une bonne quinzaine d'années en lisière de la ville, avec une vue imprenable sur l'usine.

Lorsqu'il ouvrit la porte de son appartement du rez-de-chaussée, les hurlements d'Alissa le paralysèrent.

– Salaud, tu l'as fait exprès !

Alissa portait encore sa parka fourrée beige de Yunarmiya. Elle brandissait le poing, les larmes aux yeux, ce qui ne l'empêchait pas de jeter sur son père un regard assassin.

– Alissa, mon Alochka, que se passe-t-il ? Ne crie pas, explique-moi.

– Ta gueule, ordure, tu avais promis, et tu l'as laissé partir, tu l'as fait exprès !

– Alochka, dis-moi…

– Ne m'appelle pas Alochka, connard !

Alissa était sur le point de le frapper. Depuis qu'elle avait rejoint les paramilitaires, avec l'entraînement qu'elle recevait, elle était bien capable de s'en prendre physiquement à lui, vu sa colère. Puis Pavel comprit. Le chien. Il n'était pas là. Le pressentiment qui l'avait poussé à faire ce détour se confirmait. D'habitude, il se précipitait toujours sur lui lors de son retour. Là, rien à part les cris de sa fille. Gagarine avait disparu. Le chien avait dû sortir dans le minuscule bout de jardin par la lucarne aménagée dans la porte et sauter par-dessus la clôture. Son téléphone sonna. Son téléphone, sa fille, le chien. Il prit l'appareil, c'était Oleg. Pas le moment. Vraiment pas. Alissa hurlait, avec cette façon qu'elle avait de se foutre du monde entier dans ces moments-là. Gagarine. Ça lui était arrivé une fois, l'an passé. Alissa avait déjà piqué une crise, et déjà elle l'avait accusé d'avoir fait exprès de laisser filer le chien. Pavel avait fini par le retrouver sur le petit terrain de foot près des garages, le chien avait pris une bonne rouste, Pavel avait un peu surélevé la clôture, mais pas trop parce que son voisin tenait à sa vue. Et voilà. Gagarine avait à nouveau fichu le camp. Il avait dû entendre un autre chien aboyer. Putains de chiens errants… Une des pires plaies de Nikel. Qui allaient mettre la panique côté norvégien, où tout devenait dramatique avec le risque de rage. Tout s'écroulait. Et qu'en plus, un chien de garde-frontière transgresse la frontière !

– Salaud ! Le seul cadeau que m'a fait ma connasse de mère, et tu le laisses filer ! Pour nous faire chier !

– Alissotchka, tes mots dépassent ta pensée, tu sais bien que Gagarine est parti seul, je n'étais pas ici, j'étais en…

– Tu étais encore chez l'autre connard de raté poisseux, de honte sociale ! C'est ça ? Et tu crois que ça t'excuse ? Tu salis ton uniforme !

– Alissa, tu es injuste, je fais ça pour…

– Mais ta gueule !

Elle prit sur le meuble d'entrée une reproduction en plâtre d'un système antimissile russe et la jeta contre le mur où elle explosa. Puis elle sortit en claquant la porte. Le silence revint. Pavel était sonné. Il se dirigea comme un automate vers la cuisine, se servit cent grammes de vodka. Il but une première gorgée qui lui brûla le gosier. Il aurait dû ressortir tout de suite pour chercher Gagarine, mais là, ça faisait trop. Il but à nouveau. Sur le réfrigérateur, il effleurait du doigt les photos de Gagarine, encore chiot, dans les bras d'Alissa, avant son époque paramilitaire. Une Alissa aux cheveux tirés en chignon, le regard espiègle tel qu'il ne lui avait plus connu depuis longtemps. Sur chaque porte de placard de la cuisine, une nouvelle photo de Gagarine racontait toutes les étapes de la vie du chien. Gagarine dans la datcha d'Oleg, Gagarine au bord du lac, Gagarine en barque, Gagarine reniflant le cul d'un autre chien. Pavel passa dans le salon avec la bouteille de vodka. La fatigue le prit soudain. Il fallait qu'il parte à la recherche de Gagarine. Il fallait qu'il retourne à la datcha. Il fallait qu'il fasse honneur à son uniforme. Il fallait, il fallait !

Alissa ne lui pardonnerait jamais. Oleg non plus.

Il but une longue gorgée. Il sentait déjà l'ivresse l'envahir. Il ne pouvait plus reprendre le volant. Dans son état, lui, officier des gardes-frontières, ne pouvait pas se permettre de se faire contrôler. Les flics seraient trop heureux de lui faire des misères. Il pensa à Oleg et à sa datcha abandonnée. Et merde pour Oleg ! Il se reversa un verre de vodka, but, se leva pour allumer son ordinateur. Il commença à regarder les vidéos de Gagarine, Gagarine et Alissa, les deux courant le long du lac, Gagarine pissant sur le canapé lorsqu'il était encore chiot, et une gorgée pour Gagarine. Que sa fille était injuste. Son Gagarine, il l'adorait tant. Il but, à la santé de Gagarine, son chien, son bâtard, lui qui passait des heures parfois à le caresser quand il rentrait du boulot, quand sa fille lui faisait la gueule, sa fille qui n'avait plus supporté qu'il lui fasse un câlin depuis tant d'années. Gagarine, lui, il en avait eu, des câlins. Pavel remplit son verre. Vidéo de Pavel se filmant avec Gagarine, Gagarine endormi contre lui, ronflant légèrement, Gagarine grognait quand il quémandait un bout de saucisson. Les premières vidéos qu'Alissa avait prises de Pavel avec le chien, jusqu'à ce qu'elle arrête complètement de filmer son père. Où es-tu, mon Gagarine ? Il ne savait plus si c'était Gagarine ou Alissa qui lui manquait. Il eut mal à la tête. Il se frotta les tempes. Gagarine sautait maintenant pour essayer d'attraper le bout de corde qu'Alissa jetait en l'air, Alissa et ses quinze ans, Alissa et ses seize ans, ses rires, les jappements de Gagarine. Pavel se repassait les vidéos pour la deuxième, pour la troisième fois, il repoussa la bouteille de vodka. Il se sentait devenir sentimental. Ce fut alors qu'il réalisa. Oleg, les chiens. Il fallait l'empêcher ! Il se redressa d'un coup, fut pris d'un vertige et s'écroula sur le canapé.

11

Environs de Nikel.

Les pins, les épicéas, les bouleaux, la neige, les tons verdâtres se succédaient sur une palette de couleurs contrainte par les œilletons. Les lampadaires qui bordaient la route frontalière offraient des pics d'intensité, mais sinon, Oleg se mouvait dans un monde doublement étouffé. Par la neige d'abord, par l'appareil de visée nocturne ensuite. Piotr le suivait, à en juger par les pas lents et espacés dont il percevait le frottement sur la neige.

Oleg Gretchko ressentait toujours une impression bizarre, ici. Un tiers de la zone frontière entre la Russie et la Norvège, la bande du milieu, constituait officiellement le parc naturel de Pasvik. Toute la partie entre la route qui longeait la frontière et la frontière elle-même, une quarantaine de kilomètres de longueur, sur cinq kilomètres dans sa partie la plus large. Quasiment les pieds en Norvège.

Il cracha dans la neige, regarda si le glaviot se distinguait dans la neige avec ses lunettes spéciales. Il cracha à nouveau, s'amusant des flammèches verdâtres qui se perdaient dans cette soupe de pois. Ça voulait surtout dire que toute cette zone du parc lui était interdite. Au point que ça en était devenu une obsession. Oleg n'était pas assez fou pour braver cette interdiction-là. Les autorités seraient capables de rouvrir le goulag rien que pour lui.

Il savait qu'il se trouvait à peu près dans la bonne zone. On reconnaissait aussi un bon chasseur à ses informateurs. Et Oleg était l'un des meilleurs de l'oblast, le meilleur, peut-être.

S'il faisait un bon carton, il serait largement récompensé. La prime par tête ferait saliver n'importe qui, mais n'importe qui ne pouvait se faire ce type de carton. Il se tourna vers Piotr. Avec sa tronche verdâtre, il avait vraiment l'air d'un œuf avarié. En revenant vers sa position, il perçut une intensité soudaine. Une voiture approchait. Il s'enfonça, ordonna à Potap de faire de même. Il suivit en clignant des yeux les deux points vert pâle intense qui filaient sur la route. Il entendit un bruit de dérapage et de freinage sur la neige, un choc assourdi. Il se retourna brusquement. Une centaine de mètres à peine. Il fit un geste à Piotr, sans savoir si celui-ci le voyait. Le moteur tournait toujours. La voiture repartit, mais Oleg se fichait bien du véhicule. Il voyait la forme qui l'intéressait, qu'il cherchait depuis deux bonnes heures. Il chuchota aussi fort qu'il le put à l'attention de Piotr, l'envoya se poster à une trentaine de mètres, dans le coude de la route. Il chuchota plus fort encore quand il aperçut deux nouvelles formes. Piotr, contre toute attente, paraissait comprendre ce qu'Oleg voulait. Il attendit quelques secondes, le temps que Piotr se mette en place. Là, ça ferait dix-huit mille roubles d'un coup. Le tiers du salaire mensuel de cette tête d'œuf de Piotr. Qui n'en toucherait qu'une petite partie, bien sûr. Oleg remercia saint Pancrace des Grottes de Kiev et se signa. Les formes avaient quitté la route mais restaient immobiles. Oleg coinça son canon dans la branche d'un bouleau pour compenser les frissons qui le secouaient. Il visa, respira, évalua celui qu'il considérait comme le meneur, bloqua sa respiration, se répéta qu'il n'avait pas froid, que ses doigts n'étaient pas engourdis, il ferma les yeux, les ouvrit à nouveau, la forme n'avait pas bougé. Il appuya sur la gâchette. Il perçut à peine un jappement. Touché. Là-bas, les deux autres formes hésitaient. Une autre forme s'écroula. Crâne d'œuf avait fait mouche. La troisième forme avait fait un bond de côté. Elle revenait maintenant, reniflait les autres. Elle s'écroula quand Oleg fit feu à nouveau. Il reprit enfin une respiration normale. Par acquit de conscience, il observa la route une demi-minute. Plus rien, plus un mouvement, à part la silhouette verdâtre de Piotr qui traversait la route. Il le rejoignit. Les trois chiens gisaient au sol. Deux d'entre eux respiraient encore. Oleg fit signe à Piotr de les achever. Oleg alluma une cigarette, laissa la fumée l'envelopper. Piotr essuyait son poignard. Il connaissait son affaire. Étonnant, ce type, songea Oleg un instant. L'archétype du fonctionnaire qui avait peur de son ombre. Mais là, un couteau de chasse en main, il devenait moins con.

– Magne-toi d'aller chercher la caisse. On fera rien de plus ce soir.

Piotr partit au pas de course, bon soldat. Krazimir Chadoff serait satisfait. Trois clébards, c'était pas grand-chose, mais ça permettrait à Chadoff de montrer aux autorités à Mourmansk qu'il assumait sa part de boulot, la « part blanche », comme Chadoff avait l'habitude de dire en rigolant.

Chadoff lui parlait souvent comme s'il se prenait pour son prof.

– Tu comprends, Gretchko, pour que les ronds-de-cuir te couvrent, il faut qu'ils puissent se raccrocher à quelque chose qui est tout beau, tout net. Ça leur suffit, ils vont se charger eux-mêmes, à partir de ce petit bout d'histoire, de te tresser des lauriers pour justifier tout le reste. Tu comprends, Gretchko ?

Dans ces moments-là, Oleg Gretchko avait surtout envie de lui décharger son fusil de chasse dans le bide, à ce gros porc, mais il hochait la tête, jouant le disciple ébahi et reconnaissant. Ce qui l'intéressait, dans ces discussions, c'était surtout d'identifier les contacts de Chadoff au sein de l'administration régionale et la nature de leurs liens. Mais il accordait une certaine valeur au conseil favori de Chadoff : qu'on conserve un bout d'activité honnête, pour rassurer. Chadoff disait encore des choses du genre, la criminalité pure, Gretchko, n'a pas d'avenir maintenant que la plupart des criminels sont des salariés en col blanc, crois-moi.

Chadoff était un gros con, mais un gros con puissant, avec une étonnante capacité de résilience. Il n'y avait qu'à voir comment il avait rebondi depuis son exil forcé en Sibérie orientale, après l'affaire de l'abattoir, voilà des années. Il fallait d'autant plus s'en méfier.

Oleg Gretchko n'avait jamais eu l'opportunité d'intégrer l'administration pour faire proprement son boulot de criminel, mais il s'appliquait à suivre au moins le conseil de Krazimir Chadoff. Chasser les chiens errants, mission réclamée par la gouverneure au nom de la lutte impérieuse contre les maladies infectieuses, rentrait dans la catégorie des actes destinés à le faire bien voir. Presque un boulot de fonctionnaire, en quelque sorte.

Piotr Potap revint cinq minutes plus tard au volant de la Logan. Oleg le laissa charger les corps des chiens dans le coffre. Il s'installa au volant et sortit son téléphone qu'il avait laissé éteint depuis sa visite à l'église dans l'après-midi. On avait essayé de l'appeler plusieurs fois. Pavel, notamment, avait tenté de le joindre au moins quatre fois. Sans laisser de message. Il appela le garde-frontière du FSB. Rien.

Une bonne demi-heure plus tard, la Dacia Logan était de retour devant la datcha. Oleg fut pris d'un mauvais pressentiment. Où était la voiture de Pavel ? Il n'aimait pas ça du tout.

Dans le temps, il avait possédé un jardin juste à la sortie de la ville, vers le cimetière. Les beaux jours, il pouvait même y aller à pied de son appartement ou de son garage. Il avait renoncé à le garder à cause de tous les alcoolos de Nikel qui passaient leur temps à écumer les jardins pour y voler tout ce qu'ils pouvaient.

Sa datcha, dont il était si fier, lui avait coûté cher, bien sûr, mais au moins, elle était plus éloignée de Nikel, et ça limitait les risques. Pour s'y rendre, il fallait emprunter le labyrinthe des sentiers qui serpentaient au milieu des bouleaux, avec d'innombrables embranchements qui menaient vers les datchas isolées. Oleg avait soigneusement choisi la sienne, en bordure du lac qui débouchait dans la rivière Pasvik. Il fallait presque se perdre pour tomber dessus. Mais Oleg connaissait assez la soif inextinguible des gars de Nikel pour savoir qu'ils étaient prêts aux pires équipées si ça les prenait. Il le savait d'autant mieux qu'il était passé par là. C'est même comme ça qu'il avait repéré cette datcha, au cours d'une virée un rien sauvage avec Vlad et Grigori. Ni l'un ni l'autre n'étaient encore en vie pour se rappeler ces souvenirs épiques. À Nikel, on mourait jeune quand on était un homme. La combinaison alcool de mauvaise qualité, émanations toxiques de l'usine plus quelques autres mauvaises habitudes locales limitait sérieusement l'espérance de vie. Oleg n'avait pas de regret. Il allait tous les ans au cimetière boire à la santé de ses deux anciens camarades de rapines, et c'était bien comme ça. Le problème, c'est que des Vlad et des Grigori, il en venait toujours de nouveaux. Et ces générations spontanées de Vlad et de Grigori avaient toutes les mêmes idées, et semblaient animées du même atavisme que ces animaux qui allaient se reproduire instinctivement au même endroit que leurs ancêtres. Ça, ça le fascinait. Comment ces types pouvaient-ils toujours trouver le sentier perdu qui les menait aux datchas les plus isolées, les plus protégées ? Un sacré mystère… Ça le fascinait d'autant plus qu'un gars comme Piotr, par exemple, était complètement dépourvu de cet instinct-là. Un Piotr, tu le mets au bord d'un chemin qui mène à une datcha pleine de pots de betteraves, tu peux être sûr que tu le retrouves deux semaines plus tard au même endroit, à moitié mort de faim, à remuer la queue quand il te voit arriver, et qu'il n'aura même pas eu l'idée d'aller fouiller la datcha, même pas imaginé qu'il pouvait s'engager sur le chemin ! Sacré mystère, bon Dieu !

Oleg appela encore. Ce bougre de garde-frontière ne répondait toujours pas. Où est-ce qu'il avait garé sa bagnole ? Il hésitait. Est-ce qu'il devait appeler la fille du lieutenant ? Elle saurait peut-être où était son enfoiré de père. Appeler Alissa. Un cas de force majeure. Mais bon Dieu, une fois encore cette gamine le foutait dans un état pas possible. La simple idée de l'appeler, ça me paralyse ! Moi, Oleg Gretchko ! Oui, moi et ma grande gueule. Moi qui l'ouvre trop, ma grande gueule, quand je picole. Petite garce. Petite garce, mais au moins elle n'a pas raconté ce qu'elle a entendu cette nuit-là, quand je racontais mes histoires aux jeunes gars. Pour ça, au moins, c'est une dure, comme son enfoiré de père. Elle moufte pas. C'est presque flippant, une nana de son âge, une telle maîtrise de soi. Non, elle moufte pas. Peut-être qu'elle pense que j'étais bourré quand j'ai dit ce que j'ai dit, que c'était pour impressionner cette bande de petits pionniers qui salivaient devant mes histoires. Je ne sais pas, mais l'appeler ? Non ? Pas Alissa.

– Piotr, va donc faire le tour de la barrière. Et dis-moi si tu vois la Lada de Pavel, une Niva. Et dépêche-toi, tête d'œuf !

Piotr se précipita dehors. Il revint. Rien. Air penaud.

– Je crois bien que des gens sont entrés.

Oleg bondit et écarta brutalement Piotr. La grille n'avait pas été forcée, mais des types avaient fait rouler un bidon de gasoil vide pour grimper par-dessus. Il ne lui fallut pas longtemps pour constater les dégâts. Les types n'avaient pas dû rester longtemps : ils avaient sûrement foncé et visité à toute vitesse une des cabanes et la cuisine de la datcha. Il les imaginait très bien faire main basse sur des patates, des oignons, des bocaux de cornichons, criant de joie devant un cageot de douze bouteilles de vodka. Ils devaient être au moins deux, peut-être trois, pour embarquer tout ça.

Piotr restait en retrait. Il devait certainement attendre qu'Oleg explose. Mais Oleg n'explosait pas. Il pensait à Vlad et Grigori. Il songeait à tous ces paumés qui erraient sur les routes en quête du moyen le plus acceptable de traverser cette chienne de vie. Oleg savait qu'il ne partirait même pas à la poursuite de ces Vlad et Grigori. Il lèverait peut-être même un verre à leur santé, à ces salopards, en souhaitant que l'ivresse les surprenne en plein froid, les endorme et les emporte doucement dans un monde meilleur.

Pavel Zubkov, c'était différent. Officier des gardes-frontières du FSB ou pas, il passerait à la casserole.

12

Lundi 10 février.
Lever du soleil : 8 h 53. Coucher du soleil : 15 h 34.
6 h 41 d'ensoleillement.

Skogfoss, frontière russo-norvégienne. 10 h 30.

La température remontait depuis le matin. Pour l'instant, elle atteignait les moins neuf degrés, après les moins dix-sept de la nuit. Le ciel couvert de nuages laissait penser qu'il pourrait se remettre à neiger, surtout si la température se réchauffait encore un peu. Si la neige effaçait les traces des rennes fugueurs, la situation deviendrait bien plus compliquée, Nina le savait. Elle avait usé de cet argument pour précipiter la réunion qui se profilait à la centrale hydroélectrique de Skogfoss, à cheval sur la rivière Pasvik. Le commissaire de la frontière, qui n'était pas revenu de sa conférence à Oslo, avait félicité Nina. Réunir les Russes et les Norvégiens pour ce type de rencontre transfrontalière relevait toujours de la gageure. Il pouvait se passer des semaines avant que les délégations des deux pays accordent leurs agendas. Et leur bonne volonté. Nina en arrivait à se demander si cette efficacité soudaine cachait un piège.

Pour l’instant, elle repensait à ses retrouvailles avec Klemet. Troublée. Elle savait que son ancien collègue était resté dans la police des rennes, tout en demandant sa mutation. Klemet n’avait rien dû trouver à redire à ce que Nina quitte la brigade, après avoir été témoin de la situation embarrassante dans laquelle il s’était fourvoyé avec cette histoire de mesure de crâne, assortie d’une bonne dose d’alcool. Il n’avait rien fait pour la retenir. Tout s’était terminé sur une gêne profonde, que ni l’un ni l’autre n’avait affrontée. Ils s’étaient quittés sur une fable, jouant la réconciliation. Les retrouvailles de la veille prouvaient que rien n’était réglé.

Les déboires de Klemet, ses errements, ses maladresses, ses comportements parfois déconcertants. Sa tente brûlée. Son malaise avec cette sale histoire des mesures de crâne. Sa relation bizarre avec ce jeune renne qu’il n’avait pas le droit de garder.

Sois honnête, se dit-elle. Tu sais bien pourquoi tu lui en veux. C’est parce que ton propre père, dans son état de loque, esquinté par des années de plongée pour l’industrie pétrolière, revient à la vie, retrouve des gestes humains… avec lui, avec Klemet ! Elle ferma les yeux. Revoyait la scène. Quelques mois plus tôt seulement. À Kautokeino. La main de son père posée sur l’épaule de Klemet. Un simple geste d’humanité. L’unique geste d’humanité retrouvée dont son père avait été capable au cours de l’année écoulée. Il avait fallu qu’il l’adresse à Klemet.

Quand elle avait décidé de quitter la police des rennes et en avait parlé avec la commissaire Hotti, sa seule requête avait été de se rapprocher de son père.

Ellen Hotti lui avait déconseillé de revenir à Kautokeino. Choisissant pour elle cette affectation spéciale à la frontière. Ça en jetterait sur son CV, avait assuré la commissaire.

Quatre cents kilomètres la séparaient encore de son père, mais c'était toujours mieux.

Nina sortit de la voiture. Laissa le vent froid lui gifler le visage. Elle frissonna. Composa le numéro de Berit à Kautokeino. Quand l'amie d'enfance de Klemet décrocha, elle posa sa main en cloche devant sa bouche.

– Comment va-t-il ?

– Décidément, répliqua Berit, vous vous êtes donné le mot. Klemet vient de m'appeler.

Nina resta silencieuse un instant. Elle se reprit.

– Pour avoir des nouvelles de son renne, j'imagine.

Avec une voix trop agressive.

– Si tu veux tout savoir, il a commencé par en demander de ton père.

Nina serra le téléphone. Et s'en voulut. Lui en voulut. Qu'il reste donc plutôt à distance. Elle n'aurait pas dû accepter de laisser son père habiter chez Berit, sachant qu'elle gardait aussi le renne de Klemet. Elle ne voulait pas que son père ait une relation privilégiée avec Klemet alors qu'il continuait de l'ignorer, elle.

– Il a demandé à me parler ?

– Klemet ou ton père ?

Nina ne répondit pas. Ce n'était sans doute pas l'intention de Berit, mais la question la blessa. La Sami le réalisa.

– Pardonne-moi, ma petite, je suis si maladroite parfois. C'est que je ne suis pas habituée à cette nouvelle vie. Ce faon d'abord, ton père ensuite. Tu me connais, Nina, je suis une pauvre femme qui a vécu seule presque toute sa vie. Et là, soudain, j'ai l'impression de me retrouver au centre des tourmentes du monde ! À devoir réfléchir à quoi dire à l'un et à l'autre. Tu sais, parler à Dieu, ça ne prépare pas toujours à parler aux hommes.

Nina sourit. Berit Kutsi la surprendrait toujours.

– Ne t'en fais pas. Je voulais juste avoir de ses nouvelles.

– Ton père marche lentement sur le chemin de la vie. Je prie pour lui. Il me regarde bizarrement parfois, mais n'est jamais méchant. Et puis il a son ami près de lui, le petit renne, alors ça lui suffit.

Nina hocha la tête.

– Et avec Klemet, alors, c'est toujours compliqué ?

– Si tu veux mon avis, Klemet ira mieux quand il saura quoi faire de cette bête.

– Il a brûlé sa tente.

– C'est un pas. Mais je me demande dans quelle direction…

Après avoir raccroché, Nina rentra dans la voiture. Elle tenta d'oublier Klemet, le faon, son père et le reste de l'humanité pour se concentrer sur sa mission.

Dans sa nouvelle fonction d'inspectrice au Commissariat de la frontière, elle découvrait les subtilités de la diplomatie policière. En demandant à rencontrer les Russes, elle avait proposé que cela se fasse à la centrale de Skogfoss, un des points stratégiques sur la frontière. Elle était arrivée une heure à l'avance pour se familiariser avec le lieu. La frontière passait au beau milieu du barrage de Skogfoss.

Très tôt ce matin, au bureau de Kirkenes, l'autre inspecteur, Amund, un vétéran de la frontière, avait soigneusement éclairé Nina sur la procédure stricte à suivre. Il lui avait conseillé, pour cette première rencontre, d'être aussi réservée que possible. Pas de vague, avait-il insisté. Tu dis bonjour, tu présentes ta requête, poliment, tu écoutes le Russe qui va protester, tu enregistres, sans réagir, tu remercies, tu le laisses dire au revoir, et c'est tout. Fini, tu repars, avec le sentiment de la mission accomplie. Tu comprends ? Mission accomplie !

Maintenant, elle attendait les autres Norvégiens afin de mettre au point le déroulé de la rencontre.

– Alors, tu te sens prête ?

Nina avait presque oublié la présence sur le siège passager d'Anette, la conseillère spéciale du bureau qui officiait aussi comme interprète. Anette travaillait au Commissariat de la frontière depuis cinq ans déjà. Rompue aux négociations avec les Russes, elle ne se départait jamais de son flegme.

– Les Russes n'ont pas envoyé la liste de leur délégation.

– Peut-être simplement une façon de te tester. Ils savent que tu es nouvelle…

Ça ne tranquillisa pas Nina. Elle questionna Amund par SMS. La réponse ne tarda pas. Dans ce genre de rencontre, seule la formalité comptait, disait son collègue inspecteur, qui gérait la moitié nord de la frontière. Un spectacle où chacun devait tenir son rôle, au terme du traité bilatéral qui régissait la relation russo-norvégienne sur ce petit bout de frontière. Tout le reste, lui dit-il, tous les conflits que nous sommes là pour régler, c'est du blabla qui doit se plier aux formalités diplomatiques, n'oublie pas ça !

Elle avait donné rendez-vous aux autres Norvégiens sur le petit parking devant le barrage de la station hydroélectrique. L'une après l'autre, les voitures vinrent se garer. Elle vit d'abord descendre le collègue de Klemet, ce policier grossier. Elle regarda sur sa liste :

Jaakoppi Kujala. Il frottait son énorme barbe et regardait dans sa direction.

– Tu le connais ? demanda Nina à Anette.

– Non, il vient d'arriver, je crois. Un Finlandais, il faudra qu'il se tienne à carreau avec les Russes, c'est souvent plus tendu entre eux qu'entre Norvégiens et Russes…

Une autre voiture arriva, du sud celle-ci. Elle reconnut Piera Kyrö, un des éleveurs du district. Seul, comme prévu. La délégation norvégienne était au complet. Il restait une quinzaine de minutes à attendre, lorsqu'une Volvo vint se garer devant la station.

Nina fronça les sourcils. Elle sentit la catastrophe se pointer lorsqu'elle en vit descendre Olaf Renson, le député sami, qui refermait sa portière d'un geste brusque.

13

Nikel.

Ça amusait toujours Oleg Gretchko de voir la tête de Piotr Potap se décomposer lorsqu'il le voyait surgir à l'improviste à la mairie.

Comme chaque fois qu'il remettait les pieds à l'orée de cette zone frontalière interdite, cette fois-ci, après cette chasse aux chiens, Oleg ressentait la même frustration. Cette terre inaccessible, il fallait qu'il y accède, qu'il la fouille ! Pourquoi ces abrutis de bureaucrates ne pouvaient-ils l'accepter ?

– Où en est mon dossier ? lança Oleg en tapant du poing sur l'étroite table, ignorant le regard courroucé de la secrétaire trop maquillée avec qui Piotr partageait le petit bureau attenant à celui du conseiller aux Affaires économiques.

La secrétaire, comme pour prévenir une catastrophe, posa une main protectrice sur la sculpture en bois de bouleau représentant un poteau de frontière aux couleurs russes et norvégiennes qui célébrait l'amitié entre les villes voisines de Kirkenes et Nikel, en lui lançant un regard courroucé.

Oleg n'attendait pas de réponse de Piotr. Il n'avait pas besoin de venir ici pour ça. C'était juste une façon de donner le change. En rudoyant publiquement Piotr, on soupçonnerait moins leurs liens. Et en gueulant ainsi, il avait bon espoir que le directeur, planqué dans le bureau voisin, comprenne qu'il ne lâchait pas. Il voulait accéder à la zone frontière pour fouiller. Il devait.

– Vous, protesta la femme en tenant toujours plus fort la sculpture qui lui servait de presse-papiers, toujours vous ! Vous êtes une sangsue apatride, un parasite antipatriotique !

– Et vous, chère Tatiana, vous feriez mieux de convaincre – il haussa encore la voix – votre chef le député aux Affaires économiques de la municipalité de Nikel du district de Pechenga de la région de Mourmansk d'accorder plus de considération à la mission sacrée qui est la mienne, et de libérer les demandes étouffées sous ce presse-papiers, comme sont bafouées toutes les initiatives d'honnêtes citoyens qui veulent rendre leur lustre à la Grande Patrie !

– Vous, rendre service à la Grande Patrie, avec vos petits trafics minables ? Que le ciel me damne !

– Oui, une mission sacrée, madame la secrétaire du député de la municipalité aux Affaires économiques ! Et au lieu de cela, le député que vous défendez m'a supprimé ma subvention. Pour une mission sacrée, et vous osez me traiter de sangsue et de parasite ? Ah, que vous voilà injuste ! Heureusement que j'ai le sens du bien public. Tenez, pas plus tard qu'hier, j'ai abattu trois chiens errants pour le compte de la gouverneure !

Cette « part blanche », qui contentait les employés de la gouverneure, ne paraissait pas convaincre la secrétaire municipale. Oleg sortit du bureau, se retournant pour s'assurer que Piotr le suivait.

– Tatiana, je… je reviens, je m'occupe de tout, tout va bien, inutile de prévenir le conseiller, je…

Piotr tirait désespérément sur son col roulé. Il allait défaillir. Ils se retrouvèrent dans le couloir, au premier étage de la mairie de Nikel. Oleg s'assura que personne ne les voyait. Il attrapa Piotr par le col, à l'étrangler.

– Écoute-moi bien, ta salope de collègue pompe le fric des pauvres citoyens, elle déshonore les morts ! Et son chef, ton chef, est la pire des ordures, la honte de la Litza, son âme pourrira en enfer ! Tu m'entends bien, mon petit fritz ?

– Mais, c'est-à-dire, monsieur Gretchko, que je ne comprends pas très bien pourquoi vous m'appelez toujours mon petit fritz. Et puis j'ai du mal à respirer quand vous tirez sur mon col roulé…

– Écoute-moi bien, tête d'œuf. Contente-toi de me faire savoir si ton imbécile de chef fait remonter mon dossier. Sinon je vais devoir en appeler à Chadoff. Et on sait pas comment ça peut se terminer dans ce cas…

Oleg Gretchko sortit de la mairie sans se retourner. Il s'étonnait lui-même. Une fois de plus, il avait gardé son sang-froid face à cette poupée grimée qui défendait son chef en dépit du bon sens. Oleg avait perdu sa subvention voilà quatre ans quand la nouvelle équipe avait été élue à la mairie. Des technocrates abrutis qui n'avaient aucun sens du bien commun. Des post-libéraux néo-communistes, la pire engeance. Le seul langage qu'ils comprenaient était celui des coupures budgétaires pour ce qu'ils considéraient comme mineur. Ce qui voulait dire presque tout : la plupart des activités culturelles passées à la trappe, les infrastructures sportives laissées en jachère, les routes défoncées. Leur seule réponse ? Le maire et ses principaux conseillers avaient jugé indispensable d'acheter des 4×4 rutilants et hors de prix comme voitures de fonction, sous prétexte que l'état des routes l'exigeait. Au lieu de réparer les routes ! Tout ça assorti d'un discours à la gloire d'une idée fantomatique d'une Russie qu'ils avaient trouvé dans une pochette-surprise. On marchait sur la tête. Oleg les haïssait. S'il pouvait les enfumer, il le faisait sans vergogne. Tous ces fonctionnaires serviles étaient des traîtres à l'idée qu'il se faisait de la Grande Patrie. Lui et lui seul savait ce que ça signifiait. Mais il se forçait à conserver son sang-froid.

Il sortit de la mairie et s'élança dans la rue de la Victoire. Le simple fait de fouler cette rue suffisait à le calmer. Il la descendit d'un pas martial, redressant le menton à mesure qu'il approchait de la grande place où trônait l'immense statue de Lénine en pied posée sur du granit rose. La place était entourée d'immeubles de quatre étages. Derrière Lénine, au fond de la place, s'étendait l'impressionnante maison de la culture Voshod construite à la grande époque soviétique. La façade était décorée de formes aux tons pastel qui venaient virevolter autour de colonnes peintes. Sur la façade elle-même, six immenses bas-reliefs entourés de deux peintures représentaient les Arts, une brochette de femmes en toge. Oleg grimpa la vingtaine de marches dont la décrépitude était camouflée par la glace et la neige. Il poussa la porte centrale et tourna à gauche sans répondre au salut de l'employé de la réception. Oleg ne voulait pas s'attarder dans ce hall grandiose, dans cette ancienne fierté de la ville de Nikel, qui accueillait encore parfois des concerts de groupes de rock locaux, mais qui n'étaient que l'ombre des concerts phénoménaux qui avaient été joués ici pour célébrer le Jour du métallurgiste. Le zoo, le seul de la région de Mourmansk, avait complètement dépéri. Le café ouvrait quand ça lui chantait. La bibliothèque était famélique. On y tenait encore parfois des réunions politiques. Mais pour quelle politique ?

Non, Oleg ne s'attardait jamais dans ces couloirs qui puaient l'abandon et la fin de règne. Il se précipita dans l'immense salle qui était son seul refuge, où il respirait comme un homme. Il ouvrit la serrure, les deux cadenas, poussa la porte, alluma et s'adossa à la porte après l'avoir repoussée délicatement. Toujours délicatement. Oleg entrait dans le domaine des morts, et les morts, ces morts-là, méritaient tout son respect.

14

Station hydroélectrique de Skogfoss.

Olaf Renson avança vers la station hydroélectrique. Démarche énergique. Prise de possession de la scène. Il écarta les jambes, croisa les bras, releva le menton. Geste de défi. Il abandonna un instant sa posture pour jeter un œil à sa montre, relevant la manche de sa tenue traditionnelle sami réservée aux grandes occasions. Notamment lorsqu'il était en représentation.

Nina restait tétanisée derrière le volant. Qu'est-ce que Renson faisait là ? Nina le connaissait un peu, elle le savait provocateur à l'occasion, charmeur aussi. Mais là ? Jaakoppi Kujala était appuyé contre la voiture de la police des rennes. Klemet n'en sortait toujours pas.

Piera Kyrö approcha du député sami. Ils parlèrent, Renson conservait son allure martiale, jambes écartées, bras croisés, à l'écoute de l'éleveur norvégien.

– Anette, qu'est-ce qu'il faut faire ? Je ne peux pas laisser ce gars s'immiscer dans notre délégation.

– Je te le confirme.

– Hors de question qu'il franchisse la frontière avec nous. Ce serait l'incident diplomatique assuré. Et pour lui, au minimum, une sacrée amende.

– Tu crois que c'est ce qu'il cherche ? Provoquer un incident ?

– Pour l'instant, il ne fait rien de mal ni d'illégal.

– Tu penses bien qu'il n'est pas là par hasard !

– Tant qu'il ne s'approche pas de la frontière, qu'il n'insulte pas les Russes, qu'il ne leur jette pas une brindille de bouleau ou qu'il ne leur adresse pas un geste irrespectueux, il peut bien rester planté tout l'hiver ici, on s'en fiche.

– C'est ma première mission seule avec les Russes, je n'ai pas le droit de me planter !

– Respire… On a encore neuf minutes…

Nina fit une recherche fébrile sur Renson dans les actualités. Le député sami préparait activement le prochain Conseil sami nordique. Il militait pour une autonomie élargie et la possibilité pour les parlements sami des trois pays nordiques de lever l'impôt. Avant même la rencontre prévue deux semaines plus tard, les réactions des gouvernements concernés ne s'étaient pas fait attendre : une fin de non-recevoir sèche. L'impôt, c'était sacré.

À sept minutes, Nina comprit. Quatre voitures arrivèrent comme en convoi. Toute la presse locale débarquait. Le *Sør-Varenger Avis*, la NRK, le *Finnmarken* et *The Barents Observer*. Nina jugea plus sage de ne pas se montrer et envoya Anette au renseignement.

Piera Kyrö se tenait légèrement en retrait de Renson. Klemet finit par sortir de la voiture. Nina vit qu'Olaf Renson et lui se toisaient du regard. Renson lui parla. Klemet ne réagit pas. Elle avait déjà vu les deux hommes ensemble, et savait qu'ils ne s'appréciaient pas. Renson avait traité Klemet de collaborateur, en tant que policier d'origine sami travaillant pour les pouvoirs centraux.

Renson se désintéressa de Klemet et se tourna vers les journalistes. Celui de la *NRK* installait sa caméra sur un trépied, les autres prenaient des photos. Klemet contourna la scène et s'approcha. Il ouvrit la portière côté passager et s'installa à la place d'Anette.

– Décidément, dit Nina, tu n'en finis pas de faire des retrouvailles, ici…

– C'est ça, moque-toi. Comme si les bravades de Renson n'y suffisaient pas.

– Qu'est-ce qu'il t'a dit ?

– Pas besoin de savoir lire sur les lèvres pour deviner. Tu connais le personnage.

– Collabo ?

– Collabo, bien sûr. Mais il a aussi parlé de rendre son honneur à la nation sami. Et dans un élan d'extrême générosité qu'il doit déjà regretter, il m'a appelé à faire mon mea culpa, à rejoindre la cause…

Nina fit une moue impressionnée.

– Tu vois, tout arrive…

Nina allait poursuivre sur le même ton, mais elle se retint. Des images lui revenaient en tête. Le regard perdu de Klemet, ivre, lorsqu'elle l'avait surpris en train de se mesurer le crâne, lors de leur enquête dans le sud de la Laponie. Sa décision insensée de conserver ce faon que lui avait donné Anneli, lui qui n'avait pas le droit d'avoir de renne. Le souvenir des récits de Klemet sur son grand-père, Johan Mathisen, le dernier berger de la famille, le dernier à avoir possédé la marque. Qu'est-ce que la notion de cause sami pouvait bien signifier pour quelqu'un comme Klemet ? Les errements de son collègue avaient conduit Nina à quitter la police des rennes pour ne plus être témoin de sa souffrance. Ou complice. Elle ne pouvait rien pour lui, et elle ne voulait pas se laisser entraîner dans une quelconque dérive à la recherche des racines perdues d'un collègue. Elle montra du doigt Renson qui commençait à parler aux journalistes.

– Tu crois qu'il faut s'inquiéter ?

– Il fait son show. Dès qu'il aura dit ce qu'il a à dire, il partira. Il prépare le terrain pour la session du Conseil sami nordique. Il veut mettre la pression sur les gouvernements. J'imagine que cette histoire de rennes norvégiens passés en Russie sert son propos. On saura en écoutant les infos tout à l'heure.

– Comment a-t-il su pour maintenant ?

– Tu le vois toi-même. Piera Kyrö. Il doit être embêté, d'ailleurs. Kyrö n'est pas le genre à se pavaner devant les caméras.

Olaf Renson serrait la main des journalistes, s'entretint un instant avec Piera Kyrö, grimpa rapidement dans sa voiture, fit hurler son moteur et disparut dans un nuage de neige projetée par les pneus.

– Kyrö m'a dit hier que la dizaine de rennes qui étaient passés en Russie en décembre avaient été retrouvés par un chercheur russe de la réserve naturelle, qui a prévenu une collègue finlandaise du centre de recherche Nibio.

– La chercheuse finlandaise, Anna-Liisa Virtanen, m'a dit que son homologue russe est un jeune type bien, ouvert, qui lui fournissait régulièrement des échantillons d'animaux morts du côté russe de la vallée. Il lui en a fait passer des rennes tués. C'est comme ça qu'elle a vu que leurs langues avaient été coupées.

– Ils font quoi de ces prélèvements ?

– Ils analysent ce que les rennes ont mangé du côté russe, et ça leur permet de comparer avec ce qu'ils mangent côté norvégien. Pour les histoires de teneur en métaux lourds et autres données.

Les journalistes cherchaient maintenant à parler avec Piera Kyrö, mais celui-ci secouait la main. Il s'approcha de la voiture de Nina, rejoint par Anette. Nina regarda sa montre. L'épisode Renson les amenait à l'heure exacte du rendez-vous. Nina rejoignit la passerelle de la station hydroélectrique, suivie d'Anette, de Kyrö et des deux hommes de la police des rennes. Kujala avait dû briefer les journalistes qui demeuraient sur le parking, documentant tout de même la procession norvégienne vers le côté russe.

Nina se sentait nerveuse.

Le groupe avait traversé le barrage et se trouvait de l'autre côté de la rivière Pasvik. À quelques mètres de la frontière russe. C'était la première fois que Nina mettrait les pieds en Russie. Elle vérifia son téléphone. Il était onze heures moins une. Midi moins une, côté russe. Un courriel venait d'arriver. Avec la liste de la délégation russe. Anette sourit.

– Ils sont à l'heure…

Les Russes débouchaient sur le sentier qui menait à la rivière. Ils étaient cinq également, deux membres des gardes-frontières du FSB à en juger par les uniformes, leur interprète et deux employés du parc naturel de Pasvik.

Selon la procédure, Nina s'avança jusqu'à un mètre de la frontière, attendit que son homologue russe fasse de même et, en tant que puissance invitante, elle salua la première. L'homme salua, main tendue à la casquette et se présenta.

– Lieutenant Pavel Zubkov, de la direction des frontières du service fédéral de sécurité de la Fédération de Russie pour la région de l'Arctique occidental. Voici ma collègue, l'adjudant-chef Natalya Pimenova.

15

Nikel.

Le rituel. C'était important, le rituel. Pour Oleg Gretchko, après les quelques secondes adossées à la porte, une fois qu'il l'eut soigneusement refermée, cela démarrait par le portemanteau à sa gauche. Il y accrochait sa parka, et enfilait la veste camouflage suspendue à un cintre en bouleau qu'il avait lui-même confectionné. Sa veste de fouille, d'un vert kaki usé par le soleil sans fin de l'été arctique, relevé sur l'épaule gauche de l'écusson de son association. Oleg lissa sa veste, la boutonna, noua le foulard rouge et resta un instant à profiter du silence. Pour un loyer symbolique, il disposait de cette immense pièce depuis presque une vingtaine d'années. Même la nouvelle municipalité, qui lui avait supprimé ses subventions, n'avait pas osé le priver de son antre.

L'architecture soviétique d'une maison de la culture signifiait des volumes monumentaux. Cette pièce ne dérogeait pas à la règle. Le plafond culminait à cinq mètres au-dessus de sa tête. La pièce carrée faisait ses dix mètres de côté. Oleg poursuivit son rituel. La bouilloire cabossée pour le thé noir. Puis un tour de la pièce. Les murs étaient tapissés d'étagères et le centre était un labyrinthe de vitrines dont les tablettes en verre débordaient d'objets hétéroclites. Hétéroclites pour un œil non averti. Cette pièce contenait l'âme d'Oleg.

Il entama le tour de ce qu'il appelait son musée. Un musée à la gloire des hommes tombés sur le front de Litza pendant la Grande Guerre patriotique. La large armoire sans porte près de l'entrée était le royaume des casques soviétiques et allemands. Rouillés, troués, tordus. Quelques-uns intacts. Rares. Oleg commençait toujours son tour par cette armoire. Il avait une pensée pour chaque casque. Pour chaque homme. Passait son doigt sur le trou déformé et coupant de l'un, essayant d'imaginer l'impact, voulant calmer la douleur invisible de celui qui soixante-quinze ans plus tôt avait subi la brutalité du choc. Espérant que celui-ci était mort sans souffrance. Un témoin extérieur aurait été surpris de voir qu'Oleg procédait au même rituel avec les casques allemands. Ses amis russes – il n'avait pas d'amis… ses *connaissances* russes auraient pu en être choquées. Elles n'auraient pas compris, bien sûr. Il continua son tour, passant de vitrine en vitrine, plus rapidement maintenant qu'il était entré en communion avec ses morts des deux camps. La vitrine des gourdes, des verres et des bouteilles, des brosses, des tubes de dentifrice, des flacons de parfum, des masques à gaz, des boucles de ceinturon, des couverts, des assiettes, des lunettes, des boîtes de médicaments, des gamelles, des grenades, des insignes, des cartouches, des outils, des pipes, des blaireaux, des cartouchières et des bouts de MG42. Et tout le reste. Tant d'objets qui portaient les traces de la violence des affrontements qui s'étaient déroulés sur ce front oublié au fin fond de l'Arctique. Qui se souciait encore, à part lui, du fait que Nikel, Kirkenes, le front de Litza et toute cette zone frontière avaient vu couler le sang de dizaines de milliers de pauvres types, quand Hitler avait voulu prendre Mourmansk pour priver les Soviétiques des convois de ravitaillement américains ? Évidemment, Oleg n'avait pas toujours pensé qu'ils étaient tous des pauvres types. Il y avait les héros soviétiques d'un côté, et les fascistes de l'autre. Les types qu'on apprenait à haïr à l'école. Et pour cause. La rivière Lizta. Le front de Litza, la rivière rouge, la rivière de sang. La toundra rouge de sang. Qui s'en rappelait, à part lui ?

Aujourd'hui, dans son antre, un casque soviétique valait un casque allemand. Depuis le jour, il y a longtemps, un été de son adolescence, alors qu'il traînait avec un Vlad et un Grigori quelque part dans la toundra, en creusant à la recherche de vieilles grenades pour les faire exploser, où il était tombé dans un trou. Un trou occupé par deux cadavres. Il les voyait encore. Un Allemand et un Soviétique. Enlacés. Ils avaient dû se coller l'un à l'autre pour se protéger du froid. La mort les avait emportés dans cette position. Et le sort avait voulu qu'ils restent ainsi pour faire basculer le destin d'Oleg. Lui, Oleg Gretchko, avait de ce jour dédié sa vie à ces hommes.

Depuis ce temps-là aussi, il avait rejeté les discours belliqueux et nationalistes des uns et des autres. Pas ouvertement bien sûr. Trop dangereux en Russie. Autour de lui, les gens étaient persuadés qu'Oleg était un garant de la mémoire des victimes soviétiques de la Grande Guerre patriotique. Il savait jouer le jeu. Gardait toujours en tête les cadavres enlacés des deux hommes. Souriait quand on lui tapait sur l'épaule, en le remerciant, lors des cérémonies commémoratives. Avec ses Vlad et ses Grigori, il avait commencé à passer ses étés sur les vestiges de l'ancien front de Litza. Fouillant la toundra. Ramenant casques déchiquetés, gamelles trouées. Les grenades ne l'amusaient plus. Il avait trouvé normal que la municipalité le soutienne. On commença à lui envoyer des écoliers. Après tout, il maintenait la flamme du sacrifice de millions de héros soviétiques. Lui voyait deux pauvres types enlacés face au gel. Mais il jouait le jeu du souvenir. Certaines religions avaient un mot pour ça, on avait le droit de cacher sa foi véritable pour se couler au sein d'une communauté qui pensait différemment. Lui, Dieu, il n'y croyait pas, sauf pour la galerie, mais il trouvait que les religions avaient parfois de ces trouvailles intéressantes. Oleg avait camouflé sa foi véritable, celle en l'homme, pour lui donner l'apparence de la défense de l'esprit de la Grande Guerre patriotique. En secret, il haïssait toute cette racaille bureaucratique qui méprisait les hommes, qui les enfermait dans une impasse. L'autre pétasse lui reprochait ses petits trafics ? La municipalité en organisait en grand avec l'argent des citoyens ! Oleg avait décidé une fois pour toutes qu'il n'avait qu'une seule morale, la seule digne de sacrifice, et sa morale à lui était tournée tout entière dans la volonté de donner une sépulture digne aux pauvres types toujours enfouis dans les entrailles de la toundra rouge de sang séché. Tout le reste n'avait aucune importance. Il était prêt aux coups les plus pendables, c'est vrai. Mais sa morale à lui, que les autres ne pouvaient pas comprendre, resterait intacte. Il se fichait bien de l'image que les autres avaient de lui. Ses patrons, les seuls qui comptaient, étaient deux cadavres dans un trou.

L'administration était devenue son ennemi personnel. Piotr Potap était son souffre-douleur. Il payait pour les autres fonctionnaires véreux et indifférents. Mais la vision obsessionnelle de ces deux pauvres cadavres lui rappelait qu'il devait, même face à l'adversité et à la bêtise humaine, garder une étincelle de foi en l'homme. Même au sein de l'administration russe vérolée, dans le camp ennemi, il devait voir le pauvre type qui peut-être l'enlacerait au fond d'un trou pour se protéger du froid et lui offrir sa propre chaleur. Même là. Piotr était devenu son fritz. Il l'avait surnommé ainsi pour s'en rappeler. Derrière l'ennemi le plus inattendu, le plus repoussant, il pouvait y avoir l'homme qui partagerait la dernière richesse dont il disposait, sa chaleur.

Oleg prit sa tasse de thé et vint s'asseoir devant la dernière vitrine, au centre du labyrinthe. Ce n'était pas la plus grosse, mais elle valait tous les sacrifices. Dans cet immense meuble vitré, il avait rassemblé les objets marqués. Gourde gravée, vieilles photos, bracelets, plaques d'identification. Au cours des quarante années qu'il avait passées à creuser la toundra, il avait retrouvé plus de quatre-vingt-dix cadavres. Il avait pu en identifier trois. C'était sa plus grande souffrance. Il n'avait jamais pu connaître l'identité des deux premiers, ceux qu'il avait découverts enlacés. Dans ce mausolée si spécial, fermé à clef, des petits tubes noirs étaient alignés sur un bout de l'étagère supérieure. Les médaillons de la mort. Les soldats devaient en principe y inscrire leur nom, pour être identifiés en cas de décès. Beaucoup ne l'écrivaient pas, par superstition.

Il ouvrit la vitrine avec la clef qu'il portait dans la poche de poitrine, sur le cœur. Il prit le médaillon de droite, le dévissa, comme il faisait chaque fois, comme si un message pouvait en sortir, par miracle. Une voix, un nom, une date, quelque chose. Il se souvenait encore de la première fois où il avait dévissé le couvercle d'un médaillon. Comment le papier s'était réduit en poussière. Il en avait pleuré. Depuis ce temps, il avait toujours agi avec la plus extrême prudence. Il reposa le médaillon.

Il y avait tant à faire. Tant de zones à fouiller. Et celle-là, celle qui l'obsédait depuis son adolescence, la zone interdite, le long de la frontière, et au cœur de cette zone, celle doublement interdite, le territoire de la réserve naturelle, accolé à la rivière Pasvik. Là où des combats terribles avaient eu lieu. Là où de pauvres types devaient l'attendre au fond de leur trou.

16

Station hydroélectrique de Skogfoss.

– Et voici les représentants du parc naturel de Pasvik, puisque cette partie de la zone frontière est sur leur territoire.

Quand le lieutenant Pavel Zubkov eut fini les présentations, Nina commença.

– Nous sommes ici pour vous informer formellement qu'une cinquantaine de rennes du district 5A/C, représenté ici par Piera Kyrö, ont traversé la frontière hier vers 8 h 30 du matin, heure de Kirkenes.

Le lieutenant Zubkov les invita à s'asseoir autour d'une table en bois installée le long de la forêt, côté russe. Nina découvrait son homologue russe. Il avait l'air fatigué. Sa collègue, Natalya quelque chose, avait l'air très éveillée en revanche, dévisageant tout le monde.

Le jeu des échanges commença, avec les pauses le temps des traductions, qui permettaient à chacun de s'observer.

– Nous voudrions ramener ce troupeau de rennes côté norvégien au plus vite. Avec la police des rennes, nous souhaitons repérer où se trouvent les animaux.

Traduction, observation. Le lieutenant Zubkov, le regard décidément assez éteint, ou triste peut-être, Nina n'aurait su dire, jeta un œil vers l'un des employés du parc qui avait levé la main.

– Nurlan Mirzaev, se présenta l'homme, visiblement originaire d'Asie centrale. La direction du parc naturel ne peut pas accéder à votre requête. Nos règles sont extrêmement strictes, vous devriez le savoir. Il est impossible pour des personnes non scientifiques et non accréditées d'accéder au parc. En outre vos scooters des neiges causeraient des dégâts irréparables et inadmissibles dans la réserve, c'est tout simplement impensable.

Mirzaev, petit homme au visage bouffi dont le nez tombait sur une bouche fine surmontée d'une moustache noire, planta son regard dans celui de Nina. Un regard censé décourager toute réplique.

Le lieutenant Zubkov paraissait se contenter de la remarque du responsable du parc. Nina décida de patienter un peu avant de relancer la discussion. Elle comptait sur la météo.

Le vent froid passait de l'un à l'autre. Scène figée.

Autour d'eux, des arbres chargés de neige. Le grondement voisin de la station hydroélectrique. Nina tenait. Zubkov luttait pour ne pas bouger. Anette piétinait le sol pour se réchauffer. Mirzaev serrait ses moufles entre ses cuisses, soufflant lourdement dans l'air froid.

– Je comprends, commenta Nina après une vingtaine de secondes.

Elle attendit encore un peu, surveillant les Russes. Zubkov paraissait au-delà de la fatigue. Mirzaev semblait comprendre le jeu de Nina, et s'en agacer. Mais il était trop fier pour le relever. L'adjointe de Zubkov donnait en revanche l'impression de s'en amuser. Ses yeux parvenaient à pétiller. Elle dévisageait tranquillement Klemet et Piera. Klemet restait figé, regardant parfois Natalya, sans que Nina puisse deviner ce qu'il en pensait. Piera, bien que silencieux, avait l'air nerveux et tendu. L'enjeu était gros pour lui.

– Je comprends, reprit-elle. Mais en tant qu'inspectrice du Commissariat de la frontière, tenue de faire respecter le traité bilatéral entre nos deux pays, mon devoir est de m'assurer que cette zone frontière est préservée et que des rennes norvégiens n'y provoquent aucun dégât. Nous devrions pouvoir le contrôler sur place, pour le bien du traité et de l'amitié durable entre nos deux pays. J'espère que vous y êtes sensible, insista Nina.

Elle sentit un coup de pied sous la table. Anette venait de lui rappeler de rester strictement neutre. Pas de commentaire ni de sous-entendu. Rien qui ne prête à interprétation et donc à malentendu.

– Les dégâts ? répliqua Mirzaev. Justement, j'allais vous en parler. La cinquantaine de rennes qui est passée se nourrit de lichen qui appartient à la Fédération de Russie. Nous exigeons évidemment une compensation financière pour ce lichen russe.

Piera Kyrö tapa du poing sur la table, à la suprise de tout le monde.

– Je la connais votre histoire, s'emporta l'éleveur. Votre lichen ? Vous l'avez volé, ce lichen. Il revient aux rennes, et seulement aux rennes, pas au peuple russe !

Nina leva la main pour obtenir le silence de Piera Kyrö. Mais ce dernier était lancé.

– Eh bien moi, je pense que finalement ces pâturages, côté russe, ils nous reviennent. Nos rennes devraient avoir le droit d'y brouter, voilà, c'est dit ! Et je ne suis pas seul à le penser, j'ai du soutien officiel pour ça !

– Comment cela ? demanda Nina, soudain nerveuse.

Elle s'en voulut aussitôt, réalisant qu'elle venait de fragiliser sa position en montrant aux Russes qu'elle ignorait une information apparemment importante.

– Tu le sauras bien assez tôt…

L'interprète russe chuchotait aux oreilles des autres. Les gardes-frontières restèrent de marbre. Mirzaev, en revanche, semblait piqué au vif.

– Madame l'inspectrice, si, comme vous le prétendez, vous êtes là pour veiller au strict respect du traité frontalier et à son esprit de dialogue et d'amitié, vous devriez expliquer à ce monsieur que ce n'est pas ainsi qu'on remet en cause des frontières ratifiées et reconnues internationalement.

Le silence plana un long instant. Le vent soufflait légèrement sur eux. Pour la première fois depuis le début de la rencontre, Nina réalisa qu'il faisait vraiment froid. Peut-être parce qu'elle se sentait transpirer sous l'uniforme d'hiver. En termes diplomatiques, pour autant qu'elle pût en juger, la réunion commençait à tourner au vinaigre. Des flocons se mirent à tomber.

Piera allait reprendre la parole, mais elle posa la main sur sa manche et serra. L'éleveur était à cran, prêt à exploser encore.

– Messieurs, commença Nina, la neige qui commence à tomber va fortement compliquer la recherche du troupeau. Les traces vont être recouvertes, et nous perdrons un temps précieux.

Mirzaev allait intervenir, mais Nina leva la main et poursuivit.

– Quant aux compensations que réclame le parc pour le lichen consommé, nous ferons bien sûr suivre cette requête au ministère des Affaires étrangères qui ouvrira un dossier et consultera les administrations compétentes à Oslo et à Moscou…

Nina avait eu droit à une leçon du commissaire sur ce point. Toute affaire ouverte avec les Russes devait être close. On ne devait rien laisser en suspens. Une demande de compensation pour le lichen ? Aussi tordue la demande puisse-t-elle paraître, elle serait transmise à l'autorité concernée, et ainsi l'affaire n'était plus du ressort du Commissariat de la frontière. Affaire close. On avait transmis. Nina avait compris, et visiblement vite appris, à voir la mine satisfaite d'Anette. C'est le moment que choisit Piera pour revenir à la charge.

– Cette histoire de compensation est une aberration et vous le savez. Le renne est un animal naturel dans cette région. L'hiver, il se nourrit de lichen, c'est sa nourriture de subsistance pour survivre en attendant le printemps. Et le lichen, il y en a tout juste assez dans ma zone. Mais quand l'hiver est pourri, avec les couches de glace, ça ne suffit plus ! Du lichen, il y en a beaucoup là-bas, dit Kyrö en montrant le parc naturel, parce que depuis que les Soviétiques sont là, ils ont supprimé tout l'élevage de rennes dans la zone frontière, vous le savez bien. Mais ça n'a pas toujours été comme ça. Avant, tout ce territoire était un territoire sami, et vous nous en avez privés. Les rennes ne font que revenir sur le territoire qui est le leur, de plein droit !

Un silence gêné suivit la diatribe de Kyrö. Nina se demandait si l'intervention d'Olaf Renson un peu plus tôt et la conversation que les deux Sami avaient eue pouvaient expliquer cette subite explosion qui n'allait pas arranger la relation avec les Russes. Car le problème demeurait, entier.

– Et moi, grinça Mirzaev, depuis que je travaille ici, je n'ai jamais vu un renne russe de notre côté de la frontière. Il n'y en a pas, et il ne doit pas y en avoir ! Ni russes, ni norvégiens !

Nina regardait Klemet qui n'avait toujours pas ouvert la bouche. Que pensait-il sous sa chapka blanchie de flocons ? Il la regarda, elle lui fit un signe de tête. C'était le moment de poser sa question.

– Nous devons évoquer aussi la dizaine de rennes qui sont passés en décembre et dont les corps viennent d'être retrouvés. Vu le sérieux de la surveillance que vous effectuez sur cette zone, nous voudrions savoir qui a ainsi pu tuer ces rennes. Et leur couper la langue…

– Vos insinuations sont outrageantes, réagit Mirzaev en tapant sur la table, laissant la marque de son poing dans la neige.

– Quelles insinuations ? demanda doucement Klemet.

– Que nous aurions laissé des contrebandiers agir à leur guise ? Et je suppose que ce serait avec la complicité des employés du parc, des gardes-frontières, et sans doute de la gouverneure !

Klemet se tourna vers l'officier.

– Et vous, lieutenant ?

– Nous vérifierons, bien sûr.

Il se tourna vers la jeune femme qui hocha la tête.

– Car ça n'a pas été fait encore ?

– Nous sommes évidemment très touchés par la disparition de ces rennes norvégiens, mais notre mission consiste avant tout à empêcher les humains de passer cette frontière. Et je crois savoir que votre gouvernement est bien content que nous soyons aussi vigilants pour refouler les migrants…

– Peut-être, mais la présence de rennes tombe aussi sous le coup du traité frontalier. Je comprends que la direction russe du parc souhaite préserver la réserve. Si nous étions l'été ou l'automne, j'accepterais l'argument des dégâts en quad, de traces profondes que nous laisserions dans la toundra. D'ailleurs, d'après ce que je sais, lorsque des rennes traversent lorsqu'il n'y a pas de neige, rien n'est fait pour les ramener, il faut attendre les chutes de neige.

– Exactement !

– Mais en hiver, avec la neige, toutes les traces disparaîtront lorsque la neige fondra.

Mirzaev demeura inflexible.

– Impensable ! Des branches seront cassées, des animaux effrayés, impensable !

– Alors nous pourrions aller repérer l'endroit où sont les rennes en raquettes ou en skis, suggéra Piera Kyrö. À pied, nous ne causerions aucun dommage.

Mirzaev plissa les yeux. Il cherchait le piège. Tout le monde s'observait. Les flocons se déposaient sur les cils de Zubkov, de Natalya, de Mirzaev et des autres. Mirzaev les chassait. Nina sentait des flocons lui chatouiller le nez, mais restait impassible.

– Et combien d'hommes faudrait-il pour ramener les rennes à pied ? demanda enfin Zubkov.

Kyrö prit son air le plus sérieux.

– Je pense qu'on devrait s'en tirer avec trois cents hommes.

Mirzaev se rejeta en arrière, comme s'il en avait marre d'entendre ces sottises.

Le lieutenant rassembla ses mains sous son menton. Il annonçait la fin de la réunion.

Klemet leva la main. Zubkov le regarda avec un air indisposé, mais lui fit signe.

– Je pense que vous devriez envisager une pleine collaboration sur cette histoire, car il semble bien que ces rennes ne sont pas passés tout seuls. Ils ont pu être poussés à travers la frontière par un élément extérieur. Une meute de chiens russes par exemple. Or tout porte à croire que des chiens russes ont précisément passé la frontière hier matin.

Zubkov encaissa l'argument, en se tournant vers Natalya Pimenova. Mirzaev semblait tomber des nues.

– Des chiens russes ! Quelle mauvaise foi !

Leur évocation semblait être le signal que Piera Kyrö avait attendu pour laisser à nouveau exploser sa colère.

– Oui, des chiens russes, cria-t-il. Vous le savez bien. C'est une plaie de ce côté-ci, dans toute la vallée de Pasvik. Les chiens de Pasvik sont une calamité. Ils attaquent les rennes. Ils les chassent, les repoussent, ils dispersent les troupeaux, ils tuent par perversité.

– Des chiens russes pervers ! Voilà bien une idée occidentale, s'insurgea Mirzaev. Ne savez-vous pas que la guerre froide est terminée ?

Piera se redressa, les yeux injectés de haine. Il ouvrit sa combinaison. Nina et Klemet se jetèrent sur l'éleveur, Mirzaev se recula, trébuchant. Piera se débattit et sortit de sa combinaison un sachet plastique. Il en jeta le contenu sur la table couverte de flocons qui se teinta de gouttelettes rouges. Tous les regards convergeaient sur les deux oreilles poilues et sanguinolentes.

– C'est mon chien ! Mon meilleur chien ! Mordu par vos bâtards russes qui n'existent pas ! Ils viennent de chez vous, vous les abandonnez, et ils viennent chercher leur nourriture de ce côté-ci de la frontière, vous le savez bien, tout ça parce que vous avez supprimé la moindre trace de vie le long de la frontière pour faire votre foutue zone tampon !

Il prit les oreilles, et les jeta à nouveau sur la table.

– J'ai dû l'achever moi-même, à cause de la rage ! Qui va me le remplacer ?

– Ça suffit, Kyrö, lança Nina, nous réglerons ça plus tard.

L'éleveur semblait ne rien entendre.

– Quand je perds un renne, j'envoie les oreilles pour obtenir compensation. Tenez, ces oreilles, c'est pour vous ! Vous allez me le rembourser ?

Le silence retomba.

Piera jeta le sac plastique sur la table et quitta la réunion, sans se retourner. Mirzaev fulminait, mais il attendit que Kyrö eût disparu.

– Vous êtes injuste !

Mirzaev s'était relevé pour donner plus de poids à ses mots.

– Nous avons des équipes spéciales qui viennent de Mourmansk pour neutraliser ces chiens errants. Comment osez-vous dire que nous restons sans rien faire ! Encore votre propagande, la même qu'il y a trente ans, qui tente de faire croire que rien ne fonctionne de ce côté-ci de la frontière !

– Il n'empêche, reprit Klemet, des chiens sont passés ce matin, c'est un fait, et ils doivent être abattus !

– Des chiens ? Vraiment ? Je ne vois pas de quoi vous parlez ! s'exclama le lieutenant Zubkov qui parut se réveiller. Si des chiens étaient passés, je le saurais ! Ceux-là sont peut-être norvégiens après tout.

La brusque sortie du lieutenant surprit tout le monde, surtout après la scène des oreilles. Comment nier une telle évidence ? Mirzaev ne jugea pas utile d'en rajouter. Mais Nina remarqua à une infime contraction d'une ride sur son front l'étonnement de l'adjudant-chef, Natalya Pimenova, à l'objection de son chef. Elle savait quelque chose.

17

Station hydroélectrique de Skogfoss.

La négociation avec les Russes s'était poursuivie une vingtaine de minutes. Du palabre formel, répéter les mêmes choses, les reformuler. S'assurer qu'aucun malentendu ne demeure. Gommer les aspérités, surtout après l'esclandre de Piera Kyrö. Ça laisserait des traces.

Klemet s'étonnait de la rapidité avec laquelle Nina était entrée dans ce rôle, qui nécessitait visiblement une bonne dose de diplomatie. En face, le lieutenant Pavel Zubkov était fabriqué sur le même moule. À part sa saillie sur les chiens, il avait opté ensuite pour une approche réservée, toute bureaucratique, enregistrant les remarques norvégiennes, rappelant les positions russes au regard de la loi, et blablabla, choisissant d'un commun accord non exprimé de ne pas revenir sur l'incident des oreilles, qu'Anette avait prestement fait disparaître de leur vue.

Lorsqu'ils s'étaient enfin levés, à l'invitation du Russe, ils s'étaient séparés après un dernier mot prononcé par Zubkov, comme le voulait la règle. Si les Norvégiens entamaient la discussion, les Russes devaient la clore. Bonne pratique diplomatique, avait expliqué Nina lorsqu'ils traversaient le barrage dans l'autre sens.

Klemet raccompagna Nina à sa portière. Piera Kyrö, qui avait attendu la fin de la réunion, les rejoignit. La neige tombait délicatement, des flocons légers virevoltaient.

Klemet pointa sa moufle sur le nez de Kyrö.

– Qu'est-ce qui t'a pris, tu t'es cru au café Centrum ? Kyrö leva les deux mains, en signe d'apaisement.

– Il aurait fallu que je me taise ?

– Tu n'étais qu'invité à cette rencontre, tu connais les règles.

– Il y a une chose que vous ne savez pas, et je n'ai pas voulu le rappeler pour ne pas subir la morgue de ce Mirzaev. Mais ces pâturages qui sont du côté russe ont appartenu dans le temps à ma famille.

– Tu es d'origine russe ?

Piera Kyrö balaya la remarque de la main. Il dépassait Klemet d'une demi-tête, avait de lourds cernes sous les yeux, une barbe de quatre ou cinq jours assez irrégulière, des yeux bleus vifs. Un type assez scandinave, en fait. Ses lèvres fines bougeaient à peine quand il parlait, et il parlait vite. Ses yeux redoublaient d'intensité.

– Bien sûr que non. Ou plutôt, ici, ça ne veut rien dire. Enfin, ça veut dire quelque chose depuis la fin de la Deuxième Guerre mondiale. Toute cette zone du côté russe, qui grimpe jusqu'à la mer de Barents, était ce qu'on appelait dans le temps le corridor de Petsamo. Ça appartenait à la Finlande avant, je veux dire, les bolcheviks ont donné tout ce territoire à la Finlande quand elle est devenue indépendante en 1917. Et l'URSS l'a récupéré à la fin de la Deuxième Guerre mondiale, comme réparation, si on peut dire, parce que les Finlandais avaient combattu aux côtés des Allemands. Vous voyez ce que je veux dire ? Vous demanderez les détails à votre collègue finlandais, si ça vous dit, même s'ils aiment pas trop en parler.

Piera Kyrö était lancé.

– Et cette histoire, elle commence même avant. La frontière entre la Norvège et la Russie, elle remonte à 1826. Avant, dans le coin, il n'y avait pas de frontière. Et les seuls qui habitaient ici, c'était qui, à votre avis ? Les Sami, des clans sami, les Skolts, c'était à eux tout ça, il n'y avait que des pâturages, et tout ça, pchhhiiitttt, parti, oublié, interdit. Des frontières, des barbelés en veux-tu en voilà, des règles, des familles éclatées, communisme d'un côté, nationalisme de l'autre, et vous pensez bien que mes malheureux ancêtres, on les a balayés, comme ces flocons de neige, dit-il en frappant la poitrine de Klemet d'où la neige se dispersa dans tous les sens. Vous voyez ? Exactement comme ça.

Klemet n'avait pas bronché sous le geste de Piera. Mais son récit lui rappela l'histoire de son grand-père, le dernier éleveur de rennes de la famille, qui avait été obligé de mettre fin à son activité à cause de ce tracé de frontière entre la Norvège et la Finlande. À cause de lui, et parce que son troupeau était passé du mauvais côté de cette stupide ligne droite, il avait perdu presque tous ses rennes à la suite de l'amende qui lui avait été infligée. Ceux qui lui restaient n'auraient pas suffi à faire vivre une famille. Et plutôt que de faire le berger pour d'autres éleveurs, il avait préféré abattre ses derniers rennes et quitter définitivement le monde de l'élevage. Pour un Sami, cela signifiait la fin.

Et, presque pire, la marque familiale était tombée dans l'oubli. La marque, ce qui pour beaucoup définissait une bonne part de l'identité sami. Toujours cette même histoire.

– Mais toi, tu as réussi à tenir, tu as toujours des pâturages, des rennes, une reconnaissance, tu es malgré tout protégé par la loi, et tu as même la police des rennes, dit Nina, en regardant Klemet.

– La belle affaire… J'ai une cinquantaine de rennes de l'autre côté, et je ne sais pas quand je vais les récupérer. Cet hiver ? Ce printemps ? On avait déjà un troupeau qui était passé en décembre. Comment ? Mystère. Et comme par hasard, ces cinquante rennes disparaissent alors que pour la première fois, on reçoit des commandes de restaurants gastronomiques à l'étranger, en France et en Allemagne, qui s'intéressent enfin à la viande de renne. Vous trouvez pas ça bizarre ?

– Pas la peine de sombrer dans le complotisme, dit Klemet. Des passages de rennes côté russe, ça arrive tous les ans, tu le sais bien.

– Tu connais notre district ! À l'est, au sud et à l'ouest, on est coincés entre la Russie et la Finlande, où les rennes n'ont pas le droit de passer, et au nord, c'est la mer de Barents et les districts d'élevage norvégiens voisins qui ont les mêmes problèmes que nous et manquent de pâturages nous mettent des procès pour essayer d'en grappiller. Et on fait comment, nous ?

– Nous allons suivre cette affaire avec les Russes, et je te tiendrai au courant. Je ferai tout pour qu'on puisse effectuer une reconnaissance le plus vite possible, dit Nina. Les Russes ont posé leurs arguments, maintenant on va commencer à discuter.

– C'est ça, et le temps passe, et mes rennes vont servir de casse-croûte à je ne sais qui…

– Ce qui est sûr, Piera, c'est qu'il nous faut éviter de faire de ces chiens un problème russe. Tu vois comment ça les braque.

– Et alors, c'est bien la vérité, non ? Ces chiens, ça fait trente ans qu'ils nous pourrissent la vie, depuis l'effondrement de l'URSS ! Les premiers ont débarqué à l'époque, quand un poulailler à deux pas de la frontière a fermé. Les chiens se nourrissaient de ses restes, alors après, ils ont dû aller chercher leur nourriture ailleurs. Et ils ont commencé à traverser la frontière. Et voilà. Et le problème n'a fait que grossir avec les effectifs des garnisons de gardes-frontières. Ils ont des chiens en pagaille, mais quand ils sont mutés sur les bords de la mer Noire, qu'est-ce qu'ils font de leurs chiens à votre avis ? Ils les abandonnent. Et voilà le résultat, des meutes de chiens errants, mon chien qui se fait déchiqueter. Il y en a partout. Ils payent même des gars à Mourmansk pour venir les chasser, avec de belles primes à l'appui, d'ailleurs. Mais tout ça, c'est magouille et compagnie…

Nina semblait songeuse.

– Certains de ces chiens peuvent être nés en Norvège, après tout, depuis le temps. Et ils n'ont pas de passeport. Nous devons résoudre ça ensemble, nous n'avons pas le choix.

– Nous n'avons pas le choix ? Le choix qu'on a, c'est de les flinguer. Et ça, c'est le boulot de la police des rennes, du moment que ça perturbe l'élevage des rennes, martela Piera en tapant du doigt sur la poitrine de Klemet. Et là, crois-moi, il y a urgence, sinon, ça pourrait bien déraper…

18

Sud de Nikel.

Natalya Pimenova conduisait en silence, le regard faussement perdu sur la route enneigée et grisâtre à l'horizon bouché par la chute désordonnée des flocons. Pavel Zubkov savait pourquoi. Elle réservait ses questions pour plus tard, lorsque l'interprète les aurait quittés. Pavel bénéficiait encore d'une vingtaine de minutes pour cogiter. Il avait nié le passage des chiens russes sans réfléchir. Un réflexe. Question de survie. Il avait menti. Qu'il mente aux Norvégiens, personne ne lui en voudrait. Ça faisait partie de son travail, un jeu de dupes qui ne trompait personne. Mais il avait bien senti le regard de Natalya quand il avait affirmé ne rien savoir d'un passage de chiens. Ce n'était pas la première fois que des chiens russes traversaient la frontière et semaient le chaos dans la vallée de Pasvik. Les Norvégiens exagéraient toujours ces histoires-là, brandissant la menace de la rage, comme pour atténuer la présence illégale de leurs rennes côté russe. Natalya, mieux que quiconque, connaissait la mécanique de ce petit jeu. Lequel, pour qu'il soit bien joué, nécessitait que chacun présente calmement les arguments attendus selon l'ordre établi depuis des années, avec la même parfaite mauvaise foi prévisible. Pavel avait brisé cette règle, et Natalya l'avait perçu.

Cette règle voulait que, dans le discours officiel, cette frontière entre la Norvège et la Russie fût la plus calme de la Fédération, et c'était comme ça depuis la révolution bolchevique. Tout était fait pour que rien ne change. Ce calme sur ce petit bout de frontière de deux cents kilomètres faisait le bonheur de tous. Il permettait à la Russie de montrer au monde comment tout pouvait bien se passer à sa frontière et que les accusations d'agressivité s'avéraient donc infondées. À la Norvège, de montrer au monde comment un petit pays sérieux comme lui était capable de jouer à jeu égal avec son imprévisible et puissant voisin, de le gérer, même. Tout le monde y gagnait. Les petits accrochages, négligeables, ne duraient jamais longtemps. Ils étaient plus destinés à maintenir les troupes sous tension. Presque une forme d'entraînement, sans réelles conséquences.

Pavel avait rompu l'équilibre, rebattu les règles avec son coup d'éclat. Qu'un Nurlan Mirzaev s'insurge, passe encore. Qu'un Piera Kyrö s'enflamme, on comprenait. Mais qu'un garde-frontière perde son sang-froid face à son alter ego norvégien, cela relevait quasiment de la faute professionnelle. Et Natalya, regard toujours faussement perdu, l'avait tout de suite compris. Qu'allait-il pouvoir lui dire ? Avouer la vraie raison ? Qu'il s'était bourré la gueule la veille, avait vomi une partie de la nuit, s'était senti le mec le plus minable de la terre depuis son réveil ? Natalya n'était pas idiote. Elle saurait que si cette partie était vraie, ce n'était pas toute la vérité. Elle ne savait pas pour Gagarine et Alissa, mais son flair la pousserait à chercher. Elle ne le lâcherait pas.

Affronter Natalya. Affronter Oleg. Il était sûr qu'Oleg Gretchko lui ferait payer son abandon de poste. À moins qu'il ne se soit rendu compte de rien. On pouvait rêver. Il le saurait bien assez vite. Affronter Natalya. Affronter Oleg. Affronter Alissa. Sa fille ne menaçait pas sa carrière comme Natalya. D'Oleg, il ne savait pas quoi craindre. Oleg savait des choses sur lui. Alissa, c'était autre chose. Ce chien, Gagarine, avait un temps servi de pansement. La mère d'Alissa l'avait récupéré auprès d'un collègue garde-frontière muté dans l'Est. Alissa avait été folle de joie au début. Après le divorce, Alissa était devenue plus difficile. Elle en voulait à ses deux parents, s'était éloignée de lui comme de sa mère. Gagarine avait rempli son rôle d'éponge. Alissa le couvrait de baisers et de caresses, passait des heures à le câliner. Elle jouait avec lui le matin avant de partir à l'école, se précipitait sur lui à son retour l'après-midi, et Gagarine lui faisait une fête folle, une sarabande explosive qui illuminait leur appartement et leur vie. Quand Pavel donnait à Alissa son modeste argent de poche, elle se précipitait aussitôt à l'épicerie Magnit sur Gvardeyskiy prospekt acheter un bout de viande et un nouveau jouet à mordre pour le chien.

Puis Alissa s'était éloignée de son père, s'enfonçant dans l'adolescence, devenant distante, et même intraitable après qu'elle avait intégré le groupe de jeunes paramilitaires. Sans le réaliser d'abord, Pavel s'était rapproché de Gagarine. Le chien commença à faire office d'enfant de substitution. Pavel s'en voulait, voyait toute l'absurdité, voire le ridicule de la situation, mais c'était plus fort que lui. Toute l'affection que sa fille lui refusait depuis trop longtemps, toute cette chaleur qu'il voulait partager avec elle, il l'avait reportée sur ce bâtard.

Et Gagarine se trouvait maintenant sûrement quelque part dans la zone frontière, à suivre des chiens errants. Où étaient-ils ? Côté russe, dans la zone inaccessible du parc ? Côté norvégien, à semer la panique ? Une chose était sûre, d'un côté comme de l'autre, ils seraient poursuivis et abattus. Quand cet éleveur norvégien l'avait évoqué, Pavel avait tout vu défiler. Gagarine dans une mare de sang, Alissa folle de tristesse, inconsolable. Il avait tout vu, comme en rêve, avec la dépouille fumante de Gagarine, Alissa qui s'éloignait de lui, à tout jamais.

Il tourna un instant la tête vers Natalya. Elle le regarda à son tour. Elle cherchait à pénétrer ses pensées. Ils approchaient des bureaux des gardes-frontières. Toute la fatigue qu'il avait ressentie durant la rencontre avec les Norvégiens s'était dissipée. Il arrêta la voiture sur le parking. L'interprète sortit sans un mot. Natalya ouvrit sa portière, mais resta un instant, un pied dehors, un pied dedans, le buste tourné vers lui. Elle posa sa main sur sa cuisse.

– Il faudra qu'on se parle, Pavel… Je dois compléter mon rapport, tu le sais… Ce soir…

Pavel hocha la tête, sans répondre. La porte claqua. Il posa le front sur le volant. Et répéta pour lui-même, à voix haute :

– Si je perds Gagarine, je perds Alissa. Si je perds Gagarine, je perds Alissa…

19

Vallée de Pasvik.

Nina alluma la radio. Le journal de la *NRK* allait démarrer. Dans la voiture qui les précédait, Klemet devait faire de même. Nina se demanda si de l'autre côté de la frontière, les Russes aussi écoutaient la radio en remontant sur Nikel.

Un rebondissement dans l'affaire du saumon rose à bosse fit à nouveau l'ouverture du journal. Le journaliste rappelait que ce saumon originaire du Pacifique avait été implanté côté russe dans la péninsule de Kola à partir des années 1960 et se propageait dans les eaux du Grand Nord norvégien, menaçant le saumon local. Les Russes s'en délectaient, les Norvégiens l'estimaient à peine mangeable.

Comme espèce invasive, ça valait bien les chiens de Pasvik, se dit Nina. Mais les chiens de Pasvik ne dérangeaient que quelques éleveurs de rennes. La pêche au saumon, en revanche, concernait les loisirs de centaines de Norvégiens. Le présentateur enchaînait avec l'éternel débat sur le financement de l'hélicoptère-ambulance. Le journal parla ensuite du départ de la délégation chinoise après deux jours à Kirkenes où elle avait notamment visité les sites en discussion pour un éventuel terminal portuaire destiné à accueillir les cargos en provenance de Chine. Le journaliste terminait le sujet par un clin d'œil, notant que les Chinois étaient repartis non pas avec du saumon rose à bosse d'origine russe, mais avec de la viande de renne bien d'ici, notamment des langues très appréciées des Chinois, de la mûre polaire et de l'artisanat sami.

L'interview d'Olaf Renson, annoncée dans les titres, arriva enfin. Le journaliste évoquait une session de travail imminente à Kirkenes sur l'harmonisation des droits des Sami dans les pays nordiques concernés et la création d'un organe parlementaire sami commun à la Suède, la Norvège et la Finlande. Les négociations traînaient depuis des années, bloquant autant sur des points juridiques que sur des questions de priorité. Olaf Renson, en tant que député du parlement sami de Suède et membre de l'un des groupes de travail, était l'une des voix les plus critiques, et visiblement, annonçait le journaliste, sa patience avait atteint ses limites. Le présentateur de la *NRK* rappelait que Renson avait été interviewé le matin même dans la vallée de Pasvik, alors qu'allait se tenir une rencontre sur la frontière entre autorités russes et norvégiennes à propos de la présence de rennes norvégiens chez les Russes.

« Cette affaire illustre parfaitement le fond du problème, disait Renson. Toutes ces discussions sur les droits des Sami dans les pays nordiques sont vaines si nous n'associons pas les Sami de Russie. Et les rennes de Piera Kyrö et du district 5A/C nous montrent la voie. La Laponie ne s'arrête pas à la rivière Pasvik ! Les rennes savent d'instinct où ils sont chez eux. Ils se moquent des frontières. Ils retournent simplement, naturellement, vers leurs pâturages ancestraux. Et là où les rennes sont chez eux, les Sami sont chez eux ! »

Après une relance du journaliste, le député sami reprit.

« Dès demain, j'irai en Russie discuter avec nos frères de Lovozero, et je ferai tout pour les associer à nos discussions. Et je défendrai la volonté de Piera Kyrö d'obtenir pour ses rennes un droit de pâturage en bonne et due forme du côté russe. Il est grand temps que la nature reprenne ses droits dans cette région ! »

– Mais il veut la guerre !

Nina s'était tournée vers Anette, les yeux fixés sur la route. La voiture arrivait au niveau de Svanvik.

– Ça, ça va mettre un peu d'animation dans le coin, tu peux en être sûre, répondit l'interprète.

– Et on l'apprend par la presse ! Piera était avec nous, et il ne nous a rien dit !

Elle appela Klemet dans la voiture de devant.

– Tu as entendu ?

– Comme toi.

– On est en pleine négociation avec les Russes, et Renson balance ça !

– Et tu n'as pas encore vu les articles des autres journaux…

Nina ouvrit les applications des deux quotidiens locaux. Dans *SVA*, le journal de Kirkenes, une photo montrait Kyrö, les deux hommes de la police des rennes, Nina et Anette, tous de dos, marchant sur le barrage pour rejoindre les Russes. *SVA* titrait sur une citation de Renson : « Cinquante rennes norvégiens en Russie : il est temps d'agir ! »

Dans *Finnmarken*, quotidien régional de l'est de la Laponie norvégienne, Renson et Kyrö posaient côte à côte, la mine sombre et déterminée, avec la station hydroélectrique de Skogfoss en fond. Le journal reprenait lui aussi une citation de Renson : « Là où les rennes sont chez eux, les Sami sont chez eux. » Avec un sous-titre : « Un responsable sami veut rendre la Laponie russe aux rennes nordiques. »

Les propositions de Renson sur l'autonomie élargie et la levée de l'impôt par les parlements sami, plus abstraites, passaient au second plan face à la demande incarnée par Piera.

Les réactions n'allaient pas manquer de fleurir, tout comme les noms d'oiseaux. Nina savait par expérience que tout article qui évoquait de près ou de loin les questions de droit à la terre des Sami provoquait aussitôt des colonnes de commentaires enflammés, parfois racistes.

Nina termina par la lecture du site du *Barents Observer*, le journal en ligne et en anglais qui couvrait les infos sur toute la région de Barents, notamment dans la péninsule de Kola, côté russe. Le site publiait une photo de Google Earth sur la zone frontière du parc naturel russe où les rennes devaient se trouver. L'article était aussi illustré de portraits de Renson et Kyrö, ainsi que de Jaakoppi Kujala devant la voiture de la police des rennes, avec la frontière en arrière-plan. Le site d'info rappelait ce que Kyrö avait dit à Nina et Klemet plus tôt. Toute cette région frontalière avait dans le temps été un seul et même territoire appartenant à un clan sami. Les tracés de frontières successifs et les conflits, jusqu'à la Deuxième Guerre mondiale, avaient définitivement tronçonné toute la région et quasiment éradiqué ce qui restait de l'ancienne culture sami skolt.

Le site donnait largement la parole à Renson, et illustrait son propos de cartes reprenant l'historique complet du tracé des frontières en Laponie. Et il fallait s'accrocher pour suivre, tant les alliances entre pays du Nord avaient bougé, provoquant chaque fois des conséquences désastreuses pour les Sami. Tout y passait, depuis la première frontière établie entre la Norvège et la Suède et sa colonie finlandaise, en 1751. Le tracé de 1809, entre la Suède et la Finlande, quand la Finlande était tombée entre les mains des Russes, avait été suivi en 1826 par celui entre la Norvège, qui avait scellé une union avec la Suède quelques années plus tôt, et la Russie, aux conséquences si dramatiques, divisant les familles. « Et plus que des familles, insistait Renson, ce sont les peuples russes, sami, suédois et norvégiens, qui jusque-là vivaient et bougeaient librement dans cette région, dont la vie, d'un jour à l'autre, a été bouleversée. »

Renson évoquait surtout 1852, quand la frontière entre Russie et Norvège, jusque-là assez perméable pour les Sami, avait été strictement fermée pour empêcher les Sami norvégiens de se rendre en Finlande, qui à l'époque faisait encore partie de l'Empire russe. Que les Sami demeurent un peuple, en dépit de ces coups permanents, relevait du miracle.

En prenant son poste au Commissariat de la frontière, Nina avait dû approfondir sa connaissance de l'histoire des frontières en Laponie. Mais elle n'avait jamais envisagé les conséquences pour les Sami et les autres habitants de la région. Olaf Renson racontait que cette fermeture stricte avait obligé bon nombre de bergers sami de Norvège, privés des riches pâturages de Finlande, à changer de nationalité pour se déplacer avec leurs troupeaux dans la région de Karesuando, dans le nord de la Suède. Devenus éleveurs suédois, ils avaient trouvé le moyen de retourner sur des pâturages en Finlande, jusqu'à ce que les Russes s'en rendent compte et leur ferment aussi la frontière. Avec les années, la frontière entre Norvège et Suède s'était fermée aussi. Des clans sami s'étaient retrouvés acculés sur des territoires de plus en plus disputés où s'entrechoquaient en plus les méthodes d'élevage. De grands troupeaux avaient absorbé les plus petits, des clans complets avaient été obligés de migrer toujours plus vers le sud de la Laponie, repoussant et avalant d'autres clans qui pratiquaient un élevage à petite échelle. « Les nations ont réussi à nous diviser par leurs frontières, jusqu'à nous jeter les uns contre les autres », disait Olaf Renson dans l'article. *The Barents Observer* mettait surtout l'accent sur la proposition lancée par Piera Kyrö et désormais soutenue par Renson de déposer une demande de droit formel au pâturage côté russe, afin d'éviter à l'avenir ces incessants conflits transfrontaliers qui niaient le besoin naturel des rennes d'aller vers les meilleurs pâturages. Nina ne doutait pas un instant que Pavel Zubkov tomberait dessus tôt ou tard.

– Tu imagines vraiment les Russes accéder à cette demande de pâturage ?

Anette ne quittait pas la route des yeux. Ils longeaient la mine de fer de Sør-Varenger, la seule raison d'être de la ville de Kirkenes, exploitée à fonds perdu depuis un siècle par les Norvégiens pour marquer leur souveraineté face aux Russes.

– Avec la Russie, on ne sait jamais. Dès qu'il y a de l'argent en jeu, on peut tout imaginer. Ça dépend de qui tu as en face. Le problème, c'est qu'on ne sait pas vraiment qui on a en face. Et quand on le découvre, en général, c'est trop tard…

20

Nikel.

La chaleur de la main de Natalya sur sa cuisse. Ou bien devrait-il dire la brûlure ?

Affronter Natalya ? Il verrait ce soir. Alissa ? Sa fille pouvait être à l'appartement, avec les jeunesses de Yunarmyia, ou à traîner ailleurs. Tant que Pavel n'avait rien de nouveau sur Gagarine, il préférait l'éviter. Restait Oleg. Pavel sortit son téléphone. Gretchko avait encore essayé de le joindre. Il ne pourrait pas le fuir éternellement.

Un garde-frontière chargé de la veille numérique lui avait fait suivre un article traduit en russe qui le concernait au premier plan. Ainsi, cet éleveur norvégien voulait faire paître ses rennes officiellement côté russe. Pavel ne put s'empêcher de sourire. Son ex-femme lui avait souvent fait le reproche d'être trop naïf pour espérer une belle carrière. Si ça, ce n'était pas de la naïveté…

Ce Piera était ce type si déterminé à éradiquer tous les chiens russes de la vallée de Pasvik. Et parmi eux, Gagarine. Aucune mansuétude à en attendre après qu'il ait lui-même achevé son chien. Pavel essaya de s'imaginer à sa place, face à Gagarine. Aurait-il pu le tuer ? Et affronter ensuite Alissa ? L'éleveur ressentait-il pour son chien les mêmes sentiments que lui-même pour Gagarine ? Impossible. Ce n'était qu'un chien de berger, rien d'autre.

Pavel se frotta le crâne. Tout lui échappait. Il n'arrivait pas à se concentrer, sachant qu'Oleg devait être en train de le chercher. Affronter. Le mieux était d'aller au-devant d'Oleg. On n'échappait pas à Oleg Gretchko. Insignifiant en apparence, il étendait ses tentacules sur une bonne partie des activités parallèles de Nikel.

Il l'avait connu en arrivant dans la petite cité arctique, sa première promotion. Alissa était petite encore, ça fonctionnait encore avec sa femme, même si quitter Mourmansk lui pesait : aller s'enterrer dans ce trou pollué, sans boutique digne de ce nom. Pavel, garde-frontière dévoué à la cause, avait remarqué cet homme qui ne manquait jamais une cérémonie de commémoration. La première fois, c'était devant le monument des trente ans de la libération. Il faisait partie de ceux qui avaient le droit de dire un mot, et c'était toujours touchant, avec des accents de sincérité inégalés. Il s'était déjà fait un nom en organisant des camps d'été pour rechercher les vestiges de la Grande Guerre autour de la rivière Litza, qui avait été le principal front de l'Arctique, avec des dizaines de milliers de morts. Les récits glorieux succédaient aux drames héroïques. Pavel Zubkov, mieux qu'aucun autre, avait été séduit par l'engagement absolu de cet homme à la gloire des sacrifiés de la toundra. Alissa avait participé quelques étés à ces camps de fouille où des jeunes se retrouvaient des semaines durant à dormir sous la tente et à creuser les blessures de la terre de Russie sans se soucier des moustiques. Parfois, ils retrouvaient des restes de squelette, et ça faisait toujours forte impression sur les jeunes. Pavel se rappelait la fois où Alissa lui avait raconté une telle découverte. Elle était surexcitée, troublée, voulait y retourner sans attendre. C'est ce qui avait poussé Pavel à les rejoindre, pour un week-end. Pavel Zubkov croyait à la mission d'Oleg. Lui-même ne voyait pas de plus belle cause que de servir son pays. Oleg aussi servait son pays, même si son parcours avait été plus tumultueux. Il avait, paraît-il, commencé à l'usine de Nikel à vingt-deux ans, juste après son service militaire dans la 61e brigade de fusiliers marins basée non loin d'ici. Promis à un avenir radieux donc, jusqu'à la grande catastrophe, quand l'Union soviétique avait cessé d'exister. Les détails, Oleg les lui avait racontés le premier soir qu'ils avaient passé tous les deux autour du feu, dans le campement de fouilles, quand les adolescents et les autres adultes dormaient.

Pavel avait appris plus tard qu'Oleg aimait bien parler autour du feu aux jeunes pionniers, comme il les appelait. Avec son côté tradi, il envoyait les filles se coucher et réservait ses confidences aux garçons. On buvait entre hommes. Il buvait un peu trop. En rajoutait dans ses récits, d'après Alissa. Mais avec Pavel, il avait semblé s'ouvrir sans calcul. Ils avaient passé cette longue soirée à chasser les moustiques, à parler et à boire. Oleg, sans complexe, lui avait raconté la période de l'effondrement, comment il s'était retrouvé à faire la petite main pour un groupe mafieux. Ça lui avait plu, et Pavel en avait été étonné. Oleg parlait ouvertement de ces années noires, avec une espèce de nonchalance, comme d'autres parlaient de leur service militaire. C'était juste une période un peu spéciale, avec des épisodes durs et des rigolades, un moment dans la vie d'un homme, avant de passer à autre chose. Oleg avait évoqué des amis, il les appelait les Vlad et Grigori, qui passaient, repoussaient de leurs cendres, petits soldats du grand basculement. Certains nourrissaient la terre, loin des cimetières, tombés lors de règlements de comptes. Dans un moment de spleen, au fond d'un verre de vodka, Oleg avait bien avoué qu'il craignait qu'un jour, en cherchant ces vieux héros de la guerre, il ne tombe sur la dépouille d'un sacrifié de la mafia. Pavel se rappelait cette nuit au côté d'Oleg, qui racontait comment, après l'époque mafieuse, Nikel était retombé dans la grisaille, avec pour seul horizon l'usine de minerai, les nuages toxiques, la frontière d'un côté, la toundra de l'autre, Poutine partout.

C'était le lendemain matin, ça remontait donc à sept ou huit ans, que ça avait commencé à basculer pour Pavel. Ça avait paru anodin au départ. Ils n'avaient pas dormi de la nuit et au petit matin, ou peut-être était-ce encore la nuit, il faisait jour tout le temps en cette saison, entre leurs récits d'anciens combattants et les cadavres de bouteilles, ils étaient devenus complices. Le mot, malheureusement, se révélerait bientôt dans toute sa cruauté. Oleg lui avait suggéré, comme s'il venait d'avoir une idée saugrenue, d'aller chasser un renne pour nourrir la colonie d'ados. Ça les changerait des boîtes de conserve. Oleg paraissait excité par sa propre idée, surpris de son audace.

Pavel comprendrait plus tard qu'il était coutumier du fait.

Il y avait des rennes sauvages dans les environs, lui avait assuré Oleg. Il suffisait de se servir, pas de problème, il connaissait des gens qui faisaient ça. Des rennes sauvages, ça appartenait à tout le monde, non ? Pavel avait bien dû admettre, surtout dans son état, qu'il ne voyait pas d'objection. Ils avaient ri. Ils étaient partis tous les deux dans le vieux 4×4 d'Oleg, ils avaient roulé un bon moment, s'engageant même dans la péninsule de Rybachy, où Pavel mettait les pieds pour la première fois. Une nature presque intouchée. Pavel avait demandé si c'était bien sérieux de s'aventurer ici, avec la base de sous-marins sur la côte occidentale de la péninsule, mais Oleg l'avait rassuré. Sur ces anciens territoires sami, on trouvait encore des rennes, et les militaires eux-mêmes venaient se servir. Tout le monde faisait ça, avait répété Oleg. Une heure plus tard, ils avaient pris le chemin du retour, après qu'Oleg avait abattu un renne depuis la voiture. Oleg avait rigolé, et Pavel aussi, les enfants seraient contents, quel festin on allait préparer ! Tiens, avait remarqué Pavel, pour un renne sauvage, il avait l'air de porter une marque, étrange non ? Oleg, une fois encore, l'avait calmé. Pas de souci. Ce petit bout de plastique à l'oreille ? Un coup de poignard, et on en parle plus. Pense à cette grillade tout à l'heure ! Pavel, la vodka aidant, avait oublié tous les soucis, il avait posé fièrement avec le fusil d'Oleg et le renne pendu par les pattes à l'arrière du 4×4 quand Oleg lui avait dit qu'il fallait immortaliser l'événement, tiens, avec le monument de la guerre en arrière-plan, ça en aurait de la gueule, quel souvenir !

Tout s'était enchaîné si naturellement. Quel week-end inoubliable ! Et puis sur la route unique qui reliait la péninsule au continent, deux policiers les avaient arrêtés. Coffre ouvert. Le renne ensanglanté sous la bâche. Sous la bâche, vous le cachiez donc, avaient crié les policiers. Pavel s'était décomposé. Papiers, téléphone, tout. Pavel avait cherché le salut auprès d'Oleg, qui paraissait aussi décontenancé. Il jouait bien. Téléphone, photo. C'est vous avec le renne et le fusil, belle preuve. Procès-verbal. Pavel transpirait. Oleg silencieux, presque froid. Et sous-officier des gardes-frontières du FSB en plus ? Qui vient juste d'être promu ? C'est du joli ! L'un des policiers énonçait à haute voix ce qu'il écrivait. Que

Pavel Zubkov, sous-officier de la direction des frontières du service fédéral de sécurité de la Fédération de Russie pour la région de l'Arctique occidental, avait pénétré sur la zone réservée de la péninsule de Rybachy où, preuve photographique à l'appui, et en présence de l'animal qui était marqué, il avait abattu un renne qui appartenait à un troupeau privé d'un berger de la 9e brigade d'éleveurs Taïga de Lovozero.

Et soudain Oleg, son sauveur. On pourrait peut-être s'arranger ? Soudoyer des policiers ? Impossible pour Pavel. Mais Oleg, lui, ça ne semblait pas le gêner. Avec quel naturel, soudain, ces billets changèrent de main. Et ce procès-verbal que récupéra Oleg, avec le nom de Pavel comme seul coupable. Ce procès-verbal qu'Oleg avait soigneusement rangé dans sa veste quand les policiers étaient partis, comme ils étaient apparus, de nulle part, sans raison. À croire qu'ils les avaient attendus. Pavel s'en était tellement voulu. Piégé comme un débutant. Les policiers, bien sûr, étaient de mèche. De ce moment-là, Oleg l'avait tenu entre ses griffes, gardant la photo et le procès-verbal comme moyen de pression pour le mettre à sa botte. Toute cette belle complicité avait été feinte.

Tous ces souvenirs étaient douloureux. L'étouffaient. Sa carrière s'était poursuivie. Il avait dû accepter certaines demandes d'Oleg. Avec le temps, Pavel avait réalisé qu'il pouvait s'en accommoder. D'autres pauvres types tournaient dans l'entourage d'Oleg, de pauvres sbires qu'il devait tenir d'une manière ou d'une autre. Comme ce Piotr, qu'Oleg rudoyait sans cesse, et un certain Vitali, un berger sami de cette fameuse 9e brigade d'éleveurs du kolkhoze Taïga de Lovozero.

Pavel, lui, avait été obligé d'accepter ce boulot de gardien de datcha. Pas reluisant. Mais ça restait discret.

Personne ne savait et ça arrondissait bien sa solde. Avec le temps, Pavel avait dû reconnaître qu'Oleg s'était contenté de le tenir en laisse, sans trop tirer dessus. Ce qui ne le rassurait pas. Un jour viendrait où Oleg tirerait la laisse d'un coup sec.

Pavel se cogna le front contre le volant. Recommença. La voiture tressautait. Il releva le visage, se regarda dans le rétroviseur, une marque rougeâtre lui barrait le front. Il ne sentait rien. C'est peut-être ça qu'il attendait. Ne rien sentir. Il se décida, démarra, et roula jusqu'à la zone des garages au bas de Nikel, près du petit terrain de foot. Il quitta la route et s'engagea sur l'allée de neige brunâtre qui descendait brutalement en pente entre deux rangées de garages aux portes déglinguées et rafistolées. De la plupart des façades en ciment craquelé sortaient des bouts de fines cheminées en aluminium qui se dressaient vers le ciel. Celle d'Oleg fumait. Sa Logan garée devant. Pavel se demandait souvent pourquoi Oleg, alors qu'il possédait sa datcha, continuait à passer autant de temps dans ce garage minable au milieu de dizaines d'autres garages minables où des hommes traînaient leur misère en s'imaginant maîtres d'un royaume. Maîtres d'une illusion. Peut-être Oleg voulait-il seulement se rappeler d'où il venait. Il arrêta sa voiture en double file à côté de celle d'Oleg. Il devait retourner à la caserne d'ici une heure. Autant en finir. Il frappa à la porte, le code habituel. Quelqu'un hurla. Pavel se toucha le front. Entra.

21

Kirkenes.

L'immense hôtel de police de Kirkenes dominait le fjord. La police des rennes occupait un bureau qui donnait sur la mer. Le silence régnait depuis un long moment. Tension palpable. Klemet détaillait la vaste carte murale de la zone couverte par la patrouille. Jaakoppi Kujala rédigeait le rapport à la suite de la rencontre avec les Russes.

– Tu peux apprendre la carte par cœur, ça ne changera rien, lança Kujala. Laisse donc ta petite copine s'occuper de l'affaire, elle nous contactera quand ce sera réglé et qu'il faudra récupérer les bestioles. Jusque-là, on est dans l'impossibilité d'agir.

– Tu as entendu la radio, non ? Des langues de rennes disparaissent en Russie, et d'autres apparaissent pour être offertes aux Chinois. Drôle de coïncidence, non ?

Jaakoppi Kujala haussa les épaules.

– Ces langues, tu les trouves dans les boutiques, non ?

– C'est recherché. Et non, tu ne les trouves pas dans les boutiques. D'autres parties de viande de renne, oui, mais pas des langues. Il faut connaître quelqu'un, un Sami. Ou quelqu'un qui connaît un Sami.

– Tu as des dizaines de milliers de rennes dans les pays nordiques ! Qu'est-ce que tu imagines ? Que des gars de la mairie de Kirkenes sont allés en zone interdite en Russie couper dix langues de rennes pour en faire cadeau à des hommes d'affaires et des membres du parti communiste chinois ? Tu connais les Russes, non ? Pour un peu de pognon, ils sont prêts à tout. Crois-moi, c'est une affaire purement russe.

Klemet prit une profonde inspiration.

– Peut-être, mais cette histoire de rennes norvégiens tués côté russe en décembre, ça nous intéresse toujours. Tu oublies que le district vient de déposer plainte après la découverte des corps sans langue.

– Je n'oublie rien, nom de Dieu ! Tu me prends pour qui ? Mais c'est toi qui vas enquêter en Russie ? Si les Russes décident qu'il n'y a rien à creuser, on ne creusera pas, c'est tout. Ta petite blondinette n'y pourra rien et tes peaux de rennes vont pourrir dans la neige, point barre.

Klemet sentait que, tant qu'il n'aurait rien de concret à mettre sous le nez de Kujala, il valait mieux chercher seul.

Le premier groupe de rennes qui avait été retrouvé tué en décembre était visiblement tombé victime de trafiquants qui ne s'intéressaient qu'à leurs langues. Les types avaient dû devoir agir vite, sans s'embarrasser du reste de la viande, des bois ou de la peau. Par manque de temps sûrement. Et pour cause. En pleine zone frontière, sous autorité du FSB, et qui plus est, juste en bordure de la réserve naturelle, avec des restrictions très sévères. Quelqu'un avait-il provoqué le passage des rennes côté russe, comme le suggérait Piera ? D'après les informations recueillies par la chercheuse finlandaise, les rennes tués avaient été retrouvés à proximité d'un sentier de forêt, accessible depuis la route qui longeait la frontière.

– Est-ce qu'on sait les réactions que la découverte de ces rennes ont provoquées ?

Kujala éclata de rire.

– Tu crois vraiment que les Russes s'y intéressent ? Je sais que tu es sensible à ces petites bêtes, surtout les faons, mais les Russes, tu vois, vu l'intérêt très limité qu'ils portent à la vie humaine, ça m'étonnerait qu'ils bougent le petit doigt pour un paquet de rennes qui se sont perdus chez eux. Ils sont morts ? Tant mieux, voilà ce qu'ils ont dû se dire, affaire classée. Et je vais te dire, ça va finir comme ça ici aussi.

Klemet hocha la tête.

– Je vais me chercher un café.

Il sortit jusqu'à la machine de l'étage. Il appela le Commissariat de la frontière et demanda à parler à l'interprète, Anette.

– J'ai une requête qui pourrait intéresser votre service aussi. Peux-tu regarder si la presse russe a parlé de ces rennes retrouvés tués il y a quelques semaines ?

Il grimpa de deux étages au lieu de revenir à son bureau. Celui de la commissaire Ellen Hotti était ouvert. La protectrice de Nina, grande patronne de la police de toute la région du Finnmark, en le voyant entrer, poussa vers lui un bol à moitié rempli de réglisses salés.

– Spécial pour les anciens de Kautokeino, sourit la commissaire.

– Je ne savais pas que tu avais fréquenté Tor Jensen à ce point, dit Klemet en piochant dans le bol.

– Un bon flic, quoiqu'un peu trop cow-boy, parfois.

Jensen, qui avait dirigé le commissariat de Kautokeino quand Klemet et Nina y officiaient pour la police de rennes, s'en gavait à un point qui l'avait toujours impressionné.

– Justement, je me sens très cow-boy moi aussi en ce moment, tu sais, le genre cow-boy solitaire…

– Qu'est-ce qu'il y a, dit-elle en reprenant le bol, tu vas commencer à râler à cause de Kujala ? Ce sont les Finlandais qui me l'ont mis dans les pattes, une façon de le mettre au placard. Tu regrettes déjà Nina ?

– Kujala, je n'en dirai rien. Mais si tu veux qu'on avance dans nos enquêtes, laisse-moi travailler seul.

Ellen Hotti mastiquait un réglisse, réfléchissant. Elle gardait le bol.

– Tu as quoi ?

– Un des éleveurs du district pense que quelqu'un a pu provoquer le passage de ses rennes, les pousser. Mais je n'y crois pas. Un concurrent ? Dans ce coin, tu n'as qu'un seul clan, les conflits sont plus au nord.

– Ça pourrait quand même être un clan du nord qui a fait ça, pour embêter le district Pasvik. Soit une vengeance, soit un coup d'avance, pour les affaiblir en prévision des bagarres qui ne manqueront pas d'éclater ce printemps pour accéder les premiers aux meilleurs pâturages, comme tout le temps.

– Je peux regarder. Mais je pense que si Piera avait eu le moindre soupçon que ça vienne de là, il l'aurait évoqué.

– Ah ? Et depuis quand les éleveurs de rennes se confient à la police ?

– Alors, tant qu'à soupçonner pour soupçonner, tu peux aussi mettre dans le coup les paysans du coin, toujours en conflit avec les éleveurs, et même les partisans du chemin de fer après tout, qui auraient tout intérêt à affaiblir les éleveurs qui s'opposent à leur projet. Je verrai avec le district Pasvik. Tu sais que des chiens ont été aperçus dans le coin ? Selon toute vraisemblance, des chiens errants.

– Russes ?

– Aucun n'était signalé ici en tout cas.

– Doucement avec les Russes, hein…

– J'aimerais examiner le GPS du faon que l'éleveur a récupéré en décembre, voir si son parcours nous dit quelque chose pour ce groupe-ci. Ça peut faciliter le travail de recherche des Russes.

– Pas question ! D'abord le faon n'a pas suivi le même parcours à la fin, puisqu'il a survécu. Et, en plus, les Russes viendraient nous dire qu'on les espionne avec du matériel électronique ! Débrouille-toi autrement !

Klemet revint avec sa tasse de café. Déçu. Il aurait voulu confronter le cheminement des rennes avec celui des employés russes du parc. Parfois, certaines proximités pouvaient s'avérer troublantes. Un ou plusieurs employés pouvaient-ils se livrer à ce type de trafic pour arrondir leurs fins de mois ? Des rennes qui traînent, des langues découpées. On savait qu'il y avait un marché pour ça côté norvégien.

La situation des éleveurs était tendue. On les pressait pour installer des clôtures tout le long de la frontière, et ils touchaient d'ailleurs des subventions pour ça. Mais le réchauffement climatique avait un double effet. Il provoquait des hivers plus chauds, comme on le sentait maintenant, et des précipitations plus importantes, ce qui, ici, signifiait des chutes de neige impressionnantes… qui recouvraient les clôtures. Un véritable casse-tête. Le district concerné avait beau être de taille modeste, cinq familles et quelque deux mille cinq cents rennes, avec juste ce qu'il fallait de pâturages, il se trouvait sous pression permanente tant son équilibre se révélait précaire.

La commercialisation de ces langues de rennes pouvait être une piste à suivre. La chasse illégale était un phénomène récurrent en Laponie, qu'elle soit le fait d'éleveurs envers les rennes d'autres troupeaux ou de gens extérieurs qui remplissaient simplement leur frigo en sachant qu'ils ne risquaient presque rien.

– Il faudra aller regarder du côté de Neiden, dit Kujala, il y a encore des turbulences avec l'autre district, ils n'en finissent jamais apparemment, ces deux-là. On attend de voir comment ça bouge du côté des Russes, si ta petite collègue décroche l'autorisation d'aller patrouiller chez eux. D'ici là, on a largement assez de boulot avec ces chiens russes qu'il faut abattre avant que ça foute encore plus le bordel dans la vallée.

Klemet retrouva son appartement sans joie. Il se servit un verre de lait et s'approcha de la fenêtre qui donnait sur la petite place de la bibliothèque. Elle était vide en cette fin d'après-midi, mais elle s'animait parfois le week-end, surtout les jours de marché. Le centre-ville était déserté la plupart du temps, quand les touristes du Hurtigruten ne déambulaient pas dans les rues, ce qui arrivait rarement. Ils préféraient le musée de la frontière, le monument du soldat soviétique libérateur ou la grotte d'Anders, où les habitants se réfugiaient pendant les bombardements de la Deuxième Guerre mondiale. Kirkenes avait été une des villes les plus bombardées de la guerre et les locaux ne manquaient jamais de rappeler qu'ici, on aimait les Russes, ceux qui avaient libéré la ville en 1944. Et qui en étaient partis, après un an à peine, sans faire d'histoires ! Les gens du coin exprimaient une espèce de fierté à se sentir différents des autres Norvégiens, surtout ceux de la capitale deux mille kilomètres au sud, qui ne comprenaient rien aux

Russes. Il se demandait si les habitués du café Centrum partageaient pleinement ces sentiments.

Klemet ouvrit son réfrigérateur. Il se resservit du lait et prépara des tartines avec du pâté et du poivron. Il retourna s'asseoir près de la fenêtre de la cuisine. Il avait rarement vu un appartement aussi impersonnel. Quand il l'avait vu, c'était précisément ce qui l'avait attiré. C'était ce dont il avait besoin pour faire le point.

Sans le savoir, ce rustre de Jaakoppi Kujala lui avait ouvert les yeux. En se moquant de sa réaction face au faon survivant de Piera Kyrö, Klemet avait réalisé que cette émotion-là était vraie. Et que cette vérité-là était ce qui le rattachait à ce monde. Pas le côté folklorique dont il s'était affublé en faisant de cette tente l'expression artificielle de son identité sami, qui ne correspondait à rien de réel de sa vie. Mais ce faon devenu grand que lui avait confié Anneli. Cette petite chair qui le reliait à son grand-père. Klemet n'avait jamais connu les détails de sa fin tragique qui l'avait poussé à abandonner l'élevage de rennes. Mais il se demandait maintenant ce qu'étaient devenus ses derniers rennes. Les avait-il vendus ? Abattus ? En avait-il gardé un pour lui ? Un dernier renne ? En se disant qu'un jour, peut-être, il serait le premier d'une nouvelle aventure ?

Klemet avait le regard dans le vague, voyant sans la voir la petite place. Il leva son verre.

– À ta santé, Kujala…

22

Nikel.

Il resta un long moment à observer l'officier des gardes-frontières. Savoir savourer ces instants-là. Ils s'avéraient si rares. Plus souvent, c'était Oleg lui-même qui se morfondait sous les insultes de types comme Krazimir Chadoff. Pavel Zubkov referma la porte du garage. Il attendait maintenant, serrant sa chapka dans ses mains.

Il pensait se faire pourrir d'injures, et se demande pourquoi ça vient pas. Ça va venir, t'inquiète pas.

Oleg referma l'armoire où il rangeait certaines armes. Il regardait autour de lui. Il s'interrogeait parfois. Pourquoi le lieutenant Zubkov, officier bien noté, s'était laissé piéger aussi facilement ? Zubkov était un type qui vénérait son pays. Il avait rejoint le corps des gardes-frontières par vocation, il le lui avait confié autour du feu. En y repensant, c'était presque touchant, parce que Zubkov lui avait paru si sincère qu'il en semblait presque gêné.

Tu comprends, lui avait alors dit Zubkov en lui repassant la bouteille de vodka, j'ai l'impression d'être le seul à ne pas penser qu'au fric. Oleg lui était tombé dans les bras. Il l'avait appelé mon frère, avait mis sa main sur le cœur et des machins comme ça. À ce moment-là, évidemment, ils avaient été les meilleurs amis du monde. C'était peut-être pour ça qu'Oleg ne l'avait pas usé trop vite. Dans le fond, ils avaient quelque chose en commun. Oleg, lui, c'étaient ses morts, qui valaient bien plus que tout le pognon qu'il pouvait se faire et qui ne l'intéressait que modérément. C'était ça qu'Alissa avait compris, Oleg en était sûr. Elle savait qu'au fond, Oleg n'en pinçait que pour ses fouilles de combattants oubliés. Qu'il faisait chanter son père sur une connerie. Elle lui en faisait ce reproche silencieux, car au fond d'elle, elle savait son père et Oleg peut-être animés d'une certaine forme d'honnêteté. En parlant d'honnêteté, Oleg se comprenait, selon ses normes à lui.

Que devait-il faire de Pavel maintenant ? Il fallait qu'il paye, ça, c'était sûr.

Il tournait toujours le dos à Zubkov. Lumières jaunes et faiblardes, qui tressautaient. Dehors, le vent avait forci. Des tôles ondulées claquaient.

D'un coup, il pivota et s'élança vers le garde-frontière. Pavel Zubkov lui opposait une bonne demi-tête de plus que lui, sans compter que le type s'entraînait presque tous les jours. Il savait aussi que Zubkov ne porterait jamais la main sur lui, à cause d'Alissa. À cause de la honte, de tout un tas de choses comme ça qui dépassaient un peu Oleg, il faut bien le dire.

Zubkov ne tentait pas d'esquiver la charge. Et si Oleg s'était trompé sur lui ? Il s'arrêta, releva le visage vers celui de Zubkov, impassible. Non, pas impassible. Autre chose. Zubkov avait autre chose en tête. Qu'il craignait bien plus qu'une rouste ou qu'un doigt en moins. Oleg le sentait. Zubkov était sous pression, et sous pression ce type-là se durcissait. Bizarre qu'il n'ait rien remarqué après la partie de chasse qu'Oleg lui avait arrangée pour le piéger. Il devait bien être sous pression maximale quand les flics lui étaient tombés dessus. Craindre pour sa carrière. Même que c'est sûr, il avait craint pour sa carrière, il craignait sûrement encore. Mais là, c'était autre chose. Il craignait pour autre chose. Et ça le mettait dans un état qui le déshumanisait. Voilà. Zubkov était passé dans l'au-delà. Quelque chose comme ça. Du coup, Oleg hésita. Ces histoires d'au-delà, lui, ça lui parlait. C'est comme ça qu'il voulait s'imaginer les deux soldats qu'il avait retrouvés enlacés. Que quelque part, dans ce fichu au-delà, ces deux pauvres gars, ennemis d'hier, ennemis malgré eux, avaient trouvé le moyen de se réchauffer. Il pointa quand même le tournevis qu'il avait prévu sur la gorge de Pavel Zubkov. Fallait lui faire sentir, même s'il sentait bien qu'il ne ferait jamais de mal à Pavel. Pas à Pavel.

– Dans ton boulot, c'est puni comment, l'abandon de poste ? La désertion ?

Il ne mouftait pas, le Zubkov, mais sa glotte faisait quand même un peu de yoyo.

– J'ai essayé de vous joindre. Vous ne répondiez pas. Cas de force majeure, une mission qui m'appelait.

– Une mission, ah ouais. Et ma mission à moi, ça vaut rien ? Tu oublies le procès-verbal de tes exploits de chasse ?

La glotte, en haut, en bas, en haut, en bas.

– Une urgence.

– Et dis-moi donc quel genre d'urgence t'oblige à abandonner ma datcha à tous les Vlad et Grigori des environs ?

Pavel Zubkov haussa un sourcil.

– Ma datcha a été forcée en ton absence. On m'a volé. Moi, on m'a volé !

Le ton était monté, Oleg devait exprimer sa colère, question de respect. Le tournevis, bien calé sous le menton, bloquant la tête de l'autre en arrière. Il se maudissait de jouer cette comédie, mais il fallait, question de… je ne sais quoi.

– Je suis désolé, monsieur Gretchko. C'est… c'était… je ne peux pas, c'est professionnel, le FSB, je…

– Vas-y petit, crache le morceau, plutôt, tu sais que ça sortira pas d'ici, aide-moi à pas te planter ce tournevis dans la gorge, ta fille serait bien triste, hein…

L'évocation d'Alissa le toucha davantage que celle de Vlad et Grigori.

– On a eu un passage de rennes norvégiens de ce côté-ci de la frontière…

Oleg appuya un peu plus le tournevis.

– Tu vas m'emmerder pour une histoire de rennes qui passent la rivière ? Il en passe tous les ans, des rennes comme ça ! Ça en fait pas un cas de force majeure ! Injoignable toute la soirée, et puis tout ce matin ? Tu te foutrais pas de ma gueule, par hasard ? Parce que si tu te fous de ma gueule, c'est moi qui vais te la décorer, ta gueule !

Oleg lui brandissait le tournevis devant les yeux. Il commençait à en avoir marre. Il fallait passer à la punition, sinon l'autre le croirait faible, ou quelque chose comme ça. Même s'il voyait foutrement pas comment punir un type comme Zubkov qu'il avait quand même un peu à la bonne.

– C'est différent cette fois. Le troupeau de rennes, c'est le plus gros qui soit passé depuis une éternité.

Ça y est, pensa Oleg. De fait, le lieutenant Zubkov parlait, vite.

– Et ça vient juste après celui de décembre, qu'on a retrouvé avec tous les rennes tués, de notre côté. Et puis il y a les chiens errants, les Norvégiens nous mettent ça sur le dos. Ils ont peur de la rage. C'est tendu, très tendu. Et il y a ces politiciens et éleveurs sami norvégiens qui sont venus ce matin à la réunion de frontière avec leur revendication, ils veulent un droit de pâturage côté russe, le long de la frontière, alors oui, dans notre jargon, on dit cas de force…

– Ta gueule !

Oleg tenait fermement le tournevis, lui faisant faire des tours devant les yeux de Zubkov, mais il ne savait pas pourquoi. Il tournait, pour se donner une contenance, mais il réfléchissait surtout. Essayait de gagner du temps. De comprendre. Beaucoup d'informations d'un coup. Beaucoup. Il y avait quelque chose, là, qui flottait dans l'air vicié du garage, une information, il la sentait, ne la comprenait pas encore, quelque chose, ou la combinaison d'informations qui devait en créer une qu'il ne saisissait pas encore. Et s'il y avait une chose qu'il avait apprise au contact de ce gros con de Krazimir Chadoff, c'est que l'information, c'est ce qui traçait la ligne rouge entre les gens. Il y avait ceux qui pensaient que tout se réglait à coups de poing – ou de tournevis… Oleg se sentit stupide tout d'un coup –, et ceux qui étaient malins et qui… Oleg approcha le tournevis de l'œil de Pavel Zubkov.

– Parle-moi de ces politiciens sami, qui c'est, ces gars, qu'est-ce qu'ils disent, e-xac-te-ment ?

Il jeta le tournevis sur l'établi à sa droite.

Pavel raconta. Le député sami, ses grandes déclarations, gagner les Sami russes à la cause, une réunion à Kirkenes, l'autonomie, le dédain des gouvernements nordiques.

Zubkov fouilla dans son téléphone, tapota dessus.

– Je viens de vous envoyer l'article qui en parle.

– Mais tu parlais de pâturages ! C'est quoi le rapport ? Je m'en fous de leurs conneries d'indépendance, moi.

– C'est l'éleveur qui a perdu ses rennes chez nous. Il dit que le lichen russe, que ses rennes viennent chercher, il a toujours appartenu à sa famille, avant que les frontières soient tracées, avant que la guerre les en prive. Il dit que les rennes, d'instinct, savent où se trouve leur lichen. C'est impossible, bien sûr, puisque c'est un territoire russe, une zone de sécurité frontalière, et que la réserve naturelle interdit en plus ce genre d'activités.

– Ah oui, vraiment ?

– Oui. D'autant qu'on pense que c'est encore une tentative de l'Occident pour faire pression sur la Russie, l'OTAN doit être derrière, ça leur ressemble, ce genre de coups, tout est bon pour tenter de nous déstabiliser sur nos frontières.

Zubkov reprenait de l'aplomb, il se mettait à nouveau à penser comme un officier du FSB, il allait se réveiller bientôt et lui rentrer dedans. Oleg brandit son doigt, comme s'il lui faisait usage de tournevis, et se ravisa.

Où se cachait l'information ? Une forme d'autonomie sami, ça serait bon pour ses affaires ? Ou pour celles de Chadoff ? Des rennes norvégiens qui viendraient brouter ici ? Ça voudrait dire qu'on pourrait plus les chasser comme on voulait. Ils seraient surveillés, à coup sûr. Non, ça le faisait pas. Il en parlerait à Chadoff, car ça lui montrerait que lui, Oleg Gretchko, disposait de son réseau d'informateurs bien placés et qu'il fallait le prendre au sérieux. Voilà, c'est ça qu'il fallait faire. Montrer à ce gros con de Krazimir Chadoff qu'il fallait compter avec lui.

– Et dis-moi, Zubkov, il va venir quand, ce député sami ?

Le lieutenant des gardes-frontières ressortit son téléphone. Silencieux, il faisait glisser son doigt sur l'écran. Releva le visage.

– Il vient d'arriver…

23

Vallée de Pasvik.

Piera Kyrö, debout sur le scooter, un genou sur la selle, coupa le moteur. Il respira profondément. Trois fois. Sa façon, depuis si longtemps, de revenir à l'essentiel. Quand sa grand-mère Ida avait encore toute sa tête, qu'elle l'emmenait, gamin, sur les collines face à la Russie. Les jours d'été où le vent chaud soufflait de l'est, transportant les effluves. Ruoššabáhkat. Les Norvégiens nommaient *chaleur russe* ce vent-là. Ruoššabáhkat, l'histoire de sa vie.

Elle lui ordonnait de son ton sec de respirer ainsi, toujours trois fois. Piera respectait sa grand-mère, alors il respirait profondément. Il inhalait l'air de la vallée de Pasvik. Et quand il se tournait vers elle pour voir s'il respirait comme il fallait, elle lui flanquait une tape sur la tête pour lui faire reprendre sa position. Face à la Russie. Comment veux-tu sentir, sinon, s'énervait-elle. Il avait appris bien plus tard que dans certaines religions, on priait tourné dans une certaine direction, vers un lieu saint. Piera avait ainsi appris à respirer trois fois tourné vers les pâturages perdus de Russie. Et quand il doutait, il cherchait le sommet d'une colline et venait comme maintenant respirer trois fois. L'odeur du lichen restait prisonnière de la neige en cette saison. Mais il respirait.

Ces trois respirations le gonflaient-ils seulement d'illusions ? Ce mirage l'avait bercé depuis l'enfance d'une mélancolie qui lui collait à la peau. Une part de son identité. Une mélancolie confortable. Mais si tout ça devenait réel ? Si ces pâturages revenaient aux siens ? Ces trois respirations au sommet de la colline, que vaudraient-elles ?

Olaf Renson, le député sami de Suède, avait tracé la voie. L'éleveur avait dû reconnaître le sérieux de la proposition. Il comprenait aussi instinctivement pourquoi les autorités nordiques n'en voudraient pas.

Olaf Renson lui avait parlé à nouveau de Vitali Tukavin, le berger de Lovozero. L'abattoir pour viande de renne russe, qui dans le temps, après la chute de l'URSS, avait été construit par cette compagnie finno-suédoise pour laquelle Vitali avait travaillé, avait périclité. L'abattoir de Lovozero avait perdu sa certification qui garantissait des exportations vers l'Union européenne et le projet en était resté là.

Tout cela tournait dans sa tête tandis que Piera pilotait son motoneige vers le fond de la vallée, aux trois frontières. En plus du projet de Renson, il était inquiet. La présence des chiens errants les obligeait, lui et les autres éleveurs du district, à multiplier les rondes. Il croisa un groupe d'une vingtaine de jeunes recrues des gardes-frontières qui marchaient le long de la route, venant face à lui. Chargés de lourds sacs à dos, leur fusil-mitrailleur en bandoulière, lâchant d'épais nuages de buée devant eux. Il fit un signe de la main. Les gamins, filles et garçons, répondirent tous dans un bel ensemble. Ils recevaient des consignes pour entretenir un bon esprit avec les rares habitants de la vallée. Peut-être était-ce l'un d'entre eux qui avait prévenu du passage des rennes.

Il accéléra et roula encore quelques minutes, sans croiser personne. Après l'embranchement qui menait au poste de police de Nyrud, fermé en cette saison, il bifurqua à droite le long d'une étroite piste qui serpentait en pente douce. Tout le paysage l'enchantait par la palette des bleus hivernaux. La neige adoucissait le relief et il arriva enfin au lac gelé. Il accéléra, sentant son engin vibrer sous lui. Il essayait de ne pas penser au vide laissé par son chien Biegga, sur la selle derrière lui. Il ralentit brusquement et gagna la rive. Un groupe de rennes se trouvait en contrebas. Ceux-là trouvaient un peu de nourriture. Il fallait encore tenir deux mois avant la transhumance de printemps. Résisteraient-ils ? Piera n'était pas sûr d'avoir la carrure financière suffisante pour continuer à nourrir ses rennes de pellets. Sans Biegga, il lui faudrait assurer plus de rondes. Assumer plus de fatigue.

Le projet d'Olaf Renson, certes tentant, l'inquiétait pourtant. Le député sami avait aussitôt pris le parti de Piera. Évidemment, tu es dans ton plein droit de demander à bénéficier des pâturages côté russe ! Renson l'avait pris par les épaules avant de poursuivre. Pour la simple raison que ta famille a toujours fait paître ses rennes sur ces terres, avant que la frontière ne les en prive. Évidemment ! Le député sami répétait ça tout le temps. Évidemment. Piera Kyrö avait fini par se convaincre que son idée n'était peut-être pas si saugrenue que cela. Et puis les trois respirations, c'est bien ce que ça voulait dire.

Après l'épisode du matin à la centrale hydroélectrique, le député sami avait brièvement retrouvé Piera au café Centrum. Ses déclarations à la presse avaient déjà provoqué leur petit effet. Les réactions se tendaient. Les Sami, disait-on, voulaient recréer un grand espace commun, abolir les frontières. Un élu du FrP, le parti populiste norvégien, qui s'en prenait régulièrement aux Sami, avait lancé sa bombe : Renson comptait demander devant le Conseil sami nordique une autonomie élargie des Sami, et même réclamer le droit à lever l'impôt ? Sur son compte Twitter, il mettait tous les émoticônes possibles pour alerter du danger. Les Sami, qu'on ne s'y trompe pas, voulaient réclamer leur indépendance !

La moindre allusion de ce genre enflammait aussitôt les réseaux sociaux. Ça n'avait pas manqué. Piera ne connaissait pas un politicien sami qui évoque sérieusement une quelconque indépendance. Même un Renson, qui pourtant aimait provoquer. Mais rien n'y faisait.

Au café Centrum, il y avait les mêmes habitués de l'entrée. Vitali Tukavin était déjà repassé de l'autre côté de la frontière, où Olaf Renson devait le rejoindre plus tard dans la journée.

– Tu te demandes pourquoi ton projet m'enthousiasme tant ?

Piera Kyrö avait regardé Renson. Oui, il se demandait.

– J'ai passé quelques coups de fil hier soir. Tout le monde dans la région sait que ta famille est originaire d'un des villages sami de cette zone perdue par la Finlande et récupérée par l'Union soviétique après la Deuxième Guerre mondiale.

– Le lichen y est beau. Le lichen blanc magique du corridor de Petsamo. Les rennes l'aimeraient tant. Aucun renne n'y a touché depuis la fin de la guerre…

– Oui, il y est beau. C'est pour ça que ce matin, devant les journalistes, je t'ai soutenu, et je continuerai. Mais ça, c'est beau ?

Renson avait sorti son téléphone et affiché une photo envoyée par un ami.

Le cliché montrait un sac plastique contenant on ne sait quoi.

– Acheté tout à l'heure dans un supermarché à Stockholm. Tu vois le prix ? – Renson mit le téléphone sous les yeux de Piera. – 19,95 couronnes le sachet. Tu sais ce que c'est ? Du beau lichen blanc ! Tu sais d'où il vient ? De Russie ! Tu sais à quoi il sert ? Pour les décorations de Noël, dans les maisons de Stockholm, de Paris ou de je ne sais où, dans les crèches ou les compositions florales. Et tu veux laisser faire ça ? Ce gaspillage ? Ce pillage ? Pas question, Piera, ce lichen blanc que chante si joliment ta grand-mère Ida, il doit revenir aux rennes. Tout le reste est une aberration écologique et un crime blasphématoire contre notre peuple !

Olaf Renson ne l'avait pas laissé réagir. Il continuait doucement.

– Je me suis renseigné, et on m'a raconté une histoire. Un récit extraordinaire, un cadeau du ciel. Ton grand-père, qui était berger aussi et qui a aidé les soldats de l'Armée rouge sur le front de Kirkenes et de Pasvik pendant la guerre…

Piera avait jeté un œil suspicieux sur Renson. Que venait faire son aïeul dans cette histoire ?

– Il a été suspecté par les Norvégiens à la fin de la guerre, n'est-ce pas ? Suspecté d'être communiste ? Partisan ? Peut-être un peu espion aussi. Oh, je sais, il n'est pas le seul dans ce cas.

Piera Kyrö accusait le coup. Renson pénétrait dans sa sphère intime. Renson avait posé sa main sur la manche de Piera.

– Oui, je comprends. C'est pénible, douloureux. C'est l'histoire de notre peuple. La suspicion, toujours.

On m'accuse bien de vouloir déclarer l'indépendance de la Laponie. Écoute-moi, Piera. J'ai une idée, et j'espère que tu vas m'aider. Tu sais que mes propositions d'autonomie et de levée d'impôt vont être rudement combattues par nos gouvernements. Mais quand les Sami de Russie seront aussi représentés au Conseil sami unifié, ce à quoi je travaille, les gouvernements nordiques ne pourront plus dire qu'on n'est pas représentatif du peuple sami. Ils seront obligés de considérer plus sérieusement nos propositions, au risque de se mettre à dos la communauté internationale. Et pour amener nos amis de Russie, il faut faire un geste auquel ils soient sensibles. Et j'ai pensé…

Olaf Renson avait préparé son effet, il s'était redressé légèrement, les yeux pétillants, posant son autre main sur la manche de Piera.

– J'ai pensé que nous devions réhabiliter un éleveur de rennes soviétique qui a aidé l'Armée rouge pendant la Deuxième Guerre mondiale. Les Sami y seront sensibles, et les Russes ne pourront rien y redire. Ton grand-père, Jegor ! C'est grâce à lui que nous arriverons à nos fins. Ce sera sa revanche ! Alors, qu'en dis-tu ?

Piera Kyrö était resté bouche bée. Réhabiliter un éleveur de rennes qui avait aidé l'Armée rouge… Olaf Renson réalisait-il ce que cela signifiait ? On voyait bien qu'il n'était pas du coin. Piera s'était demandé si les gars de l'entrée l'avaient entendu.

Justement. Un des vieux s'était levé, lentement. Ils avaient entendu. Ça allait barder. Piera les connaissait, les gars de l'entrée du café Centrum. Le vieux s'était approché en boitant, casquette d'une entreprise locale de transport industriel, blouson bleu foncé au col fourré, fourni par le syndicat des mineurs, comme l'indiquait l'écusson râpé. Une gueule d'acteur américain vieillissant, mâchoire carrée, nez pointu et regard bleu fusillant.

– Dis, Piera, y a comme qui dirait un vent d'est qui porte des sons bizarres dans le coin. Tu nous ferais pas un enfant dans le dos, petit ?

– Écoute, Arne, on discute seulement, rien de grave, t'en fais pas.

– Non, parce que faudrait pas commencer à mettre le bazar dans le coin, tu vois ? Tu connais notre position, pas vrai ?

Piera était coincé. Les vieux avaient l'oreille fine. Et ils comprenaient vite. Arne particulièrement. Piera les connaissait tous. Il les croisait régulièrement aux réunions du parti travailliste. Tous ceux qui comptaient un peu à Kirkenes et dans les environs adhéraient au parti, c'était comme ça. Et le parti, ici, il s'était fait notamment en faisant la chasse aux rouges. En étant aux avant-postes pendant la guerre froide, quand les Norvégiens pensaient que les militants communistes préparaient le terrain du KGB, de l'Armée rouge et du Politburo réunis. Pendant toute cette période, les services de renseignements norvégiens s'étaient méfiés des contacts réels ou fantasmés entre éleveurs de rennes norvégiens et russes. Alors, bien sûr, réhabiliter un éleveur de rennes de cette époque, ça provoquait des réflexes immédiats... Et puis Arne, c'était encore autre chose. La boîte de Pandore. Dans le sillon d'Arne grouillait tout ce que la vallée voulait oublier. Arne le premier. Et Piera aussi, à bien y réfléchir.

Olaf Renson s'était levé lentement, se tournant pour faire face à Arne Knutsen, mineur syndicaliste à la retraite maintenant. Mais Piera le savait, ces gars-là n'étaient jamais vraiment à la retraite, la preuve.

perdrait. Il se lança à pied, s'enfonça dans la neige, jura, se maudit. Pas longtemps. Retint son souffle.

La cavalcade, les aboiements. Proches.

Renson, ses projets. Loin.

D'un coup, une dizaine de rennes passa à vingt mètres devant. Sans la lueur de la lune, il les aurait manqués. Ils fuyaient. Des chiens suivaient. Plus maladroits, ils s'enfonçaient dans la neige. Mais semblaient montés sur ressorts. Piera retourna au scooter, redémarra et les poursuivit. Profiter de la lune pour ne pas les perdre. Les effrayer. Leur faire lâcher prise. Il accéléra. Les chiens devaient être cinq ou six. Il en était passé davantage sur la frontière. Il accéléra encore. Il connaissait les pentes de Rautakuruvaara par cœur. Il savait par où couper. Un coup de hanche, un coup de poignet, une ruade, ne pas gêner la lune. Les rennes affolés se dispersaient. Maintenant, là, derrière ce talus. Un coup de poignet, brutal. Il s'envola. Percuta de plein fouet deux chiens. Ils n'avaient pas compris ce qui se passait. Le scooter retomba, s'enfonça dans la neige. Il stoppa. Les autres chiens s'étaient arrêtés. Ils fuirent. L'un des deux chiens qu'il avait percutés partit en boitant. Piera resta un instant à reprendre son souffle. L'adrénaline battait à plein. Les battements de son cœur l'empêchaient d'entendre ce qui l'entourait. Les rennes devaient être loin. Les chiens, indécis peut-être. Mais ils avaient dû s'éloigner. Demain, il suivrait leurs traces. Il entendit des gémissements. Il s'approcha. Il ne voulait pas éclairer le chien restant. Il attrapa le couteau qu'il portait au côté.

Il pensa à Biegga. Plaqua d'une main la gueule du chien dans la neige. Planta de l'autre main le couteau dans sa gorge. Il resta un instant à genoux, yeux fermés, le temps que l'animal cesse de bouger. Fut traversé

– Que les Norvégiens ne veuillent pas réveiller ces vieilles histoires, je le comprends, commença l'Espagnol.

Piera avait bien senti que le pire était à venir.

– Mais nous ne parlons pas d'une histoire norvégienne ici… Regarde, mon ami, dit Renson à Arne Knutsen, dont la mâchoire se serrait de plus en plus, j'étais hier, ici même, avec un brave berger de Lovozero, dont les rangs ont été décimés pendant la guerre. Et tu as là un éleveur de la vallée dont le grand-père a aidé les Soviétiques pendant la guerre. N'est-il pas temps de redonner aux Sami la place qui est la leur dans les livres d'histoire ? Et, par-delà, la place qui est la leur sur ce territoire, pour lequel ils ont versé leur sang ?!

Olaf Renson parlait d'un ton vibrant. Arne Knutsen prenait sur lui. Tout ce qui réveillait cette mémoire de la guerre froide était aussitôt suspect. Arne Knutsen avait d'autres raisons, plus personnelles, mais Piera se garderait bien de prendre le risque de rouvrir des cicatrices encore fraîches. Terrain miné.

Knutsen n'avait pas pris la peine de répondre à Olaf Renson. Il l'avait ignoré, se contentant de pointer son doigt sur Piera. Seulement le doigt pointé, pas un mot. Puis il leur avait tourné le dos, était passé en faisant un geste de la main aux autres vieux, qui l'avaient suivi comme un seul homme.

Piera Kyrö était resté assis. Sur le coup, il ne savait pas vers où se tourner. Renson ignorait que, jusqu'à ce jour, Piera avait tout fait pour éviter les contacts avec la Russie, et cela voulait dire aussi avec les Sami de la péninsule de Kola, ou ce qu'il en restait. Travailler avec les Russes, même sami, ça ne lui plaisait pas trop. Voire pas du tout. Vitali Tukavin ? Inconnu jusqu'à hier. Même si ce visage le troublait. Il regrettait maintenant de ne pas avoir su freiner l'enthousiasme d'Olaf Renson.

Il était malin, ce député sami. Il avait su faire vibrer la corde sensible. Le lichen blanc de ta grand-mère. Bien sûr, comment dire non à ça ? Piera avait grandi avec ce rêve de lichen perdu. Mais Olaf Renson ne savait pas tout. Certaines choses ne pouvaient pas se partager. Pas avec tout le monde.

Cette rencontre ne datait que de quelques heures. Mais Piera Kyrö ne l'avait pas encore digérée. Il avait accompagné Olaf Renson au poste-frontière de Storskog, le seul point de passage entre la Norvège et la Russie. Un photographe avait immortalisé la scène. Piera savait que, de l'autre côté, Vitali Tukavin attendait le représentant sami. Quelqu'un prendrait aussi une photo. Renson documentait tout. Il jouait gros. Les projecteurs du poste-frontière assureraient une ambiance dramatique qui aurait de la gueule. Renson connaissait son affaire.

Piera relança son scooter et grimpa en évitant le versant où les rennes se trouvaient, jusqu'au sommet de la colline la plus élevée des alentours. Elle culminait à pas loin de deux cents mètres. Dans son enfance, il venait déjà sur cette colline dominante. D'ici, on voyait, ou plutôt on devinait l'Union soviétique. D'ici, si le vent s'y prêtait, on pouvait humer l'odeur. La fameuse odeur. Piera s'imaginait qu'il s'agissait de celle portée par le lichen dont lui parlait sa grand-mère Ida. Au-delà de la rivière traversée par la frontière, vers l'est, il devinait ces pâturages abandonnés, ce lichen immaculé que sa grand-mère chantait. Sa colline, comme il aimait à dire, s'appelait Rautakuruvaara. Il préférait le nom finnois au norvégien. Le nom même de la colline, qui remontait aux premiers temps sûrement, signifiait quelque chose comme la montagne aux pièges en fer pour prédateurs.

Ainsi, de tout temps, ses ancêtres avaient bataillé pour préserver leurs troupeaux. Face aux ours, aux loups, aux gloutons. Rautakuruvaara, le nom roulait sur son palais, il le murmurait. Autour de lui, tout était sombre désormais, à part les lueurs bleu foncé qui persistaient sur l'horizon. Le vent jouait entre les branches chargées de neige, comme d'une flûte en sourdine.

Pas longtemps. Le ton changea. Oubliées, les flûtes. Ce fut un déchaînement de grosses caisses. De tambours, de trompettes. Un mélange des deux derniers. Peu importe. Des chiens en tout cas. Les chiens de Pasvik. Des chiens en chasse. En meute. Excités. Ils avaient repéré des proies. Face à eux, Biegga s'était sacrifié. Biegga n'était plus là. Cela signifiait un danger pour les rennes. Il démarra son scooter. Tout ce qu'il redoutait. Il n'avait pas pris son fusil. Il accéléra, s'enfonça dans un nid de poudreuse, poussa l'accélérateur à fond pour faire bondir la machine qui s'envola avant de retomber lourdement et d'accrocher la neige. Il devait se fier à son instinct et au faisceau de ses phares. Aux ombres. Il ralentit. Stoppa. Tendit l'oreille. Les aboiements avaient cessé. Les chiens avaient eu peur. Peut-être. Le vent seulement. Trompeur. Ils pouvaient être là. En embus
cade. Des chiens errants, sans doute. Mais des anima
qui connaissaient l'homme. Il continua, plus lentem
Les phares balayaient la piste, les côtés. Des pe
des neiges s'envolèrent. Chercher plus loin donc,
perdrix n'avaient pas eu peur plus tôt. Il n'av
pour repousser les chiens. Combien étaient-ils
revenu au pied de Rautakuruvaara. Quels p
à l'époque, avaient justifié qu'on pose des
point de baptiser la colline ainsi ? Moteur co
Oreille tendue. Vent plus discret. Des br
Une course. S'il démarrait, il redeviend

d'une pensée. Les chiens ont-ils une âme ? Il se redressa, lentement, soudain très fatigué.

Il posa le corps sur un monticule. Il reviendrait le chercher demain pour le déclarer. Le faire analyser aussi. Que les Russes ne puissent pas nier que celui-là leur appartenait.

Il avait retrouvé son calme. Inutile de partir à la recherche des rennes. Demain. Demain, aussi, l'histoire du grand-père maudit allait souffler sur la vallée.

24

Nikel.

Vitali Tukavin n'avait jamais été un grand bavard. Cela se confirmait. Assis sur le petit banc en bois de bouleau de la cuisine dans la datcha d'Oleg, il racontait à l'économie son séjour en Norvège, sa rencontre avec ce député sami éleveur de rennes de Suède, qu'il venait juste d'accueillir à son arrivée côté russe du poste-frontière.

Le berger de Lovozero rapportait leur arrestation au point de contrôle placé à une vingtaine de kilomètres au sud du passage de la frontière. Vers le sud, la route continuait vers Nikel, vers l'est, elle conduisait à Mourmansk. L'embranchement de l'ancien poulailler abritait désormais un petit bâtiment des gardes-frontières. Un soldat en arme avait fouillé la voiture de Tukavin, tandis qu'un officier en parka et casquette avait vérifié les papiers de Renson. Ils avaient passé deux heures dans un petit bureau surchauffé avec cet officier qui reposait les mêmes questions. Que venait faire le député du parlement sami de Suède ici ? Nikel, Lovozero. Prendre des contacts avec des politiciens sami ? Quoi, ces contacts existaient déjà de longue date ? Depuis l'effondrement de l'URSS ? Depuis la grande catastrophe, vous voulez dire ? Vitali Tukavin traduisait, avait droit à des remontrances. Ainsi donc, ce Renson venait faire de l'agitation en Russie. On avait prévenu les gardes-frontières d'être vigilants. Des tentatives de déstabilisation étaient en cours. La menace planait. Et toi, Tukavin, tu collabores avec des agents de l'étranger ! Le berger russe avait passé un sale moment. Renson aussi, heureusement il ne comprenait pas. Vitali Tukavin expliquait. Savait que ça ne servait pas à grand-chose. Les autorités russes menaient la vie dure à la moindre petite organisation comme leur coopérative qui maintenait des liens avec l'étranger, même si ça concernait des questions aussi innocentes que l'entraide pour l'élevage de rennes. Innocentes ? Tu es bien naïf, Tukavin, sifflait l'officier. Renson avait commencé à s'offusquer, même si Vitali Tukavin tentait de le préserver des pires accusations. Ils transpiraient, il y avait une sale odeur dans la pièce qui incommodait le Suédois. Tukavin avait encore essayé d'expliquer que les Sami nordiques ne voulaient pas déstabiliser la grande Russie, mais seulement aider leurs frères sami moins bien lotis afin de rendre sa fierté au peuple du Grand Nord. Tukavin pensait que l'officier pouvait être sensible à ce langage. Les Russes respectaient l'Arctique qu'ils habitaient depuis longtemps, ils l'avaient développé comme nul autre peuple, et les Sami avaient leur place dans cette grande aventure. À Renson, il disait que tout était compliqué. Renson soufflait fort, il était pâle, transpirait, l'officier faisait la moue, tout ça ne lui plaisait pas. Il passait des coups de téléphone, rapportait, questionnait, s'énervait, portait son regard soupçonneux sur les deux hommes en face de lui. Il finit par raccrocher d'un geste brutal. Il quitta le bureau, les laissa mijoter deux heures de plus avant de les mettre dehors, non sans les avoir prévenus qu'ils étaient sous surveillance et que l'association des Sami de Lovozero devait s'enregistrer comme collaborant avec des agents étrangers. Ensuite, il se désintéressa d'eux.

– Et il est où maintenant, ton agent étranger ? demanda Oleg Gretchko.

– À l'hôtel de la rue Sportivnaya.

L'hôtel occupait le troisième étage de l'immeuble de bureaux assez pouilleux et désespéré, où Oleg lui-même louait une pièce quand il voulait donner un aspect officiel et rassurant à certaines de ses activités.

Tukavin avait aussi rapporté la rencontre avec un autre éleveur de rennes, de Norvège lui, qui habitait juste de l'autre côté de la rivière. Certains de ses rennes se trouvaient quelque part ici, côté russe, pas loin sûrement.

Oleg Gretchko poussa un grognement. Il jeta un coup d'œil à Piotr Potap, assis dans le coin de la cuisine. Le fonctionnaire municipal, qui avait adopté un air méfiant envers le berger sami qu'il semblait désormais voir comme un espion occidental, plissa les yeux, essayant de comprendre si Oleg attendait quelque chose de lui.

Oleg sortit un cornichon d'un bocal, le trempa dans le pot de miel, croqua, avala une longue gorgée de vodka. Il tentait toujours de deviner ce qu'il pouvait tirer de toute information. Le lieutenant Pavel Zubkov frappa à la porte de la datcha alors qu'Oleg se versait une nouvelle vodka. Zubkov, qui était reparti chez lui un moment après l'esclandre du garage, vint rejoindre les deux autres.

L'appel de Krazimir Chadoff surprit Oleg alors qu'il trempait un nouveau cornichon dans le pot de miel. Il tourna le dos aux trois hommes qui se partageaient le banc de cuisine. Il fit quelques pas et s'enferma dans sa petite chambre. Il fixait le mur face à la porte et au lit éclairé de deux portraits de femmes. Posé au-dessus de l'étagère, le poster d'une icône représentait une Vierge à l'enfant, lèvres fines, tenant dans son bras gauche le petit Jésus, avec un visage plus enfantin que sur les gravures du Moyen Âge. Le poster punaisé sur le côté de l'étagère montrait une autre femme, seins nus et huilés, lèvres pulpeuses, qui tirait à deux mains sur son maillot de bain, ce qui lui moulait le sexe.

Chadoff, à son habitude, criait. Oleg Gretchko laissa la lave s'écouler, passant d'une femme à l'autre. Puis, essayant d'oublier ses propres doutes, il présenta à Krazimir Chadoff ce qu'il pensait être les informations susceptibles de l'intéresser. Il parla assez longuement, écouta plus encore, quand Krazimir Chadoff, dont la voix s'était adoucie, lui expliqua ce qu'il devait faire.

Quand il eut raccroché, Oleg jeta un dernier regard aux deux femmes. Il pourrait encore envoyer paître Chadoff. Te fais pas d'illusion, Oleg… Le regard des deux femmes. Dans lequel se laisser emporter ? Qu'est-ce que son éthique personnelle lui disait ? S'il s'était trouvé dans son musée, face aux médaillons de la mort, aurait-il décidé de suivre Chadoff ?

Il revint dans la cuisine. Piotr Potap, Vitali Tukavin et Pavel Zubkov le dévisageaient. Oleg s'assit dans son fauteuil, trempa un cornichon dans le miel et en croqua délicatement un bout. En descendant sa vodka à petites gorgées et en détaillant les visages attentifs des trois hommes, un rictus triste traversa sa bouche. Il remplit son verre, le leva, attendant que les autres en fassent autant.

– À la santé de Vlad et Grigori. Qu'ils ne meurent pas anonymes !

Les autres ne comprenaient pas. Il s'en foutait.

Mais il dut l'admettre. En dépit de sa mine, Krazimir Chadoff n'avait finalement rien d'un gros con. Et à propos de regard, cette fille avait vraiment des sacrés seins.

25

Mercredi 12 février.
Lever du soleil : 7 h 46. Coucher du soleil : 14 h 41.
6 h 55 d'ensoleillement.

Kirkenes.

En sortant de voiture, Piotr Potap fut surpris par la légèreté de la brise. Il faisait doux, pas même moins dix degrés. Presque un petit air de printemps. Loin des températures extrêmes qui battaient occasionnellement la côte et l'intérieur des terres.

Piotr Potap devait reconnaître que monsieur Gretchko le surpassait par son intelligence. Piotr, qui se considérait comme un fonctionnaire dévoué et un citoyen raisonnable, n'avait aucun mal à se mettre sous ses ordres. Monsieur Gretchko était dur, mais juste. Et il me fait confiance, sourit Piotr, en plaquant son col roulé contre sa gorge. Il enfila sur son crâne chauve le bonnet vert clair décoré de sapins vert foncé tricoté par sa mère, « sa sainte mère » aurait dit monsieur Gretchko, et avança vers le Barents Frokosthotell.

Sur ordre de monsieur Gretchko, Piotr avait repris le cours normal de ses livraisons à Kirkenes. Il n'attirait pas l'attention, tant on le connaissait. En tant qu'habitant de Nikel, la ville presque jumelle de Kirkenes, monsieur Gretchko aurait pu bénéficier d'un visa permanent attribué à tous les habitants de la zone frontalière dans un rayon de 30 kilomètres autour de la frontière, comme lui-même. Mais monsieur Gretchko craignait apparemment de ne pas être bien accueilli côté norvégien, pour des raisons que Piotr n'avait pas jugé utile de creuser.

Une ou deux fois par semaine, Piotr effectuait le trajet. Il laissait un bidon de dix litres d'essence au réceptionniste de l'hôtel et apportait cigarettes et vodka aux marins des chalutiers russes de pêche au crabe royal. Ils avaient fait de Kirkenes leur port d'attache afin de se soustraire au harcèlement administratif des autorités portuaires russes de Mourmansk. Quand ils ne pêchaient pas en mer de Barents, hors saison, les navires restaient à quai côté norvégien pendant des mois, et quelques marins devaient se relayer pour habiter à bord. Vu les tarifs prohibitifs pratiqués sur l'alcool et le tabac par la Norvège, monsieur Gretchko avait jugé qu'il était de son devoir patriotique de fournir ces braves marins à des prix somme toute raisonnables. Et dire que certains répandaient toutes sortes d'horreurs sur monsieur Gretchko en parlant de trafics !

Même s'il est vrai que monsieur Gretchko pouvait parfois avoir des comportements surprenants. Ainsi la veille au soir, après son coup de téléphone avec monsieur Chadoff, monsieur Gretchko avait paru tout étrange. Il avait renvoyé le lieutenant et le berger, et ordonné à Piotr de le conduire au cimetière qui consistait en une interminable bande d'une cinquantaine de mètres de large longeant la route d'accès à Nikel. Piotr était resté dans la voiture, sur le parking. Dans le rétroviseur, il avait suivi les pas de monsieur Gretchko jusqu'à un coin du cimetière en bordure de la forêt. Piotr connaissait ces tombes. Monsieur Gretchko les appelait les dernières demeures des Vlad et Grigori. Piotr l'y accompagnait parfois, avec des bouteilles de vodka, pour trinquer aux morts qui n'étaient pas morts, aux hommes qui avaient un nom, car un homme avec un nom est immortel, criait souvent monsieur Gretchko dans ces moments-là, quand il avait déjà bu la moitié d'une bouteille de vodka. Il était revenu après une demi-heure, un peu titubant. Piotr s'était précipité pour lui ouvrir la portière. Monsieur Gretchko avait levé la main. Piotr avait cru qu'il allait se prendre une claque sur le crâne, mais monsieur Gretchko lui avait caressé le cou. Il lui avait dit qu'il était un bon fritz, il s'était assis de travers, le regard vitreux, et avait encore ajouté qu'il fallait boire pour oublier, ou pour se souvenir, qu'il ne savait plus très bien. Qu'il fallait boire aux hommes sans nom. Monsieur Gretchko lui avait encore pris la nuque, en la serrant cette fois, à lui faire mal, l'approchant de lui comme s'il voulait l'enlacer, et ça lui avait paru bizarre, à Piotr. Le regard n'avait plus rien de vitreux quand il l'avait fixé dans le fond des yeux, nez contre nez. Il s'était mis à crier. Des mots durs, qui lui avaient fait peur. « On ne trahit jamais quand on donne à un homme sa dernière sépulture. C'est un devoir, tu comprends ? Tout homme a droit à sa dignité, même dans la mort, petit fritz, tu piges. Tu piges !? »

Monsieur Gretchko l'avait repoussé sur son siège, s'était enfoncé dans le sien. Un signe, seulement, conduis. Puis plus un mot.

Maintenant qu'il se trouvait à Kirkenes, Piotr repensait à cet épisode du cimetière. Il regardait les cinq navires à la coque bleue alignés depuis des semaines. Bizarrement, la vision de ces bateaux alignés lui fit penser à un étalage de cercueils géants. Monsieur Gretchko était habité par des démons du passé, Piotr l'avait compris depuis longtemps. Ses Vlad et ses Grigori comme il disait. Il ne faudrait pas que ça déteigne sur lui. Piotr comprenait que, derrière ces noms, se cachaient des histoires plus compliquées que de simples compagnons de beuverie qui avaient mal tourné. Piotr n'était pas stupide au point d'ignorer que monsieur Gretchko avait connu des années violentes.

Sur le pont d'un des navires pêcheurs de crabes, le *FV Barents Enterprise*, un marin s'avançait. Piotr lui fit un signe de la main. Le marin sauta sur le quai avec un collègue et ils déchargèrent rapidement le coffre de Piotr. Piotr connaissait un peu Boris, cela faisait des années qu'il travaillait à la pêche aux crabes, il n'avait pas de famille à Mourmansk et acceptait souvent de prendre le tour de marins mariés, contre compensation. Parfois, quand Piotr avait le temps, les deux hommes jouaient aux échecs sur le quai ou sur le pont. Il ne pouvait pas aujourd'hui, et il put voir la déception dans les yeux bleus de Boris. Piotr salua le marin, un peu sèchement, pas très à l'aise dans ce type de relations. Et puis il était pressé. Il fit demi-tour. Boris le rattrapa. Une plainte. Il avait pourtant prévenu. Deux marins de plus restaient à quai ce mois-ci. Les cigarettes et la vodka n'y suffiraient pas pour la semaine. À quoi il pense, ton Gretchko ? grogna Boris. L'instant d'après, Piotr l'avait collé contre un de ces grands paniers à crabes entassés sur le quai, l'avant-bras plaqué contre la gorge du marin qui tentait de se débattre en s'étouffant. Ne parle jamais comme ça de monsieur Gretchko, avait menacé Piotr entre ses dents. Il le relâcha aussitôt, surpris de sa propre éruption de violence. Il épousseta le pull de Boris et tourna les talons, le cœur battant. En quittant le quai, il fut saisi par cette évidence. Cette violence, ce n'était pas la sienne. C'était celle, transposée, de monsieur Gretchko, qui déteignait sur Piotr, à son insu. À leur insu. Ce devait être son devoir à lui, Piotr Potap, de préserver monsieur Gretchko de ces démons du passé, si jamais ceux-ci devaient ressurgir. Par tous les moyens, vraiment tous. Il en était capable, comme son geste sur Boris en était la preuve. Plus que jamais, il devait être sur ses gardes.

Après avoir effectué sa livraison, Piotr était venu se garer devant le petit hôtel, à quelques centaines de mètres des navires. L'établissement, très modeste, se trouvait à deux pas du temple luthérien et du café Centrum où Piotr venait toujours prendre un chocolat au lait avec une pâtisserie pleine de crème. Le seul luxe qu'il s'autorisait, même si la mauvaise conscience l'empêchait d'en profiter pleinement. Pour l'instant, il s'avançait vers ce rendez-vous qui, cette fois, était la vraie raison de sa présence à Kirkenes. Monsieur Gretchko lui avait demandé d'être son représentant auprès d'un Norvégien, pour une affaire de la plus haute importance. Piotr Potap avait bien senti comment, depuis deux jours, tout s'accélérait. Après le coup de téléphone que monsieur Gretchko avait reçu à la datcha. Et c'était lui que monsieur Gretchko avait chargé d'être son messager spécial.

À gauche, le bâtiment jumeau de l'hôtel abritait la station de taxis de Kirkenes. Deux chauffeurs regardaient leur téléphone devant une tasse. Ils n'avaient pas relevé la tête à son arrivée. Piotr poussa la porte de droite qui donnait sur le hall d'entrée de l'hôtel. La réception était fermée, comme souvent, rideau métallique tiré. Des cartons s'entassaient contre un mur. Deux fauteuils fatigués autour d'un guéridon faisaient office de mobilier d'accueil. Au fond, deux longues tables servaient pour le petit-déjeuner ou pour ce qu'on voulait. Un homme attendait. À ses épaules affaissées, Piotr devinait son air fatigué, en dépit d'une pénombre à peine troublée par un lustre en bouleau où plus de la moitié des ampoules de bas voltage ne fonctionnaient pas. Il se leva un peu lourdement quand Piotr s'avança vers lui.

Piotr Potap tira sur son col. Il avait chaud. Une poussée de stress. Il craignait que son anglais n'y suffise pas. Il assurait l'interprétariat quand des étrangers rendaient visite à son conseiller aux Affaires économiques à Nikel. Mais les missions de monsieur Gretchko étaient d'une autre dignité. Aucun droit à l'erreur. Les Nordiques parlaient tous très bien l'anglais, mais il fut rassuré lorsque l'homme se présenta et lui proposa un thé ou un café. Son anglais paraissait du même niveau que le sien, avec un accent qui n'avait rien de britannique.

Ils étaient seuls. L'avantage de cet hôtel qui était du standard de Nikel. Rien à voir avec les hôtels Thon et Scandic de Kirkenes, plus luxueux, où les hommes d'affaires et les touristes descendaient normalement. Et où il y avait tout le temps du monde. Monsieur Gretchko avait été clair. Éviter la publicité.

Sa tasse de thé à la main, Piotr tentait de se donner de l'importance. Une posture qu'il n'était pas habitué à endosser. Monsieur Gretchko l'avait enjoint à s'en tenir à son rôle, et uniquement à ça. Il lui avait fait répéter les formules, les arguments, les attitudes même. Les instructions étaient claires, son cadre bien défini. Tout ira bien, lui avait finalement dit monsieur Gretchko en lui donnant une tape sur le crâne.

Comme prévu, pour rassurer son interlocuteur, Piotr déclina son identité, sa fonction à Nikel, mais qui n'avait rien à voir avec sa rencontre ici. Ça, lui avait expliqué monsieur Gretchko, c'était seulement destiné à montrer au Norvégien qu'il n'avait pas affaire à un affreux mafieux. Fonctionnaire, ça rassure, lui avait dit monsieur Gretchko. Piotr avait ajouté qu'il venait souvent à Kirkenes depuis que le régime de visa permanent avait été mis en place, et que ça lui arrivait même parfois de venir travailler ici le week-end comme manutentionnaire à la grande surface de produits pour la maison et le jardin sur la route de l'aéroport, où il gagnait en deux week-ends l'équivalent de son salaire mensuel à la mairie. Ça paraissait fonctionner, l'autre n'était pas hostile. Il l'écoutait. Et maintenant, comme monsieur Gretchko l'avait aussi prévu, il se mettait à poser des questions.

– Alors comme ça, vous voulez relancer l'élevage de rennes façon traditionnelle, à l'ancienne comme vous dites, comme on le pratique ici ?

– Pas moi personnellement, avait répondu Piotr, mais la personne que je représente.

– Et qui n'aime pas trop venir ici côté norvégien, si j'ai bien compris.

– Voilà.

– Remarque, moi, j'aime pas, mais alors pas du tout, l'idée d'aller du côté russe, alors quelque part, je peux comprendre.

– Ah, oui, bien sûr, je comprends aussi…

Là, Piotr devait un peu improviser. Car il ne comprenait vraiment pas pourquoi on n'aimerait pas aller en Russie. Le mieux, dans ces cas-là, lui avait dit monsieur Gretchko, c'est de rester neutre. Réponse neutre, regard neutre. Piera Kyrö, l'éleveur de rennes norvégien, avait l'air de s'en contenter. Piotr se félicita secrètement de s'être rappelé du conseil de monsieur Gretchko, car s'il n'avait tenu qu'à lui, il se serait lancé dans un exposé des atouts innombrables de la Russie en général, de Nikel et de ses alentours en particulier, jurant que les rumeurs de pollution, d'air irrespirable, de routes défoncées, de paysages désolés, d'alcoolisme et de criminalité, n'étaient que ça, des rumeurs. Lui, Piotr, cela faisait des années qu'il ne toussait plus. C'était bien la preuve.

– Et comment vous avez su que je voulais avoir droit aux pâturages du côté russe ?

Ce type de questions, monsieur Gretchko les avait aussi prévues. La réponse avait été préparée avec le lieutenant Zubkov, qui avait parlé de ce Kyrö à monsieur Gretchko – il avait donné toutes ces informations à condition que monsieur Gretchko promette de ne plus abattre de chiens tant qu'il n'avait pas retrouvé celui d'Alissa. Zubkov avait dit que si l'éleveur posait une telle question, il suffisait de dire qu'ils avaient lu ça en russe sur le site du *Barents Observer*. Le lieutenant avait ensuite pris Piotr dans un coin et lui avait demandé, quand il serait côté norvégien, de se renseigner sur son chien. Il avait même été un peu menaçant, suggérant que si Piotr ne l'aidait pas, les gardes-frontières du FSB pourraient soudainement se révéler très tatillons… Et pas un mot à Gretchko, avait chuchoté le lieutenant d'un air menaçant.

En tout cas, l'éleveur parut se satisfaire de l'histoire de l'article du *Barents Observer*, il se lança même dans une sorte de confession intime qui gêna Piotr, peu habitué à ce genre d'épanchement.

– Je ne sais pas. J'hésite. J'ai rêvé de ces pâturages toute mon enfance.

Piotr tirait sur son col roulé.

– Mais certaines raisons personnelles me commandent de rester loin de la Russie. Aller y récupérer mes rennes, passe encore. Je veux, vraiment je veux, et puis, quand j'y pense… la Russie, c'est vraiment tant de cicatrices, tant de…

Pas de précipitation, avait conseillé monsieur Gretchko. Piotr voulait lui faire plaisir. Il aurait aimé pouvoir ramener une promesse de collaboration de Kyrö, mais il fallait y aller délicatement. Il avait insisté sur ce mot. Délicatement. Piotr croyait savoir ce qu'il entendait par là. Piotr Potap aurait bien mis une grande tape sur le crâne de Kyrö, à la façon de monsieur Gretchko, pour lui mettre les idées en bon ordre et ramener un avis de victoire à la datcha, mais si Kyrö le prenait mal, c'est sûrement lui qui prendrait une ribambelle de tapes, voire pire. Il se réfréna. Il opta pour l'attitude neutre, qui ferait bien l'affaire.

– Oui, bien sûr, je comprends...

Piotr Potap hocha la tête. Il répéta la formule apprise, en fonction de cette situation anticipée.

– Monsieur Gretchko doit rencontrer les autres membres du conseil en fin de semaine. C'est le délai qu'il vous faudrait tenir pour leur apporter une réponse. Les Sami de la péninsule de Kola vous en seraient éternellement reconnaissants. Vous savez que les tentatives passées de relance de l'élevage familial et traditionnel ont échoué. Tout se fait dans ces compagnies qui ne sont que des kolkhozes réaménagés... – Piotr s'était fait violence pour accepter de présenter les kolkhozes sous un jour péjoratif, mais monsieur Gretchko avait insisté. Les Norvégiens y seraient sensibles. – ... qui n'ont plus d'argent, où les bergers sont salariés, où l'esprit des Sami de Kola est noyé dans la bureaucratie, la russification et la vénalité.

Piotr tira sur son col roulé. Qu'on l'ait obligé à dire ça... À médire de son pays. Quand, dans la datcha, lorsqu'il répétait, Piotr avait pour la première fois osé protester, monsieur Gretchko lui avait d'abord flanqué deux gifles, avant de poser d'un air paternel les mains sur ses épaules, lui assurant que ce n'était évidemment pas vrai, que la Russie était un grand pays où rien de tout ça n'avait cours, mais que ces Occidentaux vivaient avec cette idée en tête, et que ce Kyrö, ça le mettrait en confiance. Après une dernière tape sur le crâne, Piotr avait accepté l'argument. L'intérêt supérieur du plan de Krazimir Chadoff l'exigeait.

26

Kirkenes.

#mensonge #propagande #fascistes

Sous le pseudonyme @GlaçonRouge, quelqu'un s'en donnait à cœur joie.

Les Norvégiens provoquent la Russie avec des rennes équipés de colliers électroniques pour perturber la surveillance de la frontière !

Un bon renne norvégien est un renne mort ! #faistondevoir

La nouvelle arme secrète de l'Otan : des rennes espions ! #pathétique

Klemet découvrait la revue de presse et des réseaux sociaux russes concoctée par Anette.

Certains médias s'intéressaient au fait que les rennes aient été visiblement abattus. L'un d'entre eux suggérait que les Norvégiens eux-mêmes avaient commis le méfait afin d'obtenir une indemnisation des assurances et qu'ils accuseraient évidemment les Russes d'être à l'origine du massacre.

Un site relativement sérieux de Mourmansk rappelait que le nord de la Russie était frappé régulièrement par des abattages clandestins massifs de rennes, de véritables massacres pour récupérer uniquement leur langue et leurs bois. Les corps étaient laissés à pourrir, ce qui constituait un danger de santé publique, avec des risques sévères de contamination. La gouverneure de Mourmansk, à qui on prêtait de fortes ambitions nationales, avait promis de prendre des mesures énergiques pour mettre fin à ce scandale. On évoquait encore la création d'une police spéciale qui réglerait le problème avec toute l'énergie nécessaire. L'article sous-entendait que certains de ces policiers spéciaux viendraient de Moscou ou de Saint-Pétersbourg.

Selon certains commentaires, la venue de policiers étrangers à la région pouvait s'expliquer facilement. Sur le site *Les Nouvelles de la mer Blanche*, @GlaçonRouge écrivait ainsi qu'il était temps de faire le ménage parmi les policiers du Grand Nord qui prenaient leur part du gâteau quand ces rennes étaient abattus clandestinement. Anette avait mis en note qu'entre le moment où elle avait lu et traduit cet article et celui, une journée plus tard, où elle était retournée sur le site pour prendre des captures d'écran, plusieurs commentaires, dont ceux de @GlaçonRouge, avaient été effacés.

Klemet repensait aux langues de rennes offertes dimanche aux visiteurs chinois. Il prit sa chapka et prévint Kujala qu'il allait vérifier deux-trois choses avec Piera Kyrö avant la prochaine rencontre avec les Russes.

Kyrö avait appelé tôt le matin. Il avait vu une partie au moins de la meute la veille et tué l'un des chiens à coup de scooter.

– Original… avait commenté Jaakoppi Kujala.

Kyrö pensait que les autres étaient dans les environs, affamés et dangereux. Kujala y travaillait.

– On va lancer une première battue demain matin dès qu'il fera jour. Je vais remuer ces fainéants de bureaucrates de la préfecture pour les autorisations.

L'éleveur de rennes donna rendez-vous à Klemet au centre de recherche Nibio de Svanvik. Klemet découvrit un lieu inattendu dans la vallée si reculée de Pasvik, avec des bâtiments en bois modernes au design soigné au bout d'une longue allée bordée d'arbres. En face, au-delà d'un rond-point garni d'une œuvre d'art et d'un parking, on apercevait un alignement de petites maisons, et d'autres bâtiments, en bois aussi, visiblement à usage professionnel.

Piera sortit du centre pour accueillir Klemet. L'éleveur avait l'air préoccupé.

– Mon collègue met sur pied la battue. C'est pour demain matin. Tu as fait quoi du chien que tu as percuté en scooter ? Nous devons le déclarer.

– Il est ici.

Klemet leva la tête sur le frontispice indiquant Nibio. Piera suivit son regard.

– Le centre a été construit au début des années 1990 pour mener des projets transfrontaliers. Avec le luxe de l'époque, pour montrer aux Russes qu'on les prenait au sérieux. Tu as des labos, un hôtel, un des meilleurs de la région, un restaurant raffiné, une bibliothèque, des maisons d'hôtes, des salles de conférences, et même un petit musée très pédagogique sur la faune et la flore locales.

– Je verrai le chien pour l'enregistrer. Mais j'ai appris que, du côté russe, il y a de véritables massacres de rennes. C'est de ça que je voulais te parler.

– En quoi ça me regarde ? Moi, la Russie, moins j'y mets les pieds, mieux je me porte. Tout ce qui m'intéresse, c'est récupérer ma cinquantaine de rennes vivants.

– Ah oui ? Pour quelqu'un qui ne veut pas mettre les pieds en Russie, ta volonté de faire paître tes rennes sur les pâturages côté russe est plutôt surprenante.

– C'est pas pareil. C'est pas la Russie, c'est le Sápmi, ça nous appartient, mes grands-parents y emmenaient leurs rennes, ils n'étaient pas russes, ils n'étaient pas norvégiens, ils n'étaient pas finlandais, ils étaient sami, sur leurs terres, c'est tout.

– Ils devaient bien être citoyens d'un pays, tes grands-parents…

Kyrö le regarda avec ce même air mélancolique qu'il traînait depuis qu'il le connaissait. Il prenait son temps pour répondre. Trois profondes inspirations, le regard tourné sur le côté. Un long silence encore, puis il reprit, sans regarder Klemet.

– Qu'est-ce que tu peux comprendre, toi ? Ils étaient citoyens du vent et du soleil, leur drapeau avait la couleur de la rivière qui scintille quand les saumons la remontent, leur passeport, c'était l'odeur du lichen qui les guidait par-delà les collines, leur loyauté allait à leur village d'hiver qu'ils retrouvaient après leur village d'été qu'ils retrouvaient après leur village d'hiver, leurs frontières, elles se traçaient en colonnes de rennes et en vols de perdrix.

Il fixa à nouveau Klemet.

– Les Russes ? Ils n'ont rien à voir avec ça. Pas plus que les Norvégiens, qui ont tout fait pour nous norvégiser. Et tu en sais quelque chose, d'après ce que m'a dit Olaf Renson.

Klemet se ferma. Kyrö se tenait sur son ombre. Il fit un pas de côté. Qu'est-ce que Renson avait bien pu raconter ?

Kyrö n'avait plus la tête ailleurs. Son regard s'était fait incisif.

– Mon histoire ne te concerne pas, répliqua Klemet. Dis-moi plutôt qui fournit des langues de rennes. On connaît toujours leur origine ? Celles de tes rennes, elles sont passées où ? Tu penses que ce sont celles qu'on a offertes aux Chinois ?

Piera Kyrö fit la moue. Il avait changé d'attitude en un clin d'œil.

– Suis-moi.

Il le fit passer devant la réception où une jeune femme le salua gaiement. L'aménagement intérieur du bâtiment était aéré, fonctionnel. Une grande pièce au fond, largement ouverte sur la réception, devait être la cantine, on voyait la cuisine d'un côté.

– Café ?

Piera semblait apaisé. Il emmena Klemet dans la salle à manger, dont les vastes baies vitrées donnaient sur la vallée, et au-delà sur la Russie. Une bonne cinquantaine de personnes devaient pouvoir manger ici. Piera servit trois cafés. Il donna une tasse à Klemet. Versa du lait dans la troisième tasse, et ajouta cinq sucres.

– Mon ex-femme a toujours été excessive.

Ils repassèrent devant la réception, croisèrent des gens affairés qui parlaient anglais avec des accents divers. Piera poussa la porte de ce qui, sans équivoque, était un laboratoire. Une femme d'âge mûr en blouse blanche les accueillit d'un grand sourire en tendant la main vers la tasse de café au lait.

– Je vois que vous le buvez comme Piera, noir. Sans sucre ? Quelle horreur ! Alors que la vie est si courte !

– Anna-Liisa adore donner des leçons de vie, mais passe la sienne le nez plongé dans de la merde d'ours. Je me demande qui fait les bons choix…

– Anna-Liisa Virtanen ? C'est vous que j'ai eue au téléphone lundi pour les rennes ? Je ne vous savais pas spécialisée dans les ours.

Anna-Liisa éclata de rire et faillit renverser sa tasse.

– C'est pour ça qu'on a divorcé, plaisanta la chercheuse. Pour des histoires de café et de crottes d'ours.

Elle se présenta, Finlandaise originaire de Nellim, aux sources de la rivière Pasvik, elle dirigeait un groupe de scientifiques spécialisés dans les ours bruns qui peuplaient la zone frontière. Ils venaient souvent de Russie. Le gouvernement norvégien finançait ce programme pour recenser cette espèce menacée.

– De toute façon, la coupa Piera, les ours passent des deux côtés de la frontière. Comme les chiens, comme les rennes. Ça, c'est quelque chose que les hommes ont du mal à comprendre. On donne des visas de libre circulation aux habitants de la région pour qu'ils franchissent cette fichue frontière, mais on ne l'accepte pas des animaux…

– Ne faites pas attention à son blabla, dit la chercheuse, c'est les histoires de sa famille qui le perturbent, il n'en sort pas. Sa grand-mère, la vieille Ida, n'a plus toute sa tête, mais c'est elle qui l'a élevé, elle a grandi de l'autre côté, alors bien sûr…

– Alors quoi, bien sûr ? grogna Piera. N'embête donc pas la police avec ces histoires. Si on commence à creuser, on finit toujours par tomber sur quelque chose. Les âmes se promènent sous nos pieds…

Klemet pensa à son ombre. Anna-Liisa haussa les épaules. Elle s'assombrit.

Klemet fit glisser son regard sur ce qui l'entourait. Ce labo ne se distinguait en rien de ceux qu'il avait eu l'occasion de fréquenter. D'une clarté immaculée, lino beige clair, murs blancs, alignement de meubles le long des fenêtres et en plusieurs travées. Classeurs ouverts, feuilles remplies d'autocollants à codes-barres. Le titre pré-imprimé en haut de l'autocollant, « échantillon d'excrément d'ours pour analyse d'ADN », montrait à quel point il devait y en avoir. Des indications manuscrites renseignaient sur les personnes qui avaient ramassé lesdits excréments. Klemet regardait encore les vitrines remplies de disques durs, les étagères débordant de classeurs et d'appareils de mesure. Sur la longue table devant laquelle Anna-Liisa se tenait, Klemet voyait les cagettes en plastique pour tenir des tubes d'échantillons peut-être prêts à l'analyse, des appareils dont il ignorait l'usage, deux écrans d'ordinateur et quelques photos, seules touches personnelles à part une collection de bracelets de concerts qui pendaient d'une lampe de bureau. Anna-Liisa sur le terrain, en train de prélever un échantillon, large sourire aux lèvres, elle faisait beaucoup plus jeune que maintenant. Hormis ce portrait d'elle, sans doute à ses débuts ici, cinq autres photos représentaient le même homme, seul ou en compagnie. Klemet paria sur son père. Anna-Liisa gamine avec lui, dans un concours de grimaces. Sur les autres clichés, le même homme, en tenue d'ouvrier, devant des clôtures au grand air, un homme à la mine dure, déterminée aussi, et ce concours de grimaces tranchait d'autant plus.

– C'est quoi ces histoires qui embêteraient la police ? Vous m'expliquez ? Ou ça relève de votre intimité ?

Anna-Liisa balaya l'air de la main.

– Ah, c'est rien. Du passé qu'on essaye d'oublier.

– Oublier ? Avec toutes tes photos, là ? La vérité, c'est que son père est venu s'installer avec ses parents dans la vallée après la guerre. Il a travaillé à la mine d'abord, il avait seize ans, et puis dans les années 1960, il s'est lancé dans l'élevage de brebis.

Klemet surveillait Anna-Liisa du coin de l'œil. Cette évocation lui pesait.

– Ça a duré une douzaine d'années à peine. Le pauvre Pekko, les ours russes ont dévoré ses brebis les unes après les autres. Il s'est accroché. Un Finlandais quand même, un de ces gars qui renoncent pas au premier obstacle.

– Ça suffit, Piera.

Anna-Liisa avait parlé d'une voix douce.

– Quoi ? C'est l'histoire de cette vallée. Et puis c'est bien pour ça que t'as commencé à t'y intéresser, aux ours, toi, quand t'étais encore gamine. En tout cas, après la fin de ses brebis, il a plus voulu se consacrer à l'élevage. Il est retourné travailler à la mine. Mais vous imaginez bien que le cœur y était pas.

– C'est vrai qu'il n'aimait pas ça. Mais il ne s'est jamais plaint.

– Peut-être, mais j'ai bien vu comment il revivait dès qu'il était dehors.

Anna-Liisa sourit.

– Quand on s'est rencontrés avec Anna-Liisa, il me rendait souvent visite à l'enclos. Ça lui plaisait. Bien sûr, il était pas sami, il pouvait pas avoir des rennes, mais le côté élevage, ça le passionnait.

– Il était comme ça. Dès qu'il a pu, il a pris sa retraite de la mine. C'était pile au moment de la chute de l'URSS.

– Oui, et je peux vous dire que le père Pekko, il était comme moi, à pas aimer le système soviétique.

Anna-Liisa changea à nouveau d'expression. À nouveau sombre.

– Ça va maintenant. Il n'est pas venu pour ça.

Piera leva la main. Il voulait continuer.

– Quand ça s'est effondré, il a vu l'occasion de renouer avec sa passion. Je me souviens, il est venu me voir. Rajeuni de dix ans tellement il était excité. Il savait qu'on prenait des contacts avec les Sami de Russie. Il y a eu ce projet d'aide pour un abattoir à Lovozero, leur capitale, à deux heures de Mourmansk, pour leur permettre d'exporter leur viande de renne en Europe. Il s'est jeté là-dedans, il a investi. Et…

– Et voilà comment je me retrouve à analyser des crottes d'ours, coupa Anna-Liisa, sans aucune douceur. Vous voyez à quoi ça tient, le destin.

Le regard d'Anna-Liisa suffit à ôter à Piera l'envie de poursuivre.

– Bon, tu étais venu pour le chien, non ? Je te ferai passer le résultat dans deux jours, comme d'habitude.

– Pourquoi l'ADN du chien ?

– C'est vous le policier, non ? Mon travail concerne les ours. On documente leur population à partir de leur ADN.

– Qu'ils prélèvent dans la merde, partout où ils en trouvent dans la vallée… Ils encouragent même les promeneurs à leur en ramener dans des petits sacs plastique.

– C'est ça, moque-toi. En attendant, tu es bien content que je fasse ces petits extras en analysant l'ADN de ton chien.

Piera s'assombrit. *Ton chien*, ça avait dû lui faire penser à Biegga.

– Et pourquoi vous ne mettez pas des colliers équipés de GPS pour suivre ces ours ? lança Klemet. L'affaire serait réglée…

Piera retrouva un semblant de sourire, le même presque qu'Anna-Liisa.

– Vous, vous venez d'arriver dans la vallée de Pasvik, pas vrai ?

Klemet se sentit idiot.

– Remarquez, on y avait pensé, reprit Anna-Liisa. Mais ça a été vite écarté. Vous imaginez les Russes qui tombent sur un ours équipé d'un émetteur ? L'idée a été enterrée avant même d'être étudiée. Pas envie d'avoir sur la conscience la mort d'un ours exécuté pour espionnage, c'est quand même une espèce menacée…

L'humour d'Anna-Liisa était piquant.

– D'accord, donc vous reconstituez le trajet des ours à partir de leurs merdes.

– Dit autrement, nous sommes bien équipés pour les analyses d'ADN. Nous travaillons parfois pour la police.

Des analyses d'ADN. Klemet eut une intuition. Après tout, et si Piera était impliqué dans un trafic de langues de rennes ? Faisant semblant de s'indigner. Mais touchant l'assurance. Grâce à ses contacts côté russe, Anna-Liisa avait récupéré des échantillons des rennes tués en Russie en décembre. On pourrait peut-être comparer leur ADN avec celui des langues de rennes restantes. Si on en trouvait dans les magasins de Kirkenes. Une piste à suivre. Une aiguille dans une botte de foin. Ça valait le coup de tenter. Surtout si cette charmante chercheuse s'avérait ouverte à une collaboration. Il lui en parlerait en tête à tête.

– Et ce chien ?

– C'est pour certifier qu'il est bien d'origine russe. Un petit projet parallèle, on pourrait dire.

– Afin d'éviter que les Russes contestent leur origine, compléta Piera. Ils peuvent toujours tenter de dire que les chiens sont norvégiens, ont fait un tour en Russie, et sont revenus côté norvégien. Rappelle-toi Mirzaev à la station électrique, le gars du parc naturel, c'est ce qu'il affirmait.

– Et tu penses que si tu obtiens le droit de pâturage en Russie, tu n'auras pas des bataillons de Mirzaev sur le dos à te chercher des poux sur tout et n'importe quoi ? répliqua Klemet.

Piera Kyrö lui lança un regard noir. Anna-Liisa ouvrait de grands yeux.

– Mirzaev et ses sbires sont de mauvaise foi, mais si un accord dit que j'ai droit d'avoir mes rennes sur ces pâturages, ils devront plier. C'est la Russie, pas l'Europe.

– C'est quoi cette histoire de pâturage en Russie ? dit Anna-Liisa d'un ton agacé. Je croyais que tu ne supportais pas les Russes. Tu ne te serais pas fait monter la tête ? C'est bien toi qui disais qu'il ne fallait pas trop prêter attention à ce qu'Ida racontait sur ces champs de lichen blancs dont l'odeur planait sur la vallée, et tout le zinzin.

Piera Kyrö secoua la tête.

– Tu comprends rien…

– Ah, voilà, non seulement je pue la merde d'ours, mais en plus je suis conne ! Avouez, monsieur le policier, tous les torts étaient de mon côté !

Sacré bout de femme, pensa Klemet.

– Bon, et ce chien, je pourrais le voir ? J'ai un rapport à faire, et mon chef est un Finlandais.

Anna-Liisa le regarda avec un air intéressé.

– Et les Finlandais, on connaît leur caractère…

L'ex-femme de Piera le gratifia d'un large sourire et, quand il passa devant elle, il eut la certitude qu'elle lui regardait les fesses.

27

Vaggatem, vallée de Pasvik.

Nina transformée en nuage de buée. L'impression en tout cas. Elle transpirait dans le froid, pas si froid d'ailleurs, ahanait, reprenait son souffle, fixait le poteau. Comme si ce regard insistant pouvait lui faire comprendre ce que Nina attendait de lui. Plante-toi bien droit dans la terre gelée et n'en bouge plus ! Elle s'en voulait. Son collègue en charge de la moitié nord de la frontière, Amund, avait proposé de venir l'aider pour replanter les poteaux qu'on avait retrouvés arrachés la veille. Elle avait décliné l'offre. Question de fierté. Il avait insisté. Tu sais, avait-il dit, si j'avais des poteaux à planter en hiver dans ma zone, je pense que je te demanderais de m'accompagner. Nina avait encore souri, merci, mais non. Il faut bien que j'apprenne toute seule.

Pour apprendre, elle apprenait.

Mais sa mentor, la commissaire principale Ellen Hotti, lui avait fait la leçon, en toute bienveillance. Le Commissariat de la frontière est une affectation spéciale, avec un code qui lui est propre, qui énerve souvent les policiers normaux, les militaires et les gardes-frontières. On va même peut-être se retrouver en conflit, toi et moi, avait plaisanté la commissaire principale, mais tiens-en toi à ce code, c'est la voie ouverte vers d'autres types de missions, crois-moi.

Nina s'était plongée dans sa nouvelle mission, et elle avait vite découvert que celle-ci s'attachait, plus que d'autres, à des symboles. Une frontière, qu'était-ce, si ce n'est le symbole ultime de la souveraineté d'un pays ? Et le symbole concret de cette frontière, c'était ce fichu poteau jaune et noir qui refusait de se laisser faire.

D'un point de vue formel, ces deux poteaux arrachés pouvaient constituer une violation du traité frontalier. Comme le passage des rennes de l'autre côté. Violation du traité. Son patron lui avait conseillé de consigner que les deux poteaux avaient été arrachés « selon toute vraisemblance » par un animal sauvage, ours ou élan. Un gros. Car il en fallait pour les arracher, ces poteaux. Éviter les soupçons qui ne feraient qu'alimenter les mauvais esprits, avait conseillé son chef. Nina n'y croyait pas.

Un poteau arraché, on pouvait le mettre sur le dos d'un animal. Deux ? Nina y voyait de la malveillance. Et si Nina avait compris le fondement même de sa mission, toute atteinte, aussi insignifiante fût-elle, à un symbole de la frontière, devait être prise avec le plus grand sérieux. Or les poteaux avaient été arrachés après le gros passage des rennes, après les déclarations d'Olaf Renson, après la demande de Piera Kyrö…

Nina s'épongea le front. Elle se redressa enfin, grimaça et se remit à jeter des pelletées de gravier au pied du poteau. 396 poteaux le long de la frontière avec la Russie. Elle passa encore une dizaine de minutes à parfaire son travail, puis s'accorda une pause dans la chaleur de son pick-up. Ça ferait bien l'affaire jusqu'au printemps, quand la terre serait malléable.

Le café chaud lui redonna aussitôt goût à la vie. Souvenirs des longues patrouilles avec Klemet, dans la toundra, entre deux cabanes de la police des rennes. Oui, il y avait eu de bons moments. Et puis cette proximité parfois troublante, qui troublait Klemet en tout cas.

Nina se demanda si c'était toujours le cas dans ce type de patrouilles où deux policiers vivaient ensemble le temps de longues missions. La police des rennes avait été sa première affectation à la sortie de l'école de police en Norvège. En tant que boursière, elle n'avait pas eu le choix, et aucun élève ne se précipitait pour être envoyé dans le Grand Nord, encore moins dans la police des rennes. Pour la bonne raison, avait découvert Nina, que l'immense majorité des Norvégiens se fichaient des rennes et des Sami. En rejoignant Kautokeino, au fin fond de la Laponie norvégienne, son premier poste, elle avait eu l'impression d'atterrir sur une autre planète. C'était la première fois aussi qu'elle avait mis les pieds dans ce Nord, elle qui venait d'un fjord encaissé et isolé du Sud. Elle n'avait jamais regretté.

Elle balaya ces souvenirs. Il y en avait de moins agréables. Qu'elle repoussa aussi. Elle prit son téléphone. Elle ne pouvait accepter que cette histoire de poteaux demeure sans réponse. Amund lui avait raconté que les nouvelles recrues de gardes-frontières étaient tellement excitées par leur nouvelle mission que les premiers jours de leur affectation à la caserne de Pasvik, elles se battaient presque pour relever la moindre activité, aussi banale et stupide fût-elle. Ça en devenait presque un jeu, et ils en faisaient la chronique parodique dans leur revue interne. Elle appela le capitaine commandant la compagnie Pasvik, qui surveillait la moitié sud de la frontière, la même que la sienne, et lui demanda de solliciter la mémoire de ses jeunes soldats.

Il restait le second poteau à faire. Grandeur et servitude… Elle le fixait, une main sur la poignée pour y retourner, sortit son téléphone à la place. Elle ne connaissait que ce lieutenant des gardes-frontières en Russie. Elle savait qu'il se débrouillait pas trop mal en anglais.

Il décrocha à la troisième sonnerie. Étonné que Nina l'appelle. Oui, bien sûr, il se souvenait d'elle. Oui, les discussions avançaient avec les responsables du parc naturel pour la patrouille mixte destinée à repérer les rennes. Il attendait une réponse peut-être même d'ici la fin de journée.

– Et à propos, dit Nina sur le ton le plus neutre possible, vous n'avez pas remarqué que des poteaux de frontière ont été arrachés de votre côté ?

Elle sentit aussitôt, à une inflexion de voix, à un silence peut-être un peu trop long, que le lieutenant était sur ses gardes. Barrière de la langue ? Possible. Ou suspicion naturelle de la part d'un officier des gardes-frontières du FSB ? Ou autre chose. Rien, affirma-t-il finalement, d'un ton sec.

Pour couper court à cette discussion qui paraissait braquer son homologue russe, Nina lui parla des chiens.

Le lieutenant parut sincèrement bouleversé quand elle lui annonça que l'un d'entre eux avait été neutralisé et que des analyses étaient en cours afin de lever toute ambiguïté sur son origine. Un silence plus long encore. Et puis une rafale de questions sur la description du chien. Ça avait l'air de l'intéresser bien plus que le reste. Il se fit même insistant. Si ces chiens sont bien russes, comme on le prétendait, il était du ressort des autorités russes de s'en charger, tout autre acte serait considéré comme une violation des relations entre les pays ! Nina hésita. Le lieutenant russe disait n'importe quoi. Et elle ne savait pas quoi faire. Soit c'était une façon de faire pression sur une inspectrice norvégienne dans les négociations en cours, soit quelque chose échappait à Nina.

28

Jeudi 13 février.
Lever du soleil : 7 h 41. Coucher du soleil : 14 h 46.
7 h 05 d'ensoleillement.

Kirkenes. 4 h 30.

Le schéma de battue que Jaakoppi Kujala avait mis au point prévoyait un départ bien avant l'aube afin de démarrer en scooter au lever du soleil. Klemet finissait de charger le pick-up avec le Finlandais, vérifiait les attaches des scooters des neiges sur la remorque. Départ dans quelques minutes. Pas oublier le thermos de café. Il serait utile aujourd'hui. L'aube, qu'est-ce que ça signifiait dans une région où le soleil rechignait à accompagner les humains ? Où il fallait le supplier ? Expression trompeuse, l'aube. Klemet savait bien que les jours rallongeaient rapidement. Mais pas assez pour que l'aube lui parle à nouveau. Fallait pas s'en plaindre. Ça lui donnait du répit pour son ombre. Les nuages qui couvraient le ciel n'aidaient pas à convaincre Klemet que cette fichue aube lui apporterait l'énergie dont il avait besoin. Il se frotta les tempes. Pas habitué à l'alcool. Massage express.

La veille au soir, après le départ de Piera Kyrö parti préparer la battue, Anna-Liisa avait proposé à Klemet d'aller boire un verre en ville. Il n'avait pas su dire non à la chercheuse finlandaise. La soirée s'était terminée tard, sur un baiser enflammé, auquel Klemet avait mis fin pour se préserver quelques heures de sommeil. Il se rappelait qu'ils avaient beaucoup ri avec Anna-Liisa, trop bu, qu'il aurait dû se rappeler que ça ne lui réussissait pas. Et qu'il ne fallait pas faire confiance aux promesses de l'aube.

Deux heures plus tard, après avoir descendu toute la vallée Pasvik, ils retrouvèrent Piera Kyrö sur le parking en bordure de la route, peu après le poste de police de Nyrud. Des éleveurs et des chasseurs de la vallée les avaient rejoints. Les chiens de Pasvik ne laissaient personne indifférent. Si les chasseurs se souciaient peu des rennes, l'histoire de Biegga achevé par son maître les avait tous secoués.

Klemet libérait son scooter de la remorque lorsqu'il aperçut une voiture à l'arrêt sur le petit parking en contrebas, de l'autre côté de la route. Klemet avait beau être nouveau dans la vallée, il la savait peu peuplée, a fortiori un petit matin de février.

Il finit de décharger le matériel, cala un bidon d'essence à l'arrière de son scooter. Jaakoppi, carte étalée sur le capot, répartissait les rôles et les positions, en fonction des dernières observations. Klemet écoutait, tout en observant que, là-bas, une silhouette faisait maintenant les cent pas devant le véhicule. Kujala donna le signal d'un dernier café avant le départ. Klemet démarra son scooter et en quelques secondes fut devant l'autre voiture. Le conducteur parut mal à l'aise de la brusque approche de Klemet. Il tirait sur son col roulé de façon nerveuse.

– Qu'est-ce que vous faites ici ?

L'homme le regarda d'un air indécis. Comme s'il hésitait à répondre. Il fit un signe bizarre de la tête, qui ne voulait rien dire. Klemet réitéra sa question. L'autre lui répondit en anglais.

– Je me promène.

Klemet coupa le moteur de son scooter. Un étranger se promenait à sept heures du matin sur une route perdue au fin fond de la vallée de Pasvik, en plein mois de février… Toi, tu m'intéresses, pensa Klemet. Il le détailla. Il tirait toujours sur son col roulé, comme s'il cherchait son souffle. Il était coiffé d'un bonnet vert tricoté de sapins d'un kitsch absolu.

– Russe ?

L'autre parut vexé.

– Pourquoi vous dites ça ?

– Rien, juste une idée. Alors vous vous promenez… C'est original.

Le conducteur intriguait Klemet par sa mine sérieuse.

– J'habite Nikel, j'allais y retourner, j'ai mon passeport en règle selon l'accord bilatéral, le permis, j'ai…

– Calmez-vous, calmez-vous…

Klemet feuilletait le passeport que l'homme lui avait spontanément tendu. Ce n'était pas de son ressort, mais tout semblait en règle.

– Que faites-vous ici ?

L'autre prit un air encore plus sérieux. Il pesait sa réponse. Amusant. Klemet pouvait voir à ses traits ses efforts de réflexion. Les muscles de son front se crispaient, les ailes de ses narines se tendaient, sa mâchoire inférieure avançait de quelques millimètres.

– J'ai vu de loin toutes ces voitures qui se rassemblaient, et j'ai suivi…

– Vous avez suivi… Vous savez qu'il n'en faudrait pas beaucoup plus pour que je vous soupçonne d'espionnage…

Après la mine sérieuse, la panique. Le Russe lui rappelait Nina, un visage trahissant le moindre sentiment.

– Je cherche un chien.

Ce fut à Klemet d'afficher un air étonné, car le Russe reprit aussitôt.

– C'est pour un ami, russe, de Nikel, son chien a disparu. Il a peur qu'il soit passé ici et qu'il soit abattu. J'essaye de le trouver. Je lui ai promis.

Comme Nina, il devait être incapable de mentir. Un coup de klaxon de scooter retentit derrière eux. Kujala s'impatientait.

– Nous ne prenons pas le moindre risque avec ces chiens. Ils doivent être abattus, c'est tout.

L'autre réfléchissait à nouveau. Narines, front, mâchoire, tout travaillait.

– Ce sont peut-être des chiens norvégiens que vous allez croiser, il y en a aussi, vous savez. Et si vous tuez des chiens russes, ce sera mal vu.

– Ce n'est pas comme si c'était la première fois. Le problème avec vos chiens, c'est que vous les abandonnez. Pourquoi votre ami ne vient pas lui-même chercher son chien, s'il est de Nikel ? Il n'a pas besoin de visa non plus dans la zone des 30 kilomètres, ici, il pourrait venir.

– Il ne peut pas.

– Pourquoi ?

– Je ne sais pas. Mais il ne peut pas. Et, entre amis, on s'entraide. C'est tout.

– Il a un signe distinctif ce chien, un collier, quelque chose qui le différencie des autres ?

– Non, pas de collier, mais ce n'est pas un chien errant, on le reconnaîtra facilement, j'en suis sûr, il ressemble à un berger allemand, en plus petit, avec un pelage beige et une longue queue noire et courbée vers le dos, c'est tout ce que je sais.

– Vous ne l'avez jamais vu ?

L'autre parut gêné. Il secoua la tête de gauche à droite.

Nouveau coup de klaxon. Klemet lui rendit son passeport.

– Désolé, je ne peux rien pour vous. Un chien a été tué il y a deux jours. Il est encore au centre de recherche de Svanvik pour observation, c'est sur la route quand vous remontez sur Kirkenes. Allez voir. Demandez à parler à Anna-Liisa, c'est la scientifique qui l'a récupéré.

Klemet rejoignit les autres scooters, après avoir mémorisé le numéro de plaque d'immatriculation du Russe et son nom, Piotr Potap.

Durant les trois heures suivantes, les chasseurs réussirent à débusquer une partie des chiens. Celui que Piera avait blessé en scooter fut le plus facile à abattre. Deux autres furent également éliminés un peu plus loin. Klemet faisait équipe avec Piera. Ils trouvèrent les corps de quatre rennes visiblement tués par les chiens. Lors d'une pause-café, derrière un tas de rochers couverts de neige qui les protégeaient du vent, Piera avait affiché un air fataliste.

– Tu as vu les rennes. Ces chiens les tuent par plaisir. À peine pour manger. C'est ça qui me révolte le plus.

Après la pause, un drame avait été évité quand un des chasseurs avait de justesse empêché Kujala de tirer sur un chien qui courait sur un lac gelé, en direction du barrage d'Hestefoss. Klemet et Piera étaient embusqués un peu plus haut. Le jour était levé depuis deux bonnes heures. Ils avaient suivi la scène aux jumelles. Klemet pouvait voir la mine offusquée de Kujala qui avait l'air d'engueuler le chasseur. À ses gestes, Piera lui traduisait ce qui s'était passé.

– Il explique à ton collègue que le chien qu'il a failli tirer courait en zigzag, de façon indécise. Et ça, c'est le signe que c'était un chien norvégien.

Avec ses puissantes jumelles, Klemet recherchait les traces du chien sur le lac gelé. Les ombres créées par le soleil rasant les mettaient en valeur.

– Les chiens russes, eux, ils ont presque un comportement de loup. Ils courent avec un but, et alors, ils courent tout droit, comme les loups.

– C'est vrai pour les chiens errants seulement, ou pour tous ? demanda Klemet, en pensant au chien évoqué par le conducteur au col roulé.

– Les chiens russes ? Ils sont tous dangereux…

29

Péninsule de Kola.

Oleg Gretchko regardait nerveusement autour de lui. Le type en manteau de fourrure et chapka avait déjà dû prendre une vingtaine de photos, et ses trois copains insistaient pour qu'il continue. Ils prenaient les poses les plus extravagantes autour des cinq rennes qui gisaient à leurs pieds. Les quatre hommes étaient des clients de Krazimir Chadoff. À ce titre, Oleg devait les choyer et se soumettre à leurs délires. Mais il n'était pas à l'aise. L'étau se resserrait sur ces chasses illégales. Comme si la gouverneure de Mourmansk avec sa nouvelle politique ne suffisait pas, des groupes écologistes alertaient l'opinion sur ces tas de cadavres de rennes qu'on trouvait un peu partout. Soi-disant des nids à virus, avec le risque que les chiens errants les transportent on ne sait où. Soi-disant.

Les compagnes des chasseurs, sûrement des putes de Mourmansk, sortaient du véhicule à chenilles dans lequel Oleg les avait amenées. Couvertes de fourrure, des coupes de champagne à la main, et voilà que les deux blondes se vautraient sur les corps des rennes, incroyable, et les hommes bien sûr riaient et se roulaient sur elles. Ils n'allaient pas se mettre à baiser ici, quand même ! Ils en seraient capables, tous aussi bourrés les uns que les autres.

Chadoff était un malin, pas à dire. Il gagnait sur les deux tableaux. Il se faisait un pognon monstre avec ces chasseurs dégénérés, qui laissaient des tas de rennes derrière eux. Et le même se refaisait une virginité auprès des autorités en organisant la chasse aux chiens errants. Pas mal pour un gros con.

Chadoff le payait bien pour ces missions, il ne voulait même pas savoir dans quel genre de business ces types prospéraient, ils avaient beaucoup d'argent, et Oleg était dressé à ne pas poser de questions. Il avait dû insister, le plus poliment possible, pour que les clients de Chadoff renoncent à mettre la musique à fond. Ne pas attirer des oreilles indiscrètes. Les types l'avaient insulté, traité de pédé, puis ils avaient continué leurs conneries sans plus s'intéresser à lui, oubliant aussi la musique, mais dansant en silence au milieu des bêtes, kalachnikovs brandies. Bande d'abrutis, non mais regarde-les, à se donner des airs de grands chasseurs de lion dans la savane. Des rennes ! Ils les avaient chassés sans même sortir du véhicule, à coups de rafales à répétition. Un carnage. Quelle misère. Mais nom d'un chien, ces tas de rennes abandonnés en pleine toundra devenaient de plus en plus dangereux. L'époque changeait. Oleg surveillait toujours la route qui menait à eux, d'un côté, de l'autre.

Il avait connu le temps où tout le monde se servait. Lui le premier. Après la grande catastrophe, quand l'URSS avait été mise à genoux, ça avait été n'importe quoi dans la région. Plus rien ne fonctionnait. Tous les kolkhozes, les sovkhozes, tout disparaissait, renaissait entre les mains de types comme ces chasseurs en manteau de fourrure qui viraient presque tout le monde, et les gens se retrouvaient sans rien. Alors bien sûr, les rennes de la région avaient payé le prix. Les pires c'étaient les militaires de la région. Les casernes se vidaient parfois quand les types allaient chasser des rennes. Ils revendaient leurs rations de merde et se nourrissaient comme ça. Sale époque. Oleg avait survécu de la même manière. Maintenant il en restait beaucoup moins, des rennes, et les gens ne braconnaient plus pour se nourrir. C'était le temps des nouveaux riches de Mourmansk ou de Saint-Pétersbourg qui venaient se faire des virées sauvages et abandonnaient la viande, dont ils se foutaient. Oleg voyait un des types vider une coupe en pissant sur un renne.

Il ferma les yeux. Que ce type se noie dans sa pisse !

Il regarda sa montre. Il se trouvait assez loin de Nikel. Il pensa aux rennes norvégiens qui se baladaient quelque part dans la zone frontière. Finalement, ceux-là risquaient bien moins. Les gardes-frontières les protégeaient, d'une certaine façon. S'ils ne tombaient pas sur les coupeurs de langues. Quels abrutis ! À coup sûr des Vlad et des Grigori qui fricotaient avec des mecs du parc. Minables. Petits joueurs. Oleg en avait coupé, des langues, dans le temps. Et il couperait celles des cinq rennes aussi. Mais tout ça, ça allait mal finir. C'est pour ça qu'il fallait vraiment que le plan de Chadoff fonctionne. Il le fallait !

Une des filles criait, moitié sérieux moitié rigolade. Elle en avait marre d'être nue avec seulement le manteau entre elle et ces deux rennes qui lui faisaient peur. Un des gars lui mit une bouteille de vodka dans la bouche en lui serrant un sein de son autre main, et les photos continuaient. Les types étaient assez cons pour les mettre sur les réseaux sociaux. Oleg veillait toujours à ce que ni lui ni le véhicule ne soient dans l'axe.

Derrière le volant, Vitali Tukavin était immobile. Dormait-il ? Oleg n'aurait su dire. Fermait-il simplement les yeux pour ne pas subir ce spectacle affligeant ? Oleg avait toute sa vie baigné dans le fatalisme le plus absolu. Mais son fatalisme avait des allures d'optimisme débridé face à celui du berger de la 9e brigade. Vitali et son sourire triste. Vitali et son regard perdu.

Si ça n'avait tenu qu'à lui, Oleg ne se serait pas embarrassé de Vitali Tukavin. Pas le mauvais bougre. Juste qu'il lui filait trop le bourdon. Et pourtant, ça faisait pas loin d'une trentaine d'années qu'ils se fréquentaient. À l'époque, Vitali, déjà berger à la 9e brigade, avait la conversation facile. Un type assez gai, insouciant, que la catastrophe de la fin de l'URSS avait à peine effleuré. Il abattait les rennes du kolkhoze, les marchandait contre de la vodka. La vie simple des bergers sami de la péninsule de Kola que le système avait de toute façon soigneusement détruite depuis les années 1920.

– Dis voir, Vitali, Chadoff, tu le connais depuis quand déjà ?

Vitali Tukavin émergea.

– C'est toi qui me l'as présenté.

– Ouais, mais, quand c'était ?

Long silence.

– Après son retour d'exil.

– Ah oui, c'est ça. Ça devait être bien trois ans après. Quand il s'est décidé à refaire du business dans la région.

– Tu veux dire à prendre sa revanche ?

– Revanche, revanche, tout de suite les grands mots. On n'est pas dans du Tolstoï, pas vrai ?

– Comme tu veux. Moi, je ne suis nulle part.

– Et, comment dire, tu le vois, Chadoff ? Je veux dire, en mon absence ? Vous êtes en affaires ?

– En affaires ? Décidément, je préfère Tolstoï. Tu sais mieux que n'importe qui que ça fait longtemps que nous, les Sami de Kola, on est en dehors de tout ça. Tu vois ce qui nous reste ?

Il montrait du doigt les clients qui se vautraient sur les filles et sur les rennes en une masse criarde et vulgaire.

– Ouais, mais si le plan de Chadoff fonctionne, ça va changer. On n'aura plus besoin de se farcir ces connards.

– Si j'ai bien compris son plan, on risque plutôt de s'en taper encore plus…

– Tu m'emmerdes à toujours voir le mauvais côté de choses, Vitali. Et le député suédois ?

– C'est pour demain.

Oleg regarda sa montre. À l'allure de la chenillette, il faudrait deux bonnes heures pour rentrer là où les clients avaient laissé leurs bolides allemands, à l'échangeur de Kola. Après avoir insulté copieusement Oleg, ils s'entassèrent à l'arrière du véhicule spécialement aménagé. Ils avaient jeté sur le toit des bois de rennes et quelques morceaux de viande grossièrement emballés dans une bâche. Les corps des rennes resteraient à pourrir.

Oleg baissa le rideau de séparation. Les entendre baiser lui suffisait, il n'avait pas besoin de voir en plus le cul de ces gros porcs s'agiter sur les putes. Sans un mot, Vitali Tukavin démarra. Le 4×4 rejoignit une quinzaine de minutes plus tard la route qui partait vers l'est en direction de Teriberka, sur les bords de la mer de Barents, et dans l'autre sens vers Mourmansk, et au-delà vers Nikel. Oleg jeta un œil sur Vitali. On roulait au cœur de la Laponie russe avec ses paysages grandioses et, pourtant, Nikel lui manquait. Sa ville, peut-être parce que ces trois immenses cheminées de l'usine de transformation la surplombaient, ne faisait pas la prétentieuse. C'était une putain de ville industrielle, où la pollution avait ravagé les hommes et le paysage. Il n'y avait qu'un Piotr Potap pour prétendre autre chose. Mais peu importe. Oleg songea à ce pauvre type de Piera Kyrö, qui rêvait de venir faire paître ses rennes sur les pâturages russes le long de la frontière, à deux cents kilomètres d'ici. À ce qu'il paraît, les rennes sentaient ce qui était bon pour eux. L'instinct. Comme les Vlad et les Grigori reniflaient les datchas où il y avait des pommes de terre ou des cornichons à voler. Un sixième sens. Quelque chose comme ça.

La lumière bleutée s'abattait sur l'horizon. Vitali Tukavin n'avait pas rouvert la bouche. Le minibus à chenillette atteignit les abords de la route principale. Oleg allait dire à Vitali de suivre la petite route parallèle lorsqu'une voiture de police leur fit signe de s'arrêter. Derrière, ça continuait à picoler. Oleg demanda le silence. Au mot police, des rires étouffés secouèrent le minibus. Oleg tira le rideau tandis que deux policiers approchaient de Vitali. Les clients recouvraient à la va-vite les corps des filles des manteaux de fourrure. Ces patrouilles de flics, il devenait de plus en plus dur de les éviter. Si les policiers se donnaient un minimum de mal, il leur suffirait de suivre la trace des chenillettes pour tomber sur les cadavres abandonnés. Chadoff le couperait en petits morceaux. C'est pour ça qu'il fallait vraiment que son plan marche, ça ne pouvait plus continuer comme ça. Un policier frappa à la vitre de Vitali, qui la baissa. Il regarda à l'intérieur, dévisagea Vitali et Oleg, passa sa lampe torche à l'arrière, où le silence régnait désormais. Il ramena sa main droite à l'intérieur de l'habitacle et montra son doigt, rouge de sang.

– C'est quoi qui coule du toit ? Du sang de renne ?

Le type était jeune, des yeux bridés, une petite moustache finement taillée, un nez évasé, Oleg aurait parié pour un Bouriate. Il ne le connaissait pas. La poisse. Des nouveaux arrivaient tout le temps. Il allait répondre quand l'autre policier cogna à sa vitre. Oleg reconnut le visage familier d'un des policiers avec qui il était en affaires depuis des années déjà. Le vétéran regarda Oleg, puis son collègue.

– C'est sûrement du jus d'airelle, Baïr. Laissons ces braves citoyens circuler.

Le jeune hésitait. Visage fermé. Yeux scrutateurs balayant Oleg et son collègue. Un zélé. Chevalier blanc. Lutte anti-corruption et tout ce bazar.

– Du jus d'airelle, Baïr, je t'assure…

Après un instant, le jeune policier fit demi-tour, cracha par terre et retourna à la voiture. Zélé, mais pas encore assez mûr pour affronter son vieux collègue.

Ce dernier resta un instant suspendu au rebord de la vitre. Il posa sa main sur le bras d'Oleg avant de la retourner, paume ouverte. Oleg y posa une liasse de roubles. L'équivalent de deux chiens abattus. Saloperie.

– Les temps changent, tu sais, dit le policier en faisant disparaître les billets. Ça marchera pas avec Baïr et ceux qui débarquent avec la nouvelle gouverneure. Il serait temps que, toi et Chadoff, vous le compreniez…

30

Kirkenes.

Jaakoppi frappait au rideau de l'agence pour la troisième fois. De plus en plus fort. Toute cette histoire de langues de rennes l'ennuyait, et il entendait bien le montrer à Klemet. Il se retourna, montra le rideau métallique d'un air interrogatif, et maintenant ? Klemet fit le numéro du propriétaire de l'agence qu'il avait récupéré avant de descendre. Il décrocha à la deuxième sonnerie. Cinq minutes plus tard, il remontait la rue, puis se planta devant les policiers. Jaakoppi Kujala fusilla Klemet du regard. Klemet lui fit un signe des yeux. Façon de dire, il est à toi.

Le vent habituel s'engouffrait dans la principale rue commerçante de Kirkenes et, à cette heure-ci, soleil disparu depuis longtemps, magasins fermés depuis deux bonnes heures, plus personne ne traînait dans les rues. Kirkenes montrait le visage sans artifice d'une cité de l'Arctique. Comme les loups blancs, comme les bœufs musqués, comme les renards des neiges, comme les rennes, comme n'importe quel être vivant et sensé de l'extrême Nord, animal sauvage ou cité humaine, on vivait au ralenti, préservant son énergie les temps longs de l'hiver, comptant ses pas, ses heures, dans l'attente de l'été, du soleil qui chauffait la couenne, dans l'attente de cette fulgurance climatique qui permettait l'espace de quelques semaines d'emmagasiner énergie, graisse, lumière, assez pour survivre un an de plus. Pour passer un hiver. Le patron de l'agence de tourisme Barents Sky les regarda avec un air de reproche. Klemet lisait dans ses pensées. Les policiers auraient dû comprendre qu'ils brisaient une règle non écrite. L'hiver, passé une certaine heure, qui tombait tôt, on respectait le confinement des gens.

Kujala s'en fichait. L'homme leva le rideau, ouvrit la porte et laissa entrer les policiers. Les murs étaient couverts de posters de paysages du Grand Nord par toutes les saisons, des rives de la mer de Barents, de vieux clichés noir et blanc montrant des Pomors, ces Russes des rivages de la mer Blanche. Des drapeaux des pays alentours étaient plantés un peu partout dans des pots de fleurs en plastique. À l'entrée, il y avait les inévitables reproductions des poteaux frontaliers russe et norvégien. Quelques animaux empaillés décoraient les murs et un renne sur pied se tenait dans un coin, devant une porte qui menait à une cuisine, près d'une table et de la machine à café. Le patron ne leur en offrit pas, signe qu'il faisait la gueule. Kujala avait commencé son interrogatoire, il y avait tenu, façon de montrer, estimait Klemet, qu'il ne négligeait pas toutes les initiatives de son subordonné par principe. Il y allait à sa manière brusque, directe. D'où venaient les langues de rennes avec lesquelles les officiels chinois étaient repartis l'autre jour ?

– Et pas d'histoire, grognait Kujala, on sait qu'en cette saison, ça court pas les rues de Kirkenes, les langues de rennes, hein, alors ?

Ça commençait mal. Le patron prit un air offusqué.

– C'est ma faute, à moi, si on est envahis par les touristes chinois ?

– Et si c'est pas ta faute, c'est la faute de qui ?

– Ben en tout cas, c'est pas ma faute s'ils aiment les langues de rennes… On n'arrive plus à fournir…

– C'est pas la question, elles viennent d'où tes langues de rennes ? Parce qu'on les trouve pas dans les boutiques…

– D'un gars que je connais pas.

– Sans blague !

Klemet les laissa discuter. Dans la cuisine, il ouvrit le réfrigérateur. Des cartons de jus de fruits, quelques bières, de quoi faire des sandwichs. Dans le compartiment congélateur, il trouva un sac plastique. De la viande. Pas d'étiquette. Du vrac. Il prit le sac et revint le secouer sous le nez du patron.

– Eh, vous avez pas le droit de fouiller dans mes affaires !

Kujala haussa la voix, poings sur les hanches.

– Mais c'est que monsieur a fait des études de droit ! Dis donc, cher maître, je te préviens qu'on a l'autorisation du juge, que mon collègue va aller la chercher dans la voiture si tu nous crois pas, et qu'en plus on a des témoins qui ont vu ton petit trafic, on sait tout !

Kujala mentait avec un aplomb relativement convaincant.

– Ben si vous savez tout, alors, vous avez pas besoin du sac, hein… Et puis y a rien à savoir de toute façon.

– Ah, tu vois, tu te contredis !

– Mais non !

– Alors, il faut qu'on t'amène le juge aussi ? Je te signale, c'est un pervers et un rancunier, si on le dérange à cette heure-ci, il te le fera payer…

L'autre tergiversait.

– Je vous ai dit que je le connaissais pas, et c'est vrai, je connais pas son nom. Mais je le retrouve sur le marché des Russes, devant la bibliothèque. Il en amène parfois dans le coffre de sa voiture, c'est là que je lui en achète, mais je connais pas son nom ni rien d'autre, juste que c'est de la qualité et qu'il passe la frontière légalement, le reste, c'est pas mon affaire.

– Depuis quand tu lui en achètes ?

– Depuis que les Chinois arrivent, je sais pas, un an ou deux.

Il répondit encore sagement à quelques questions, la voiture, la description du vendeur russe. Pas de téléphone, de numéro de plaque, rien d'autre à en tirer.

– Dites, interrompit Klemet, ça vous dérange si on emmène les langues ? Pour analyse…

– Tenez, cadeau, dit l'autre, pressé d'en finir. Ce sera pas la peine de me les ramener… Vous en faites un bouillon, avec du sel, une heure et demie de cuisson et vous découpez en tranches, vous penserez à moi. Et oubliez pas de couper le bout de la langue et de la donner au chien, c'est la tradition.

– Encore une tradition de merde, grogna Kujala.

Le patron regardait fixement le Finlandais.

– Ah, vous la connaissez ? Vous en avez peut-être déjà mangé aujourd'hui ? On dit que ceux qui mangent le bout d'une langue de renne se mettent à mentir. C'est pour ça qu'on la jette.

31

Vendredi 14 février.
Lever du soleil : 7 h 36. Coucher du soleil : 14 h 51.
7 h 15 d'ensoleillement.

Kirkenes. 7 h 45.

Nina fulminait. Comment Klemet avait-il pu demander cette revue de presse russe à Anette sans lui en parler ? Qu'est-ce qu'il imaginait ? Qu'Anette garderait ça secret ? Ou bien, au contraire, qu'elle lui en parlerait et que ça la mettrait en colère ?

Quoi qu'il en dise, il lui en voulait d'avoir quitté la police des rennes. Ou plutôt : d'avoir été témoin de sa déchéance avec cette histoire de mesure de crâne.

Nina regarda les murs de son bureau, couverts de vieux panneaux en fer que les gardes-frontières clouaient sur les arbres le long de la frontière. Un vrai musée. Qui ne disait rien des familles sami que cette frontière avait dispersées dans les temps anciens. Qui sonnaient aujourd'hui comme des avertissements contre Klemet. Nina connaissait vaguement l'histoire du grand-père de son ancien collègue, privé de son troupeau à cause de ça. Le grand-père de Klemet avait-il outrepassé de tels panneaux ? Considéré que les rennes n'avaient pas à se soucier de ces lignes tracées par des étrangers. Sans doute. Mais il existait des conventions pour protéger les éleveurs. Et c'est ce qui l'inquiétait avec Klemet. Que ces vieilles histoires ne voilent son jugement de policier.

Elle n'avait pas l'intention de se laisser embarquer dans ses délires.

Nina ouvrit le courriel que le lieutenant Zubkov venait de lui envoyer. Aucune allusion à leur discussion téléphonique de l'avant-veille. Pas un mot sur ce chien, ni sur les poteaux. Juste une confirmation pour la patrouille commune qui pouvait être organisée le lendemain. Suivaient des détails logistiques et les formalités à respecter. Elle prévint les participants à la patrouille en Russie de se tenir prêts pour le lendemain à l'aube.

Une heure et demie plus tard, elle se gara devant le centre de recherche Nibio. La réceptionniste l'orienta vers le laboratoire qui avait examiné le premier chien. Une femme à la blouse blanche ouverte sifflotait en prenant des notes, devant un ordinateur. Elle leva les yeux sur Nina, lui adressa un sourire rapide, actionna un appareil posé à sa droite, tapota sur son clavier d'ordinateur, releva à nouveau la tête.

– Pas vraiment la police, mais pas loin. Je reconnais l'uniforme. Ton prédécesseur était ici souvent. Tu dois être Nina ? Il m'avait parlé de ton arrivée. Moi, c'est Anna-Liisa. Et je parie que tu viens pour ces histoires de chiens ? J'ai le premier, mais il faudra encore attendre demain pour les trois autres que vous avez chassés hier.

Anna-Liisa respirait la santé et la bonne humeur. Nina savait qu'elle était souvent sollicitée pour ces analyses d'ADN.

– Tu ne m'en voudras pas, j'espère, mais j'ai déjà envoyé les résultats pour le premier chien au gars de la police des rennes, ce matin. Je voulais qu'il vienne lui-même, mais il n'avait pas le temps. Dommage, il est rudement mignon. C'est pas un jeunot, mais alors, quel charmeur, si tu voyais ! Tu le connais peut-être ?

Nina eut l'impression stupide de se raidir.

– Je ne sais pas, ils sont deux, et ils se ressemblent un peu, non ?

Anna-Liisa pouffa de rire.

– Ah, toi alors… Entre le Finlandais acariâtre et le fringant Klemet, tu ne choisis pas Klemet ? Vraiment ? Tu as vu ses fesses ?

Nina espérait qu'Anna-Liisa ne la voyait pas rougir.

– Allez, ne fais pas cette tête. Tiens, je t'imprime les résultats. Mais, en gros, c'est bien un chien russe.

– Comment tu peux en être sûre ?

– J'avoue que j'ai eu de la chance, celui-ci a un lien de parenté avec un chien abattu il y a quatre ans côté russe. Les gardes du parc l'avaient récupéré. J'ai de bons contacts avec certains d'entre eux, on s'échange des infos parfois, sur les ours surtout, mais j'avais commencé ça avec les chiens un peu comme un projet perso, quand j'étais encore mariée avec un éleveur de rennes du coin. Ils ont souvent des problèmes avec les chiens errants. Mais, même sans le lien de parenté, on peut aussi faire comme je fais pour les ours, mes petits chouchous. L'analyse des isotopes aide à découvrir l'alimentation des dernières semaines, celle de l'ADN des derniers jours. Ça aide pas mal, les chiens errants russes et les chiens domestiques norvégiens ne mangent pas vraiment la même chose, je t'assure ! Et en fait, ce n'est pas si compliqué d'en connaître l'origine, je pourrais le faire à l'œil nu, mais ça ne suffit pas à convaincre tes homologues russes, en général.

– Et les trois d'hier, à l'œil nu, ça dit quoi ?

– Pareil. Je t'enverrai le résultat formel en même temps qu'au beau mec de la police des rennes. Si tu veux, je te ferai parvenir aussi ceux des langues de rennes qu'il m'a demandés, mais tu t'en fous peut-être ?

Nina fronça les sourcils.

– Si tu veux mon avis, je ne suis pas sûre que ça donne grand-chose, mais il sait se faire très convaincant, ce policier… si tu vois ce que je veux dire !

Elle éclata de rire. Mais Nina n'avait plus envie de rougir. Ce petit jeu l'énervait.

– Il est marrant, il m'a demandé de ne pas en parler à son collègue, mais il n'a pas mentionné les autres. Je n'aurais peut-être pas dû te le dire ? Mais quoi, après tout, tu travailles aussi avec ça, non ? Il m'a demandé de comparer l'ADN des échantillons de rennes de décembre que j'ai récupérés grâce à un collègue russe avec celui de langues de rennes du même stock que celles qui ont été offertes à des Chinois, si j'ai bien compris.

– Et alors ? Il faudrait un miracle pour que ça coïncide, non ? Tu vas pouvoir trouver ce qu'ils ont mangé aussi ? Ça va dire quoi ?

– D'un point de vue alimentation, ça ne nous servira à rien. De toute façon, il n'y a que des rennes norvégiens dans le coin, les rennes russes les plus proches sont à une centaine de kilomètres d'ici. Et côté nourriture, tu sais bien que ces temps-ci les éleveurs du district doivent compléter la nourriture avec des granulés ou des choses comme ça. Ça m'étonnerait franchement que les bergers russes aient le moindre argent pour ça. C'est la misère là-bas.

– Tu connais ?

– J'ai fait un voyage d'étude il y a longtemps à Lovozero, la ville qu'ils appellent la capitale des Sami russes. Je voulais rencontrer un vieux chasseur qui connaissait des tas d'histoires d'ours. Un homme passionnant. Ça avait compensé mon entretien avec le vétérinaire local. Il m'avait demandé de l'argent ! Et trouvait ça naturel. Mais c'était une atmosphère dure pour tout le monde. J'ai presque regretté d'y être allée. Quelle pauvreté… Les gens sont gentils, c'est pas ça, mais si tu voyais… Et puis les Sami sont ultra minoritaires, noyés au milieu des Russes, des Komis, des Nenets, tout le monde a des rennes, ils ont ce système de coopératives, des kolkhozes modernisés. Je comprends pourquoi Piera n'a jamais voulu y mettre les pieds. C'est tellement déprimant pour quelqu'un comme lui, dont les ancêtres ont connu…

Elle se fit pensive un instant. Nina, interrogative, attendait.

– Ouais, la liberté, je pense. Une sorte de paradis perdu. Tu as rencontré la vieille Ida, la grand-mère de Piera ?

– Non. Je connais Piera depuis quelques jours seulement.

– Tu verrais ses yeux, à Ida. Tu les regardes, et tu voyages dans la toundra du passé, c'est presque flippant. Tu imagines des champs magiques où les baies te sautent aux lèvres, des tapis de champignons moelleux, des rivières qui débordent de saumons, du lichen suave et croustillant, des rennes à perte de vue. Finalement, Piera, il se moquait bien de moi, à travailler avec mes ours, en pistant leur merde. Il trouvait que ça manquait de panache. Mais quand tu vois l'état de l'élevage de rennes côté russe, et ce qui menace de ce côté-ci de la frontière, je ne suis pas très optimiste pour mon ex.

– Tu as entendu qu'il parlait de réclamer l'accès à des pâturages côté russe ?

– C’est ce que je dis, c’est la vieille Ida qui lui a mis ça dans le crâne. Elle est gentille, Ida, mais ça rime à quoi ? C’est la Russie en face, pas un petit pays européen bien gentillet.

– Tu crois que c’est voué à l’échec, alors ? On va rencontrer les Russes sur la frontière demain, et tenter de retrouver les rennes de Piera. Je suis certaine que la discussion va revenir là-dessus.

Anna-Liisa semblait hésiter. Elle jaugeait Nina.

– Attends ici.

Elle laissa sa centrifugeuse qui tournait encore avec un quelconque ADN et passa dans la pièce voisine. Anna-Liisa cria depuis l’autre côté.

– Il y a longtemps, au lendemain de la chute de l’URSS, il y a eu une tentative comme ça, je pense. Des chercheurs finlandais et norvégiens avaient évalué le lichen du côté russe. Ça faisait partie d’un projet de coopération, il y en avait plein comme ça à l’époque, pour essayer de résoudre les problèmes de pollution radioactive à cause du cimetière de sous-marins nucléaires, ou encore pour tenter de lutter contre la pollution de Nikel, des projets à la pelle, et aussi pour aider les Sami russes à sortir la tête de l’eau. L’élevage de rennes était complètement dévasté, la contrebande de rennes monumentale, les kolkhozes fermaient, il ne restait rien…

Elle sortit de la pièce avec un dossier sous le bras.

– … toute cette région avait été laissée en jachère depuis l’époque communiste. De bonnes âmes s’étaient demandé si des bergers russes ne pouvaient pas tenter de redémarrer quelque chose dans le coin. Les études avaient été menées en coopération avec le centre ici. Tout ça avait très vite été abandonné. C’était l’époque où la mafia mettait son nez partout. Beaucoup de sales histoires.

Anna-Liisa repoussa la centrifugeuse et ouvrit le dossier. Elle avait l'air triste.

– Maintenant, c'est plus ou moins terminé, la mafia dans ces coins-là. Il ne reste plus que ce lichen. Et la misère.

Anna-Liisa feuilletait le dossier.

Elle souleva un paquet de pages agrafées.

– 1993… Avec l'Académie russe des Sciences, tu vois. Ils avaient identifié des zones à lichen côté russe, tout un programme.

Elle lisait. Commentait une donnée parfois. Semblait découvrir le contenu.

– Toute la zone qui va de Nikel jusqu'à Rayakoski, quatre-vingts kilomètres qui longent la frontière vers le sud-ouest, jusqu'au point des trois frontières, était considérée comme prometteuse. Ils étaient très positifs pour des pâturages d'hiver. Toute cette forêt remplie de pins sylvestres, d'airelle rouge, et de différentes sortes de lichens, même ce champignon lichenisé dont les rennes raffolent.

– C'est toute la zone où les rennes perdus de Piera doivent se trouver en ce moment.

– Pardi, ils savent bien où se trouvent les meilleures tables. C'est dans leurs gènes. Suivant les zones, il y a apparemment une couverture de plus de trente pour cent de lichen, et même plus.

Le doigt d'Anna-Liisa sautait de paragraphe en paragraphe.

– Avec cinq kilos de lichen par jour et par renne sur une période allant de début novembre à fin avril, ils pourraient nourrir dix mille rennes, en les faisant tourner par période de deux ans.

– Et ce rapport ?

La Finlandaise haussa les épaules.

– Un beau dossier, refermé, oublié dans un beau tiroir.

– Pourquoi ?

– Les méthodes russes de l'époque étaient assez… décourageantes pour les Scandinaves, et je ne parle pas que de la bureaucratie, si tu vois ce que je veux dire.

– Et ces pâturages appartenaient à la famille de Piera avant l'URSS ?

– Apparemment. C'était l'époque où ça appartenait à mon pays, la Finlande, qui elle-même faisait partie de la Russie. Quand la Finlande est devenue indépendante il y a un siècle, quand l'URSS est née, toutes les cartes ont été rebattues dans le Grand Nord. La Finlande a fini par perdre ces territoires à la fin de la Deuxième Guerre mondiale, et à mon avis quelques clans sami n'ont pas dû peser bien lourd. La famille de Piera, elle a été ballottée comme ça.

Elle soupesa le dossier qu'elle referma.

– À la fin, ça devenait pesant. C'est tout juste si Piera ne m'en faisait pas le reproche, sous prétexte que je suis finlandaise, et que les Finlandais avaient perdu tout le corridor de la Petsamo, toute cette région dont on parle et qui grimpe jusqu'à la mer de Barents, à la fin de la Deuxième Guerre mondiale, là où tu as ces pâturages, parce que les Finlandais avaient collaboré avec les nazis. Tout juste s'il ne me traitait pas de collabo…

– Ça te fait quelque chose en commun avec Klemet…

Anna-Liisa la regarda, sans comprendre l'allusion.

Nina secoua la tête.

– En tout cas, ça a fini par pourrir notre mariage avec Piera. Il n'y a pas eu que ça, bien sûr, mais ça devenait vraiment lourd. Ce pâturage fantasmé, il s'est transformé en malédiction.

Nina hocha la tête. Elle regardait les photos posées à côté des ordinateurs d'Anna-Liisa. La ressemblance était flagrante. Sûrement son père, à en croire les vêtements. La Finlandaise, air fermé, suivit son regard.

– Je ne comprends même pas pourquoi Piera envisage ne serait-ce qu'une seconde de faire paître ses rennes là-bas. Et c'est pas seulement ça. Tout ce qui s'est passé par là-bas pue la malédiction.

32

Vallée de Pasvik.

Piera Kyrö regardait autour de lui. Pour la troisième fois depuis le coup de téléphone de l'inspectrice du Commissariat de la frontière, il vérifiait qu'il n'avait rien oublié pour la patrouille de recherche des rennes fixée au lendemain. Ça l'énervait, parce que justement il avait le sentiment d'oublier quelque chose.

Sa grand-mère était assise au coin de la petite table de la cuisine, regard perdu vers la vallée en contrebas. Quand elle regardait par là, ce n'était jamais bon signe. Par là, c'était le territoire où les femelles venaient traditionnellement mettre bas au printemps. En tout cas, depuis que Piera lui-même avait repris le troupeau. Il savait bien que, pour Ida, ce n'était qu'un ersatz de territoire de naissance. Le vrai, le seul selon son cœur, c'était cette terre volée de l'autre côté de la rivière Pasvik. Mais qu'y faire ? Piera hésitait. Tout se liguait contre lui. Ou, plutôt, tout le poussait dans la même direction. Ida depuis toujours, quand elle le faisait respirer trois fois tourné vers la Russie, le député sami avec son mystérieux agenda en tête, et puis maintenant ce Russe chauve à col roulé qu'il avait rencontré l'avant-veille.

Il hésitait. Son corps hésitait. Il le sentait à la sorte de fièvre qui l'entravait quand il se mettait à y penser. Profiter des pâturages vierges de Russie, garder ses rennes à l'année là-bas. Cela voulait dire, sûrement, avoir au moins un pied à terre à Nikel. Vivre à Nikel. Vivre en Russie… Cette patrouille de recherche qui pourrait durer quelques jours voire quelques semaines constituait déjà la limite de ce qu'il pouvait supporter. Question d'atmosphère… la surveillance permanente, la suspicion de tout ce qui était étranger. Alors habiter là-bas ? Il secoua la tête.

Un nouveau message. Olaf Renson encore. Le député sami ne le lâchait plus. Il se trouvait à Nikel, s'impatientait. Alors, ce grand-père ? Cette réhabilitation ? Renson le bombardait de textos. Des textos sans fin, longs comme sa main. Il devait rencontrer des Russes de Lovozero. Des Sami. Renson écrivait qu'il était difficile de savoir qui était vraiment sami là-bas, mais que ça ne devait pas les empêcher de nouer contact avec toutes les bonnes volontés. Vitali Tukavin lui arrangeait des rendez-vous, tout avançait et cette question de réhabilitation du grand-père serait vraiment la crème de la crème. Il avait rencontré un responsable municipal de Nikel qui donnait une impression de sérieux et qui grâce à ses contacts au sein de l'administration se faisait fort d'obtenir des autorisations, ou au moins de toucher les bonnes personnes. Inespéré, écrivait Renson, à grand renfort d'émoticônes que Piera jugeait infantiles. Le député sami de Suède disait encore avoir rencontré un Sami, un certain Oleg. Il n'avait pas de renne, sa famille était loin, ceux de Lovozero ne le voyaient pas comme un Sami et il en souffrait, mais apparemment Vitali Tukavin s'était porté garant, oui cet Oleg était bien un Sami, et les projets de Piera Kyrö qui voulait utiliser les pâturages du côté russe pour ses rennes l'intéressaient beaucoup. Renson le lui présenterait. Mais il fallait se dépêcher. Prendre une décision. Et des points d'exclamation à répétition.

Piera mit son téléphone sur silencieux. Les bips des textos d'Olaf Renson le stressaient de plus en plus, presque autant que ses points d'exclamation.

Il aurait aimé ne pas se poser de questions. Retrouver cette impulsion de l'autre jour. Oui, ses rennes suivaient leur instinct, ils savaient, eux, à qui la terre appartenait ! Oui, ce lichen, ce lichen sacré, évidemment. Mais le reste ? Tout le reste ? Anna-Liisa. Et le père d'Anna-Liisa, Pekko. Pekko surtout. Avait-il tort de lier Pekko et ces pâturages ? Personne ne pouvait lui donner une réponse là-dessus.

Il reporta son attention sur son paquetage. Secoua la tête. Il avait déjà procédé une bonne trentaine de fois à ces patrouilles de recherche côté russe. Tous les hivers, il y avait droit. Plusieurs fois par hiver. Des rennes passaient. Toujours des mâles. Il ouvrit la porte du réfrigérateur. Il avait son sac rempli de renne séché, des biscottes, du fromage. Ça suffisait. Rien oublié. Et puis l'image de ce grand-père. Ida le regardait s'affairer, faire les cent pas entre le réfrigérateur et son sac, sans exprimer quoi que ce soit. Le grand-père, le drame de la famille. C'est vrai qu'il avait travaillé pour les Soviétiques pendant la guerre. Mais c'était la guerre. L'Armée rouge avait réquisitionné les traîneaux et les rennes des Sami pour transporter blessés et munitions.

Piera ne savait pas ce qui avait été le pire traumatisme dans la famille. Le grand-père accusé d'espionnage par les Norvégiens. Ou le fait qu'il ait – pour certains en tout cas – trahi la famille en aidant les communistes après que ses deux frères aînés avaient été envoyés au goulag dans les années 1930. Goulag dont ils n'étaient jamais revenus.

Ida le regardait toujours. Ça le mettait mal à l'aise. Elle lisait sûrement dans ses pensées. Elle en était capable. Et merde ! pensa-t-il.

– Mamo, montre-moi les photos.

Ida savait. Bien sûr, elle savait. Elle passa la main sous son tablier, fouilla dans la grande poche cousue sur le devant de sa robe. Elle en sortit une petite enveloppe froissée, écornée, à peine déchirée en dépit des décennies. La même enveloppe depuis que Piera était enfant, aussi loin qu'il s'en souvienne. La photo des trois frères. D'après la légende au dos, elle avait été réalisée par Vladimir Charnolusky, un ethnologue soviétique. Le grand-père Jegor et ses deux frères aînés, Vasili et Aleksei, avec le manteau en peau de renne et le chapeau à pointes traditionnel. Ils posaient tous les trois, fièrement. À côté, la vie s'écoulait. Quelques rennes attachés, une baraque en rondins et une autre en tôle. Plus loin derrière eux, on découvrait un paysage de toundra, des collines qui se découpaient nettement dans un ciel grisâtre. Au dos de la photo, accolé à sa signature, l'ethnologue soviétique avait indiqué, outre la date de mai 1932, le nom de son expédition à travers la péninsule de Kola. Piera connaissait tout ça par cœur.

Parler de Papo était le seul moment où sa grand-mère retrouvait toute sa tête. Piera l'avait remarqué depuis longtemps. C'était devenu leur secret. Le reste du temps, elle semblait perdue dans ses rêvasseries. Les gens s'étaient habitués à ça. On disait, Ida, elle est un peu fofolle. La vérité, c'est qu'Ida s'en fichait. Elle en avait eu assez d'expliquer, de justifier, de défendre l'honneur de son mari, de hurler contre l'injustice, le sort, l'histoire, la bêtise des hommes.

– Tu sais, Mamo, un Russe est venu me voir.

Ida détourna la tête. En direction de la vallée en contrebas.

– Attends, Mamo, écoute-moi. Tu sais que, moi non plus, je…

Ida tourna sa chaise de façon ostentatoire face à la fenêtre, à la fausse vallée, comme elle l'appelait parfois.

– S'il te plaît, Mamo… Des Sami de là-bas veulent relancer l'élevage familial, à l'ancienne, comme on le pratique ici, c'est peut-être une chance.

Regard fixe.

– En échange de mon aide, ils me laisseraient l'accès aux pâturages de l'autre côté de la rivière Pasvik, côté russe. Nos pâturages, Mamo, tes pâturages, ceux de Papo. Ceux de…

Piera avait toujours du mal à prononcer les noms de ses grands-oncles.

Ida posa la photo des trois frères sur la table de la cuisine. Elle se tourna lentement vers Piera. Elle revenait. Remis la chaise en place. La fenêtre sur sa droite. Elle commença.

– C'est la dernière fois où on les a vus ensemble…

Piera tira la chaise voisine et s'assit. Il avait entendu l'histoire des dizaines de fois. Des centaines peut-être. Ne s'en lassait pourtant pas. Il savait déjà que Mamo la terminerait en larmes. Et que lui aussi pleurerait à ses côtés. Qu'ils avaient cette même façon de pleurer. Des pleurs froids, secs, silencieux, des pleurs entre eux, chacun regardant de son côté, yeux ouverts, avec des larmes qui coulaient parce qu'à ce moment de l'histoire, ces larmes nourricières se joignaient en un étroit filet. Quand Piera était petit, qu'il entendait cette histoire, qu'il avait peur de voir sa grand-mère pleurer, Mamo lui avait raconté que leurs larmes étaient belles, qu'il ne fallait pas en avoir peur, qu'il fallait pleurer sur cette histoire, et que ces larmes étaient la source de la rivière Pasvik, et que la rivière Pasvik irriguait les pâturages perdus. Alors on pouvait pleurer, il fallait pleurer, pour garder en vie les pâturages perdus.

En grandissant, Piera avait appris que la rivière Pasvik prenait sa source dans le lac Inari, mais au fond de lui il savait que Mamo avait raison.

– Ton grand-père avait douze ans. Les communistes sont venus arrêter ses frères un matin. Ils étaient arrivés avec des camions, plusieurs camions. Ils avaient rassemblé les hommes, que des hommes. Ils disaient que les hommes avaient beaucoup de rennes, trop de rennes, que c'étaient des koulaks, des ennemis du peuple…

Piera, dans sa tête, se racontait aussi l'histoire, avec les mêmes mots tant entendus. Des ennemis du peuple, opposés à la collectivisation. L'aîné Vasili, le chef du clan depuis que leur père était décédé, n'avait pas voulu que ses 150 rennes soient pris par le kolkhoze que les Soviets construisaient. Aleksei, l'autre frère, était plus impétueux. Il avait clamé qu'il préférait que les loups dévorent ses rennes plutôt que de les laisser au pouvoir soviétique. Puis il avait commencé à abattre des rennes.

Piera la connaissait par cœur, cette histoire, et pourtant, il fallait qu'il l'entende encore et encore, comme pour se convaincre que sa version, destinée à survivre à Mamo, était conforme, complète. Les accusations du NKVD, prétendant que les Sami planifiaient leur propre État sami dans la péninsule de Kola, avec le soutien des Sami finlandais. C'était faux, tout ça, mais les gros propriétaires de rennes comme les Kyrö avaient été estampillés exploiteurs et traîtres. Envoyés au goulag en 1938, et puis plus rien. Une centaine de Sami de la péninsule de Kola avaient été arrêtés en même temps.

Condamnés à cinq ans de travaux forcés. La moitié avait été exécutée, beaucoup parmi les autres étaient morts en camp. Les familles sami avaient tout perdu. Les terres, les animaux. Ils avaient même perdu leur mode de vie, le nomadisme. Ils devaient habiter ensemble, se sédentariser, ce serait plus simple pour apprendre les préceptes du socialisme et profiter de la vie culturelle. Jegor, au milieu de tout ça, adolescent, effrayé, perdu.

– Ton grand-père, sa jeunesse lui a évité le goulag. Il a grandi comme un bon communiste, il est devenu ouvrier du kolkhoze, dans une brigade qui s'occupait des rennes. Pendant la guerre, les communistes l'ont obligé à travailler pour eux, avec ses rennes il transportait des munitions jusqu'au front et ramenait les blessés vers l'arrière.

À la fin de la guerre, quand les frontières avaient été redessinées, Jegor s'était retrouvé du côté norvégien de la rivière Pasvik. Ils étaient déjà fiancés alors, Jegor et Ida. Ils avaient tenté de débuter leur nouvelle vie.

Piera posa sa main sur celle d'Ida. Elle fatiguait. Il voulait lui éviter d'en arriver aux larmes. Il fallait qu'il lui parle, et savait qu'après les larmes, elle n'entendrait plus rien pour un long moment. Il lui parla doucement.

– Mamo, écoute-moi. Ce Russe me dit que si j'arrive à prouver que Papo a bien vécu en URSS, cela pourrait être possible.

Ida fixait les photos. Celle des trois frères, et celle de Jegor, prise au lendemain de la guerre, en Norvège. Piera savait que sa grand-mère n'avait pas été malheureuse avec lui. Pas au sens où les gens l'entendaient. Ils avaient porté cette histoire, comme tant d'autres, en silence. Certains pouvaient comprendre, les gens n'étaient pas idiots, ils savaient que de l'autre côté de la frontière, il s'était passé des choses terribles dans le temps. Mais ça n'aidait pas. Le silence de Mamo était rempli de vagues d'incertitude, d'odeurs de crainte, de soupirs de désespoir, de bruits de portes qui claquent, de voix qui commandent. Un silence agité, qui la laissait de longues heures les yeux grand écarquillés, témoin d'un passé qui la poursuivait.

– Les Russes qui me font cette proposition ont entendu dire par un ami sami de Suède, un député du parlement sami, qu'on voulait réhabiliter Papo.

– C'est ton idée ? demanda brusquement Ida.

Piera était embarrassé. Au ton de Mamo, il réalisa qu'il aurait dû lui en parler avant. Mais Olaf Renson l'avait tellement pressé…

– Cet ami député, qui s'y connaît en politique, en a parlé avec moi. Il pense qu'il est temps que les Sami d'ici et ceux de Russie se retrouvent. L'exemple de Papo aiderait, selon lui.

Ida demeurait silencieuse. Agitée aussi. Des frémissements imperceptibles, sauf pour lui. Au coin de l'œil, de la bouche. Elle tourna sa chaise vers la fenêtre. Il fallait la reconquérir.

– Quand ils ont appris que j'avais un grand-père qui avait fait partie d'une famille d'éleveurs de rennes en Union soviétique, avant la guerre, ils m'ont assuré que si je pouvais le prouver, je n'aurais sûrement aucun mal à faire avancer mon dossier pour avoir le droit de disposer des pâturages russes.

Ce fut Ida cette fois qui prit la main de son petit-fils.

– De nos pâturages, Mamo…

Le visage sec s'adoucit d'un sourire. Elle redressa la chaise, pas complètement. Elle prenait son temps. Elle caressait doucement la main de Piera. Il avait l'impression de la perdre à nouveau. Son regard s'échappait. Elle conservait ce léger sourire qu'il ne savait pas interpréter.

Il lui serra la main, délicatement, pour la ramener à lui. Elle redressa la tête et le regarda, presque étonnée de le voir. Aucune sécheresse dans cet instant. Avait-elle traversé la rivière ? Survolé les pâturages ?

Ces anciennes croyances de chamans qui voyageaient dans le royaume des morts, Piera n'y avait jamais adhéré. Mais avec le temps, il s'était fait à l'idée que l'âme de Mamo, peut-être, voguait là-bas. Qui rencontrait-elle ? Que voyait-elle ?

Mamo caressait les deux photos. Tout ce qui lui restait de sa vie antérieure.

– Ces photos, malheureusement, ne prouvent rien. Tu sais bien que tous leurs papiers ont été abandonnés au moment de l'arrestation. Vasili et Aleksei ont été emportés au goulag, et Papo a été emmené à la ville. Ils ont tout laissé derrière eux. Qui sait ce que c'est devenu avec le temps ? Tous les petits villages et campements d'éleveurs ont été abandonnés quand ils ont été regroupés dans les villes. Que pourrais-tu faire ?

Ida serra la main de Piera. Sourire envolé. Air grave. Inquiet. De ses deux mains, elle enserra celles de Piera, puis lui caressa le visage. Elle respirait vite, anormalement vite, trop d'émotion soudaine, trop de pensées brutales.

– Mon pauvre Piera, et si je m'étais trompée… Pardonne-moi, c'est ma faute, oublie ces pâturages, par pitié. Il n'y a rien de bon à trouver là-bas.

33

Kirkenes.

Le Ritz un vendredi soir présentait un avantage certain et des inconvénients nombreux. Klemet se rendit compte trop tard des derniers. À sa décharge, il habitait depuis peu à Kirkenes et ne s'était guère préoccupé jusque-là de ces considérations logistiques. À savoir, où inviter une femme à boire un verre dans une ville de l'extrême Nord de trois mille cinq cents habitants un vendredi soir d'hiver ? La réponse était simple. À moins de l'inviter chez soi, ce qui pouvait être interprété comme un peu expéditif, il ne restait que le Ritz puisque le Kaia pub était en réfection. Ce qui signifiait que tout Kirkenes le saurait bientôt. Avec le vent froid de ce soir, le seul avantage du Ritz consistait en sa proximité avec l'appartement de Klemet, de l'autre côté de la place. Le rez-de-chaussée faisait salon de thé, mais en soirée on grimpait à l'étage par une porte de côté pour rejoindre la pizzeria. Et le pub discothèque. Klemet était arrivé à l'avance pour déguster tranquillement une pizza géante au crabe et aux poivrons. Il prit le temps de lire l'édition du *Sør-Varenger Avis*. Le quotidien racontait l'histoire des deux poteaux frontaliers retrouvés arrachés trois jours plus tôt. Pour la vallée de Pasvik, l'incident était de taille. Cette frontière revêtait un caractère sacré. On imaginait mal un habitant du coin, même ivre mort, se livrer à une telle dégradation. Le journaliste citait le commissaire de la frontière, disant qu'un ours ou un élan en colère avait vraisemblablement commis l'outrage. Mais le journaliste ne se contentait pas de cette explication un peu trop simple. Klemet était de son avis. Il tourna les pages. Un article indiquait que le chien de Rolf Brettensen, qui habitait en dehors de Svanvik, avait été attaqué par un chien errant. Brettensen n'avait pas vu l'attaque elle-même, mais il paraissait assez sûr de lui. Dieu merci, son chien n'avait pas été mordu, comme celui de Kyrö. La mort de Biegga avait ébranlé toute la vallée. L'article, alarmiste, évoquait le danger de rage et l'inquiétude des habitants. Brettensen avait aperçu au bout du chemin forestier, qui partait de sa maison, un chien suspect. Qui semblait accompagné d'un autre chien à l'allure de loup. Klemet secoua la tête. Si on commençait à mélanger chiens et loups, tout ça allait bientôt déraper.

Il avait pris la précaution de commander une bière légère, afin de ne pas gâcher ses chances. Accessoirement, la mission de demain matin exigeait de démarrer tôt.

Il était 22 h 30 lorsque Anna-Liisa le rejoignit. Il l'attendait au comptoir de la partie discothèque du Ritz, et il se sentait stupide depuis un moment. Une vingtaine de jeunes à peine sortis de l'adolescence s'amusaient sur la piste. Certaines jeunes filles qui devaient atteindre difficilement les dix-huit ou dix-neuf ans le regardaient en chuchotant, et à leur mine Klemet voyait que ce n'était pas son charme qui les attirait. L'une d'entre elles, le regard froncé, s'approcha et le prit en photo en jurant. Klemet, sur le moment, en resta coi. La fille retourna sans plus de manières vers son groupe et, penchée sur son téléphone, écrivait, encouragée par ses copines. Klemet allait s'en mêler, mais il se dit que cela ne ferait qu'empirer. Ici, le mélange des générations, on ne connaissait pas.

Quand Anna-Liisa traversa la piste pour le rejoindre, il lui aurait sauté au cou de le tirer de cette situation où il avait l'impression de passer pour le gros pervers de la soirée. Après s'être assuré que les jeunes le voyaient bien en compagnie d'une femme d'âge mûr, il l'entraîna vers un coin plus tranquille.

Mais quelque chose clochait. Après le sourire joyeux qu'elle lui avait adressé en arrivant, un air sombre voilait maintenant sa face. Il lui prit la main. La garda dans les siennes. Attendit. Anna-Liisa respirait profondément. Elle regardait l'enchevêtrement de leurs mains. Klemet voyait sa poitrine se soulever, mais ce n'était pas ce type d'émotion qu'il avait espéré ce soir.

– Ta collègue est passée ce matin. La petite inspectrice, la mignonne.

Klemet hocha la tête. Qu'est-ce que Nina avait bien pu dire sur lui pour mettre Anna-Liisa dans cet état ?

Elle leva les yeux sur lui. Il n'évita pas son regard, mais il retira ses mains, prêt à recevoir le coup.

– On a encore parlé de ce que les gens d'ici avaient tenté de lancer de l'autre côté de la frontière après la chute de l'URSS… Pour les rennes, des pâturages.

Klemet fut soulagé. Ça ne le concernait pas. Il s'en voulut aussitôt. Il avança une main.

– Tout ça, ça réveille des souvenirs. Surtout après tout ce que Piera a raconté sur ton père.

Il caressa sa main d'un doigt.

– C'est cette histoire d'abattoir dans laquelle il s'est investi, Pekko ?

Elle repoussa son doigt.

– Il y a une chose que je n’ai pas pu te dire. Ni à toi ni à elle.

Klemet ramena ses mains à lui.

– Ce projet d’abattoir a englouti mon père. Et je ne comprends pas que Piera puisse seulement imaginer mettre les pieds là-bas, avec ce qu’il sait.

Elle releva les yeux et les plongea, comme à regret, dans ceux de Klemet.

– Qu’est-ce que tu veux dire ?

– Mon père n’est jamais rentré de Russie. Il a disparu. Et personne n’ose revenir sur cette histoire. Le fantôme de Pekko, c’est tabou dans la vallée.

34

Samedi 15 février.
Lever du soleil : 9 h 28. Coucher du soleil : 16 h 57.
7 h 29 d'ensoleillement.

Nikel. 5 h 45.

Le petit balcon envahi de neige grisâtre donnait sur les trois cheminées qui semblaient au repos. Le soleil était encore loin de se lever, mais le ciel s'éclaircissait. Pavel Zubkov se frotta le visage de neige pour la deuxième fois. Ce n'est pas qu'il avait tant bu la veille. Mais il voulait effacer un peu de la honte d'avoir cédé à Natalya Pimenova. La jeune adjudante-chef des gardes-frontières avait exigé qu'ils passent la soirée ensemble en échange de ce qu'il avait demandé. Natalya Pimenova avait accepté l'amnésie sur le passage des chiens. Mieux, elle en avait effacé les traces dans le cahier des événements avant de le reporter dans l'intranet des gardes-frontières du FSB.

Natalya Pimenova n'avait pas été vulgaire au point d'exprimer aussi crûment les termes du marché, mais elle était suffisamment expressive et obstinée pour ne laisser aucun doute sur ses intentions. Elle le lui avait joué sur l'air de la Saint-Valentin… toujours rêvé d'un dîner aux chandelles, impossible dans un restaurant de Nikel, ça jaserait trop, mais chez elle, dans l'immeuble des gardes-frontières, la discrétion serait garantie. Le 14 février… Pavel. Elle avait minaudé, il avait cédé.

Elle avait compris, bien sûr, que Pavel ne saurait pas dire non, même si elle ne savait pas pourquoi. Elle l'avait saisi depuis la rencontre sur la frontière avec les Norvégiens, quand il était sorti de ses gonds pour nier le passage des chiens errants en Norvège. Et elle avait toujours su que ce dîner aux chandelles intime se terminerait dans son lit.

Pavel s'était retrouvé d'autant plus piégé qu'il ne se serait pas vu affronter sa fille la veille au soir. Elle l'aurait harcelé de questions sur Gagarine, exigé de savoir où il se trouvait. Pavel n'aurait pas pu la regarder en face tout en sachant que les Norvégiens avaient abattu quatre chiens déjà. Mieux valait Natalya Pimenova, qui s'était en plus révélée une amante passionnée et créative.

Restait quand même la honte. Puis la vodka.

Il savait que Natalya ne s'arrêterait pas là. Elle se servirait de lui. Elle lui avait demandé à plusieurs reprises, en le faisant boire d'abord, puis lorsqu'elle lui avait fait une interminable et délicieuse fellation, pourquoi il attachait tant d'importance à faire disparaître les traces du passage des chiens, ce qui n'était pas si rare tout de même. Pavel tenait bien l'alcool, il avait facilement déjoué la première salve de questions. Les coups de langue de Natalya sur son sexe, les pressions de sa main à la base de son pénis lorsqu'il était proche de l'explosion, avaient en revanche exigé de lui une maîtrise surhumaine pour ne pas craquer. Il avait débandé à un moment, traversé par la crainte que ses supérieurs apprennent qu'un chien d'un officier des gardes-frontières avait franchi cette foutue rivière Pasvik qu'ils étaient chargés de surveiller. C'était un coup à se retrouver en Syrie ou je ne sais où en Asie centrale. Natalya lui avait redonné toute sa vigueur et remit ses questions à plus tard. Mais il s'enfonçait. Alissa et Gagarine d'un côté, Oleg Gretchko et son plan de l'autre, Natalya en embuscade, et cette Norvège inaccessible à un officier comme lui depuis les sanctions que les pays occidentaux avaient prises contre la Russie après l'histoire de Crimée. Piotr Potap, qui pouvait passer la frontière, était revenu bredouille de Kirkenes. Il devait y retourner sous peu, mais chaque heure passée rapprochait Gagarine d'un coup de fusil. Et, par conséquent, chaque heure passée l'éloignait d'Alissa.

Il frissonna et rentra dans l'appartement. Natalya venait d'apparaître. Déjà douchée. Elle traversait en sous-vêtements le petit salon, se tourna vers lui quand il ferma la porte du balcon. Elle se colla à lui, tapota ses lèvres de son index droit.

– Du thé, mon lieutenant ? Ou bien, sinon, on a cinq bonnes minutes pour…

– Du thé fera l'affaire. Tu dois encore t'habiller. On ne peut pas être en retard.

Pavel craignait surtout de ne pas savoir garder sa langue lors de la prochaine fellation qu'elle s'évertuerait à rendre plus irrésistible encore. Ça signerait sa perte.

Une demi-heure plus tard, les deux gardes-frontières arrêtaient leur véhicule devant le bureau du parc naturel. Nurlan Mirzaev les attendait avec ses collègues.

Le soleil dépassait tout juste l'horizon lorsque le convoi atteignit l'embranchement vers la route forestière, à trois quarts d'heure de route au sud-ouest de Nikel.

Pavel appela l'inspectrice norvégienne pour s'assurer que tout était prêt de son côté. Il lui confirma par texto l'heure du rendez-vous derrière la station hydroélectrique. Pendant ce temps, les employés du parc et les gardes-frontières qui les avaient rejoints déchargeaient les motoneiges des remorques. Froid mordant, vent discret. Engoncés dans leurs épaisses combinaisons, ils se mirent en route. Ils retrouvèrent comme convenu les Norvégiens qui patientaient sagement à un mètre de la frontière. Il devina que ce devait être l'inspectrice qui attendait debout, jambes écartées, mains dans le dos, casque posé sur la selle de son scooter, chapka nouée sous le menton. Pavel stoppa son motoneige avant la frontière. L'inspectrice Nansen l'invita à franchir la ligne frontière et il vérifia les passeports de chacun avec la liste qu'elle lui avait fournie. Il y avait les deux policiers vus lors du précédent rendez-vous, quatre éleveurs dont celui qui réclamait un droit au pâturage côté russe. L'inspectrice avait positionné des gardes-frontières norvégiens le long des points de passage supposés des rennes, pour bloquer la circulation et éviter que les animaux ne refluent au cas où ils parviendraient à les ramener en Norvège.

Pavel s'intéressait surtout à l'éleveur de la dernière fois, ce Piera Kyrö. Son supérieur avait été explicite. Après la publicité faite des deux côtés de la frontière à sa revendication absurde et provocatrice, il fallait tenir ce gars particulièrement à l'œil. On avait envisagé de lui interdire l'accès pour cette fois, mais ça n'aurait fait que compliquer l'affaire. On connaissait trop la propagande de ces Occidentaux qui s'empresseraient de crier à la censure ou à la dictature quand il ne s'agissait que d'une mesure préventive relevant de la sécurité nationale.

Sur Internet, des commentaires de plus en plus hargneux accusaient les Norvégiens de double jeu et de tentative de déstabilisation. L'affaire des rennes était devenue anormalement médiatisée et les chefs de Pavel devenaient nerveux.

Natalya avait l'air de discuter sur un ton léger avec un des deux policiers norvégiens, celui à moitié sami. Pavel regarda l'heure sur son GPS. Soleil orange, barré par un long nuage parallèle à l'horizon. D'autres nuages plus épais avançaient. La lueur orangée se diffusait comme un halo à travers ces nuages qui gardaient une teinte bleu roi, la même teinte que conservait la neige tout autour d'eux.

Il donna le signe du départ. Le convoi de motoneiges s'ébranla. Pavel patrouillait avec l'éleveur puisqu'il fallait le tenir à l'œil selon ses instructions. Oleg Gretchko, de son côté, avait insisté pour que Piera Kyrö soit bichonné. Arrange-toi pour que vos recherches vous emmènent là où il réclame ses pâturages, ça sera bon pour nous, et donc pour toi, lui avait dit Gretchko sur un ton qui n'avait rien d'amical. Pavel Zubkov avait préparé le parcours de recherche en conséquence, s'attirant bien des haussements de sourcils de Mirzaev, mais Pavel ne l'avait pas laissé protester. Garde tes plaintes pour les Norvégiens, avait conseillé Pavel. Son intuition lui avait fait ajouter que les employés du parc devraient plutôt mieux surveiller leur périmètre, car les rennes tués avant Noël ne plaidaient pas en leur faveur. Mirzaev avait fait mine de s'offusquer. On soupçonnait des employés du parc ! Pavel avait haussé le ton. C'est à cause de cette histoire de langues coupées qu'on a les Norvégiens sur le dos, avait-il grondé. Des rennes qui passent, on en a tous les hivers, on sait gérer, on proteste ! Mais c'est pour la galerie, Mirzaev, tu le sais, tu fais ta petite comédie comme quoi les rennes norvégiens broutent du lichen russe qui appartient au peuple, tu envoies ta facture à Oslo, et tout le monde est content, ça fait pas de vagues. Là, tu comprends bien que c'est autre chose, Mirzaev. Ces langues coupées, ce n'est pas une affaire pour les gardes-frontières, mais ne viens pas trop me chercher ! Mirzaev n'avait pas insisté. Ce qui avait fait penser à Pavel que le cher Mirzaev n'était peut-être pas si clair dans cette affaire. Natalya se ferait sûrement un plaisir de procéder à certaines vérifications sur les allers-retours des employés de la réserve naturelle pour les besoins d'une enquête. Avec un peu de chance, elle penserait moins à lui.

35

Réserve de Pasvik (Russie).

Durant la demi-heure suivante, Pavel laissa l'éleveur norvégien mener les recherches. Il contrôlait régulièrement sa position pour ne pas s'éloigner de l'objectif assigné par Oleg Gretchko. Pavel ne connaissait pas les détails du plan fomenté par Chadoff, ni même son objectif, mais Oleg avait paru très sûr de lui.

Le ciel s'éclaircissait. Le soleil montait paresseusement, mais stagnait encore très bas. La lumière bleutée s'était atténuée en gris clair dans une partie du ciel. Aucun des autres groupes n'avait encore repéré le moindre renne.

Piera venait d'arrêter son scooter. Pavel hésita à faire de même. Il cherchait par tous les moyens à détourner l'attention des chiens. En laissant le moteur tourner, il couvrait d'éventuels aboiements. L'éleveur lui fit signe. Pavel fit semblant de ne pas comprendre. L'autre insista, pointa sa moufle en direction de son moteur. Il dut le couper.

Le silence de la toundra l'apaisa. Un court instant seulement. Les rennes de Piera ne l'intéressaient pas. Il ne pensait qu'à Gagarine. Il ne savait plus ce qu'il valait mieux. Que les derniers chiens errants, auxquels

Gagarine s'était joint, soient du côté russe ou norvégien ? Pavel avait donné des consignes pour que personne ne fasse usage de son arme, même en présence de chiens. Les éloigner suffisait. Autant les rennes étaient habitués au bruit d'un moteur de motoneige, autant un coup de feu les effraierait. L'argument avait paru suffire à tout le monde. Seule Natalya Pimenova l'avait regardé avec insistance et un discret sourire.

Piera observait les alentours aux jumelles. Pavel imita le Norvégien.

– Il faut espérer que les rennes soient restés groupés, sinon ça peut prendre des jours.

– Vos chiens errants peuvent les avoir dispersés n'importe où.

– Nos chiens errants ? Il n'y a pas de chiens errants ici !

Piera Kyrö le regarda fixement, sans dire un mot. Pavel se sentit stupide. Il venait de se rappeler le chien de berger que l'autre avait soi-disant tué. Un geste exagéré à son sens, s'il avait bien eu lieu. Mais il ne voulait pas se lancer dans une conversation stérile. De toute façon, son anglais le limitait trop. Mais Piera ne semblait pas pressé de repartir. Ni de se lancer dans une dispute. Il sortit son thermos et offrit une tasse à Pavel. Le Russe accepta. Le Norvégien tira une seconde tasse de sa combinaison. Il tendit la main vers sa gauche.

– Derrière cette colline commencent les pâturages qui ont appartenu à ma famille. Et si on suit le cours de la rivière sur quelques kilomètres, un peu vers l'est, on tombe sur la zone où, dans le temps, les femelles venaient mettre bas. Ma grand-mère m'en a tant parlé. Si proches, et pourtant si lointains. Comme sur une autre planète. Incroyable…

Il but une gorgée de café. Pavel comprenait à peu près ce qu'il disait. Il trouvait ce rêve absurde, et même provocateur pour les Russes, qui sait si les Norvégiens ne viendraient pas ensuite réclamer l'annexion de ce bout de terre ? Mais, au moins, ça éloignait la conversation des chiens.

– J'ai entendu que vous vouliez permettre à vos rennes de venir profiter de ces pâturages de façon officielle…

– C'est vrai. Il paraît que ce sont des pâturages exceptionnels.

– C'est impossible, vous savez. Une zone frontière, la réserve naturelle, c'est impossible.

Pavel se mordit la langue. Il oubliait les consignes d'Oleg Gretchko. Amadouer l'éleveur norvégien. Piera le regarda, il ne paraissait pas troublé.

– Nous verrons bien. Je vais vous faire un aveu, je n'aime pas votre pays, son histoire, son système. Les frères de mon grand-père sont morts au goulag. De faim, de maladie, ou exécutés, une balle dans la nuque, on n'a jamais su.

Pavel se raidit. Mais le vocabulaire anglais lui manquait pour s'indigner comme il l'aurait voulu.

– Mon pays a beaucoup changé, dit-il seulement. Ce n'est plus comme avant.

– Certaines choses ont changé, c'est vrai. Si on connaît les bonnes personnes, apparemment, on peut obtenir des choses.

La conversation entraînait Pavel sur un terrain glissant. Il se tut.

– Mes rennes ne sont pas là par hasard, vous le savez. Ils sentent que ce lichen est le leur. C'est étrange, non ? Même sans jamais y être allés, ils y vont.

Pavel ne put s'empêcher de réagir.

– L'autre jour, vous accusiez les chiens errants de les avoir poussés de ce côté-ci de la frontière. Vous voyez bien que ces histoires de chiens, c'est de la provocation.

Piera Kyrö ignora sa remarque. Le fantôme de Biegga venait à nouveau de s'interposer.

– Vous savez ce que je devrai faire avec les rennes que nous retrouverons ? Les abattre. Sinon, l'hiver prochain ils reviendront, car ils auront goûté ce lichen et ils en voudront à nouveau, et ce sera un nouveau conflit et des réunions à n'en pas finir, et votre Mirzaev arrogant qui nous envoie sa note.

Des scooters passaient au loin. Pavel but. Le café se refroidissait vite. Il vida sa tasse dans la neige, la rendit à Piera.

– Ça va vous faire sourire, avec ce que je vous ai dit sur la Russie, mais mon grand-père a aidé les Russes pendant la guerre. Il habitait dans la péninsule de Kola. Ils avaient leur village d'été, leur village d'hiver. Il parlait russe et sami. Avec ses rennes, il apportait des munitions aux soldats de l'Armée rouge sur le front de Litza, il ramenait des blessés.

Pavel hocha la tête. Il connaissait par cœur l'histoire de la Grande Guerre patriotique, ça l'avait nourri dans son enfance.

– Oui, je sais, on avait surnommé ces rennes les tanks de l'Arctique.

Piera Kyrö vida lui aussi sa tasse dans la neige. Le bruit des scooters s'était tu. Toujours pas de renne à l'horizon, ni d'appel des autres patrouilleurs.

– Les tanks de l'Arctique, oui. Mais côté norvégien, tout ce que ça a valu à mon grand-père, ça a été d'être soupçonné d'espionnage. Parce qu'il avait travaillé avec l'URSS. Les Norvégiens ne lui ont jamais fait confiance. Et ça a déteint sur mon père. Il a été tenu à l'écart de certains postes, quand il cherchait du travail en plus de son métier d'éleveur, pour boucler les fins de mois.

Pavel s'étonnait des confidences du Sami. Mais ça le touchait aussi. Il ne fallait pas qu'il se laisse attendrir, pourtant. Piera Kyrö tentait peut-être seulement de le manipuler. Il avait cette histoire de pâturage à récupérer, il voulait sûrement gagner les Russes à sa cause avec ces histoires familiales. Et d'ailleurs, son nom n'était pas russe, il ne parlait pas russe. Tiens-toi sur tes gardes, pensa Pavel. Piera refermait sa combinaison. Mais il n'en avait pas fini.

– Mon père en a tellement souffert qu'il a tout fait pour taire les liens de mon grand-père avec les Soviétiques. Et quand j'ai eu l'âge, j'ai rejoint le parti travailliste. C'étaient les meilleurs chasseurs de communistes de Norvège. Ça m'a permis de faire oublier un peu l'image du grand-père…

Pavel haussa les épaules.

– Je ne suis pas communiste.

– J'ai même été jusqu'à bouder les voyages avec mes copains quand il y a eu un début d'ouverture de l'URSS, avec les échanges de groupes de danse, de musique, les équipes sportives et tout ça, entre Kirkenes et Mourmansk ou Nikel. Jamais mis les pieds. Mon père me l'interdisait. Pas question de réveiller les soupçons des services de renseignements norvégiens. Et j'étais d'accord avec lui. Je le suis toujours. Votre système…

– Je ne comprends pas. Pourquoi vous voulez tant faire paître vos rennes ici alors ? Vous pensez que les Russes vont disparaître ?

Cette fois-ci, Piera Kyrö eut un sourire plus triste.

– À la vérité, je ne sais pas encore ce que je veux.

Pavel Zubkov était partagé. Son patriotisme le poussait à défendre son pays. Ses supérieurs lui ordonnaient de se méfier de ce Kyrö, considéré comme un outil de propagande occidentale. Il devrait à ce titre tout faire pour le décourager de poursuivre son projet d'utilisation des pâturages russes. Mais Oleg Gretchko lui ordonnait l'inverse, de se rapprocher de l'éleveur et de faciliter ses démarches, retrouver ses rennes, en vertu d'un plan concocté par ce Chadoff qui sentait le soufre. Allait-il tout perdre ? Son honneur, son métier. Sa tranquillité. Sa fille…

Un grésillement de radio l'arracha à ses pensées. Natalya Pimenova lui demandait de venir immédiatement.

Il leur fallut un peu plus de cinq minutes pour rejoindre le coude de rivière gelée où l'adjudante-chef et le policier sami les attendaient.

36

Nikel, Lovozero.

Oleg Gretchko venait de terminer son tour rituel. Il ajusta son foulard rouge, s'assit devant sa tasse de thé noir.

Aujourd'hui, jour spécial. Un des plus importants. Celui où le plan de Chadoff pouvait basculer. Il se releva. Se remit à marcher dans l'immense pièce-musée de la maison de la culture. Il s'arrêta devant la vitrine au centre du labyrinthe. Ces médaillons de la mort qui refusaient de parler. Ces soldats anonymes à tout jamais. Combien étaient encore là-bas, enfouis sous les couches de lichen ?

Il fallait que cet éleveur de rennes norvégien accepte. Il fallait qu'il cède. Piotr n'avait pas réussi à le convaincre. Mais, à la vérité, Oleg ne s'était pas attendu à ce que le Sami de Pasvik lui tombe dans les bras tout de suite.

On frappa à la porte. Le fritz, justement. Il cria.

La porte s'ouvrit doucement. Rien qu'à cette lenteur, Oleg savait que c'était Piotr.

– Attends-moi dans la voiture.

Oleg passa sa main sur la vitrine, la referma en tirant avec délicatesse le verrou. Il porta les doigts à sa bouche.

Comme le juif du garage voisin faisait avec sa mezouzah. Son culte à lui. Une caresse. Au portemanteau, il accrocha son foulard rouge et sa veste kaki. Après un dernier regard pour la salle, il éteignit et rejoignit Piotr.

Ils roulèrent pendant des heures à travers des paysages de toundra monotone couverte de neige, de kilomètres de bouleaux chétifs suivis de kilomètres de sapins étriqués, jusqu'à Lovozero. Oleg n'aimait pas cette petite ville au milieu de la péninsule de Kola. Les autorités continuaient à la vendre comme la capitale des Sami. Sans même se donner la peine d'en faire un village Potemkine, comme disaient les Occidentaux, des façades destinées à tromper des touristes naïfs. Il y avait ces bâtiments coniques en forme de tente sami au milieu du village. Pour le reste, les mêmes barres d'immeubles qu'à Nikel, le même capharnaüm de garages branlants pleins de secrets que personne n'ignorait, car tout le monde avait les mêmes, et les mêmes maisons en bois au bord de la rivière, rebaptisées campement sami. Si ça suffisait pour les Norvégiens ou les Moscovites pour venir y foutre leur fric, pourquoi pas.

Ils traversèrent le village et poussèrent jusqu'à sa périphérie, là où l'ancien abattoir avait été construit au début des années 1990. Les Sami de la coopérative Taïga l'avaient un peu entretenu pour leur usage, ils continuaient quand même à vendre de la viande de renne dans la région. Mais après avoir perdu la certification de l'Union européenne, leurs affaires n'étaient plus que l'ombre de ce qu'elles avaient été dans l'euphorie des années 1990.

Plusieurs voitures étaient garées devant l'entrée principale. Oleg n'était pas revenu depuis longtemps, et la façade du long bâtiment jaune pâle était striée de balafres et de fissures. Le miracle, pourtant, semblait en marche. Trois ouvriers s'affairaient à refaire une beauté au mur extérieur. Ils en auraient pour un bon moment, mais Chadoff avait pris les choses en main. Signe de son impatience.

La voiture de Vitali n'était pas encore là.

Oleg poussa la porte de l'entrée. Il s'engagea dans le couloir des administratifs, suivi par Piotr. Il entendit la voix forte et autoritaire de Chadoff venant d'un des bureaux. Il s'y présenta. Le gars qui faisait office de directeur de l'abattoir « Terre de Kola » tremblait sur sa chaise. Chadoff se retourna à l'entrée d'Oleg. Cheveux gris en brosse courte, costume trois pièces, une cravate mauve satinée, des brillants aux doigts. Seules détonnaient ses bottes fourrées où s'enfonçait le bas de son pantalon. Toujours quelque chose qui clochait chez Chadoff. Qui faisait penser à Oleg que ce mec était un gros con qui se perdrait toujours lui-même. Mais son exil à l'autre bout de la Russie ne semblait pas l'avoir affecté. Ce temps-là était loin déjà. Il s'était refait. Et tout s'accélérait. Sa présence ici, le plan qu'il avait été capable d'élaborer dans l'instant lorsque Oleg l'avait appelé en début de semaine, le fait que des ouvriers travaillaient déjà à rendre son lustre à « Terre de Kola », tout indiquait que Chadoff avait beaucoup ruminé au fil des ans. Et c'est lui, Oleg, qui par ses informations et ses contacts, lui avait servi de révélateur. Les petits yeux vifs de Chadoff se posèrent sur lui. Bizarre aussi, ce décalage entre son allure plutôt svelte, ses costumes soignés, ses bagues en or, et ses joues et ses pommettes gonflées, la peau sous son menton qui pendouillait, un masque bizarre qui le rendait plus inquiétant.

Chadoff pointa son doigt sur le directeur.

– Tu as bien compris ce que tu dois dire au député suédois ?

L'autre hocha la tête. Pas le courage d'ouvrir la bouche.

Chadoff n'avait pas changé. Crier, menacer, charmer au besoin. Il avait le sens de l'objectif, rien à redire. Chadoff passa devant lui sans lui adresser la parole. Il savait que ça suivrait derrière. Ils entrèrent dans la salle de réunion. Le directeur de « Terre de Kola » les rejoignit. La secrétaire de la coopérative apporta un plateau avec des tasses, des biscuits et des bonbons. Elle leur servit du thé noir du samovar posé sur une petite table en bouleau ouvragé. Chadoff regarda sa montre, au moment précis où Vitali Tukavin entrait. Il était suivi du Sami suédois, Oleg le reconnut d'après une photo que le lieutenant lui avait montrée. Air sûr de lui. Ça promettait, avec Chadoff. Ce dernier resta assis. Ses petits yeux scrutaient Olaf Renson, à qui il fit un signe de tête. Le directeur de « Terre de Kola » se leva comme s'il avait été monté sur ressorts. Il salua le député sami dans un suédois qui paraissait compréhensible et l'entraîna aussitôt pour la visite de l'abattoir, comme prévu. Renson avait commencé à suivre le directeur, avant de se tourner et de prendre tout le monde à témoin. Mais ça devait d'abord concerner Chadoff.

– Je vous signale, je ne peux pas repartir les mains vides, à la veille de la réunion. Et tout sera passé au crible. Pas d'esbroufe !

Chadoff posa sa main baguée sur son cœur, les yeux pleins de compassion. Oleg apprécia l'effort. Le Suédois, après un nouvel instant d'hésitation, suivit enfin le directeur, qui semblait se liquéfier dans le corridor.

Chadoff fit un autre signe de tête. Vitali ferma la porte. Nouveau signe de tête, et des papiers apparurent sur la table. Chadoff tendit un stylo au berger de la coopérative, qui avait repris cet air lointain qu'Oleg connaissait si bien. Il désapprouvait, mais se faisait une raison. Oleg avait passé suffisamment de temps à le convaincre de signer ce document. Une simple formalité pour rejoindre l'Association des Sami de Lovozero, un tout petit certificat de rien du tout qui confirmerait qu'Oleg était bien sami, même si c'était de lointaine parenté. Vitali signa.

– Tu comprends bien que c'est surtout pour rassurer ceux de l'autre côté, n'est-ce pas ?

– Ce que monsieur Chadoff veut dire, c'est que vu son passé à lui, et sa… notoriété, personne ne croirait qu'il est sami. Pour moi, c'est différent. Après tout, j'ai toujours vécu ici, j'y suis né, ça fait de moi un autochtone aussi.

Oleg ne serait qu'un faux Sami de plus, il y en avait comme ça depuis que des Russes avaient compris que ça permettait d'obtenir plus facilement un permis de chasse dans le coin. Oleg n'en avait pas eu besoin jusqu'à présent, ayant toujours Vitali à ses côtés. Mais avec cette histoire de pâturage le long de Pasvik, ça changeait tout.

Oleg s'en voulut presque de se justifier. Il savait que Vitali n'avait pas besoin d'être convaincu. Il parlait à Vitali, mais s'adressait en fait à Chadoff. Lui faisait comprendre que lui, Oleg, était le maillon indispensable pour les affaires à venir, pour ce fameux plan Chadoff.

Mais Krazimir Chadoff avait autre chose en tête. Il s'avança un peu, presque à poser son torse sur la table.

– Quoi, Tukavin, un problème ? Des états d'âme ?

Il sortit une enveloppe de sa veste, la jeta sur la table. Toujours les mêmes méthodes.

– Comme prévu. Et puis quoi, Tukavin, dis-moi un peu, c'est quoi être sami, ici ? Hein, dis-le-moi un peu. Parce que moi, je vois surtout un sacré bordel, un sacré tas de branleurs et d'alcoolos, qu'ils soient russes, komis, nenets, sami, ukrainiens, biélorusses, caréliens, tous ceux qui traînent dans le coin. Et puis en plus, les Sami, vous êtes tout en bas, écrasés au fond du panier, tu le sais que vous valez moins que les autres, on vous l'a assez dit. Oh je sais, vous vous êtes crus redevenir des gens importants sous prétexte que les Sami des pays nordiques, il y a trente ans, vous ont redécouverts, sont venus avec leur pognon pour vous sauver et vous ramener dans leur grande famille. Mais vous êtes des rien du tout. Hein, dis-moi, Tukavin, depuis des décennies, des siècles même, que tout le monde baise avec tout le monde, c'est quoi être sami ? Il y a un million d'habitants dans la péninsule, et quoi, même pas deux mille qui se disent sami. Et je dis bien, qui se disent ! Alors, qu'un Oleg en plus se dise sami, hein, ça change quoi ? Tu crois pas que ton grand-père a pu baiser sa grand-mère ?

Vitali Tukavin encaissait. Mais Oleg le connaissait assez pour savoir qu'en dépit de son air rêveur, il ne fallait pas trop le pousser sur certaines questions.

– Je vais te dire, Tukavin, on peut dire ce qu'on veut, mais l'homo sovieticus, ça a du bon. Tous dans le même sac à merde, voilà tout.

Tukavin tira l'enveloppe à lui. Il en sortit les liasses de roubles. Il commença à trier les billets en trois petits tas devant lui, calmement. Et ce calme-là, ces gestes-là, déroutaient Chadoff, c'était visible. D'habitude, c'est lui qui s'amusait à ce genre de numéro pour déstabiliser les autres.

Tukavin continuait, prenant soin de poser chaque billet exactement sur le précédent, avec une lenteur calculée.

– Vous voyez, monsieur Chadoff, pendant les années de disette, pendant les années soviétiques, pendant les années d'effondrement, pendant les années de mafia, pendant les années de libéralisme, la vie n'a jamais changé pour nous, ici.

Un billet à droite, un billet au milieu.

– Nous sommes dans notre coin éloigné du monde, où chaque nouvelle vague venait nous grignoter un peu plus.

Un billet à gauche, un billet à droite.

– Nous avons compris depuis longtemps qu'on ne pouvait compter sur personne, et que le peu que nous avions, il était important de le partager.

Un billet au milieu, un billet à gauche.

– C'est la loi de la toundra, vous savez. Rien de bien compliqué à comprendre.

Un billet à droite, un billet au milieu, un billet à gauche.

– Car ici nous sommes des gens simples, on pourrait même dire très simples.

Un billet à droite, un billet au milieu.

– On sait depuis toujours que seul, sur la toundra, on ne s'en tire pas. C'est aussi facile que ça.

Un billet à gauche.

C'était le dernier.

– On se vole s'il le faut, par nécessité, rien qui mette l'autre en danger.

Il poussa un tas vers Oleg.

– On partage les choses essentielles.

Un autre tas vers Chadoff.

– Et on n'oublie rien…

En le regardant dans les yeux.

Un silence.

Chadoff ne savait pas quelle attitude adopter. Oleg ne l'avait jamais vu comme ça. Il se leva, prit le paquet de billets, le regarda. Il cherchait une contenance à se donner. Il ne trouva rien de mieux que de jeter la liasse de billets en l'air.

– Ton grand-père devait être bourré quand il a baisé sa grand-mère, espèce de malade. Fais ce que je te dis et parle moins, si tu veux garder tes burnes.

Chadoff quitta la pièce, pressé de retourner à Mourmansk.

Oleg regardait ce bout de papier, signé par Vitali. Il poussa doucement son tas de billets vers Vitali, dont le regard vagabondait à nouveau. Si tout se passait bien, ce document de rien du tout faisait de lui l'interlocuteur légitime pour négocier avec le berger norvégien et, demain, avoir accès à ces fameux pâturages restés vierges depuis des décennies. Ces terres qu'Oleg rêvait secrètement d'aller fouiller depuis si longtemps, pour libérer les âmes des soldats toujours enfouis là-bas.

Si Krazimir Chadoff avait son plan, Oleg Gretchko avait le sien, aussi.

37

Réserve de Pasvik (Russie).

Piera coupa le moteur de son scooter. La garde-frontière russe et Klemet Nango l'attendaient près des cadavres de deux rennes. Le lieutenant des gardes-frontières le rejoignit.

– On en a trouvé un à cent mètres d'ici, précisa l'agent de la police des rennes en montrant l'un des animaux. Celui-ci.

Piera examina les deux bêtes. Des mâles, bien sûr, comme tous les rennes qui traversaient la frontière. Les femelles étaient plus sages, elles restaient côté norvégien. C'était comme ça que les rennes revenaient, d'ailleurs, quand ils s'évadaient en Russie l'été, ce qui était plus rare. Ils revenaient côté norvégien d'eux-mêmes à l'automne, pour la période de la reproduction.

Piera tâta les corps. Durcis par le froid. Ils conservaient leur tête, leurs oreilles. L'un d'entre eux avait la langue encore pendante. Avec son couteau, il ouvrit la gueule de l'autre. La langue y était. Au moins ces deux-là n'étaient pas tombés victimes de trafiquants. Un renne portait une blessure à l'arrière-train. À peine entamé. L'autre ne portait aucune trace, à part celles à la gorge qui avaient causé sa mort.

– Des meurtres, commenta sèchement Piera. Du pur assassinat ! La signature de ces maudits chiens !

Piera regarda les autres. Klemet Nango avait l'air touché par ce spectacle. La Russe semblait s'en foutre, et observait son supérieur, comme si elle attendait de voir sa réaction avant de prendre position. Et ce lieutenant russe, qu'allait-il dire à présent ?

– Vous ne pouvez pas être aussi catégorique. Vous savez qu'il y a des gloutons, des loups, des ours…

Piera en avait marre, maintenant, de cet officier qui niait l'évidence.

– Ces chiens ont un instinct de tueur, on le sait. On voit les dégâts qu'ils causent dans la vallée. Regardez-les, bon Dieu ! Les gloutons, les ours ou n'importe quoi les auraient mangés, ces rennes. Mais là, vous voyez bien, non ! Ils ont été tués pour être tués, c'est tout, pas pour nourrir.

Bon Dieu, est-ce qu'il allait enfin comprendre, ce type ? Buté comme pas deux. Piera ferma les yeux, inspirant profondément. Il pensa à sa grand-mère. Il se força à continuer à respirer profondément, en se tournant vers la colline qu'il apercevait au loin, et qui n'avait jamais été aussi proche. Il essayait de se calmer. Il fallait. Les autres respectaient son silence. Ils s'occupaient. Le lieutenant russe parlait à la radio. Klemet Nango faisait de même. Piera n'écoutait pas leurs conversations.

Ses respirations, par vagues de trois, le maintenaient dans un état second. Il pensait à Mamo. Pourquoi avait-elle réagi comme ça, hier ? Pourquoi avait-elle dit qu'elle s'était trompée ? Toutes ces histoires lui faisaient du mal. Piera pouvait le comprendre. Elle avait tellement vécu dans le passé. Maintenant que ces pâturages se rapprochaient, elle prenait peur. Pauvre Mamo…

Les gardes-frontières russes se parlaient. L'officier avait l'air sur la défensive face à des remarques de la femme.

Le policier sami, lui, répondait à un coup de téléphone. Il avait l'air agité. Quelqu'un était malade. Il s'inquiétait, à l'évidence. Pas une personne, un animal. Piera n'aurait pas imaginé Klemet Nango s'inquiéter pour un animal. C'est idiot. Il se souvint de comment Klemet avait paru ébranlé par le faon qu'il lui avait montré, comment son partenaire s'était moqué de lui. Et puis ça change quoi ?

Piera ferma les yeux. Retrouver ces pâturages ne rendrait pas sa joie de vivre à Mamo. C'était trop tard. Elle ne changerait plus. Comment avait-il pu ne pas réaliser ça ? Il sourit pour lui-même. Il pensa à ce Russe à col roulé avec sa proposition insistante. La réponse qu'il devait donner ce soir au plus tard, leur projet de relancer l'élevage familial. Non, ça ne valait pas le coup. Pas au risque de perdre Mamo.

Klemet Nango le regardait.

– Il est temps de repartir. Là où nous avons retrouvé l'autre renne, les traces se poursuivent. Le gros du troupeau a continué, quand les traces des chiens se perdent dans une autre direction. Ça ne veut pas dire que les chiens ne les ont pas attaqués plus loin. Mais en tout cas, ça va vers là.

Le policier tendait la main. Vers la colline.

38

Lovozero (Russie).

À ce stade, le plan de Chadoff était simple. Laisser parler le député sami suédois. Et le ferrer. Vitali Tukavin avait joué son rôle d'entremetteur. Présentant Chadoff comme un investisseur important de Mourmansk qui soutenait financièrement les opérations sami de la péninsule de Kola. Chadoff avait complété lui-même son histoire. Oleg, qui le connaissait depuis longtemps, voyait le prédateur en action. Mode charmeur pour l'instant. Chadoff, air pénétré, rides sur le front marquées à l'excès plongeant vers le nez, muscle sourcilier tendu à l'extrême pour bien signaler la tristesse, l'inquiétude, l'empathie. Fasciné, Oleg écoutait Krazimir Chadoff raconter, la voix profonde, lente, combien il considérait comme son devoir de soutenir les communautés sami de la péninsule de Kola.

– Le régime soviétique a été impitoyable avec les Sami. Il est de notre devoir d'hommes et de Russes de leur permettre de retrouver la dignité à laquelle ils ont droit pour être des citoyens tournés vers le futur avec la foi en l'avenir de notre nation et de notre grand peuple.

Oleg trouvait ça beau comme un discours de Comité central du parti communiste et ce n'était pas la moindre des qualités de Chadoff qui, après tout, avait été secrétaire de la section des jeunesses communistes à l'université de Mourmansk. Un authentique apparatchik qui avait toujours su retourner sa veste au bon moment.

Chadoff, main droite levée maintenant, portée sur le cœur d'abord, posée ensuite sur l'avant-bras de Renson.

– Non, je ne suis pas un saint, en dépit des apparences. Les gens exagèrent toujours. Je suis aussi un homme d'affaires et je veille à ne pas perdre d'argent, je l'avoue. Mais est-ce un mal ? Qui d'autre, oui, qui d'autre ose venir miser son argent dans cette péninsule oubliée de Dieu ? Je viens avancer aux coopératives l'argent afin qu'elles achètent essence et nourriture pour les bergers à l'automne, lorsqu'ils en ont le plus besoin, avant la saison de l'abattage. Cela leur permet de travailler, dignement, sans mendier.

Main ramenée sur la poitrine, silence calculé de quatre ou cinq secondes. Muscles sourciliers à nouveau mobilisés. Gravité.

– Monsieur le député du parlement sami du Royaume de Suède, vous êtes un envoyé du ciel. Mes modestes moyens ont tout au plus permis à ces braves Sami de survivre, de surnager. Votre proposition va leur permettre de renouer avec le vaste monde, de redonner à leur culture la juste place qui est la leur dans le concert des nations.

Là, Oleg se demandait si Chadoff n'en faisait pas un peu trop. Ça devait lui rappelait sa jeunesse et ses discours dans les amphithéâtres de Mourmansk. Mais Renson paraissait sensible au lyrisme de Chadoff. Il se leva, et prit les mains de Chadoff dans les siennes, les secouant chaleureusement.

– Je suis sûr que les Sami vous en sont reconnaissants.

Ce fut à son tour. Il voulait réunir les Sami de toute la Laponie. Le Conseil nordique sami ne devait plus s'appeler que Conseil sami unifié à l'avenir. Cet abattoir, il le comprenait, permettrait aux Sami de retrouver des muscles financiers s'ils obtenaient une certification de l'Union européenne. C'était d'ailleurs à n'y rien comprendre que « Terre de Kola » se la soit vue retirer dans les années 1990.

Chadoff écarta les bras en signe d'ignorance, en se gardant de commenter. Le bref regard qu'il jeta à Oleg lui fit comprendre que c'était à son tour de rentrer dans la danse.

– Monsieur Chadoff vous le disait, c'était une époque où malheureusement des gens peu scrupuleux ont cru pouvoir se faire de l'argent facile en profitant de la naïveté des Sami et de la générosité des Européens.

– Ce qui explique, coupa Renson, qu'aujourd'hui encore les gens se méfient de vous. Les lois russes sur les agents étrangers n'arrangent rien.

– Votre idée de réhabiliter cet ancien berger qui aidait l'Armée rouge sur le front de Litza est brillante et monsieur Chadoff veut s'engager à financer les recherches pour retrouver les traces de cet homme même si ce sera peut-être difficile. Mais nous devons réussir.

Oleg avait pris soin d'afficher un air encourageant.

– Et comment comptez-vous faire ? Le Conseil sami démarre dans quelques jours. Il me faut une annonce à faire, une promesse russe que les autorités laisseront les Sami de Lovozero rejoindre sans restriction nos travaux, sans nous soupçonner d'espionnage ou de je ne sais quel trafic ou volonté d'annexer des terres russes. Vous savez bien que votre gouverneure est vraiment très… susceptible.

Krazimir Chadoff avait l'air de commencer à perdre patience, ce qui n'était pas bon signe. Les réticences du Sami suédois pouvaient lui coûter cher. Oleg reprit la main.

– Vitali, que vous connaissez depuis longtemps, a dû vous le dire. Nous, les Sami – ça fit un peu bizarre à Oleg de dire ça, nous les Sami, mais l'autre ne réagit pas –, nous sommes peu nombreux. Les vieux vivent dans le monde ancien, leur vie s'est arrêtée avec la guerre, avec les privations. Heureusement, Vitali Tukavin est l'homme de la situation. Avec moi, bien sûr. Nous les Sami, nous sommes à vos côtés. Nous allons partir à la recherche des traces de cet homme, dont l'honneur nous est tout aussi important qu'à vous.

Oleg se fichait de Chadoff maintenant. Il regardait Renson au fond des yeux. Le député sami l'ignorait, mais avec cette histoire de Sami à la réputation bafouée après la guerre, il touchait à l'âme profonde d'Oleg, celle qui ne tolérait ni compromis ni faiblesse. Ni, comme le Suédois aurait dit, d'esbroufe.

– Et qu'à Dieu ne plaise, je m'engage – Oleg essaya de masquer l'émotion qui menaçait d'étrangler sa voix – à ce que sa mémoire ne reste pas enfouie dans la fosse commune de l'Histoire.

39

Réserve de Pasvik (Russie).

Le lieutenant russe leva le pouce. Klemet fit de même. Il partit en tête du convoi de scooters. Quand il avait indiqué la direction de la colline, Piera Kyrö avait paru troublé. Contrarié même. Klemet l'avait interrogé du regard. L'éleveur avait hoché la tête, et levé son pouce à son tour.

Avec le retour du froid, il n'avait plus neigé depuis le début de la semaine. Les traces étaient relativement faciles à suivre. Là où elles se perdaient, recouvertes de neige, Klemet devinait le trajet suivi par les rennes. Une falaise sur sa gauche dégoulinait de glace figée qui étincelait. Il entama la traversée d'un lac gelé. Les traces étaient nettes. Venant de sa gauche, il aperçut deux motoneiges qui les rejoignaient. Nina, qui patrouillait avec Mirzaev, le type de la réserve naturelle. Ils se mirent en queue de convoi. À la sortie du lac, il attaqua la pente douce de la colline parsemée des mêmes bouleaux nains qui s'étendaient à perte de vue. Aux affaissements dans la neige qui indiquaient le passage des rennes, Klemet déduisait que le troupeau avait couru sans s'arrêter sur une distance longue. Certains éleveurs comme Piera travaillaient avec des chiens dressés. Mais les rennes savaient faire la différence. Ici, la peur les avait poussés mieux qu'une escouade de bergers. Il continua à vitesse réduite, s'assurant de temps à autre que tout le monde suivait.

Klemet parvint au sommet de la colline et s'arrêta. Il dominait les environs. Aux jumelles, il essayait de deviner le chemin suivi par les rennes. Les oublia.

Le paysage qui s'offrait ne lui rappelait rien de connu. Au-delà du lac gelé, ce n'était qu'arbres saisis par le froid, couverture cotonneuse posée sur le relief alangui. La lumière douce s'infiltrait entre les branches chargées de flocons qui se jouaient des faibles rayons du soleil, l'amplifiant à l'infini par effets de minuscules miroirs. Le ciel d'un bleu intense annonçait la disparition imminente du soleil derrière l'horizon. Par contraste, des reflets à peine rosâtres d'une délicatesse infinie voilaient les courbes de la terre.

Klemet ne voulait plus troubler cet instant. Il aurait souhaité que tous arrêtent leur scooter, mais par une étrange volonté, il parvint à s'isoler du bruit ambiant. Saisi comme l'étaient les arbres par les cristaux de neige.

Un paysage féerique, presque irréel tant les tons s'opposaient, mais sans se nuire, le ciel découpant la toundra, la toundra portant le ciel, comme si l'un et l'autre se rendaient hommage en revêtant leurs plus belles parures.

Piera s'était avancé près de lui. L'éleveur découvrait le spectacle qui s'étendait à leurs pieds avec la même émotion. Klemet l'observa du coin de l'œil. Non, ce n'était pas la même émotion. Tout autre chose. Piera survolait déjà la nature qu'ils dominaient. Klemet aurait juré que le berger n'était plus qu'une enveloppe à ses côtés, que son âme planait entre les branches des bouleaux transparents, plongeait dans la neige poudreuse pour rejaillir derrière ce rocher cristal, s'enroulait autour des pins à l'allure altière. L'âme de Piera reprenait possession du territoire de ses ancêtres. Car c'était là, à n'en pas douter. Si, dans l'instant, on avait demandé à Klemet d'expliquer le phénomène dont il était témoin, il aurait juré sur la tête de son jeune renne malade qu'il avait vu une âme voler. Il en frissonnait. Jamais il n'avait ainsi ressenti physiquement l'attachement mystique d'un homme à sa terre. À une terre qu'il n'avait jamais foulée de ses pieds. Il en avait la gorge serrée.

Piera, figé, poursuivait son voyage. Klemet aperçut des mouvements en contrebas. Il ajusta ses jumelles et fit le point. Les rennes broutaient tranquillement entre les pins. Il les voyait fouiller la neige, à peine, signe qu'il en tombait peu à cet endroit. Les têtes y disparaissaient, à la recherche du lichen. Klemet balaya les environs. Tous les rennes perdus et survivants semblaient là. Il tourna la tête vers Piera. Son âme avait regagné l'enveloppe. L'éleveur se tourna vers les gardes-frontières et les policiers.

– Laissez-moi y aller seul, d'abord. Les rennes connaissent le bruit du moteur de mon scooter, ils n'en auront pas peur.

Ils prévinrent les autres gardes-frontières, gardes du parc et éleveurs qui cherchaient ailleurs d'attendre le signal avant de les rejoindre. Curieux, le lieutenant, l'adjudante-chef, Mirzaev et Nina s'étaient approchés de Klemet pour observer Piera dont le scooter glissait le long de la colline en direction des rennes.

– Il nous reste peu de temps avant que l'obscurité nous oblige à rentrer, nota Nina.

– Piera a attendu toute sa vie ce moment, dit Klemet.

Nina l'imita et suivit l'éleveur aux jumelles.

– Ce sont les pâturages qu'il évoquait ?

– C'est beau, non ?

– J'espère que nous n'aurons pas à le regretter…

Klemet continuait à suivre Piera. Mais la réflexion de Nina le travaillait. Et celle de l'ex-femme de Piera.

– J'ai revu Anna-Liisa. Hier soir.

Nina écarta un instant les jumelles, regarda Klemet.

– Ce n'est pas ce que tu penses…

– Je ne pense rien, j'écoute.

Elle reprit son observation, tout en prêtant l'oreille à Klemet.

– Son père a disparu en Russie dans les années 1990. On ne l'a jamais revu. Et peu de temps après sa disparition, l'abattoir de Lovozero dans lequel il était associé a perdu son homologation pour exporter vers l'Union européenne. D'après elle, rien n'a jamais vraiment été fait pour résoudre ce mystère. Comme si ça gênait tout le monde.

Nina laissa retomber les jumelles sur sa poitrine.

– Comment les Norvégiens auraient-ils pu faire quelque chose, si ça s'est passé en Russie ?

– Je ne sais pas.

– Écoute, je comprends que ce soit triste pour elle, mais en quoi ça nous regarde ?

– Je ne sais pas. Mais cette histoire d'abattoir en Russie ne plaisait pas à tout le monde ici. Notamment parmi les éleveurs de rennes côté nordique.

– Ouais, et alors ?

– Je ne sais pas. Mais c'est étrange.

Nina fit une moue et reprit son observation. Klemet l'imita et se concentra sur ce qu'il voyait.

Comme eux, les trois Russes suivaient la progression de Piera. Klemet aurait parié que le lieutenant Zubkov aussi avait compris qu'il s'agissait des pâturages perdus du clan Kyrö.

Russes et Norvégiens, en ligne, chacun ses jumelles en main, regardaient en silence. Le bruit du scooter faiblissait à mesure que Piera Kyrö approchait, ralentissant. Les rennes relevaient la tête. Certains, les plus jeunes sûrement, prirent la fuite. Les autres ne bougeaient pas. Quelques-uns se remettaient même à fouiller la neige. Piera avait raison. Les rennes les plus expérimentés reconnaissaient son engin. La jolie Russe et le type du parc retournèrent s'installer sur leurs scooters en buvant du thé pour se réchauffer. La température chutait rapidement et devait atteindre les moins vingt-cinq.

Là-bas, Piera avait mis pied à terre. Il s'avançait au milieu des rennes, s'enfonçant, peinant, continuant. Ses animaux le regardaient. Sur l'horizon, le soleil irradiait avec intensité, sa lumière rasante donnait aux pâturages une profondeur soudaine. Piera tomba à genoux. Creusant la neige, lentement. Des rennes s'étaient approchés de lui. Après quelques instants, Piera se redressa. Il porta à son nez ce que Klemet devina être du lichen. Dans la même attitude où Klemet l'avait observé une semaine plus tôt. L'éleveur, toujours à genoux, humait le lichen, les yeux fermés. De longues secondes. Le froid les enveloppait, Klemet pouvait le sentir dans les doigts, en dépit de ses moufles. Les jeunes rennes s'étaient calmés et revenaient vers le cœur du pâturage, auprès des autres. Piera ouvrit les yeux. Son visage se découpait nettement dans l'oculaire. Il examinait le lichen. Il enleva une de ses moufles et en arracha une touffe. Il la porta à ses lèvres, ouvrit la bouche et mastiqua lentement. Les derniers rayons du soleil illuminaient son visage. Ses bras retombèrent le long de son corps. Il regardait au loin. Klemet frissonna, Nina avait les lèvres bleuies, mais comme le lieutenant, au nez rougi, ils ne pouvaient détacher leur regard de Piera. L'éleveur, à genoux, prostré. Klemet avait du mal à tenir ses jumelles sans trembler. Il eut un doute. Mais c'étaient bien des larmes qui coulaient le long des joues de Piera. Klemet aussi voulut embrasser la terre et les astres. À cet instant, il se décida. Il savait ce qu'il devrait faire à Kautokeino. Il tourna la tête vers Nina, qui le regarda. Klemet n'en pouvait plus d'offrir ses mains à la brise glaciale. Il se força à stabiliser les jumelles. Sur les joues de Piera, les larmes avaient gelé et étincelaient dans le dernier rayon de soleil.

Les aboiements retentirent au moment où le soleil disparut derrière l'horizon.

40

Réserve de Pasvik (Russie).

Nina fut la première à réagir. Il fallait absolument rapatrier les rennes avant que les chiens ne les attaquent ou les dispersent. Piera aussi avait entendu. Il sortait de son état second. Nina se tourna vers le lieutenant Zubkov.

– Peu importe la nationalité de ces chiens, lieutenant. Appelez vos hommes, nous devons rassembler les rennes. Maintenant !

Sans attendre sa réponse, Nina appela les gardes-frontières norvégiens de la compagnie Pasvik pour les mettre en alerte et leur indiquer par où le troupeau allait vraisemblablement arriver. Un groupe de chiens errants avait été aperçu une demi-heure plus tôt.

Piera était déjà remonté sur son scooter. Il avait aussi compris l'urgence. Il était au téléphone, sans doute à rameuter les autres éleveurs du district. Zubkov tenait un conciliabule avec sa subordonnée et le responsable du parc. Il donnait ses ordres. Mirzaev, visage encore plus bouffi que d'habitude à cause du froid, appelait ses propres hommes. Ils avaient décidé avant de partir qui occuperait quel flanc afin de pousser les rennes devant soi.

Les rennes sentaient qu'il se passait quelque chose. Eux aussi avaient entendu les aboiements. Même lointains, ils savaient sûrement ce que cela signifiait. Piera se remettait doucement en route sur son scooter, debout, un genou sur la selle, il sortait du cœur du pâturage pour se placer en bordure du lac, afin de bloquer cet accès. Il ne fallut que quelques minutes pour que les motoneiges des autres équipes les rejoignent. Chacun son rôle. Ils formèrent une barrière humaine. Quand tout le monde fut en place, Piera contourna le troupeau à basse vitesse et vint se placer en tête. Il cherchait à isoler un renne en particulier. Sûrement le renne de tête, celui qui avait dû entraîner le troupeau jusqu'ici. Nina avait déjà vu les éleveurs procéder à cette opération des dizaines de fois. Parfois ils devaient user du lasso. Pas cette fois-ci. Le renne semblait comprendre. Nina se demandait s'il comprenait aussi quel prix il devrait payer pour cette escapade coupable. Le prix que lui et tous les autres allaient payer. Nina restait seule maintenant au sommet de la colline à surveiller l'ensemble de l'opération. Piera s'était mis en route vers l'ouest, en direction de la rivière Pasvik, à quelques kilomètres de là. Le renne de tête, après un dernier regard derrière lui, se mit à marcher lentement à la suite du scooter de Piera.

Nina balaya la zone. Les premiers rennes se mettaient à suivre. Certains restaient encore à se gaver de lichen. D'autres, apeurés, restaient sur leurs gardes. Certains s'agitaient, un petit groupe se détachait vers le sud du dispositif qui n'était pas encore bouclé. Il commençait à se diriger vers la lisière d'une végétation plus épaisse de pins et de bouleaux. Toujours pas de chien. Impossible de les entendre désormais. Il fallait surveiller les mouvements brusques.

Le renne de tête suivait avec fatalisme Piera qui roulait au pas, toujours debout, un genou sur la selle, le torse tourné vers l'arrière pour s'assurer que le reste du troupeau accrochait. Les premiers rennes marchaient l'un derrière l'autre. Les autres embrayaient sur un front de plus en plus large, en forme d'entonnoir. Derrière, les scooters commençaient à suivre au même rythme très lent.

Deux scooters s'écartèrent du groupe pour s'occuper d'un groupe de cinq ou six rennes à l'écart. Klemet et un Russe.

Le gros du troupeau continuait, indifférent à ce qui se passait à l'arrière. Il s'enfonçait, contournant la colline, et les scooters qui les encadraient ne leur laissaient plus d'échappatoire. Il ne leur restait qu'à aller de l'avant, en direction de la rivière Pasvik et de la frontière qu'ils devraient traverser d'ici une trentaine de minutes si tout allait bien, trois quarts d'heure au plus, juste à temps avant que l'obscurité ne complique l'opération.

Les jeunes rennes réfractaires, eux, paraissaient déboussolés. Il se passait quelque chose, mais Nina ne comprenait pas quoi. Ils couraient dans tous les sens, bondissaient dans la neige, se séparaient en petits groupes, se retrouvaient. Klemet et le Russe hésitaient. Il devenait difficile de discerner ce qui se passait. Nina eut la certitude qu'ils fuyaient un danger. Les chiens, à coup sûr, mais combien ? Pourquoi les jeunes rennes s'étaient-ils arrêtés maintenant ? Comme Klemet et le Russe, ils hésitaient. Le danger était proche, mais les désarçonnait.

Un dernier coup d'œil vers le gros du troupeau. Il avait déjà disparu derrière la colline, les derniers scooters fermaient la marche. Ne restait que ce drame. Nina lança à toute vitesse sa machine en direction des

41

Réserve de Pasvik (Russie).

– Salaud !

Klemet se jeta sur l'officier russe. Zubkov bascula sur le renne qu'il venait d'achever. Il n'avait pas lâché son pistolet. Affalé sur la bête prise d'un dernier soubresaut nerveux, il pointa son arme sur Klemet.

– Ça suffit ! cria Nina. Tu veux finir dans une cellule à Mourmansk ?

Klemet, debout, poings serrés dans ses moufles, ominait le Russe, allongé sur le dos.

– Et puis tu crois qu'on a le temps ? On va perdre autres !

ina avait repris ses esprits. Elle tendit la main à kov qui se redressa doucement. Le geste arracha rimace à Nina.

ieutenant, cet incident est clos. Tout le monde rvé.

ites ça à votre collègue, plutôt.

usse se tourna vers Klemet.

st fini ? On peut se conduire comme des Comme des professionnels ? Mais ça va vous r cette histoire, je vous l'assure. Vous aurez

rennes pour tenter de fermer l'un des côtés. Il fallait éviter que les fuyards s'enfoncent vers la Russie et de devoir tout reprendre avec des rennes inexpérimentés qui n'étaient pas habitués à suivre un meneur. Les tons rosâtres avaient disparu pour laisser la place à la luminosité bleutée qui dominait en cette saison. Les phares des deux autres scooters lui facilitaient la tâche, mais le froid se faisait de plus en plus mordant maintenant que le soleil avait complètement disparu. Elle rattrapa le scooter de Klemet au moment précis où celui-ci freinait brutalement. Elle donna un coup de guidon vers la gauche et se déporta pour éviter le choc. Elle lâcha une des poignées tandis que le scooter percutait un pin. Elle roula sur elle-même dans la neige jusqu'à heurter un rocher couvert de glace. Elle hurla. Aucun son ne sortit. Elle haletait. Aucune buée ne sortait. Le tournis. La poitrine. Klemet ne l'avait pas vue. Il avait sauté de son scooter et marchait rapidement vers une forme étendue à quelques mètres de son scooter, prise dans le faisceau de ses phares. Nina se releva doucement. Retomba. Léger vertige. Doucement, la buée, un peu. Son casque avait heurté le rocher. Debout, doucement, lentement. Elle se mit en marche vers Klemet, grimaça. Son genou, mal, le bras gauche, aussi. Et l'épaule, mal, aussi. La buée, l'air, poitrine gonflée, mieux. Ce silence, cette neige qui craque, elle craque, mais sans bruit, pas de bruit, mais cette odeur. Un vertige, encore. Pas de casse. En clopinant, elle rejoignit Klemet. Klemet parlait, aucun son, l'odeur de cette neige. Elle clignait des yeux. Le scooter du Russe arrivait. Klemet à genoux. Il ne parlait plus. À genoux devant un renne qui bougeait encore. Celui que les chiens avaient attaqué. Les chiens, oui, les chiens. Nina se laissa tomber à côté de Klemet. La neige crissait, à nouveau. L'odeur disparut.

Les bruits revenaient. La douleur aussi. La respiration, plus régulière. Elle entendait. Le bruit infime de la main de Klemet. Il tenait la tête du jeune renne dans sa main gauche, le caressant de l'autre. Ce bruit de caresse. Le renne, son air affolé, les yeux grand ouverts. Klemet, regard fixe. Ému. Sa respiration, courte. Le renne voulait se débattre, la blessure l'en empêchait. Son ventre, ouvert, les chiens en avaient arraché des morceaux, à peine, avant de repartir. Le Russe s'accroupit à côté d'eux. Le lieutenant Pavel Zubkov. Les voix revenaient, le bruit, les sons, une cacophonie dans la tête de Nina, les yeux du renne, de Klemet, la caresse. Elle se calma. Se parlait toute seule. Reviens, doucement, lentement. On compte sur toi.

– Il faut transporter ce renne au plus vite pour le sauver, lança Klemet, la voix haletante.

Elle reconnaissait cette voix qui crachait de la buée.

– Celui-ci est fichu, répliqua le Russe. Il faut attraper les autres avant qu'ils ne pénètrent plus avant en Russie.

Celle-ci aussi, elle la comprenait.

– Le lieutenant a raison, dit Nina, étonnée d'entendre le son de sa voix. Si ces rennes s'enfoncent plus avant, l'affaire n'en finira pas, elle va pourrir tout l'hiver.

Une phrase complète, cohérente. Les autres avaient entendu. Sa voix portait. Elle revenait. Reprit confiance.

Pavel Zubkov se releva. Il sortait son pistolet de son étui.

Klemet, occupé à caresser le renne, n'avait pas vu le geste du Russe. Nina lui posa la main sur l'épaule. L'ombre de Klemet couvrait le renne, le halo des phares les entourait et se prolongeait sur les arbustes chargés de neige. Nina avait repris pied. Le bruit du scooter du Russe l'obligea à parler fort.

– Viens, laisse Zubkov.

– Pas question !

Klemet venait de crier, prenant Nina par surprise. Elle avait froid, mal à la tête, partout, et voulait en finir.

– C'est moi l'autorité norvégienne ici, et je te demande de t'écarter.

Klemet se tourna vers elle, le visage baigné par les phares de son scooter. Air bouleversé, que Nina ne reconnaissait que trop bien. Zubkov attendait, pistolet à bout de bras.

– Nous risquons de perdre les autres. S'ils passent le lac gelé, il faudra repousser les recherches aux calendes grecques.

Klemet respirait lourdement. Nina voyait ses yeux. Savait ce qui se passait dans sa tête. Il perdait le sens des proportions. Tout devenait personnel.

Il se tourna vers Zubkov.

– C'est votre faute, vous et vos maudits chien

– Ce ne sont pas nos chiens ! Et ce n'est qu'un qui est du mauvais côté de la frontière.

Nina attrapa Klemet par la manche.

– Viens. Ne m'oblige pas à te donner un c lui. Aide-moi à redresser mon scooter, je m dans ce rocher quand j'ai voulu t'éviter.

Klemet réagit aussitôt.

– Excuse-moi, je n'avais pas vu.

Il la suivit et redressa la machin moment précis où retentit le coup d

droit à un rapport soigné, je vous le garantis. Votre sentimentalisme vous fait perdre la raison.

Nina s'était interposée entre les deux hommes. Face à Klemet. Le fusillait du regard.

– Ça suffit, dit-elle plus doucement.

Klemet lui fit simplement un signe de tête. Il adressa le même à Zubkov, qui rangea son pistolet.

– Allons-y. Il faut en finir avec ces chiens.

Klemet avait parlé en anglais, pour que le Russe comprenne. À voir sa mine, il avait saisi. Il le sentait de moins en moins, ce type. Pas clair avec ces histoires de chiens. Au moins, il ne pouvait pas nier leur présence maintenant. À moins que sa mauvaise foi lui fasse prétendre qu'il s'agissait de loups ou de gloutons.

Le lieutenant russe était passé en tête. Il poussait son scooter à fond pour rattraper les rennes et les chiens. Il fallait faire vite. La lueur bleutée du ciel, encore intense, basculerait bientôt dans une semi-obscurité qui rendrait hasardeuse toute recherche. Ils roulèrent encore quelques minutes à cette vitesse jusqu'à ce que le Russe ralentisse. Ils avaient contourné une colline pour arriver sur la berge du lac gelé.

Zubkov coupa son moteur. Nina et Klemet l'imitèrent. Nina avait l'air de souffrir. Mais Klemet n'avait que Zubkov en tête, et ces maudits chiens. Ils devaient payer. Zubkov tendit le bras. Klemet sortit ses jumelles. Les rennes, sur le lac. Ils marchaient lentement. Et les chiens ? Klemet observa les alentours. Zubkov faisait le point avec Nina, à grand renfort de gestes, montrant la manœuvre à effectuer pour ramener les rennes dans la bonne direction. Klemet venait d'apercevoir des chiens. Un, deux. Trois. Combien en restait-il de la meute passée la semaine passée ? Zubkov leur avait assuré que leurs registres ne contenaient rien, affirmant même qu'avec leurs caméras de détection il était sûr de son fait.

Que Zubkov et Nina s'occupent des rennes, pensa Klemet, je prendrai les chiens.

Il retourna au scooter et prépara son fusil. Zubkov l'aperçut. Il s'adressa à Nina, montrant Klemet du doigt, agité maintenant. Les rennes trottinaient sur le lac, parvenus en son centre. Les chiens se tenaient sur la berge. Loin encore. Des malins, ceux-là, ils évaluaient la situation, le danger. Allez-y, les clébards, lancez-vous, approchez. Mais c'est Nina qui approchait. Qu'est-ce qu'elle voulait ?

– Zubkov dit que lui seul est habilité à utiliser son arme du côté russe.

– Vraiment ? Je n'en crois rien. Ici, c'est la réserve naturelle. Ce n'est pas lui de toute façon qui a autorité, c'est Mirzaev.

– Peut-être, mais c'est la zone frontière, surveillée par le FSB, Klemet. Et ici, pour la Norvège, c'est moi l'autorité, pas toi !

– Foutaises !

– Les Russes ont les mêmes consignes que nous pour ces chiens errants, je le sais. Alors c'est maintenant, et c'est tout. Vous devriez plutôt longer le lac par l'autre rive pour ramener les rennes par ici. Ils fatiguent, ça se voit, ils seront faciles à diriger.

Klemet sortit une petite flûte de sa poche de poitrine. Il voulait en finir, ce froid lui écrasait le front et il ne pourrait pas rester longtemps dans cette position. Le vent balayait le lac. Klemet tentait de se protéger derrière le moteur chaud de son scooter. Il souffla. La flûte imita le cri du lièvre blessé, un vieux truc de chasseur qu'un collègue de Kirkenes lui avait conseillé. Les chiens réagirent aussitôt, oubliant toute prudence. Ils se dirigeaient vers eux. Zubkov avança vers Klemet. Nina s'interposa avant que Klemet ait besoin de réfléchir à ce qu'il devait faire. Il enleva son gant et visa.

– Vous ne pouvez pas faire ça !

La voix du Russe avait perdu toute sa morgue. Klemet, flûte en bouche, hésita un instant. Il ne perdait pas les chiens de l'œil, visant celui qui approchait en tête. Ils avaient cette allure typique des chiens qu'il avait vus ces derniers jours au centre de recherche.

– Nina, calme le Russe, sinon ça va mal finir pour de bon.

Klemet était bien calé. Il souffla sur ses doigts. Il tourna la tête vers Zubkov.

– Allons, lieutenant, vous n'allez pas vous laisser aller au sentimentalisme tout de même. Occupez-vous des rennes, je m'occupe de ça.

– Vous n'avez pas le droit !

– Vous n'allez pas me sortir qu'il s'agit de citoyens russes que je suis sur le point d'assassiner, si ? Ils ont peut-être la rage, ils sont dangereux.

Les chiens approchaient toujours, ils ralentissaient, un peu méfiants, mais les coups de flûte de Klemet les remettaient en route.

– Vous ne pouvez pas comprendre… Laissez tomber et je ne fais pas de rapport sur votre agression.

Zubkov cachait quelque chose. Et Klemet avait l'intuition que cela n'avait rien à voir avec son boulot de garde-frontière.

Les rennes étaient encore à une centaine de mètres de la rive. Ils allaient s'enfoncer dans une toundra plus dense. Klemet appuya sur la gâchette.

Zubkov et Nina pivotèrent d'un même mouvement vers les chiens. On voyait mal. Zubkov tira son pistolet, s'avançant vers Klemet. Nina s'interposa et força le Russe à ranger son arme.

– Regardez !

Le lieutenant, visage décomposé, se tourna vers les chiens, comme à regret.

Klemet se leva, avança vers eux et tira à nouveau.

Les chiens faisaient demi-tour. Tous.

Klemet resta encore quelques secondes à s'assurer qu'ils rebroussaient chemin dans la bonne direction. Qui était malheureusement celle de la Norvège.

Il revint vers son scooter et rangea son fusil. Il montra les rennes.

– Maintenant, ceux-là. Mais la prochaine fois, je ne tirerai pas au-dessus de ces putains de chiens, je vous le jure.

Klemet approcha de Zubkov et colla son visage au sien.

– Et toi, dit-il en tapant du doigt sur la poitrine du garde-frontière, il faudra que tu m'expliques !

42

Vallée de Pasvik.

Piotr tentait de garder son calme. Il avait passé cette frontière des dizaines de fois. Oui, mais ces derniers temps, monsieur Gretchko l'obligeait à la franchir souvent. Trop souvent peut-être. Piotr tira sur son col roulé. Il faisait chaud dans l'habitacle. Il s'arrêta devant le poste-frontière norvégien. Monsieur Gretchko lui avait conseillé de prendre quelques bouteilles de vodka et des cartouches de cigarettes, même s'il n'avait pas de livraison à effectuer. Mais le voir passer sans rien à bord aurait pour le coup éveillé les soupçons. Le garde contrôla ses papiers et lui fit signe de passer.

Sa mission était simple, aller trouver l'éleveur de rennes et recueillir sa réponse pour le soir même.

Monsieur Gretchko avait invoqué la prudence. Ce qui collait mal avec son agitation. Il l'avait bien vu, car il se trouvait à son côté lorsque le lieutenant des gardes-frontières avait appelé pour raconter son retour de mission avec les rennes. L'éleveur norvégien qui était la cible de monsieur Gretchko avait paru bouleversé en portant du lichen à sa bouche. Le lieutenant ne lui avait pas reparlé, car il était parti avec ses rennes en Norvège, mais d'après lui le Sami était mûr.

Monsieur Gretchko s'était alors tourné vers Piotr et lui avait montré la direction de l'ouest.

– Tu files pour Kirkenes, tu mets la main sur Kyrö, tu y vas gentil-gentil, et voilà ce que tu vas lui dire…

Monsieur Gretchko lui avait fait répéter plusieurs fois en lui mettant des claques sur le crâne, jusqu'à ce qu'il connaisse son rôle. Piotr avait prévenu l'éleveur par téléphone de son arrivée. L'autre avait paru fatigué, on entendait du bruit dans l'écouteur, il avait du monde chez lui, on pouvait peut-être en parler au téléphone. Piotr insista, il y avait un protocole à signer, ils pouvaient se parler dehors, ça ne prendrait pas longtemps.

Il téléphona à nouveau quand il arriva devant la maison de Piera Kyrö. Des scooters des neiges étaient garés partout. Piotr déglutit quand il aperçut plusieurs motoneiges de la police. Piera Kyrö sortit et vint s'asseoir à ses côtés.

L'éleveur confirma les impressions du lieutenant. Il s'était décidé à tenter sa chance avec ces pâturages. Au moins tenter, sinon il le regretterait toute sa vie. Piotr eut l'impression soudain que tout le mérite lui revenait, et il se retint de ne pas appeler tout de suite monsieur Gretchko. Dès lors, sa mission fut simple. Il fallait maintenant que Piera Kyrö vienne en Russie, avec tout ce qu'il pouvait comme documents. L'éleveur secoua la tête. Il n'avait qu'une vieille photo. Monsieur Gretchko avait insisté. À ce stade encore sensible, Piotr devait accueillir la moindre remarque comme une bonne nouvelle et assurer que tout se passerait bien, que ses amis sami russes lui offriraient toute leur aide logistique pour l'emmener sur place, le temps qu'il faudrait, car on l'assurait que dans la péninsule de Kola de nombreux campements éloignés du monde et abandonnés depuis longtemps étaient restés pour ainsi dire intacts, car situés dans des zones interdites du temps de l'URSS. Et eux disposeraient des autorisations nécessaires pour s'y rendre.

Il allait partir lorsqu'il se rappela sa promesse au lieutenant.

– Vous en avez fini avec les chiens errants ?

– Pas eu le temps de s'occuper des derniers avec ces histoires, mais on en a vu aujourd'hui. Où ils sont, côté norvégien ou russe, c'est difficile à dire. Mais je parierais bien qu'ils sont revenus de ce côté-ci de la frontière, ils savent où trouver à manger. Mais on va s'y remettre. Pourquoi, ça vous intéresse ?

– Simple curiosité.

Il reprit aussitôt après la route de Nikel. Il s'arrêta au chalutier pêcheur de crabes pour laisser vodka et cigarettes à Boris. Repasser la frontière avec le chargement aurait paru suspect. Boris le remercia avec effusion d'autant que Piotr ne le fit pas payer.

En traversant Kirkenes, il aperçut un attroupement en face du café Centrum. Beaucoup de policiers militaires, des jeunes aussi en civil, rassemblés devant l'entrée de la pizzeria discothèque Ritz. Trop d'uniformes. Il poursuivit vers le poste-frontière de Storskog.

Il se remémorait le visage de Piera Kyrö, pour être capable de le décrire avec le plus de précision possible à monsieur Gretchko. Le regard lointain. Piotr décida de prendre ça pour un bon signe. L'éleveur se voyait déjà là-bas.

43

Kirkenes.

Anette avait obligé Nina à ressortir. Elle n'avait pas trouvé la force de refuser, malgré sa fatigue.

– Après une journée les fesses sur ton scooter dans ce froid, tu dois te réchauffer !

Nina s'était changée et avait retrouvé Anette au Ritz.

– Tu vas voir, lui avait dit l'assistante-interprète du bureau du Commissariat de la frontière, c'est la dernière soirée où les nouvelles recrues de la compagnie des gardes-frontières ont le droit de s'amuser. Lundi, ils vont recevoir leur carte de policier qui va avec leur diplôme de garde-frontière, et là, fini la rigolade, ils n'auront plus le droit de boire en ville pendant un an !

De fait, la salle de danse du Ritz était remplie de dizaines de jeunes garçons et filles qui buvaient et dansaient comme si c'était leur dernière nuit.

Nina avait pu se faire une première impression en arrivant à pied. Sur les trois cents mètres qu'elle avait parcourus, elle avait croisé deux patrouilles, en uniforme et gilet jaune marqué police militaire, sorties spécialement pour l'occasion. En arrivant devant l'entrée du Ritz, une autre patrouille de police militaire faisait le pied de grue, au milieu d'une dizaine de conscrits sortis pour fumer. Ils parlaient fort, rigolaient, se coursaient dans la neige, en bras de chemise, apparemment insensibles au froid. Un des policiers militaires la reconnut et la salua. Nina passa les vigiles de l'entrée, grimpa les escaliers et trouva Anette qui l'attendait assise à une table en bord de piste.

– Regarde-moi tous ces petits jeunes, ils sont pas mignons ?

Nina acquiesça.

– Je sens que je vais prendre un coup de vieux !

Elles trinquèrent à la bière.

– Pour ta première opération, vous avez ramené tous les rennes, bravo !

– À part ceux qui ont été dévorés. Et puis il reste des chiens russes. Ça a failli mal se terminer d'ailleurs, avec cette dispute entre le lieutenant russe et Klemet. Bizarre, cette histoire de chiens.

– Laisse donc ces chiens aux chasseurs et à la police des rennes. Profite un peu. Mate donc ces petits jeunes. Moi je suis une vieille, mais toi, ils ont ton âge, allez !

– Mon âge ? Des gamins de dix-huit ou dix-neuf ans, tu es trop bonne…

Après la deuxième bière et quelques tours de piste, Anette entraîna Nina dehors pour fumer. Un groupe de recrues discutait à voix haute, d'un niveau sonore amplifié par l'alcool. Ils étaient entourés par sept ou huit membres de la police militaire, des conscrits en fin de service militaire, qui surveillaient les autres avec bienveillance.

Trois jeunes chantaient maintenant, devant deux filles qui riaient de leurs exploits. Un des jeunes en repoussa un autre, ça riait de plus belle. Deux policiers militaires approchèrent discrètement, prêts à les séparer. La rigolade reprit le dessus, ils chuchotaient, éclataient de rire. Un grand brun au visage sec courut après une jeune fille en jupe qui se réfugia en glissant derrière un conscrit coiffé d'une casquette du club de foot des Viking Stavanger. Vexé, le grand brun aperçut Nina et se précipita vers elle.

– Mademoiselle, laisse-moi t'embrasser, sinon je perds mon pari et ma solde du mois, pitié !

Il se pencha avec un air suppliant pour embrasser Nina qui le repoussa en souriant.

Les autres hurlèrent.

– Ça compte pas, ça compte pas !

Ils se moquaient du brun, qui, l'alcool aidant, se renfrognait.

– Eirik est un nul, Eirik est un nul !

Nina et Anette s'amusaient de leurs gamineries, en essayant de se réchauffer.

Le grand brun hésitait, prêt à sauter à nouveau sur Nina, conscient aussi des policiers militaires qui le tenaient à l'œil.

– C'est vous les nuls, cria-t-il, c'est moi qui l'ai repéré, le Russe à Vaggatem, et qui ai relevé la plaque de sa bagnole, alors je vous emmerde ! C'est à moi que le capitaine a filé un badge, bande de nazes !

Nina regarda Anette. Elles pensaient à la même chose. Les vapeurs d'alcool s'évaporèrent dans l'instant. Nina attrapa le brun par le bras.

– Quel Russe, quelle voiture ?

Le grand brun eut un hoquet parfumé à la bière.

– Ah ça, c'est un secret militaire !

Il rigola, encouragé par les autres.

Le policier militaire qui connaissait Nina s'avança et prit le brun par le bras.

– Mademoiselle, comme tu dis, est inspectrice au Commissariat de la frontière. Elle t'a posé une question, et tu peux y répondre.

Le grand brun parut hésiter.

– Eh bien quoi, pour nous entraîner, on nous encourage à noter tout ce qu'on observe sur la frontière, les choses les plus banales, juste comme ça, histoire de se faire la main, quoi.

Nina s'impatientait. Les copains et copines du futur garde-frontière s'étaient approchés.

– Et j'ai noté que cette voiture russe était venue trois fois dans la même zone de la vallée ces derniers jours, et que c'était la seule voiture russe que j'avais vue, c'est tout.

– Et tu as noté les jours, les heures et le numéro de sa plaque ?

– Bien sûr, c'est ça qui m'a valu mon badge !

Il adressa un sourire conquérant aux autres gardes-frontières avant de se tourner vers Nina.

– Toi, mademoiselle, ça te coûtera seulement un baiser…

44

Dimanche 16 février.
Lever du soleil : 7 h 49. Coucher du soleil : 15 h 34.
7 h 45 d'ensoleillement.

Kautokeino. 14 h 45.

Il avait fallu cinq heures de voiture et la traversée du nord de la Finlande pour rejoindre Kautokeino par la E45. Ils traversèrent la petite ville jusqu'à sa sortie en direction du sud et de la Finlande.

Klemet avait hésité à s'arrêter au commissariat pour saluer les collègues de la patrouille P9, où Nina avait démarré au sein de la police des rennes à ses côtés. Ça lui sembla remonter à une éternité. Il se rappelait sa manie de prendre des photos à tout bout de champ, de demander à Klemet de la prendre. Que ça l'énervait au point qu'il faisait exprès de les cadrer de travers. Et elle n'y voyait pas malice, conservait toujours son calme et entreprenait de lui donner une leçon de photo. Il décida de ne pas s'arrêter. Ne souhaitait pas que sa présence ici s'ébruite. Il n'avait pas que des amis dans ce fief d'éleveurs sami où les problèmes se réglaient de préférence loin de la police.

À ses côtés, Piera Kyrö n'avait pas été très bavard. À plusieurs reprises, Klemet avait dû rouler presque au pas tant les rennes étaient nombreux en cette saison entre Kautokeino et Karasjok. Ils avaient aussi croisé plusieurs éleveurs en scooter des neiges qui patrouillaient le long des routes. L'émotion et la détermination qu'il avait ressenties la veille en voyant Piera à genoux sur le pâturage de ses ancêtres s'émoussaient à mesure qu'il approchait de la décision. La solution lui était apparue hier avec une clarté magique. Pour sauver son faon, devenu son jeune renne, il lui fallait réclamer la marque familiale, celle que son grand-père, dans des conditions autant dramatiques que taboues, avait perdue il y a si longtemps.

Lorsqu'il était entré en Finlande, à Näätämö, Klemet avait songé une fois de plus à cette maudite frontière qui avait mis son grand-père à genoux. Il n'avait jamais pu se faire à l'idée que ce grand-père, qui plaçait la dignité au-dessus de tout, ait pu se résigner. Lorsqu'il était sorti de Finlande deux cents kilomètres plus loin à Karigasniemi pour pénétrer à nouveau en Norvège, Klemet broyait du noir. Il avait souvent essayé de se convaincre que son grand-père avait bien négocié ce virage forcé, quand il était devenu, par la force de l'injustice administrative, fermier et pêcheur. Qu'il était resté digne, droit. Il se rappelait avoir menti à Nina quand il lui avait dit que son grand-père, dans son malheur, n'avait jamais bu. C'était faux. L'un des nombreux tabous de la famille.

En pensant tabou, il s'était souvenu des paroles d'Anna-Liisa sur la disparition de son père, Pekko Virtanen. Il allait appeler Jaakoppi Kujala pour lui demander de se renseigner sur cette histoire d'abattoir lorsqu'il retint son geste. Piera, à ses côtés, regardait par la vitre. Mieux valait qu'il ne sache pas. Il avait profité d'une pause-café à Karasjok pour se dégourdir les jambes et téléphoner à Kujala. Un Finlandais disparu en Russie, la fibre patriotique de Kujala le fit réagir comme Klemet l'espérait. Il ferait le boulot, ressortirait le dossier de Pekko Virtanen.

De retour au volant, il avait repris le cours de ses pensées. Une autre frontière, une autre époque, cette fois entre la Norvège et la Russie, mais en fin de compte, se disait Klemet en jetant un œil à Piera, assis à ses côtés, quelle différence ? Piera aussi, il court après des pâturages magnifiés qui lui rendraient quoi ? Sa dignité ?

Maintenant qu'il approchait de l'Office de gestion des rennes à Kautokeino, sa détermination faiblissait. S'il avait été seul, il aurait peut-être fait demi-tour. Tout au plus aurait-il rendu visite à Berit, caressé un peu le jeune renne, bu un café avec Todd. Dit qu'il profitait d'un beau dimanche pour les saluer. Et il serait reparti la queue basse pour Kirkenes, sachant que le temps approchait où il lui faudrait envoyer ce petit renne se faire abattre s'il ne voulait pas finir avec une amende et un blâme.

Avec Piera Kyrö à ses côtés, renoncer devenait impossible. Le pacte entre eux avait été scellé la veille au soir, lorsqu'ils étaient rentrés de la patrouille. Par une bizarre coïncidence, les deux hommes avaient été touchés par une sorte d'évidence au même moment. Après s'être assuré que les rennes avaient rejoint leur pâturage, Piera avait invité tous les Norvégiens à une collation chez lui. Ils étaient une quinzaine, Jaakoppi, les jeunes gardes-frontières, Nina et les autres éleveurs du district. La vieille Ida était dans un coin, elle chantonnait pour elle-même, dans son monde, jetant des regards furtifs sur cette assemblée bruyante.

Piera avait attiré Klemet à l'écart. Un peu gêné, surveillant sa grand-mère du coin de l'œil. Il lui avait confié avoir pris sa décision, quelques heures plus tôt, lorsqu'il avait touché de la main, des lèvres, ce lichen qui dans le temps avait appartenu à sa famille. Des Sami russes lui proposaient de faciliter son accès à ces pâturages, en échange de la coopération de son district pour les aider à remettre sur pied un élevage de rennes de type traditionnel et familial. Ces contacts lui avaient fait savoir que si ça marchait, sur ces bases nouvelles, cela permettrait de relancer l'abattoir de Lovozero en Russie, d'obtenir la certification de l'UE et d'exporter cette belle viande de renne nourri aux meilleurs pâturages, ce qui donnerait du travail aux jeunes. Tout le monde y gagnerait. Piera s'était décidé. Mais pour que ça marche, pour convaincre les autorités russes, il fallait pouvoir prouver qu'il avait des liens familiaux avec la Russie.

Piera Kyrö avait surveillé sa réaction.

– En quoi est-ce que ça me regarde ?

– J'ai besoin de ton aide.

Klemet avait dû paraître surpris.

Piera était allé parler à sa grand-mère. La vieille secouait la tête. Il avait l'air d'insister. Finalement, elle fouilla sous son tablier et, comme à regret, tendit une enveloppe à Piera. Il l'embrassa sur le front et revint vers Klemet. Avec délicatesse, Piera avait soulevé le dos et tiré une vieille photo montrant trois Sami. Klemet l'observa un long moment, la retourna.

– Je ne lis pas le russe.

Piera lui raconta. Les deux grands oncles envoyés au goulag. Son propre grand-père, Jegor, la fuite d'URSS.

Le Russe qui lui avait proposé ce marché lui avait promis son aide, mais il n'avait que cette photo comme preuve potentielle. D'après sa grand-mère, tous les papiers avaient été abandonnés il y a bien longtemps, quand les petits hameaux avaient été vidés par les Soviétiques.

Klemet essaya de ne rien montrer, mais il voyait mal comment Piera remonterait cette piste. Il allait le lui dire, mais une idée lui traversa la tête.

– Je t'aiderai, si tu m'aides.

– Ce que tu veux.

– Viens avec moi demain à Kautokeino, je t'expliquerai en route. Mais il faudra que ça reste en nous.

Maintenant qu'il traversait Kautokeino, Klemet se demandait s'il n'avait pas eu tort. Il voulait que Piera Kyrö l'aide pour faire cette demande de marque de renne, car il se sentait incapable de solliciter l'aide des éleveurs de Kautokeino qui se méfiaient de lui. Ou qui se moqueraient. C'est ce qu'il avait dû expliquer à Piera. Son père et son grand-père étaient originaires d'ici, lui-même y avait grandi en partie, alternant la scolarité à Kautokeino et à Kiruna, en Suède, d'où était originaire sa mère.

Ils s'arrêtèrent devant la maison de son oncle, à la sortie de la ville. Tiens, un chanteur de joïk, comme ta grand-mère Ida, avait tenté Klemet pour penser à autre chose. Mais sa détermination avait encore baissé d'un cran. Était-ce pour ça qu'il devenait plus attentif à son ombre ? Il l'observa, au pied de la voiture dont il venait de descendre. Qu'est-ce qu'elle veut me dire ? Il bougea, lisant cette ombre qui se jouait de lui. Est-ce qu'elle cesserait de le hanter s'il récupérait sa marque ? Est-ce que le fantôme d'Aslak disparaîtrait ? Il se demanda s'il devait raconter à Piera son histoire avec Aslak. Aslak, l'internat, les humiliations, Aslak et lui à sept ans, à la vie à la mort, la fugue, la tempête, la nuit, le vent, la peur, cette ombre projetée dans l'inconnu qui l'avait terrifié, Aslak qui avait sauté, lui qui était resté, pétrifié par cette ombre diabolique. Il ferma les yeux. L'ombre n'était plus là. Était-ce si simple ? Et s'il fermait simplement les yeux… Il rouvrit les yeux. Pourquoi Nina n'était-elle pas là pour le secouer, le raisonner ?

Son oncle Nils-Ante l'accueillit à bras ouverts, le visage plus ridé que jamais, plus serein aussi, plein d'une vigueur qui étonnait Klemet. Klemet oublia ses tourments. Ils entendirent une cavalcade dans les escaliers. Mlle Chang surgit comme une boule de feu, fit une longue accolade à Klemet, salua Piera, se colla au dos de Nils-Ante pour l'enserrer de ses bras et l'embrasser sur la joue. Elle disparut comme une toupie, on l'entendit juste crier « café pour tout le monde ».

Nils-Ante écarta les mains, sourire aux lèvres.

– Chaque apparition de mon ange céleste m'ajoute une journée de vie. Tiens-toi-le pour dit, mon neveu, je mourrai à deux cents ans en lui ayant dédié mille joïks.

– C'est pour une histoire de grands-parents que Piera est ici. Je sais que tu t'es intéressé à ces histoires de Sami restés bloqués de l'autre côté du rideau de fer.

– Bloqués, comme tu y vas ! J'ai entendu parler de pauvres bougres qui sont partis là-bas parce qu'ils croyaient vraiment au communisme. Ils ont tout quitté pour rejoindre Mourmansk, la ville où l'avenir du Grand Nord se bâtissait. Évidemment, ça a dérapé.

Klemet fit un signe à Piera. L'éleveur posa la photo devant Nils-Ante.

L'oncle de Klemet prit le temps de boire son café. D'un doigt, il effleura les visages des trois hommes. Debout derrière lui, les coudes appuyés sur ses épaules, Changounette observait aussi la photo en caressant les oreilles de Nils-Ante.

– Vladimir Charnolusky était un grand ethnologue, un des rares aussi qui a pu travailler sur cette région. Cette expédition de 1932 se situe au moment où le marteau du NKVD s'abat sur la région.

– On pense que Vasili et Aleksei ont été abattus.

– Cette photo a été prise où ?

– C'est la question, dit Piera. Il y a des tas de coins abandonnés dans la péninsule, isolés, quasi inaccessibles, d'où les Sami ont été enlevés brutalement et où personne n'a remis les pieds, car ce sont devenu tout de suite des zones militaires. Ils ont aussi évacué toute la bande le long de la frontière, en ont chassé les Sami.

– On peut toujours aller au musée, il pourrait avoir des choses sur Charnolusky et sur le parcours qu'il a effectué à l'époque. On trouvera peut-être des sources. Qu'en dis-tu, mon astre étincelant ?

Mlle Chang observait le cliché.

– En tout cas, cette photo a été prise près d'une large rivière. Cette ligne d'horizon à gauche n'est pas de la toundra, c'est une surface plane, qui brille différemment de la neige qui entoure les hommes les tentes et ces cabanes. Une rivière gelée.

Piera et Klemet se penchèrent sur la photo. Changounette avait raison.

– Et ces montagnes derrière ? nota Nils-Ante. Ce n'est peut-être pas si fréquent dans cette région. Ma jouvencelle de cristal, ne ferais-tu pas usage de tes talents incommensurables – et je ne parle pas de ceux que tu me réserves, bien sûr – pour dépanner ces pauvres âmes ?

Changounette mordilla l'oreille de Nils-Ante.

Il posa sa main sur les hanches de Mlle Chang et la caressa, épousant ses courbes.

– Dans la vie, finalement, tout n'est question que de reliefs…

Poste-frontière russo-norvégien de Storskog.

Mille soixante-quatorzième dimanche. De quoi ?

Pile à l'heure. À l'heure de quoi ?

Devant la cabane en bois peinte au rouge de Falun.

La silhouette époussette la neige qui recouvre la planchette en bois. Elle y punaise une nouvelle affichette. Caresse la photo. Franchit les quelques mètres jusqu'au bord de la route qui mène au poste-frontière. Ou vers Kirkenes. Suivant le sens. La silhouette tient la pancarte entre ses moufles, à hauteur d'yeux pour un automobiliste.

Elle se tourne légèrement vers la gauche, pour offrir son visage au garde-frontière qui là-bas, à 339 mètres, doit l'observer aux jumelles.

La silhouette ne lui en veut pas. Peut-on en vouloir à toute une vallée ?

45

Kautokeino.

Le musée s'était avéré pauvre en documentation sur Charnolusky. Plusieurs ouvrages évoquaient en revanche les Sami de l'époque soviétique. Piera, en feuilletant les albums, espérait tomber sur une autre photo de son grand-père. Après tout, les Sami avaient toujours fait l'objet de la curiosité des chercheurs.

Le musée disposait d'une collection de journaux locaux vieille de plus d'un siècle. En la feuilletant, on revivait les débuts de l'époque bolchevique, de son influence sur le Grand Nord qui était longtemps resté rouge politiquement, Piera ne le savait que trop bien.

Ils avaient aussi un article paru dans un journal suédois en 1949, qui affirmait que les communistes finlandais avaient poussé les Sami à fonder leur propre État dans le Grand Nord. Une histoire sortie comme par hasard alors que la Norvège allait devenir membre fondateur de l'OTAN quelques mois plus tard, tandis que la Suède et la Finlande restaient sagement neutres. Le journal suédois soupçonnait une campagne des communistes finlandais pour créer un État sami indépendant dans le Finnmark, la partie norvégienne de la Laponie dont Kautokeino était l'un des épicentres. Ce genre d'histoires faisait toujours sourire Piera, pas longtemps quand même, car il savait que l'extrême droite utilisait à l'occasion ce même type d'argument aujourd'hui encore, affirmant qu'il y avait un plan secret des Sami pour déclarer l'indépendance de la Laponie. L'article de 1949 affirmait que les communistes finlandais avançaient masqués, ne révélaient évidemment pas qu'ils étaient communistes, mais plantaient des idées bizarres dans la tête des Sami, comme quoi l'État finlandais les discriminait, et qu'ils devraient réclamer leur autonomie. Olaf Renson devait connaître cette histoire, bien sûr.

À force de tourner les pages de ces vieux journaux, Piera fut frappé d'une évidence. Il savait où il avait vu ce berger sami, ce Vitali Tukavin qu'il avait aperçu au café Centrum avec Olaf Renson. C'était dans un journal. Il referma brutalement le classeur qui protégeait les journaux.

Le policier, un vieux livre écorné en main, s'approcha.

– Alors, toujours rien ?

– Toujours rien ici, que des vieilles histoires qui se répètent.

Piera ferma les yeux. Tentant de se rappeler. À quelle occasion aurait-il vu la photo d'un berger sami de la péninsule de Kola dans un journal ? Il avait vu des dizaines de photos de Sami russes, mais toujours dans des livres. Là, c'était différent. Il regarda le policier qui l'observait du coin de l'œil.

– Sûr que ça va bien ?

– Non ! Voilà, sur la photo, Tukavin était escorté par un policier !

– De quoi tu parles ?

– Tukavin, l'éleveur de rennes russe que j'ai vu à Kirkenes la semaine dernière, il avait été appelé à témoigner.

Piera s'assombrit aussi vite qu'il s'était animé.

– Tukavin avait été appelé à témoigner dans cette affaire d'abattoir, comme témoin de moralité d'un type soupçonné de corruption. Oui, ce Tukavin, ça me revient. Ça avait fait un peu de bruit à l'époque ici, et puis…

– C'était quand ?

– Il y a une bonne vingtaine d'années.

– Comment peux-tu en être aussi sûr alors ?

– Parce que cette photo, c'était lié à quelque chose qui m'était proche. J'avais même dû le découper, cet article, si ça se trouve.

Le policier avait tiré une chaise à lui pour s'asseoir à côté de Piera.

– Piera, il faut que je te dise. Anna-Liisa, elle m'a parlé un peu. Elle m'a raconté, pour son père. Cette histoire d'abattoir. Sa disparition. Que personne n'a vraiment poussé très loin. Je lui ai promis d'essayer de savoir ce qui s'était passé. Ce Tukavin, il était lié à la disparition de ton beau-père ?

Piera se leva d'un bond, renversant sa chaise.

– Comment ça, tu lui as promis ? Tu promets des choses à ma femme ?

– Ton ex-femme…

– Va pas te mêler de ça !

– Me mêler de ça ? Piera, tu parles à un policier, tu as déjà oublié ? Le rôle d'un policier, c'est de travailler aussi sur les disparitions. Et celle-là, si elle n'est pas élucidée et qu'on retrouve des ressemblances vingt-cinq ans plus tard, c'est mon devoir de flic d'y fourrer mon nez, que ça te plaise ou pas.

– La police des rennes, c'est les disparitions de rennes, rien d'autre. Occupe-toi donc de retrouver les salopards qui ont massacré les miens pour leur couper la langue et laisser pourrir leurs carcasses ! Le reste, c'est pas tes affaires.

Au ton de leur échange, Nils-Ante quitta la pièce voisine pour s'assurer que tout allait bien.

– Venez plutôt nous rejoindre, nous avançons.

Le vieil oncle du policier avait appelé le conservateur du musée qui les avait rejoints. Avec son aide et ses contacts en Russie, ils avaient assez facilement retrouvé la bibliographie de l'ethnologue, jusqu'à son rapport d'expédition de 1932 qui était digitalisé.

Piera et Klemet n'évoquèrent plus ni Anna-Liisa, ni Tukavin ou les langues coupées. Mais les deux hommes se jaugeaient. La faute à Anna-Liisa ou au souvenir de Vitali Tukavin et de tout ce qui allait avec ?

Lorsqu'ils revinrent le soir chez Nils-Ante, Mlle Chang avait identifié les sites spécialisés qui proposaient les meilleures couvertures d'images satellitaires de la région. Mais la péninsule de Kola était vaste et le temps manquait.

Le rapport de l'ethnologue soviétique était plutôt maigre. D'après ses annotations, Charnolusky s'était trouvé en avril 1932, date de la photo, vers Krasnoshchelye, au beau milieu de la péninsule de Kola. Loin des rives de la mer de Barents. Trop imprécis pour que Mlle Chang puisse commencer à chercher avec ses méthodes.

Pour identifier ce village d'hiver où on pourrait peut-être trouver des traces, il lui faudrait l'aide des Sami russes. Ce Tukavin ?

Plus tard, Klemet lui annonça que l'heure était trop avancée pour rentrer sur Kirkenes. Piera comprit que son tour était venu d'aider le policier. Klemet Nango prit un air mystérieux pour emmener Piera sur les hauteurs de Kautokeino, près de la galerie Juhls. Il présenta Piera à une femme du nom de Berit Kutsi. Une amie d'enfance, précisa Klemet, qui avait trimé toute sa vie ici, femme de peine et de foi. Elle avait l'air plus âgée que Klemet. Piera connaissait ce genre de femme, dure à la tâche, jamais une plainte, ça l'avait toujours impressionné.

La femme leur sortit des assiettes et leur versa de la soupe.

Un homme s'encadra dans la porte de la cuisine. Il avait l'air fatigué. Usé. Parti loin. Pas encore revenu, pensa Piera. Trop de vies pour un seul corps. Avec un de ces regards qui racontaient l'humanité d'un être, ses espoirs, ses échecs, sa compassion, ses trahisons. Il s'appuyait au chambranle. Observait Piera, Klemet Nango, l'oncle du policier et son amie chinoise. Tout ce monde semblait le contrarier. Il lui rappela sa grand-mère Ida, qui savait si bien se montrer indisposée quand trop de gens approchaient d'elle.

Le policier, quand il eut fini sa soupe, prit un air solennel en se levant.

– J'ai pris ma décision.

Tout le monde le regardait. Chacun, à part Piera, paraissait savoir de quoi le policier allait parler. Une histoire ancienne, donc. Les histoires anciennes, ça le connaissait, Piera.

Le policier parlait du renne dont Berit et Todd prenaient soin. Todd, ça devait être l'homme qui avait l'air de pouvoir s'écrouler à n'importe quel moment. Klemet s'était décidé à réclamer la marque de sa famille, celle que son grand-père avait abandonnée. Il avait demandé l'aide de Piera, en le montrant du doigt, car il ne voulait pas faire appel aux éleveurs d'ici dont les réactions seraient peut-être négatives. Le vieil oncle était surpris.

En voilà un qui ne faisait pas d'effort pour faire semblant. Ses deux mains appuyées au dossier de la chaise de cuisine blanchissaient à mesure qu'il serrait. La nouvelle ne l'enchantait pas.

– Écoute-moi bien, Klemet. Au palmarès de tes conneries, celle-ci décroche le pompon. Tu vas te faire envoyer dans les choux.

Le policier encaissait. Grondé comme un gamin.

– J'en ai assez de me faire traiter de Sami de pacotille.

Il jetait un œil en direction de Piera, qui ne se sentait pas à sa place. Je n'ai pas à entendre ses confessions. Pourquoi me laisse-t-il assister à ça ?

– Je n'ai pas l'intention de devenir éleveur, si c'est ça qui t'inquiète. Mais tu sais, toi, que la marque, c'est l'identité pour un Sami.

– Et ça t'avancera à quoi ? Tu iras faire tes courses au supermarché en traînant ton renne pour qu'on te respecte ?

Le vieil oncle lâcha sa chaise et fit le tour de la table. Se planta face à Klemet. Piera reconnaissait ce genre d'arguments qui faisaient rage parmi les Sami, où l'immense majorité n'était pas impliquée dans l'élevage de rennes.

– Le respect c'est là-dedans que ça se passe, et là, et même là si tu veux, disait Nils-Ante en lui frappant la poitrine, la tête et le ventre. Regarde donc combien d'éleveurs se débattent comme des malheureux au nom de cet idéal romantique qui entoure leur mode de vie. Ton ami Piera, qu'est-ce qu'il va trouver en Russie, tu crois ?

Piera n'aimait pas la tournure que prenait la conversation. Il se retira de la cuisine, remit ses bottes et sortit faire quelques pas. Par la fenêtre de la cuisine, il voyait que la discussion prenait un tour agité.

Sans qu'il l'ait entendu arriver, l'homme du chambranle se trouva à côté de lui. Face à lui. Les deux hommes se regardaient. Comme si leurs esprits, au-delà de leurs corps, se jaugeaient, virevoltaient, les creusaient, les humaient. Ils ne voyaient plus rien. Un observateur aurait vu deux aveugles pétrifiés se faisant face. L'âme de l'un fouillait celle de l'autre, au-delà des sens.

L'homme du chambranle fut le premier à revenir.

– Ne trahis pas Klemet.

Il montra du doigt une palissade. Et s'éloigna.

Piera s'avança jusqu'à une clôture cachée derrière une large bande de plastique comme on en habillait les enclos. Il se pencha par-dessus le portail. Dans l'enclos baigné par le soleil couchant, un jeune renne le regarda d'un air curieux. Habitué à la proximité de l'être humain. Voilà donc ce renne pour lequel un policier est prêt à risquer sa carrière ? Le renne ne recula pas quand Piera approcha. Tu es un drôle de numéro, toi, murmura Piera en tendant la main. Le renne attendit le dernier moment pour s'écarter en quelques bonds à l'autre bout, l'ignorant aussitôt pour creuser un peu de cette neige brunâtre cent fois fouillée. Piera s'assit contre l'enclos et ferma les yeux. Demain, la Russie l'attendait. Cette Russie redoutée. Qui avait broyé sa famille. Allait-elle se dérober, elle aussi, comme ce renne ? Pekko avait payé au prix fort. Est-ce que ça ne suffisait pas ?

46

Lundi 17 février.
Lever du soleil : 7 h 44. Coucher du soleil : 15 h 38.
7 h 54 d'ensoleillement.

Kautokeino.

Klemet avait passé la soirée de la veille chez lui, dans sa maison de Kautokeino. Depuis qu'il avait incendié sa tente sami, il ne restait au fond du jardin qu'un vide qui le préoccupait pour la première fois. En déposant une demande de marque de renne, n'était-il pas en train de planter une autre tente ?

Piera, assis en face de lui à la table de la cuisine, attendait. Il avait promis de l'aider, il l'aiderait, même si c'était de mauvaise grâce après cette dispute autour d'Anna-Liisa.

Après toutes ces années passées au sein de la police des rennes, Klemet franchissait une ligne.

Allait-il se retrouver en situation de conflit d'intérêts ? Un collègue de la brigade financière pouvait-il posséder des actions en bourse ? Seule certitude, cette sensation encore vivace lorsqu'il avait vu Piera étreindre le lichen, entouré de ses rennes. Crise de la cinquantaine à retardement ? Envie d'un retour aux sources ? Ce jeune renne qu'Anneli Steggo, l'éleveuse devenue responsable du district d'élevage 23, au nord de Kautokeino, lui avait confié après l'avoir sauvé d'un prédateur, valait-il vraiment qu'il mette en danger sa carrière ?

Piera lisait dans ses pensées.

– T'es sûr ?

Klemet avait posé devant lui les formulaires de la direction de l'Agriculture que Nils-Ante lui avait imprimés. Deux pages de la version en norvégien, autant en sami. Il considérait qu'il se devait d'utiliser le formulaire sami. Mais son vocabulaire laissait à désirer. Il lui faudrait du temps. De l'aide. Dans quoi se lançait-il ?

Heureusement, Nina n'est pas là, elle se ficherait de moi.

Pourtant, la jeune femme lui manqua, d'un coup. Son franc-parler, sa vision limpide de la vie. Elle lui aurait mis le nez dans ses contradictions en deux secondes.

– Oui, je suis sûr. Il faut que je le tente. Sinon, je regretterai.

Piera secoua la tête.

– Tu sais pas dans quoi tu t'embarques… Ce renne, tu devrais l'abattre, maintenant. Il est pas marqué ? Je m'en occupe, ici, tout de suite, tu remplis ton congélo, et on en parle plus. Crois-moi, c'est la meilleure solution. Plus t'attendras, plus les emmerdements vont s'accumuler, et plus ton renne te coûtera cher à entretenir. Pourquoi tu crois que la plupart des rennes abattus tous les ans sont des faons ?

Klemet haussa les épaules. Il n'aimait pas ces devinettes de maître d'école.

– Parce que garder en vie un renne trois ans ou plus, ça coûte. En essence pour le garder, en nourriture pour lui faire passer les mauvais hivers et pour les bergers qui les gardent. Les gens n'y pensent pas, mais c'est la réalité. Alors qu'un faon qui naît en mai, on va l'abattre en novembre ou décembre. Six mois pendant lesquels il se débrouille très bien tout seul, avec sa mère, pas besoin de le garder. Coût minimum, gain maximum.

Piera parlait en professionnel de l'élevage.

Mais Klemet savait des choses que Piera ignorait. Il se souvenait de la rage insensée qu'avait déployée Anneli pour sauver le faon avant de le lui donner. Ça devait bien avoir un sens ! Il s'en souvenait, de ce faon, quand il l'avait ramené, au printemps, il venait de naître, maladroit comme pas deux, bien sûr. Avec des yeux, de ces yeux qui vous chamboulaient les tripes. Anneli, c'était une brave fille, bonne éleveuse, sérieuse, une âme solaire. Recevoir un cadeau d'une fille comme ça, ça comptait, ça engageait.

Et pourtant, ça n'empêchait pas les questions. Et parfois, Klemet en avait marre.

Se trompait-il ? Un simple renne, comme marqueur identitaire ?

C'est le renne que je veux garder ? Ou c'est la marque que je veux récupérer ?

– Toi, Piera, tu dis qu'on t'a volé tes terres. Moi, je ne sais même pas où mon grand-père emmenait ses rennes. Ce que je dis, c'est qu'on m'a volé ma marque. Est-ce que ma perte est moins importante que la tienne ?

Piera allait répondre, mais il s'abstint. Après quelques instants, il reprit.

– J'ai dit que je t'aiderai, je suis là. Alors, tu commences à le remplir, ou il faut que je le fasse ?

Klemet prit le formulaire sami et commença à écrire. Son état-civil d'abord. Il inscrivit son adresse de Kautokeino. La lecture du cadre 2 l'arrêta. Il fallait cocher des cases. Es-tu d'origine sami ?

Klemet releva les yeux sur Piera. Il l'encouragea.

– Quoi ? T'hésites déjà ?
– Origine sami…
– Eh bien, tu l'es pas ?
– Si, du côté de mon père.
– Alors, ça suffit.
– Si tu le dis. Tu n'es pas comme ceux qui disent qu'un vrai Sami est un Sami dont les deux parents sont sami, parle sami, porte un nom sami.
– Couche sami ? Tu as déjà oublié avec qui j'ai été marié.
Petit sourire de Piera.
– Ta mère est d'où ?
– Kiruna. Suédoise.
– Suédoise de Kiruna. Si ça se trouve, elle a du sang sami. Dans le Nord, tu sais, au fil du temps…
– Oui, je sais, tout le monde a couché avec tout le monde. Mais ici, à Kautokeino, on est à l'intérieur des terres, c'est un peu différent, les gens sont davantage restés entre eux.
Piera balaya l'air de la main.
– Ça, c'était avant. Bon, tu te décides ? J'ai mon voyage en Russie à préparer.
Klemet inspira, et cocha la case.
Il lut les suivantes. Deux cases à cocher. Le bout du monde, il le réalisa aussitôt.
Avait-il des parents ou des grands-parents qui avaient eu l'élevage de renne comme occupation principale ?
Et puis il y avait la question délicate de la part dans une siida.
Y était-il associé ou le serait-il plus tard, selon les termes du paragraphe 10 ?
Une siida… C'est dans ces groupements d'éleveurs de rennes, répartis sur tout le territoire de Laponie norvégienne, que se concentrait le pouvoir – et la légalité – du

monde du renne. Si l'on n'appartenait pas à un tel district, il était impossible de se consacrer à l'élevage de rennes. Il fallait être accepté, coopté, sachant que chaque siida avait un nombre de parts divisées entre différents éleveurs, qui exerçaient sur un territoire déterminé avec un quota de rennes. Les places étaient chères. Klemet ne le savait que trop bien, une partie de son travail dans la police des rennes consistait à régler les conflits de pâturage entre éleveurs, parfois même au sein d'un même district.

– Je sais ce que tu penses…

– Ça m'étonnerait. Je me disais que cette table qui nous sépare est longue de milliers de kilomètres d'un désert infranchissable. Qui voudra d'un flic dans son district ?

Piera sourit.

– Un flic, c'est comme un médecin ou un plombier, ça peut toujours servir…

Quand, ce matin, ils avaient retrouvé Nils-Ante et Mlle Chang, Klemet avait pris son oncle à part. Il avait déplié le formulaire.

– Je vois, avait murmuré son oncle.

Nils-Ante avait toujours été un original dans sa famille, pas toujours bien accepté. Trop électron libre, trop artiste, trop moqueur de la religion. Un blasphémateur sans foi ni loi, qui avait soufflé, un peu, sur Klemet. Avec lui, il pouvait parler de tout, Nils-Ante ne le jugerait pas. Même s'il contestait son choix, il le soutiendrait.

– Tu as besoin de preuves, c'est ça ?

Klemet hocha la tête.

– Ça ne peut venir que de Johan Mathisen, donc.

– Pas de Aasel Marie ?

– Du côté de ta grand-mère, je ne sais pas, peut-être. Tu sais que je n'étais pas en odeur de sainteté auprès de ton grand-père, mon cher oncle. Mon père et lui avaient toujours été un peu jaloux l'un de l'autre durant leur enfance, c'était à celui qui recevrait le plus beau faon pour son anniversaire. Ils ont toujours trouvé des moyens de se chercher des poux ensuite.

– Mais l'un et l'autre avaient bien l'élevage comme principale occupation ? C'est tout ce qui m'intéresse.

– Oui, mais tu sais bien que ton grand-père a tout perdu. La question, c'est si tu peux prouver qu'il a bien été éleveur de rennes. Ça remonte à si longtemps. Et il était encore jeune quand ça s'est passé.

– Je verrai bien. De toute façon, les preuves, je ne vois pas pourquoi ils auraient besoin d'en avoir des tonnes. Les Sami ont toujours été dans ces coins-là de Laponie, tout seuls, et pendant des siècles, ils vivaient de l'élevage du renne. C'est pas comme dans les zones où les paysans suédois ou norvégiens contestent la présence des éleveurs sami. Là, rien à prouver. Un acte de filiation, ça suffira bien.

Nils-Ante fit la moue.

– Je souhaite que tu aies raison. Mais tu sais qu'en plus des frontières, ces chers États nordiques ont multiplié les règles et les lois qui au fil des siècles nous ont privés de nos droits sur nos propres terres. Les choses avanceront peut-être plus vite pour ton éleveur de Pasvik. Dès qu'il aura des précisions sur une zone plus précise pour ce village d'hiver, Changounette se mettra à ses recherches avec les sites satellitaires, elle est devenue spécialiste de ça à force de préparer son business de ramassage de baies, pour déterminer les meilleures zones et établir les cartes les plus parlantes possible. Elle m'étonne toujours.

Piera et Klemet devaient reprendre la route en fin de matinée.

Klemet était d'abord allé dire au revoir à Berit et à Todd. Le père de Nina, mal réveillé, fit un effort pour venir prendre un café dans la cuisine. Klemet savait qu'il avait besoin de temps pour démarrer le matin, pour caler son rythme sur celui de Berit. Sur celui d'une vie normale. Il en était encore loin. Ça lui coûtait. Klemet voyait quand même un progrès. Auparavant, il se fichait tout simplement de son entourage. Ses efforts pour reprendre vie le frustraient. Mais cette frustration lui tenait lieu de moteur. Autant se raccrocher à ça. Klemet se souvint de ce qu'il avait dit à Nina un jour. Que son père avait dépensé son quota d'humanité. Quelque chose dans ce genre. Peut-être avait-il tort.

– L'éleveur, il va t'aider. Il fera ce qu'il pourra, en tout cas.

Todd regarda sa tasse.

– On fait ce qu'on peut. Mais, parfois, ça suffit pas.

Ces yeux mouillés. Cette crispation des lèvres. Si loin. Si dur. Klemet posa sa main sur le bras de Todd.

Berit remplit leurs tasses de café et recula d'un pas, sans lâcher la cafetière, prête à y revenir. Toujours si discrète.

– Tu sais, dit Klemet à son amie, finalement je dépose le dossier, pour le renne.

Elle posa la cafetière.

– Ah bon ?

Klemet voyait bien qu'elle se retenait de commenter sa décision.

– L'administration demande que je prouve qu'un de mes aïeux travaillait dans l'élevage de rennes, mais bon Dieu, tout le monde élevait des rennes ici dans le temps, des actes d'état-civil qui prouvent que je suis le petit-fils de Johan Mathisen, ça suffira bien.

– Ben si tu le dis…

– Si tu veux, moi je peux t'aider.

Klemet et Berit se tournèrent en même temps vers Todd. Aussi surpris l'un que l'autre. Todd, les aider ?

– S'il faut rechercher dans tes ancêtres… Les morts, c'est mon domaine. Ils m'ont à la bonne.

Klemet voulait lui dire que non, pas la peine, mais quelque chose dans le regard de Todd le retint.

– Avec Berit, on pourra fouiller dans les archives, voir les détails de cette histoire de frontière. C'est bien ça, non, ton grand-père, il s'est cassé les dents sur une frontière que les types en col blanc lui ont plantée du jour au lendemain ?

– Oui, mais…

Todd ne le laissa pas poursuivre.

– Les frontières, ça me connaît. Quand j'étais plongeur, c'était pareil. La vie ne tenait qu'à un fil. C'était une frontière invisible, mais on ne voyait qu'elle. Je peux l'imaginer, ton grand-père, il devait la connaître, cette frontière. Peut-être même qu'il en faisait des cauchemars. Même s'il faisait semblant que non, qu'il était au-dessus de ça. Mais mon avis, c'est que ça a dû le bouffer aussi.

Todd ne s'arrêtait plus maintenant, il vidait son sac, Berit et Klemet le voyaient bien.

– Si ça se trouve, il l'a franchie, cette frontière, alors qu'il sentait ce qui allait se passer. Comme une façon de défier les hommes. Ou Dieu.

– Et toi, tu l'as franchie cette frontière aussi ? demanda Klemet d'une voix aussi douce que possible.

– Une fois. Mais c'était pas pour narguer Dieu, c'était pour essayer de sauver mon binôme. Faut croire que j'étais pas prêt à jouer avec ça, sinon je serais pas encore à en payer le prix…

Le silence qui s'installa, lourd, fut interrompu par une sonnerie, sourde. Le téléphone de Klemet vibra. Nina. Cette fille était dotée d'un sixième sens. Klemet regarda Berit, qui hocha la tête et s'assit à côté de Todd, posant sa main sur son avant-bras. Le père de Nina avait l'air épuisé après sa confession.

Klemet s'écarta jusque dans la petite entrée où s'entassaient leurs chaussures. Nina parla d'une voix pressée.

– J'ai un numéro d'immatriculation et un nom. C'est le même Piotr Potap avec qui tu as discuté l'autre jour, ce Russe de Nikel. Nos gardes-frontières ont fait les recoupements, entre leurs observations visuelles le long de la frontière, avec les jours et les heures, les passages au poste de Storskog, un relevé de caméra Web. Tout colle. Ce Potap, il y a toutes les chances que ce soit lui qui ait renversé les deux poteaux de la frontière, on ne relève aucun trafic sinon, à part les militaires et deux vieux de Svanvik.

– Pourquoi il aurait fait ça ? Il n'avait pas vraiment la tête de l'emploi.

– Je ne sais pas. C'était juste après l'histoire du passage des chiens russes. Il a peut-être voulu faire porter le chapeau aux Norvégiens en faisant ça. Montrer que la frontière était mal tenue, que c'était pour ça que les rennes avaient traversé, pas à cause de chiens russes, de soi-disant chiens russes comme disaient les réseaux sociaux.

– C'est bizarre. Ce type disait pourtant qu'il venait chercher le chien d'un ami.

– Eh bien on va chercher pour lui. Et on va le lui porter et lui demander. Bon, tu passes au bureau, qu'on prépare tout ça ?

Klemet fit une grimace.

– Je pourrai en fin d'après-midi, ça ira ?

– Pourquoi pas maintenant ? J'ai fait du café et Anette a ramené des roulés à la cannelle.

Il imaginait son air joyeux, ses yeux pétillants. Inutile de finasser, elle saurait bien assez vite. Berit ne savait pas mentir.

– Je suis à Kautokeino. Je partais à l'instant. Je passe dès que je rentre à Kirkenes, promis.

Un silence. Qui n'avait rien de joyeux.

– Tu as vu mon père ?

Il ne pouvait pas lui dire qu'il l'avait en face de lui. Ça lui ferait mal.

– Je l'ai aperçu hier. Je crois que ça allait. Il n'est pas bavard, tu sais.

Cette fois-ci, il ne mentait pas. Ou si peu.

Ils raccrochèrent. Il posa sa main sur l'épaule de Todd, qui fit un effort pour sourire. Pas pour se lever.

– Nina ?

Comme s'il avait mobilisé toutes ses forces pour cette question.

– Elle va bien. Elle pense à toi, souvent. Tu lui manques. Elle sait qu'il faut du temps.

Ce regard de Todd…

Ils se quittèrent. Berit les raccompagna sur le perron. Soleil éblouissant au milieu d'un ciel bleu immaculé, froid écrasant et cristallin. Klemet aimait cette région. Son renne la méritait.

Ils firent la première partie du trajet en silence. Lorsqu'ils traversèrent la frontière finlandaise, Piera se redressa sur son siège.

– J'ai promis de t'aider. Je demanderai aux membres de notre district s'ils acceptent de te prendre comme associé.

– Ils n'accepteront personne dans les conditions actuelles, surtout pas un étranger à leur district comme moi.

– Alors je te prendrai sur ma part. Ce n'est pas avec un renne que tu vas menacer l'équilibre du groupement.

La route glacée serpentait à perte de vue devant eux, scintillante, aveuglante par moments. Klemet ne la quittait pas des yeux. Il reportait les remerciements à plus tard. Sa gorge le serrait trop.

47

Mardi 18 février.
Lever du soleil : 9 h 14. Coucher du soleil : 17 h 11.
7 h 57 d'ensoleillement.

Nikel. 9 h 45.

Piera Kyrö attendait dans sa Volkswagen, moteur au ralenti. En face de lui, la place Lénine. L'homme au col roulé lui avait donné rendez-vous là, au pied de cet immense bâtiment. Style soviétique, peintures murales grandiloquentes, sculptures conquérantes. La place était vide, impressionnante de désolation, entourée d'immeubles austères où ne transparaissait aucune activité. La statue de Lénine, au milieu, bien seule. Il s'était laissé guider par la vision des trois cheminées de Nikel. Leur fumée épaisse se frayait un chemin à travers quelques nuages fins et clairs.

À cinq minutes du rendez-vous, le col roulé fit son apparition en haut des marches. Piera respira un grand coup. Il claqua la portière, traversa la place. L'impression que ses pas résonnaient en dépit de la neige. Ou étaient-ce les battements de son crâne ? Il aurait parié qu'il faisait plus froid encore à Nikel que de l'autre côté de la frontière. Moins de dix kilomètres à vol d'oiseau. Comment des kilomètres pouvaient-ils être aussi longs ?

Piotr Potap l'accueillit d'un signe de tête et le conduisit à l'intérieur. Couloirs vertigineux de hauteur. À gauche dans le hall, une porte démesurée était ouverte. Un homme en veste camouflage et foulard rouge ouvrit les bras en grand en le voyant. Il lui parla en russe, vite, en l'étouffant entre ses bras, ému visiblement. Le col roulé traduisait tant bien que mal en anglais. Le camouflé s'appelait Oleg Gretchko et, avec Piera, ils allaient travailler ensemble, reconstruire l'élevage de rennes, rendre leur dignité aux Sami de Russie. Gretchko ne s'arrêtait plus, sa voix résonnait dans le hall. Kyrö apprendrait à Gretchko à s'occuper des rennes à petite échelle, on commencerait modestement, pour réapprendre les gestes, un élevage familial. Dans ces pâturages qui n'attendaient qu'à être rendus à leur véritable usage, nourrir les plus beaux rennes de la péninsule de Kola !

Ce Gretchko avait l'enthousiasme contagieux. Piera en oublia la crainte qui ne l'avait plus quitté depuis le réveil. Oui, peut-être que ce projet fou pourrait voir le jour. Mamo avait tort de s'inquiéter.

Gretchko le tira par la manche à l'intérieur de la salle. Piera demeura sur le seuil. Changement de monde. Un musée de la Deuxième Guerre mondiale. Une brocante ramenée du front. L'obsession d'un homme, Piera le comprit aussitôt à voir les yeux de Gretchko, impatient de partager sa passion. Dans un coin de la vaste salle, Vitali Tukavin était assis, remuait une cuillère dans une tasse. Il lui fit signe d'approcher.

Il déplia une carte de la péninsule de Kola. Gretchko le poussait dans le dos, parlant toujours autant. Le col roulé avait du mal à tenir le rythme de la traduction, mais il en ressortait que tous ces objets avaient été trouvés sur la ligne de front de Litza au cours des dernières décennies. Pourquoi on lui parlait de ça ? Gretchko le força à s'asseoir, lui remplit une tasse de thé noir, fit de même pour lui. Piotr Potap, debout près d'eux, n'avait pas droit à la sienne.

Gretchko indiqua du doigt les zones de pâturages qui étaient envisagées pour leur projet de coopération. Il montra du doigt Piotr Potap.

– Monsieur Gretchko dit que je travaille à la mairie de Nikel, au service développement économique, et que je serai le mieux placé pour faciliter toutes les questions de permis au niveau du cadastre et autres détails de ce genre. Et on connaît des gens influents à la direction des gardes-frontières.

Piera lui jeta un coup d'œil poli, mais il s'intéressait en fait surtout à Vitali Tukavin. Depuis qu'il s'était rappelé d'où son visage lui était familier, la curiosité le taraudait. Mais le moment n'était pas venu.

Piera sortit la photo.

– Le seul document en ma possession.

Gretchko et Tukavin se penchèrent dessus.

Le berger de la 9e brigade retourna le cliché.

– Tu as leurs noms ?

– Jegor, Vasili et Aleksei Lobanov.

– En tout cas, s'exclama Gretchko, ce n'est pas un village d'été, avec toute cette neige !

– La neige ne veut pas dire grand-chose, le corrigea Piera. C'est comme chez nous. Ils devaient sûrement faire la transhumance vers le village d'été quand la neige portait encore les traîneaux, à la fin du printemps. Pareil s'ils avaient des véhicules. Au moment de la fonte, les routes devenaient impraticables, il fallait que les troupeaux rejoignent les pâturages d'été à temps pour que les femelles mettent bas début mai.

Gretchko grommela quelque chose d'incompréhensible, mais Vitali Tukavin semblait partager l'avis de Piera. Il continua.

– Mais la rivière, là, paraît bien gelée. On y voit des gens dessus, un camion même. Sûrement en hiver. Dites, c'est vrai que les papiers d'identité ont été abandonnés au moment des rafles ?

Ce fut Vitali Tukavin qui répondit. Il parlait plutôt bien le sami du Nord. Il n'avait plus cet air rêveur et absent qu'il lui avait vu au café Centrum.

– Il paraît. On a pu en retrouver parfois. Regarde cette carte. Cette région immense, toute cette péninsule. Les habitants étaient dispersés en minuscules communautés. Elles étaient gérées par un selsoviet, qui avait un président. Une sorte d'auto-administration.

Oleg Gretchko frappa du poing sur la table. Il ne comprenait pas le sami. Pressé, surtout, de partir. Son enthousiasme faisait plaisir à voir. Tukavin reprit en russe. Potap traduisait.

– Cette péninsule a été zone secrète et militaire pendant très longtemps. Aujourd'hui encore, elle reste très restreinte suivant les endroits. Les populations ont été déplacées, concentrées. Tous ces petits hameaux désertés, oubliés, loin de tout, sans route d'accès. Ce qu'on voit sur cette photo, c'en est sûrement un.

– C'est là où nous allons chercher ?

– C'est vaste. Il n'y a pas de route pour accéder à ces coins, plus personne n'y va depuis des décennies. Il n'y a pas d'autre solution. Mais nous devrions commencer par faire quelques recherches sur ce Charnolusky.

Les journées suivantes furent éprouvantes. Ils parcouraient à un rythme effréné la péninsule de Kola et ses étendues à perte de vue à bord d'un vieux 4×4 d'origine soviétique qui tirait une remorque chargée de deux scooters des neiges. On s'éloignait de la zone frontière et des pâturages ancestraux de sa famille, vers ces territoires où on les avait déplacés. Mais Piera découvrait, fasciné, les étendues de toundra et de montagnes. Si la Laponie qu'il connaissait, en Norvège ou en Finlande, était clairsemée, celle-ci semblait à peine effleurée par l'homme. Et quand elle l'était, mieux valait passer son chemin. La pauvreté le frappait. Mais personne dans la voiture ne la remarquait.

Lovozero, la capitale sami, lui avait laissé une impression ambiguë. On sentait les efforts de certains Sami pour accueillir les touristes et leur donner un aperçu de leur vie, ou plutôt d'une vie magnifiée. On y trouvait les mêmes traîneaux de chiens que dans les coins touristiques en Laponie nordique – il n'avait jamais entendu parler d'un éleveur de rennes qui utilisait un traîneau de chiens –, les mêmes tentes où les touristes iraient déguster un bouillon de renne après en avoir caressé un. Piera avait été content d'en partir vite.

En faisant des recherches sur l'ethnologue soviétique au musée de Nikel et à celui de Lovozero, ils avaient trouvé des bribes d'informations complémentaires sur l'expédition de 1932 de Charnolusky. Il avait remonté la rivière Vostochnaya Varzouga et la rivière Pana, au bord desquelles les Sami installaient leurs campements d'hiver. Ce qui confirmait l'observation de Mlle Chang.

Varzouga était au croisement des rivières Vostochnaya Varzouga et Pana, une région de dunes et de forêts enfouies sous la neige. Ils firent de Varzouga le camp de base de leurs recherches. Ils y laissèrent le 4×4 pour poursuivre en motoneiges en remontant la rivière gelée. La partie orientale, qui suivait le cours de la rivière Vostochnaya Varzouga, leur prit deux jours épuisants. Les collines et montagnes, peu nombreuses, coïncidaient rarement avec l'allure de la photo. Ils pouvaient avaler les kilomètres le long de la rivière entre deux points élevés qui nécessitaient une vérification. On passait parfois des cabanes en bois qui devaient accueillir les pêcheurs de saumons l'été. Certains campements plus importants indiquaient des activités touristiques. En fin d'après-midi du deuxième jour, la rivière qui jusque-là avait suivi la direction de l'est remonta plein nord. Plusieurs monts cernaient ce coude de la rivière. Pour trouver l'angle correspondant à la photo, ils s'engagèrent sur une zone de toundra légèrement ondulée à peine parsemée de bouleaux rachitiques. Ils aperçurent quelques cabanes abandonnées. Un vieux hameau. Il faudrait en faire le tour pour trouver le bon angle et vérifier si cela collait avec la ligne d'horizon et de relief du cliché. Ils firent une pause pour préparer du thé. Piera poussa la porte de la première cabane. Elle avait visiblement servi d'abri récemment. Il fut rejoint par Tukavin, le berger de Lovozero.

– On est loin de tout, ici, pas vrai…

– Il n'y a plus d'élevage dans cette partie de la péninsule ?

Tukavin secoua la tête.

– Tu vois comme c'est isolé. Il y a des villages plus loin, encore plus à l'est, mais pas de route. Comment veux-tu faire pour vendre la viande de renne ? Les gars abattent pour eux-mêmes. Le reste, c'est du braconnage pour les touristes de Mourmansk ou d'ailleurs. Du gâchis.

Ils continuèrent ensemble et entrèrent dans une cabane décrépie dont la façade avait dû un jour être couverte d'enduit. Sûrement le bureau de l'administration locale. L'ameublement restant était ce qui n'avait pas pu être brûlé par les vagabonds ou les promeneurs. Oleg Gretchko appela de la pièce voisine. Ils le trouvèrent en train de déblayer une table recouverte de neige, de planches et de tôles du toit. Il s'acharnait. Piera avait vu comment, au cours de ces deux jours, il devenait toujours plus tendu. Tant qu'ils avaient bénéficié d'une couverture téléphonique, Gretchko avait reçu de nombreux appels qui semblaient toujours mal se passer, la voix à l'autre bout criait la plupart du temps. Il sortait maintenant de son étui un couteau de chasse et forçait l'un des tiroirs du bureau.

Il se mit à ricaner. Il prit une liasse de feuilles mangées de moisissure.

– Miracles de la bureaucratie soviétique, dit-il avec un sourire triste. Des formulaires d'enregistrement pour des déplacements jusqu'à Lovozero. – Il força un autre tiroir. – Il en tira une boîte en fer dont il fit sauter l'ouverture.

Il secoua la tête.

Il brandit des documents qui étaient enveloppés dans du tissu effiloché.

Il les feuilleta rapidement, soupira. Déçu. Il les montra à Piera.

– Des pauvres bougres comme ton grand-père. Des passeports oubliés. Si tu crois en Dieu, prie pour qu'on en retrouve des comme ça.

Piera prit les passeports. L'encre noire avait bavé. Restaient les photos. Des regards fixes, figés, même. Dernier coup d'œil à la vie ? Ils dataient des années 1950. Ça ne pouvait pas être ceux de sa famille. Vasili et

Aleksei étaient déjà morts depuis longtemps, Jegor avait gagné la Norvège. Tout avait été abandonné ici. Une évacuation rapide. Brutale peut-être. Les passeports ? Vous n'en aurez plus besoin là où vous allez ! Allez, allez ! Le destin de ses grands-oncles. Non, ce n'était pas ici.

Oleg Gretchko prit des photos des passeports et tira une serviette de son sac à dos. Il en enveloppa avec précaution les documents qu'il remit dans le tiroir, avant de le refermer. Piera l'observait. Gretchko semblait se recueillir. Quel drôle de type… Gretchko sentit le regard de Piera.

– C'est sacré. Un jour peut-être, leur famille viendra les chercher.

48

Vendredi 21 février.
Lever du soleil : 7 h 03. Coucher du soleil : 15 h 23.
8 h 20 d'ensoleillement.

Kirkenes.

– Ce Piotr Potap repasse à Kirkenes samedi soir et Piera Kyrö t'annonce dans la foulée qu'il va partir en Russie, lui qui s'était juré de ne jamais y mettre les pieds. Drôle de coïncidence, non ? Tu as essayé de le joindre ?

– Ça ne répond pas. Anna-Liisa m'a appelé hier soir.

– Ah oui, elle t'appelle le soir ?

– Oui, elle m'appelle le soir. Elle s'inquiète. Un mauvais pressentiment. Son père a disparu en Russie. Et ce départ subit de Kyrö réveille de mauvais souvenirs. Bien sûr, on ne peut pas l'empêcher d'aller en Russie, l'inquiétude de son ex-femme, ça ne suffit pas. Mais cette histoire d'abattoir, c'est bizarre.

– Et tu lui as raconté ça ?

– Piera Kyrö pense que si le projet de pâturage fonctionne, les éleveurs russes qui travailleront avec lui pour réapprendre le métier traditionnel permettront par la qualité de leur production d'envisager à nouveau l'homologation de l'abattoir par l'Union européenne, après les travaux nécessaires. Il y croit dur comme fer.

– Ce Piotr Potap, c'est un homme d'affaires ?

– Pas mon impression. Quand je l'ai contrôlé l'autre jour, il cherchait le chien d'un ami.

– Il disait qu'il cherchait le chien d'un ami, rectifia Nina.

Elle avait prévenu le poste-frontière de Storskog de l'avertir la prochaine fois que la voiture de Potap repasserait. Elle regardait Klemet, enfoncé dans le divan du petit salon.

– C'est tout de même bizarre cette histoire de chien.

– Tu penses au comportement du lieutenant ?

– Quand tu sais à quel point le respect de ce traité frontalier entre nos deux pays est sacré, son dérapage l'autre jour est incompréhensible. Et puis, d'un coup, lui et ce Potap qui s'intéressent au même moment à ces chiens…

– Ils se connaissent ?

Nina haussa les épaules.

– On ne peut pas poser la question directement aux gardes-frontières du FSB.

– Non, on ne peut pas.

– Mais dis-moi, l'autre jour, quand on a ramené les rennes, tu m'as semblé collaborer parfaitement avec cette jolie brune, l'adjudante-chef je ne sais plus quoi.

– Natalya.

– Exactement, tu t'en rappelles, quelle chance ! Évidemment, on ne peut pas lui poser la question par courriel du FSB.

– Ça va, ça va… J'ai son adresse perso.

Klemet se leva, avec sa tête de gamin pris en faute.

– Avant que tu partes… Berit m'a appelée. Tu comptais m'en parler ?

– De quoi ?

– La marque…

Klemet se rassit, avec un soupir.

– Vas-y, fais-moi ta leçon de morale…

– De morale ? La morale n'a rien à voir avec ça, tu devrais le comprendre. J'aurais dû rédiger un rapport sur cette histoire de faon, tu sais pourtant que tu n'as pas le droit de…

Klemet levait la main. Il regardait droit devant lui. Bien sûr qu'il savait. Nina adopta un ton plus doux.

– Ton identité sami, elle peut s'exprimer autrement. Là, ça donne l'impression que tu essayes de te faire justice toi-même. De montrer au monde entier qu'on a eu tort de punir ton grand-père.

– Et mon peuple. Ce sont leurs frontières successives qui ont forcé les Sami à se déplacer dans des territoires de plus en plus disputés. Pour en arriver où ?

Nina vint s'asseoir près de Klemet. Elle lui prit la main.

– Je suis avec toi, Klemet, mais tu n'as pas d'autre alternative que la voie légale.

Klemet reprit sa main vivement.

– Je ne fais rien d'illégal. Je fais une demande de marque en bonne et due forme. Piera, lui, il comprend. Il me soutient. Il m'a offert de m'accueillir sur sa part du district.

– C'est généreux à lui.

– Il a un quota de cinq cents rennes, ça lui laisse de la marge. C'est pas le mien qui va bouleverser la donne, quand tu sais que les prédateurs lui en bouffent une centaine par an.

– Et comment tu feras quand tu devras intervenir comme policier contre lui ? Parce que tu te doutes bien que ça arrivera.

– Eh bien, je laisserai Kujala prendre ça en main. Comment crois-tu que les membres de l'Office de gestion des rennes font ? Ils sont tous sami ou presque, avec des oncles ou des cousins éleveurs. Quand un cas touche un membre de leur famille, ils le signalent et se font remplacer, c'est tout.

Nina se releva et lui fit face, de l'autre côté de la table basse. Mains sur les hanches, elle sentait la colère monter.

– Mais tu cherches quoi à la fin ? Ta tente brûlée, ça voulait dire quoi ?

Klemet se leva à son tour.

– Laisse tomber. Tu comprendrais pas.

– C'est ça, traite-moi de conne en plus ! Je crois plutôt que je comprends très bien. Tu fais tout à l'envers. Ce faon, tu n'aurais jamais dû l'accepter. Ou, alors, tu aurais dû demander à Anneli de le garder dans son troupeau. Tu lui aurais mis un petit bandeau rouge autour du cou, comme ça tu aurais pu dire que le faon au bandeau rouge, c'était le tien, et tout était parfait. Mais là, tu t'es mis hors-la-loi.

– La marque, c'est ça que tu ne comprends pas.

– Que c'est important pour l'identité sami ? Évidemment que je le comprends. Même si quatre-vingt-dix pour cent des Sami ne sont pas dans l'élevage de rennes, et ils doivent bien vivre avec.

– Est-ce qu'ils vivent bien ?

– Ce que je dis, c'est que si c'est la marque qui est importante, fais ta demande. Mais débarrasse-toi de ce renne ! Des centaines, des milliers se font prendre par des gloutons ou des loups tous les ans !

Klemet n'en ferait rien. Buté. Elle avait oublié à quel point.

La sonnerie d'entrée retentit. Nina alla ouvrir. Jaakoppi Kujala la salua sans ouvrir la bouche. Ils vont très bien ensemble finalement, songea Nina en le laissant passer.

– Klemet est toujours là ?

– Il s'apprêtait à te rejoindre.

– Je ne vous dérange pas au moins ?

Cet air qui se croit malin.

– Toujours aussi fin, Kujala, lança Klemet depuis le petit salon.

– C'est plus intime qu'à l'hôtel de police ici, dit-il en s'asseyant en face de Klemet.

Il sortit une chemise de son sac à dos et l'ouvrit, écarta quelques feuilles et en mit une sur le dessus.

– L'abattoir, donc. Voilà les statuts. Des documents de la Chambre de commerce. Les rapports financiers. L'étude qui avait été menée par l'Union européenne, plus précisément la direction générale de la Consommation et de la Protection des consommateurs. Quand ils ont donné leur homologation. Et quand ils l'ont retirée.

Nina tira un des documents, tandis que Klemet en prenait un autre. Jaakoppi Kujala résumait ses premières trouvailles. Pour la première fois, Nina le voyait agir en policier, et non en élément toxique.

– Pekko Virtanen avait l'expérience d'un abattoir par le biais de son élevage de moutons.

– Celui qui a mal tourné, à cause des ours.

– N'empêche, il a décidé de s'engager dans ce projet d'abattoir dans la péninsule de Kola, avec d'autres associés, des Russes, Sami ou non, et des Norvégiens. Pas mal de problèmes avec la bureaucratie russe, ce qui est assez courant, et l'était encore plus dans les années qui ont suivi la chute de ces enculés de Bolcheviks.

– La création de l'abattoir « Food of Kola » date de 1994 d'après les documents, nota Klemet.

– Et la certification par l'Union européenne, après un certain nombre d'inspections, qui ont régulièrement pointé des problèmes…

– … apparemment jusqu'à leur résolution, puisque l'UE a donné son feu vert en 1999, compléta Nina.

– Tout semblait aller bien, jusqu'à la disparition de Pekko Virtanen, pour des raisons qu'on ignore, poursuivit Kujala. Ce qu'on sait, c'est que le partenaire norvégien de Pekko Virtanen, peu après sa disparition, vend ses parts aux associés russes. Les Russes ont désormais le contrôle total de l'abattoir. Ils en changent le nom, le rebaptisent « Souvenir de Lénine ».

– Et six mois plus tard, ils perdent la certification de l'UE. Ils ne peuvent plus exporter en Europe et commencent à péricliter pour finir par fermer, faute de débouchés. Les Russes, apparemment, ne sont pas des gros mangeurs de viande de renne.

– Mais tout ça ne dit rien sur la disparition de Pekko Virtanen.

– Ni sur ce qui se passe aujourd'hui avec cet abattoir. Sa réouverture semble un des objectifs du partenariat entre le district de Pasvik et ces bergers sami de Lovozero.

Jaakoppi Kujala ramassa les documents entre les mains de Nina et Klemet et referma son dossier.

– Je crois que nous ferions bien d'aller dire deux mots à Arne Knutsen.

– Knutsen ?

– Un des vieux toujours fourrés à l'entrée du café Centrum. C'est lui l'associé norvégien de l'abattoir qui a vendu ses parts aux Russes. Juste après la disparition de Pekko Virtanen.

49

Rivière Pana, péninsule de Kola (Russie).

Piera aperçut les rochers au dernier moment. Assis derrière Oleg Gretchko qui pilotait leur scooter, il regardait dans la direction que le Russe lui indiquait sur leur droite. Ils décollèrent lorsque le patin gauche du scooter heurta l'une des pierres. Cela suffit pour les déporter. Ils roulèrent dans la neige et crièrent en même temps lorsque le scooter leur retomba dessus. Vitali Tukavin s'arrêta près d'eux et sauta de son scooter, suivi par Piotr Potap. Ils repoussèrent le motoneige. Piera ressentit des douleurs au niveau d'une cuisse et du dos. Oleg Gretchko saignait de la tête. Il bougea un peu et grimaça. L'épaule, un genou. Ailleurs, peut-être. Les deux hommes se regardèrent. Ils savaient qu'ils avaient eu de la chance. S'ils étaient tombés sur une surface dure, le scooter les aurait écrasés. Là, ils s'étaient enfoncés dans la neige sous le poids du motoneige sans lui opposer de résistance.

Tukavin et Potap soulevèrent l'engin. Tukavin tenta en vain d'essayer de le redémarrer.

– Vous, ça ira ?

Piera et Gretchko se levèrent. Ils grimacèrent en même temps, et cela les fit rire. Bizarrement, c'était la première fois depuis que Piera s'était lancé dans cette exploration qu'il se sentait lui-même, bien, sans cette boule au ventre qui ne l'avait plus quitté depuis le passage de la frontière. Il rit de plus belle, entraînant Oleg qui semblait tout autant libéré que lui. Tukavin se mit à rire aussi. Il n'y avait que Piotr Potap pour garder son air sérieux, mais ça ne gâchait rien. Au contraire, les trois hommes rirent encore plus en montrant sa mine coincée. Oleg se traîna jusqu'à la remorque et tira une bouteille de vodka d'une caisse.

– Faut fêter ça.

La bouteille passa de l'un à l'autre. Ils étaient seuls au monde, entourés d'un paysage grandiose, de montagnes écrasées qui dessinaient des vagues à perte de vue, de vallées qui paraissaient ne jamais avoir vu d'hommes. Oleg cria en levant la bouteille vers le ciel qui leur offrait une palette de couleurs roses orangés avec des filets bleutés à couper le souffle. Piera but encore. Il cria aussi. Il avait mal, il était bien.

Cela faisait un moment qu'il avait commencé à perdre espoir. Après être revenus deux jours plus tôt à l'embranchement de Varzouga, entre les deux fleuves du sud de la péninsule de Kola et s'être reposés une nuit, les deux équipages avaient repris le matin même l'exploration le long de la rivière Pana, qui partait vers l'ouest et remontait en direction de Lovozero, dans le cœur de la péninsule. La fatigue s'accumulait, mais les trois Russes qui l'accompagnaient ne s'étaient pas plaints jusque-là. Tout au plus Oleg Gretchko semblait-il toujours plus impatient. Inquiet aussi, de ne rien trouver. Il était celui qui les remettait toujours en route pour aller de l'avant. Sa conduite s'en ressentait. Plus nerveuse, saccadée, avec de longues accélérations dès qu'il le pouvait. Le relief de cette partie de la péninsule s'avérait malheureusement bien plus tourmenté et montagneux, les obligeant à s'arrêter souvent pour contrôler les angles et perspectives en relation avec la photo de l'expédition. Piera voyait mal comment ils y arriveraient. Il était à peu près sûr que depuis la rivière qu'ils ne quittaient quasiment jamais, ils ne trouveraient jamais le bon point de vue.

Ces dernières heures avant l'accident, entre deux arrêts, alors qu'il était assis derrière Oleg qui pilotait un des scooters en remontant la rivière Pana, il repensait au message d'Anna-Liisa.

Ce matin, à Varzouga, Piera avait profité du réseau pour consulter rapidement son téléphone. Dans un texto, Anna-Liisa le prenait à partie. « Qu'est-ce qui te prend ? C'est vrai cette histoire d'abattoir ? J'ai perdu mon père ! Tu ne crois pas que ça me suffit ? » Elle y ajoutait des ribambelles d'émoticônes qu'il avait toujours du mal à déchiffrer. Mais, clairement, ils exprimaient la colère et la stupeur. Dans un certain sens, il la comprenait, Anna-Liisa. De vieilles plaies étaient rouvertes. Et son attention le touchait. Mais ils n'étaient plus mariés. Piera s'était demandé qui avait pu lui parler de cette relance de l'abattoir. Les autres éleveurs du district avaient promis de garder le silence tant que le projet restait hypothétique. Renson, le député ? Anna-Liisa ne le connaissait pas. Non, bien sûr, il ne restait que Klemet Nango.

En portant une fois de plus le goulot à ses lèvres, à mesure que la douleur s'amenuisait, il se dit que tout ça n'était peut-être pas si grave.

– On va continuer, dit seulement Oleg Gretchko en s'essuyant le front.

Tukavin avait accroché le scooter en panne à une corde derrière le sien. Ils repartirent au ralenti vers Varzouga. Ils aperçurent la bulle surmontée de la croix orthodoxe de la vieille église en bois peu de temps avant que le soleïl ne disparaisse derrière l'horizon.

Lorsqu'ils furent de retour dans l'unique auberge du village, ils ouvrirent une nouvelle bouteille de vodka.

– Au moins, on aura essayé, Oleg, dit Piera en levant son gobelet.

– Tu parais pas comprendre. Il faut que ça marche. Il le faut.

Gretchko grimaçait à certains gestes. Piera sourit. Il mettait cet entêtement sur le compte d'un rêve fou auquel il refusait de renoncer. Il l'enviait, d'une certaine façon.

Il laissa les trois hommes et s'isola pour consulter ses messages. Un texto d'Anna-Liisa, à nouveau. Elle lui demandait où il était, pourquoi il ne répondait pas. Il passa au suivant. Il fronça les sourcils. Expéditeur inconnu, mais un numéro norvégien en tout cas.

« Rappelle-moi, nous avons peut-être trouvé. »

Cela allait lui coûter une fortune depuis la Russie mais il appela aussitôt et tomba sur Nils-Ante. Il parlait vite. Sa fiancée chinoise avait continué à explorer les sites d'imagerie satellitaire. En resserrant ses recherches sur les zones semi-montagneuses, elle avait identifié grâce au relief distinct de la photo le point d'où elle avait été prise. Elle y avait passé quatre jours, mais le découpage laissait peu de doute. Non seulement à partir de cartes, de photos satellitaires, mais aussi de photos prises par des pêcheurs ou chasseurs, elle avait identifié une zone qui coïncidait. Elle envoyait les coordonnées précises.

Lorsqu'il eut raccroché, Piera ne savait plus quoi penser.

– Alors ?

Piotr Potap, toujours au côté de Gretchko, traduisait.

– Je sais où c'est.

Gretchko se redressa brusquement avec un cri de douleur. Il attrapa Piera par le col.

– Quoi !?

– Je sais, ça paraît fou. Mais quelqu'un, ce serait trop long à expliquer, a trouvé.

L'oncle avait tenu promesse. Piera tendit l'image à Gretchko, avec les coordonnées. Il se rua sur la carte.

– Demain, à l'aube !

50

Samedi 22 février.
Lever du soleil : 7 h 00. Coucher du soleil : 15 h 28.
8 h 28 d'ensoleillement.

Kirkenes.

Avec sa tête d'acteur de western américain venant de réchapper à une attaque de Sioux, Arne Knutsen n'avait pas la mine aux palabres. Klemet, Jaakoppi et Nina le trouvèrent à sa place, au café Centrum, entouré de quatre anciens qui commentaient la une du *Sør-Varenger Avis*. La direction de la mine de fer de Kirkenes venait de signer un contrat inespéré pour exporter toute la caillasse résiduelle vers le gisement de gaz russe de Yamal, dans le nord de la Sibérie, où les Chinois investissaient massivement.

Dans la rue, un guide racontait à une quinzaine de touristes d'origine asiatique emmitouflés dans des doudounes, chinois sans doute, l'histoire du portique, montrant les sculptures et les signes inscrits sur le fronton, qui célébraient l'amitié entre Kirkenes et sa ville jumelle en Chine, Harbin.

À contrecœur, Arne Knutsen suivit les trois policiers jusqu'au fond de la salle. Knutsen s'installa à une table près de la fenêtre, visage tourné vers l'entrée du café et vers le portique. Continuant à surveiller tout ce qui se passait. Une seconde nature chez cet homme, pensa Klemet.

– Qu'est-ce que vous allez remuer ces vieilles histoires…

– Pour éviter que ça se reproduise, dit Nina.

– Et puis un camarade, on le laisse pas derrière. La famille a le droit de savoir.

C'était Jaakoppi Kujala qui venait de parler. Son ton étonna Klemet.

– Qu'est-ce que tu me parles de camarade ?

Arne Knutsen se tenait sur la défensive, mâchoire prête à mordre.

– J'ai été syndicaliste, dit Kujala. Et je sais que tu l'as été aussi. Essaye pas de me raconter des bobards, on a fait le même boulot, toi et moi, on les a eus à l'œil les petits camarades communistes, pas vrai ?

Arne Knutsen parut mal à l'aise. Il ne voyait pas où tout ça l'amenait.

– Qu'est-ce que vous lui voulez à Pekko Virtanen ? On a jamais retrouvé son corps. Personne a pu enquêter en Russie. Tout ça, c'est du passé, la famille en a fait son deuil.

– Vraiment ? Ce n'est pas l'impression que j'ai eue quand Anna-Liisa m'en a parlé.

– Et on se pose des questions quand on voit que Piera Kyrö est actuellement en Russie et que son projet pourrait relancer ce fameux abattoir. Si cette histoire est pourrie, il faut qu'on le sache.

Arne Knutsen serrait les dents. Un taiseux buté. Qui ne faisait rien pour donner une autre image. Il devait espérer que son allure les découragerait.

– T'as été mineur, non ? hurla Kujala, prenant tout le monde par surprise.

Il fit claquer la paume de sa main sur la table. Les tasses se renversèrent. Le silence se fit dans le café. Kujala continua de crier, à demi redressé au-dessus de la table, penché sur Knutsen qui encaissait la colère du Finlandais sans broncher.

– Un camarade mort au fond de la mine, on le remonte ! On lui rend les honneurs ! Ou peut-être vous faites pas ça ici ? Vous avez pas d'honneur ?

Knutsen, à son tour, frappa du poing sur la table. Il se leva, pointa son doigt sur Kujala. Mais pas un mot ne sortit. Klemet eut même l'impression que sa lèvre inférieure tremblait un peu.

La serveuse arriva en courant avec une éponge. Les deux hommes s'affrontaient du regard par-dessus la table tandis que la jeune fille essuyait le café. Nina observait, calme. Klemet était plus inquiet. Il avait eu le temps de se renseigner sur Kujala et la raison de son affectation à la police des rennes, contre sa volonté. Il avait reçu un blâme pour comportement violent lors d'une arrestation lorsqu'il travaillait au commissariat de Rovaniemi. Un touriste ivre lui avait tiré la barbe en le prenant pour le père Noël et ça s'était mal fini.

Arne Knutsen se rassit. Kujala en fit autant. Klemet se détendit.

– Knutsen, demanda Nina, vous étiez associé à Pekko Virtanen dans cette affaire d'abattoir en Russie. Comment vous êtes-vous retrouvé là-dedans ? Vous, un ancien mineur ?

– Justement, parce que j'étais un ancien mineur. C'est là qu'on s'est connus avec Pekko, à la mine. Pekko, c'était…

Il jeta un œil dur à Kujala.

– C'était un camarade. Il avait tenté sa chance avec son élevage de moutons, ça n'avait pas marché, mais il était pas du genre à se plaindre. Quand l'URSS s'est écroulée, on a vu débarquer ici des tas de Russes. Pekko avait une relation avec une Russe de Mourmansk qui venait régulièrement à Kirkenes. Elle venait vendre ses breloques sur le petit marché à ciel ouvert qui se tenait une fois par mois sur la place, devant la bibliothèque, de l'autre côté de la rue. Des poupées russes, des vêtements en lin, des paniers en osier, ce genre de choses. Au début il l'avait caché à sa fille, Anna-Liisa. Il craignait qu'elle le prenne mal. On parlait beaucoup de prostituées russes qui venaient en bus de la région de Mourmansk à l'époque. Moi-même, j'étais sceptique. On s'était disputés. Mais ça paraissait sérieux. J'ai fini par lui prêter ma cabane d'été pour qu'ils soient tranquilles.

– Et cette histoire d'abattoir ?

– Sa Russe de Mourmansk, ça lui a ouvert les yeux sur la Russie. Je crois que les gens lui plaisaient bien. Pas le gouvernement, non, mais les gens. Leur façon d'essayer de survivre. Leur fatalisme. Ça le touchait. Par son gendre, Piera Kyrö, il était resté un peu lié à l'élevage, celui des rennes. Quand il y a eu ce projet d'abattoir pour les rennes avec les Sami russes, il a senti que c'était pour lui. Le besoin d'aventure aussi.

– Et vous l'avez suivi ?

– J'ai pas d'enfant, ma femme est morte. Mes économies, pas question qu'elles engraissent les banquiers. Je me suis associé, mais j'ai jamais mis les pieds là-bas, jamais !

– Vous n'avez pas été curieux ? C'était votre argent, quand même.

Arne Knutsen garda le silence un moment. Visage fermé. Il reprit.

– On a eu des problèmes. Ici. Et là-bas.

– Ici, c'était quoi ? lança Kujala, impatient. Quand ces braillards d'éleveurs ont crié à la concurrence déloyale, que vous alliez casser les prix et en plus importer une viande de mauvaise qualité ? On sait, ça. Parle-nous plutôt de là-bas.

Arne Knutsen lui jeta un regard mauvais.

– Pekko n'était pas très bavard sur ces histoires, là-bas. C'est lui qui gérait, côté russe. C'est ce qu'il me disait. Je gère. C'était compliqué, mais il prenait ça à cœur. Quand il y a eu l'homologation de l'Union européenne, on a fêté ça au champagne et à la vodka.

Pour la première fois, une esquisse de sourire.

– Une sacrée victoire. Sacrée cuite aussi. Pekko, il avait bu, ce jour-là, on avait célébré ça au Ritz. Il s'est lâché un peu. Il m'a parlé d'un type, un Russe avec de grands airs qui était sur lui tout le temps. Le chef de la direction vétérinaire de la région de Mourmansk. Une vraie plaie. Pour la moindre autorisation, ça devait remonter jusqu'à lui. Et il en croquait. Un gourmand. Quand on avait besoin d'un coup de tampon pour une expédition, il disait toujours que ses services étaient débordés. Pekko lui demandait, l'air de rien, si ça aiderait que notre compagnie lui paye à lui les heures supplémentaires des inspecteurs. Fallait y mettre les formes, quoi. On avait rapidement le tampon… Mais Pekko ne s'étendait pas trop. Il voulait me protéger, je crois. Pas m'inquiéter. Parce que, évidemment, il y avait des rumeurs qui couraient. Pensez donc, la Russie, à l'époque… La pauvre Anna-Liisa, ça la détruisait, cette histoire. Que son père, tellement passionné par ce projet, soit soupçonné…

– De corruption ?

Knutsen haussa les épaules.

– En fait, tout est allé très vite après que l'abattoir a eu la certification de l'UE. J'ai revu Pekko une fois après ça. Il était tendu. C'est la première fois, et la seule, où je l'ai entendu suggérer qu'il fallait vendre. Mais ce bougre de Finlandais, il a rien voulu lâcher d'autre. Je gère, il disait. Et puis il a disparu.

Tout le monde garda le silence. Les yeux de Knutsen s'étaient creusés. Il regardait le portique.

– Les Russes se désintéressaient de sa disparition. Et ici, les autorités nordiques ne voulaient pas faire de vagues. Elles évoquaient l'imprudence de certains entrepreneurs. Elles en rajoutaient dans l'exigence de transparence et d'honnêteté, et tout ce bazar. Tout ça pour nous décourager de faire trop de bruit. Ça m'a écœuré. Les Russes nous ont contactés. Ils ne pouvaient pas s'expliquer la disparition de Pekko Virtanen. Et puis sa compagne russe a été retrouvée morte chez elle, à Nikel. Poignardée de plusieurs coups de couteau. Dans la presse russe, on a évoqué un crime passionnel, la fuite de Pekko. Des foutaises, bien sûr. Les Russes m'ont fait comprendre que les affaires devaient continuer. Et qu'ils avaient bien l'intention de gérer l'abattoir à leur manière, vu que moi, j'avais jamais mis les pieds en Russie. Franchement, je me suis pas battu. J'ai vendu mes parts et celles de Pekko, dont j'avais la signature. Je m'en suis voulu longtemps. Et s'il revenait ? Parce qu'il y a une chose en tout cas dont je suis sûr, c'est que Pekko n'est pas un assassin. Et je ne le voyais pas fuir. Pas le genre. En plus, Nadejda et lui allaient se marier. C'est même bien la seule fois de ma vie où je me suis excusé, je crois.

– Comment ça ?

Knutsen était gêné. Il évita de regarder Nina.

– D'avoir traité Nadejda de pute. C'était une fille bien. Elle était bien pour lui. Et s'il y a une chose que je regrette dans la vie, c'est ça. De ne pas avoir dit à Nadejda que c'était une fille bien… J'ai pas eu le temps.

Knutsen était trop ému pour continuer. Il garda le silence un moment.

– Après, c'est allé vite. Le nouveau patron a changé le nom de l'abattoir, histoire d'imprimer sa marque. Ce qu'il avait pas prévu, c'est que, comme les actionnaires et le nom avaient changé, l'UE exigerait une nouvelle inspection. Et là, c'est parti en vrille. Ils ont perdu leur homologation, ça a été le début de la fin pour la compagnie. Ils se sont dit qu'ils allaient vendre sur le marché russe, mais c'est impossible de vendre aux Russes au même prix qu'aux Scandinaves.

– Et ce Russe qui avait racheté vos parts, qu'est-ce qu'il est devenu ?

– Krazimir Chadoff ? J'en sais rien, et je veux pas savoir.

51

Varzouga, oblast de Mourmansk (Russie).

Piera ne sentait plus la douleur. Assis derrière Vitali Tukavin qui pilotait le motoneige, il était dopé à l'adrénaline. Mlle Chang avait fait des miracles. Oleg Gretchko, qui une fois les vapeurs de vodka dissipées, grimaçait à chaque mouvement, était resté à Varzouga tandis que Piotr Potap s'occupait de faire réparer l'autre scooter. Il leur fallut trois heures pour atteindre la zone repérée par la Chinoise. Les deux hommes repérèrent en même temps les montagnes au relief si particulier de la photo de 1932. Tukavin s'arrêta un instant. Il se tourna vers Piera, avec un sourire heureux. Il relança sa machine pour contourner le lac gelé qui devait correspondre à peu près à la source de la rivière Pana. Un nouvel arrêt. La fameuse bande d'un scintillement différent que la Chinoise avait repérée sur le cliché. Il fallait s'éloigner plus du lac en laissant les montagnes derrière. Un endroit idéal pour un campement. À mesure qu'ils approchaient, Piera sentit pourtant son ventre se tordre. Rien. À part la nature sauvage, aucune construction humaine n'apparaissait. La cabane, en tôle, celle en bois, tout avait disparu. Tukavin avait arrêté le moteur. Piera regardait la photo pour la troisième fois. C'est comme s'il voyait devant lui Jegor, Vasili et Aleksei. Là ! Ils devaient être là ! Et les maisons avec eux ! Le lac, les montagnes derrière, ce sommet en forme de bec, et cet autre à tête humaine, comme un géant au front trop enfoncé et aux oreilles trop grandes… C'était bien là. Mais rien !

– Pourquoi ?

Piera criait sans s'en rendre compte. Pourquoi ? Il tomba à genoux dans la neige. Tukavin avait l'air gêné. Il regardait autour de lui. Piera secoua la tête.

– Rentrons, dit-il seulement.

Ils rejoignirent Varzouga en milieu d'après-midi. Piera insista pour qu'ils reprennent la route aussitôt. Il n'avait plus rien à faire dans ce pays. Tout cela avait été une funeste erreur, un rêve éveillé. Comment imaginer retrouver des documents prouvant que son grand-père avait été éleveur de rennes en Russie avant la grande catastrophe ? Il aurait dû en vouloir à sa grand-mère, mais réalisa que tout était de sa faute. À ne pas se contenter de ses pâturages de la vallée de Pasvik. À reprocher à Anna-Liisa les errements de son père, sous prétexte que son projet d'abattoir russe faisait du tort aux Sami norvégiens. Toujours à chercher ailleurs.

Le voyage dans le 4×4 poussif fut silencieux. À ses côtés, sur la banquette arrière, Oleg Gretchko était souvent au téléphone. Toujours cette même voix qui criait et qui mettait Gretchko dans un état soucieux. La nuit était tombée depuis longtemps lorsqu'ils entrèrent dans Lovozero.

– Nous dormirons ici, dit Gretchko. Demain matin, quelqu'un veut te parler.

Piera s'endormit avec un étrange pressentiment. Ce quelqu'un qui voulait le rencontrer, qui semblait tant impressionner Gretchko, que lui voulait-il ? Gretchko n'avait pas voulu en dire beaucoup plus, si ce n'est qu'il s'agissait d'un homme d'affaires engagé dans leur projet. Mais quoi ? Dans l'élevage ? Dans l'abattoir ? Dans les deux ?

Épuisé, après s'être retourné des heures dans son lit inconfortable, il finit par s'endormir. Il sombra dans un songe. Des femmes jouaient de la musique. Il s'enfonçait dans un champ de bouquets de flocons, du lichen magique, il nageait dedans, avec des mouvements gracieux, au rythme de la mélodie. Mais bientôt des sons violents le faisaient tressauter. Un géant au front trop enfoncé et aux oreilles trop grandes fouettait le champ de bouquets cotonneux d'un immense lasso orange, faisant s'évanouir tous ces flocons, ne laissant qu'une terre désolée, les coups se rapprochaient, se rapprochaient. Il se redressa d'un coup dans son lit. Combien de temps s'était-il assoupi ? Quelqu'un tambourinait à sa porte. Tukavin. Il l'interpellait en sami. Piera regarda son téléphone. Quatre heures quinze du matin. Il ouvrit au berger.

– Tout n'est pas perdu. Suis-moi.

Piera s'habilla. Il avait froid. Les douleurs de la chute en scooter le lançaient. Tukavin le pressa. Ils sortirent dans la nuit. Le vent glacial coupa le souffle de Piera, mais Tukavin le poussait dans le dos. Ils parcoururent deux cents mètres, courbés, giflés, le froid s'engouffrait en lui. Tukavin le fit entrer dans un petit bâtiment précédé de quatre colonnades carrées. Une femme à l'air revêche se tenait dans une semi-pénombre derrière la porte.

Elle insulta Tukavin, qui l'insulta en retour.

– C'est ma sœur, jamais contente…

– Tu l'as réveillée en pleine nuit pour ouvrir le musée…

– On est sûrement ses premiers visiteurs du mois, ça l'occupe.

Le froid avait complètement réveillé Piera.

– Qu'est-ce qu'on fait ici ?

Tukavin le tirait devant une immense carte murale de la péninsule de Kola, avec Lovozero en son centre.

– Quand je t'ai vu ce matin, avec ta photo en main, et aucune trace, je me suis souvenu de ce qui se racontait dans le temps. Qui dit village d'hiver…

– … dit village d'été !

Le visage de Vitali Tukavin s'épanouit.

Piera l'avait tellement entendu.

S'il ne connaissait pas cette région de Kola, il savait en revanche qu'avant le rouleau compresseur soviétique, les Sami de la péninsule transhumaient au cours de l'année entre village d'hiver et village d'été. Pour les clans sami, l'un et l'autre ne formaient qu'un seul habitat. Chaque clan avait ses deux villages, distants parfois de plusieurs centaines de kilomètres. La carte de Tukavin lui montrait les anciens trajets de transhumance des Sami.

Le doigt de Vitali Tukavin, avec une lenteur calculée, partit de l'endroit où ils se trouvaient le matin même, passa au large de Lovozero, remonta jusqu'à la côte de la mer de Barents, sur un point qui marquait une localité. Teriberka.

52

Dimanche 23 février.
Lever du soleil : 6 h 54. Coucher du soleil : 15 h 33.
8 h 39 d'ensoleillement.

Vallée de Pasvik.

Klemet posa ses jumelles. Le hurlement venait de cesser. Il tendait l'oreille. Tentait de filtrer le bruit du vent, la moindre pollution sonore. Concentré. Le hurlement reprit. Le même. Déchiré, haché. Plus lancinant. Comme la première fois où il avait entendu la meute. Il frissonna. De froid, et d'autre chose. Ses doigts n'en pouvaient plus. À peine s'il pouvait tenir les jumelles. Il les réajusta. Essayait. Il tremblait, incapable de stabiliser sa vision. Depuis deux heures, il surveillait les alentours. Ces alentours qui s'étendaient à perte de vue. Loin au-delà de la rivière Pasvik, loin derrière les premières montagnes russes. Du haut de la tour de guet, alors qu'il embrassait un paysage immense et bien dégagé, il était bredouille. Quand il avait entendu le hurlement cinq minutes plus tôt, il pensait en finir. Mais ces diables de chiens le faisaient tourner en bourrique. Un éleveur du district 5A/C avait appelé la police des rennes tôt ce dimanche.

Le retour des chiens errants. Impossible de savoir si c'étaient les derniers survivants du groupe d'il y a deux semaines ou une nouvelle meute. En l'absence de Piera, le district n'avait pas la capacité de surveiller le troupeau. Le problème de clôture n'était pas réglé. Ils avaient besoin d'aide.

– Ces chiens vont me rendre fou, râla Jaakoppi. Putain de pays.

Il continuait, comme s'il était seul.

– Et puis j'aime pas ici. Putain que j'aime pas. J'aime pas le froid, j'aime pas la forêt, j'aime pas les rennes. Tout ça, ça m'emmerde.

Klemet regrettait maintenant de ne pas avoir visé le chien le week-end d'avant lorsqu'il en avait eu la possibilité. Pourquoi avait-il cédé au lieutenant Zubkov ? Il se retrouvait ici, à perdre ses doigts, par sa faute. Le vent qu'il avait tenté d'oublier forcissait à nouveau.

– Tu sais où je devrais être, là, maintenant ? En Thaïlande. Sur une plage. Avec un cocktail dans une main, et la chatte d'une petite dans l'autre, à pas me faire chier. Le pire, c'est que j'ai découvert ça en enquêtant sur les Hells Angels d'Helsinki qui venaient de monter un club là-bas. Pas cons, les mecs…

Ces derniers jours, après le retour des rennes, on s'était moins préoccupés des chiens errants. Mais les attaques n'avaient pas cessé. Un chien domestique avait été agressé du côté de Vaggatem, il avait fallu l'amener chez le vétérinaire. La rage, toujours.

– Ah si tu les voyais, ces plages, ces cocotiers… Dix ans que j'y passe mes hivers. Et là, cette putain de connerie ! Coincé ici… Putain que j'aime pas !

On disait que les derniers chiens qui se baladaient étaient plus malins que les autres. Comme s'ils apprenaient. Ils arrivaient systématiquement à échapper à leurs poursuivants.

Vingt minutes plus tard, ils se garèrent devant le centre Nibio de Svanvik. Anna-Liisa les attendait dans son labo.

– Baisable la nana, chuchota Kujala à l'oreille de Klemet.

Anna-Liisa leur servit du café. Ses dernières analyses et autopsies avaient confirmé ce qu'ils supposaient. La nourriture ancienne des chiens abattus ne laissait aucun doute sur leur provenance. Et la haute concentration en métaux lourds dans leur organisme était un marqueur irréfutable.

– Il y en a pour tous les goûts. Nickel, cuivre, zinc, fer, plomb, cadmium, cobalt et chrome, un vrai catalogue, à l'identique des études qu'on a menées sur les campagnols et les musaraignes dans un rayon de cinq kilomètres autour de Nikel. Je viens juste de boucler le rapport, je vous l'envoie par courriel, comme à Nina, ça vous fera des arguments vis-à-vis des Russes quand ils vont vous chercher des poux pour le passage des rennes.

Anna-Liisa regardait les deux policiers. Klemet et Jaakoppi ne bougeaient pas, silencieux.

– Autre chose ?

Jaakoppi Kujala tira un tabouret haut à lui et s'assit en le faisant grincer.

– On s'intéresse à votre père.

Anna-Liisa, surprise, chercha le regard de Klemet. Sur ses gardes. Il lui fit un signe de la tête. Patience. Écoute. Ne t'inquiète pas. Aide-nous. Tout ce que Klemet pouvait transmettre d'un regard. Suffisant pour que ça n'échappe pas à Jaakoppi.

Il montra du doigt une photo sur sa table.

– C'est Nadejda ?

– Comment vous la connaissez ?

– C'était une pute ?

– Mais, enfin ! Elle allait épouser mon père, comment pouvez-vous dire ça ?

– Juste une question, comme ça. Rien de personnel…

– Kujala !

Klemet se leva. Le Finlandais le regardait, frondeur.

– Qu'est-ce qu'il y a, Nango ? Je demandais à madame si son père avait fréquenté une pute, ça fait pas d'elle une fille de pute.

Le sourire du type qui jouissait de la situation. Si ce n'est que Klemet avait passé l'âge de ce genre de petit jeu de frustré.

– Je vais poursuivre cet entretien seul, Kujala.

Klemet se mit face au Finlandais. Ce genre d'attitude virile à deux balles qu'un type comme Kujala comprenait. Combat de coqs. Klemet s'en voulait d'en arriver là, mais après tout, Kujala n'était qu'un boulet. À traiter comme un boulet.

Kujala réagit comme un boulet. Il ricana, prit sa chapka sur le bureau.

– Tu te débrouilleras pour te faire raccompagner, Nango.

Il se tourna vers Anna-Liisa. Cherchant une dernière vacherie à sortir. Il prenait son temps.

– Dites, Anna-Liisa, ça vous dit de boire un verre au Ritz ? Entre Finlandais… On serait plus tranquilles pour parler de tout ça. Il y a comme qui dirait des ondes négatives ici… Non ?

Il enfila sa chapka. Kujala s'enfonçait, et s'en délectait.

– Tant pis. Et t'oublie pas, Nango, faut encore que tu travailles au corps la garde-frontière russe, la belle

Natalya, celle avec qui t'avais l'air de t'entendre si bien l'autre jour…

Klemet le laissa s'éloigner.

– Désolé. Il est comme ça avec tout le monde.

Anna-Liisa hocha la tête.

– Vous rouvrez l'enquête sur la disparition de mon père ?

– Nous n'avons pas de décision du juge. Je ne peux rien promettre. Est-ce que ton père évoquait ce qu'il faisait en Russie ?

– Les détails, jamais. La seule chose dont il a fini par me parler, c'était de sa relation avec elle, Nadejda. Pour le reste, il me protégeait, je crois. Mais les rumeurs couraient.

– Quel genre ?

Anna-Liisa prit un air gêné.

– Oh, et puis après tout, tu l'entendras bien assez tôt. Des rumeurs de corruption.

Anna-Liisa, comme Arne avant elle, raconta. Pekko avait voulu les protéger tous les deux, en leur disant le moins possible.

– Nadejda était tout ce qui le retenait en Russie. Elle avait encore une petite fille d'un précédent mariage, et elle devait finir son cycle scolaire à Nikel où Nadejda avait déménagé pour se rapprocher de Kirkenes.

Anna-Liisa, qui fixait la photo du couple depuis quelques secondes, redressa la tête.

– Et si tu veux la vérité, c'est ça, plus que des histoires de crottes d'ours, qui a fait que ça a capoté entre Piera et moi. Piera aimait bien mon père, surtout quand il venait l'aider dans l'enclos, mais cette histoire d'abattoir russe causait du tort aux éleveurs d'ici et, quand les rumeurs de corruption ont commencé, certains le reprochaient presque à Piera, parce que c'était son beau-père qui trempait là-dedans. En gros, on l'accusait de jouer double jeu. C'est devenu invivable à la maison.

– Pour résumer, sa disparition arrangeait tout le monde… Ici, une épine dans le pied disparaissait. Et en Russie, ça a permis à des types de récupérer ses parts à bon prix. Tu connais ce repreneur, d'ailleurs, Krazimir Chadoff ?

– Chadoff ? Oui, bien sûr, c'était le vétérinaire que j'avais rencontré à Lovozero lorsque je faisais mon voyage d'études sur les ours. Il voulait que je paye pour l'entretien. Un type visqueux, arrogant. C'est lui qui avait repris l'abattoir ?

– Apparemment. On vérifiera auprès de Bruxelles, mais j'imagine qu'avec un vétérinaire qui reprenait un abattoir, les inspecteurs de l'UE ont dû renifler le conflit d'intérêts à cent kilomètres à la ronde.

– Ça colle en tout cas à l'impression que je garde du personnage, même si c'est lointain. Un type qui considérait que tout lui était dû.

– Il se fait tard, non, pour un dimanche matin ? Une pizza au Ritz, ça te dit ?

Anna-Liisa le regarda avec un drôle d'air. Elle ouvrit un classeur.

– Je ne sais pas.

Klemet allait insister, mais Anna-Liisa ne lui en laissa pas le temps :

– À propos, c'est quoi cette histoire de Natalya la belle garde-frontière russe ?

Poste-frontière russo-norvégien de Storskog.

Anna-Liisa a dû se presser après la visite de Klemet.

Elle se gare sur le petit parking le long de la rivière. Traverse la route. Elle balaye la neige sur la planchette en bois sous la fenêtre de la cabane peinte au rouge de Falun. Déplie l'affichette qu'elle a emmenée. La punaise. Caresse le visage de la photo. De Pekko.

Mille soixante-quinzième dimanche.

Elle avance jusqu'au bord de la route, plaque la planche contre sa poitrine. Tourne son visage vers la gauche. Vers le garde-frontière norvégien qui doit régler la mise au point de ses jumelles, à 339 mètres.

Elle se demande si elle doit sourire.

53

Teriberka (rivage de la mer de Barents, nord-ouest de la Russie).

La pièce était décorée de plantes vertes, de poupées russes et de broderies qui évoquaient la vie arctique. Un tableau réalisé en tissus colorés et en poils de renne représentait un campement sami, une tente, un soleil posé sur des montagnes, un berger assis dans un traîneau tiré par un renne. Oleg montra la scène.

– C'est eux qu'on veut voir.

La directrice de la petite bibliothèque de Teriberka, Tamara, les regarda avec un air étonné. Pas suspicieux. Étonné. Une jolie femme d'une quarantaine d'années, le visage arrondi, les formes pleines, le sourire facile. Oleg Gretchko n'était pas sensible à la beauté féminine. Quand il avait besoin de tendresse, il payait. Le physique lui importait peu. Il disait une jolie femme, mais sans y penser plus que ça. Son côté humaniste. Une question de principe, presque. Tout homme avait droit à sa sépulture avec son nom. Toute femme avait droit à être prise pour une femme. La philosophie d'Oleg Gretchko valait ce qu'elle valait, c'était la sienne. Mais cette femme était différente. Peut-être parce que c'était le premier visage vraiment humain qu'il croisait après des heures de toundra et la plongée dans ce bout du monde. Peut-être parce que Teriberka était le village de la dernière chance et qu'il avait eu des heures pour y penser. Ce gros con de Chadoff pas si con avait été explicite. Comme prévu, il avait d'abord entrepris Piera, avec le même refrain déjà servi au député. L'éleveur l'avait écouté, sans broncher, se retournant parfois vers Oleg.

Puis, juste avant de partir, Chadoff s'était isolé avec Oleg. Il s'était planté devant lui, avec une haleine de phoque. Il avait dû se gaver d'oignons. Il faut que l'éleveur de Pasvik trouve. Tu comprends, Oleg ? Il faut que ton Kyrö trouve la trace de son grand-père ! Et s'il ne trouve pas, il faut que toi, tu trouves ! Tu m'as juré qu'on retrouvait des tas de vieilles choses, tout le temps, si on savait creuser, si on prenait le temps. Est-ce que tu comprends, Oleg, ce que ça veut dire ? Même s'il n'y a rien à trouver, tu dois trouver. N'importe quoi, n'importe qui, mais tu creuses, tu trouves. Tu trouves une merde d'élan fossilisée, démerde-toi pour que ton Kyrö, il soit convaincu que c'est la preuve qui le relie à son grand-père ! Et que la gouverneure de Mourmansk signe ce putain de papier, et que ton député sami suédois puisse aller à son Conseil sami dire à ses petits camarades que tout va bien en Russie, qu'il faut soutenir ce brave Chadoff parce que ça va relancer un élevage bien comme il faut avec des rennes beaux comme on n'en a jamais vu qui seront abattus dans le plus moderne des abattoirs de la région. C'est pas compliqué, ça, Oleg ?

Tout ça en criant, dans des remugles d'oignon mal digéré.

Évidemment, Kyrö ne devait rien savoir d'une certaine partie du plan de Chadoff. Plus tard, peut-être, on pourrait en parler à Kyrö, quand il serait ferré. Quand il n'aurait plus le choix que de plonger. Il fallait jouer finement. Parfois les gens qu'on croyait tenir vous lâchaient. Se rebellaient. Avaient des pudeurs de dernière minute. Et ça énervait des gens comme Chadoff. Ça les contrariait. Et ça retombait sur des gens comme Oleg.

Le vent du nord qui soufflait de l'océan Arctique avait vidé les rues de Teriberka, à part ces deux femmes qui marchaient, courbées, portant des sacs en plastique ballottés par les bourrasques. Elles avançaient à petits pas, luttant, s'arrêtant quelques instants, avant de reprendre leur chemin. C'était la première fois qu'Oleg mettait les pieds dans ce gros village des bords de la mer de Barents. Et la dernière, espérait-il.

Le crépi des façades de la plupart des maisons s'écaillait comme une lèpre, dévoilant les lamelles de bois en diagonale, fragile structure qui tenait par miracle face aux bourrasques. Des planches croisées barraient l'accès aux fenêtres sans vitres. Leur voiture remontait lentement la rue unique qui longeait la mer, vers ce qui était paraît-il la ville moderne. Maison après maison, des carcasses délaissées par l'homme, devant des carcasses de voitures de l'ère soviétique et les carcasses de navires de pêche, sûrement de l'ancien kolkhoze, qui pourrissaient dans la baie et ne ressemblaient plus qu'à des arêtes de poissons jetées sur un tas d'ordures.

Nikel était sa ville, il l'aimait, quoi qu'en disent les Norvégiens de passage qui la trouvaient grise et désespérée. Teriberka n'était pas sa ville, il n'aimait pas. Trop grise, trop désespérée.

Sur l'insistance de Piotr Potap, ils s'étaient d'abord dirigés vers le bureau de la mairie dans un immeuble de cinq étages qui semblait sur le point de s'écrouler, un bâtiment lézardé dont le revêtement se détachait par plaques. Tukavin était descendu de la voiture. Il offrait son visage aux tourbillons qui transformaient les cristaux de neige en minuscules lames de rasoir. Ça ne semblait pas l'atteindre. Teriberka était ce genre de patelin. Si tu avais passé un certain âge, tu devenais immortel. Plus rien ne te touchait. Endurci comme la coque de ces crabes royaux que les types d'ici attrapaient dans le dos des flics pour survivre.

C'est Tukavin qui lui avait dit ça. Quand il était jeune, il tournait parfois dans le coin. À l'époque, il y avait encore quelques rennes autour de Teriberka, et quelques Sami. Après la catastrophe, quand l'Union soviétique s'était écroulée, que les chantiers navals avaient fermé, ces derniers rennes avaient disparu vite fait dans les assiettes des habitants.

Potap avait poussé la porte en contreplaqué du secrétariat de la mairie. Il voulait montrer son importance, faire jouer sa qualité de cadre municipal. Ça n'avait rien donné. Les Sami avaient disparu de la ville avec les derniers rennes. Et de toute façon, leur avait dit l'employé, cela faisait longtemps qu'il n'y avait plus d'activité d'élevage de rennes ici, depuis les années 1960, ou même peut-être avant, toute la côte avait été vidée des rennes pour être transformée en zone militaire patrouillée par le KGB. Comme la zone frontière. Les rennes qu'on voyait ici, ils étaient égarés. Et un renne perdu, il n'était pas perdu longtemps pour tout le monde. L'employé avait dit ça avec un air entendu, et tout le monde avait compris ce qu'il sous-entendait. Le recensement ? Il pouvait rester de vieux Sami, mais qui se souciait de s'enregistrer comme Sami ici ? Parce que, franchement, qui voudrait être Sami ? Nouvel air entendu. Heureusement, Piera Kyrö ne comprenait pas tout ça. Faites du porte-à-porte, avait conseillé l'employé. Potap était ressorti vexé. Honteux qu'un employé municipal donne ce genre de conseil. Du porte-à-porte…

Tukavin les avait emmenés vers la bibliothèque.

Tamara, après l'instant étonné, réfléchissait. Elle les regardait, Oleg, Tukavin, Piotr, Piera.

– C'est rare de voir des hommes ici, commença-t-elle.

Elle souriait. Un constat un peu triste.

– Ils meurent jeunes.

Court silence.

– Ils ne manquent à personne.

Oleg voyait ce qu'elle voulait dire.

– Mon mari était d'ici. On est revenus y habiter il y a deux ans. Ça a fini de le tuer, au lieu de le réconcilier avec la vie.

Piera regardait le petit tableau avec ce malheureux renne. Avec ses ancêtres qui avaient été repoussés de partout, il risquait de douter. Quelle terre pourrait-il bien revendiquer comme sa terre ? Dangereux comme question. Il ne fallait surtout pas qu'il se détourne de la zone frontière, de Pasvik. Se demandait-il si c'était tout ce qui restait du passé sami de ce coin ? L'éleveur ne devait pas lui glisser entre les doigts. Oleg pensait à Chadoff. L'image de la merde d'élan fossilisée s'était incrustée en lui.

Tamara les entraîna jusqu'à la petite maison de la culture. Des jeunes filles chantaient sous la direction d'une femme au visage rond, plus rond que celui de la bibliothécaire, aux cheveux d'un blond terne coupés court, au corps moins gracile aussi. Des posters égayaient les murs. Des photos de la chorale de Teriberka. On reconnaissait la dirigeante en costume folklorique, entourée d'autres chanteuses. Des dates et des heures griffonnées au feutre pour le rendez-vous de concerts.

– Il n'y a que des femmes ?

La dirigeante, Aliona, afficha le même air que Tamara.

– Les hommes ne chantent pas. Ils pêchent, ils boivent, ils meurent.

L'alcool, le goulag du maudit, songea Oleg. Il pensait à ses Vlad et Grigori qui s'étaient enfermés eux-mêmes au fond d'une bouteille, incapables d'en ressortir.

Elle écouta leur requête.

– Il n'y a qu'une femme qui pourrait vous aider, mais vous ne pourrez rien en tirer.

Aliona les emmena dans le vieux Teriberka, où la moitié des maisons étaient abandonnées. Ils dépassèrent les deux femmes courbées avec leurs sacs plastique qui arrivaient au bout de la route qui liait le nouveau Teriberka et son usine de poissons, la seule industrie du lieu, au vieux Teriberka. La plupart des habitants n'avaient pas de voiture. Le vent du nord semblait plus agressif, comme énervé que des humains s'accrochent encore à ce bout de terre gelée dédié à la démesure de la nature.

Oleg était sur ses gardes. Cette Aliona paraissait savoir très bien où elle les emmenait. Comme si elle les avait attendus. Calme-toi, se répétait Oleg. Cet endroit est flippant, mais tu en as vu d'autres. Aliona poussa la porte d'une petite maison aux murs vert pomme, vérolée comme toutes les autres. La neige arrivait au rebord de la fenêtre. La chanteuse appela en criant. Un visage de vieille femme aux bajoues tombantes s'encadra dans la porte. Elle cria, engueula plutôt, il faisait froid. Seuls Oleg et Aliona entrèrent. La place était comptée. Aliona expliqua. On cherchait des gens qui avaient souvenir des Sami ayant vécu dans le temps ici, ceux qui avaient été pourchassés par le NKVD. Ceux qui pourraient se souvenir d'une famille dont un des fils avait survécu en Norvège. Ça paraissait absurde à Oleg de parler de NKVD aujourd'hui, mais ça parlait visiblement à la vieille. Ces vieilles vivaient dans un autre monde. C'est peut-être pour ça que le vent du nord n'arrivait pas à les chasser. Elles étaient ailleurs. Physiquement ici, mais leur âme se trouvait là où le vent du nord ne les atteignait pas. Oleg Gretchko fut pris de frissons, et ce n'était pas le froid. Cette chaîne de femmes de Teriberka les embarquait dans un monde mystérieux. L'image de merde d'élan fossilisée s'effaça. Pas celle de Chadoff, bien sûr. La photo du chœur des femmes de Teriberka s'imposa. Tamara avait eu ce mot à la bibliothèque. Ici, les hommes meurent, mais les femmes sont capables d'arrêter un cheval et d'entrer dans une isba en feu. La vieille qui parlait du NKVD enfila une écharpe supplémentaire en plus de celle qu'elle portait à l'intérieur. Il faisait froid chez elle. Elle mit un second manteau, très large, matelassé, rapiécé. Elle partit, ils suivirent, en procession. Le vent s'énervait. La vieille marchait en boitant, courbée, cadencée, décidée. Après à peine deux ou trois minutes de marche, elle poussa la porte d'une maisonnette en bois qui penchait dangereusement. Le vent l'ébranlait. Tout le monde entra. Au milieu d'une unique pièce aux murs couverts de tapis, une petite femme toute ridée les regardait s'entasser. Elle portait plusieurs couches de vêtements, une grosse veste tricotée sur une blouse qui lui descendait aux mollets, une robe épaisse et, par-dessus, un tablier brodé de motifs géométriques verts et bleus. Un foulard lui enveloppait la tête. À un fil tendu entre les deux coins de la pièce séchait du linge. La vieille qui les avait guidés hurlait maintenant. L'autre la suivait d'un regard vague, ses paupières s'animaient parfois, en même temps que sa bouche, mais aucun son n'en sortait.

Ils pouvaient à peine bouger dans la pièce. Oleg, Piotr Potap, Vitali Tukavin, Aliona et Tamara. Et Piera, dont les yeux photographiaient tout. Le bout d'article punaisé au mur, qui représentait des Sami derrière deux rennes, un fanion de l'Association des Sami de Kola, un calendrier de l'année dont le motif naïf représentait un renne tenu par un lasso.

La vieille qui boitait se tourna vers Oleg.

– Ivanna est la dernière Sami de Teriberka. Qu'est-ce que vous lui voulez ?

Oleg fit un signe de tête à Piera Kyrö. Le Sami norvégien paraissait ému. Il sortit la photo de son manteau. Hésita une seconde, puis la tendit vers la vieille femme au regard vague. Elle tiqua. Cela n'échappa à personne. Quel âge pouvait-elle avoir ? Oleg aurait dit entre soixante et quatre-vingt-dix ans. Suffisant, avec un peu de chance, pour avoir connu la famille de Kyrö. Leur histoire. Elle se mit à chantonner. Un chant désordonné, en apparence. Oleg n'y connaissait rien en musique, mais ce qu'il entendait n'avait rien de mélodieux. Cette vieille était ce que Teriberka avait de mieux à offrir ? Oleg vit la merde d'élan revenir vers lui. Il lui fallait une stratégie, une sortie de secours. Est-ce qu'il pourrait faire signer un papier quelconque à cette vieille folle ?

– Elle a connu.

La vieille qui boitait venait de parler. Oleg suspendit l'élaboration de son plan. La Sami continuait de chantonner.

– Connu quoi ? C'est quoi cette folle, qu'elle réponde seulement !

– Si tu cries quand elle parle, je pourrai pas entendre.

– Parler ? Il n'y a que des foldingues ici !

La bibliothécaire prit le bras d'Oleg.

– Cette foldingue, comme tu dis, n'a plus parlé depuis la guerre. Montre du respect. Elle parle, elle chante, c'est un joïk, tu devrais le savoir si tu es sami, le chant de vos ancêtres, qui vient de sous les montagnes, que vos chamans utilisaient pour communiquer avec le royaume des morts, avec leurs tambours…

Oleg allait répliquer, mal à l'aise, mais le regard de la femme l'en empêcha.

– Elle a connu cette montagne, elle a couru derrière les faons entre ces montagnes, elle était petite, elle…

– Et les hommes sur cette photo ?

La vieille passait son doigt sur le cliché. Oleg en fut certain, elle avait connu certains de ces hommes. Il regarda avec plus d'attention l'intérieur de la maisonnée. Là où les murs n'étaient pas couverts de tapis, des journaux servaient de papier peint. Il voyait le portrait jauni de Gagarine en tenue de cosmonaute, de nombreuses unes montrant de vastes assemblées de comités centraux quelconques. La pièce était un capharnaüm de boîtes métalliques, d'entassements de couvertures.

– Est-ce qu'ils ont des descendants qu'elle connaît ?

La foldingue sami remuait la tête comme si elle bougeait au rythme d'une musique inaudible pour les autres. La boiteuse, la seule capable de traduire la langue de la folle, racontait. Elle parlait de ces hommes qu'elle n'avait pas connus, mais qu'elle connaissait, car on lui avait dit qu'elle devait les connaître. Tout ça n'avait pas de sens. Il fallait l'excuser, sa tête était restée à la guerre.

Oleg ne savait pas quoi penser. L'ombre de Chadoff, le spectre d'une merde d'élan fossilisée, deux cadavres enlacés dans un trou d'obus, cette vieille qui ne parlait qu'en chantonnant des mots hachés, déchirés, lugubres.

Le vent du nord tapait sur la fragile maison, Oleg en voyait les planches vibrer. La vieille chantait, un chant qui ressemblait à ces joïks sami, elle chantait, sans regarder personne. Oleg aurait dû s'énerver, mais la blessure de guerre de la vieille l'en empêchait. De quelle blessure parlait-elle ? Elle comprenait les questions, répondait dans sa langue. La boiteuse tendait l'oreille, son regard plongé dans celui toujours aussi vague de la Sami. Elle lisait ses yeux autant que ses paroles. Ça n'avait pas de sens, il voyait Piera Kyrö subjugué par la scène. Il ne pouvait pas comprendre, et pourtant, Oleg aurait juré à cet instant que Piera Kyrö comprenait tout.

La vieille, les yeux toujours dans le vague, tendit la main vers une étagère branlante, attrapa un bout de bois qui faisait la moitié de la main, large comme le pouce, avec des symboles étranges gravés dessus, comme ceux qu'il avait vus sur ces tambours au musée sami de Lovozero que Vitali avait insisté pour lui faire visiter.

– Puisque maintenant il paraît que t'es sami, avait simplement dit Vitali à l'époque avec un drôle d'air.

Oleg regrettait d'avoir fait ça au pas de course, de ne pas s'y être attardé, car là, il nageait en plein délire. Sans le regarder, toujours en chantonnant, la vieille prenait le bout de bois gravé entre ses doigts. Une ficelle passait par deux trous placés l'un au-dessus de l'autre au milieu, dans le sens de la longueur.

Tamara, la bibliothécaire, avait dû voir son air. Elle se pencha à son oreille.

– Ça ressemble à un jouet pour enfants, c'était fait exprès pour tromper les prêtres qui voulaient éliminer le chamanisme. Les Sami disaient que c'étaient des jouets, en fait c'était des sortes de tambours portables.

Oleg secoua la tête. Un tambour portable… La vieille Ivanna tirait les deux bouts de la ficelle, le morceau de bois se mit à tournicoter, un bruit strident se mit à croître et à décroître au rythme du mouvement de ses doigts.

Oleg voulut sortir, il étouffait, pas du manque d'air, d'autre chose, mais la bibliothécaire le prit par le bras.

– Tu restes.

Oleg n'essaya pas de résister. La vieille, il y avait quelque chose. Il n'arrivait plus à détacher son regard de ce fichu bout de bois qui tournicotait à lui en donner le vertige.

– La vieille Ivanna est un peu chamane, tu dois savoir ce que ça veut dire…

Oleg balbutia, le bout de bois tournait.

– Quand elle avait encore un bout de sa tête, elle racontait qu'elle avait été choisie par les esprits, alors qu'elle était encore enfant. Il paraît que les gens ont commencé à sentir que ce qu'elle disait se réalisait. Alors on lui a dit de se taire, pour ne pas prédire de mauvaises nouvelles. C'est comme ça qu'elle a arrêté de parler. Avec la guerre, il y avait trop de mauvaises nouvelles, trop de morts.

La situation échappait à Oleg. Et Kyrö, maintenant, poussait des coudes pour se présenter devant la vieille Sami. Il se mettait à genoux devant elle. Qu'est-ce que ça voulait dire ? C'est quoi ce taré ? Les vitres tremblaient, sur le point d'éclater. Les tôles du toit battaient, comme au passage d'un train. Oleg s'accrocha au dossier de la seule chaise de la pièce. La pièce tanguait, il en était sûr. Piera Kyrö ne quittait plus des yeux la tête dodelinant de la Sami dont les lèvres racontaient son histoire d'un autre monde. Mais que faisait Kyrö ? Une main remontait un pan du tablier de la vieille, l'autre se glissait dessous. La vieille Sami accélérait le débit de son histoire, avait d'un coup arrêté avec le bois, sa tête bougeait de plus en plus vite, la boiteuse racontait ce qu'elle pouvait, elle avait du mal à suivre, elle parlait d'hommes en uniforme, de berceau, de fuite. La main droite de Kyrö, toujours sous le tablier. Oleg ne respirait plus. Tukavin dans son coin, yeux fermés, se balançait doucement d'avant en arrière. Piotr Potap avait l'air terrorisé. Les deux femmes, la bibliothécaire et la dirigeante, se tenaient dans les bras l'une de l'autre. Kyrö se releva lentement. Il tenait dans sa main droite un tissu qu'il déplia. Des photos. Il se pencha sur la vieille Sami et la prit dans ses bras. La vieille poursuivait ce chant qui semblait traverser un champ de cailloux, vite, si vite, des larmes coulaient le long de ses joues, comme si elle ne s'en rendait pas compte. Piera Kyrö essuya une joue de la vieille, mais elle continuait. L'éleveur se tourna vers Oleg. Il lui montrait une photo, la même que la sienne.

54

Station hydroélectrique de Skogfoss.

La voiture d'Olaf Renson s'arrêta dans un crissement de pneus patinant sur la neige. Le député du parlement sami de Suède en descendit d'un pas vif et s'invita à bord du véhicule de Nina. Elle venait de finir de lire un courriel de Klemet. Il avait été en contact avec un ancien inspecteur des services vétérinaires de l'Union européenne. Édifiant. Elle referma son téléphone.

Olaf Renson enleva sa chapka et adressa son sourire charmeur à Nina.

– Ça fait longtemps qu'on ne t'a pas vue à Kiruna. La police des rennes ne te manque pas ?

– J'ai l'impression de ne pas l'avoir quittée. Suis-moi.

Renson eut l'air surpris, mais il acquiesça. Ils sortirent de la voiture, franchirent le passage qui enjambait la rivière Pasvik le long de la station hydroélectrique de Skogfoss, empruntèrent le sentier à travers un bois et débouchèrent sur le terre-plein enneigé à quelques mètres de la frontière. Nina posa un thermos de café sur la table en bois et s'assit sur le banc, face à la Russie. Olaf, intrigué, l'imita.

– Tu sais pourquoi je voulais qu'on se rencontre ici ?

– Tu t'es dit, on est dimanche, il fait beau, il fait à peine moins vingt, allons boire un café sur la frontière avec cet Olaf Renson qui est si sympathique et que je trouve si attirant.

Nina sourit.

– Ou ça aurait plutôt à voir avec mes déclarations de l'autre jour sur le parking ? Toi aussi, tu crains que je déclare l'indépendance de la Laponie, comme les excités d'extrême droite qui reprennent les mêmes arguments que les nervis du NKVD dans les années 1930 ?

Olaf Renson montrait du doigt le sentier enneigé de l'autre côté de la frontière, qui longeait la baie saisie par la glace. Par où les gardes-frontières russes étaient arrivés l'autre jour.

– Tu veux me montrer par où vont débarquer les chars russes pour mettre fin à ce projet fou ?

Nina versa du café dans deux tasses. Elle but une première gorgée, offrit son visage au soleil. Dans ces moments-là, le froid mordant ne la dérangeait pas. Ce serait différent dans quelques minutes, mais il était encore temps de profiter. Olaf Renson but à son tour.

– Que sais-tu de Vitali Tukavin ?

Renson reposa sa tasse comme s'il venait de se brûler la gorge. Il observa Nina, devait se demander ce qu'elle avait en tête. Il fit une moue.

– Il est l'un des membres de l'association des éleveurs de Lovozero. Je dirais l'un des plus fiables, sachant que le choix est limité. Les éleveurs sami ont beaucoup morflé depuis longtemps en Russie, le partage des…

Nina leva la main.

– Pas maintenant, je connais ces histoires de frontières, le stalinisme, le goulag. Alors, Tukavin…

– On a fait connaissance il y a quelques années à l'occasion de rencontres entre Sami nordiques et russes. Un type sobre, fataliste, désabusé… tu peux dire ça de la plupart des habitants de la péninsule. À part le côté sobre.

– Il arrive à vivre de l'élevage ?

– Je ne crois pas. Mais c'est comme en Suède ou en Norvège, presque tous les éleveurs ont besoin de boulots complémentaires. Tukavin travaille aussi avec une compagnie de tourisme, ils organisent des safaris pour les riches de Mourmansk, Saint-Pétersbourg ou Moscou qui veulent découvrir le Grand Nord sauvage et s'offrir des frissons. C'est populaire.

– Ceux qui font des carnages parmi les troupeaux de rennes et les laissent pourrir ensuite ?

– Je ne suis pas dans ce genre de confidences. Et tu penses bien que je ne suis pas adepte de ce type de safari. Mais je croyais que tu travaillais pour le Commissariat de la frontière, maintenant. Pourquoi ce Tukavin t'intéresse-t-il ?

– Ce projet de pâturages côté russe, il est impliqué ?

– J'espère qu'il le sera.

– Ils font le lien avec la relance d'un abattoir agréé par l'UE à Lovozero.

– Qui ça, *ils* ?

– Piera Kyrö, avec qui tu collabores. Tu t'es donné beaucoup de mal pour mettre en scène ton passage en Russie, photos à l'appui, avec Piera d'un côté et ce Tukavin de l'autre. Vous avez eu d'ailleurs des soucis avec les gardes-frontières russes, paraît-il ?

– Des broutilles. C'est bien plus compliqué pour les Sami russe, crois-moi. On les soupçonne d'interférence avec des agents de l'étranger, maintenant, sous prétexte qu'ils entretiennent des liens avec des Sami des pays nordiques. Cet abattoir dont tu parles, je l'ai visité la semaine dernière. Ils sont en train de le retaper complètement. Mais je ne comprends toujours pas pourquoi tu t'intéresses à Tukavin et maintenant à cet abattoir ?

– Et Chadoff, Krazimir Chadoff, tu connais ?

Renson reposa brutalement sa tasse.

– Tu vas me dire à la fin ! Si on est ici, c'est bien que cet entretien est informel, non ? Alors ? Chadoff maintenant. Poutine ensuite ?

Nina tenait sa tasse entre ses mains. Le froid commençait à mordre. Elle but. Le café était froid. Elle le jeta, remplit à nouveau la tasse, en versa dans celle d'Olaf Renson.

– Vitali Tukavin a témoigné en faveur de ce Chadoff il y a des années de ça. Témoin de moralité. Ça lui a évité la prison. Ce même Chadoff avait racheté les parts de Pekko Virtanen et d'Arne Knutsen il y a une quinzaine d'années, juste après la disparition de Pekko, le beau-père de Piera Kyrö. Et tu sais ce que je viens d'apprendre, par la police des rennes ? Que ce Chadoff, avant de se lancer dans les affaires, était vétérinaire. Il a commencé en bas de l'échelle, vétérinaire local, à Lovozero, et il a gravi les échelons pour devenir le chef de la direction vétérinaire de la région de Mourmansk. Beau parcours. Le même type qui mettait en permanence des bâtons dans les roues de Pekko Virtanen dans les affaires de l'abattoir, pour lui soutirer de l'argent à la moindre signature. Rien n'a jamais pu être prouvé contre lui. Mais il a fini quand même par perdre son poste, à la faveur d'un changement de gouverneur qui n'était pas aussi englué dans ses combines. L'abattoir a perdu son agrément de l'UE. Chadoff a disparu une dizaine d'années, avant de revenir. Dix ans à l'autre bout de la Russie, ça ressemble à une forme d'exil, mais je peux me tromper. En tout cas il est de retour, et on parle de relancer cet abattoir.

– Pourquoi tu me racontes tout ça ?

– Parce que cette affaire pue ! Et que pour atteindre tes objectifs politiques, Piera Kyrö est parti en Russie où il se trouve maintenant au risque de se laisser entraîner dans une combine qui le dépasse, avec ta complicité passive !

– Qu'est-ce que tu en sais ? Je crois en ce projet. Et c'est Piera qui rêve de ces pâturages, pas moi.

– Et Chadoff ?

Renson fulminait. Il jeta le contenu de sa tasse dans la neige et se resservit.

– Je l'ai rencontré à Lovozero, lorsque j'ai visité l'abattoir. Il était avec Vitali Tukavin et un autre Sami russe qui sera le partenaire de Piera dans les pâturages de Pasvik, un certain Oleg Gretchko. Je voulais que ce Gretchko vienne à Kirkenes vendredi pour l'ouverture de la séance plénière du Conseil sami unifié. Symboliquement, ce serait très fort d'avoir Piera et cet Oleg Gretchko qui signent la convention à Kirkenes. Mais Gretchko a refusé de venir à Kirkenes. Il dit qu'on va le prendre pour un agent étranger ensuite, et qu'il aura des soucis de retour en Russie. Cette vieille rengaine qu'on entend depuis des années dans nos contacts avec les Sami russes. Je ne lui jette pas la pierre. Quant à Chadoff, il s'est présenté comme un investisseur, un homme d'affaires, pas un vétérinaire. Peut-être qu'il n'exerce plus.

– On va vérifier ça. Mais à ce stade, ce n'est plus très important de toute façon. Qu'est-ce qu'il te voulait ?

– À moi ? Rien. C'est Piera qui l'intéresse.

– Décidément… Parce que Piera Kyrö t'intéresse beaucoup aussi. Vous avez des intérêts communs avec ce Chadoff. C'est de ça que vous avez discuté ?

– C'est une simple formalité administrative. Pour que Piera puisse prétendre à utiliser les pâturages du côté russe, il faut qu'il prouve qu'il avait des ancêtres qui vivaient là. Son grand-père. Et moi, je veux réhabiliter ce grand-père, accusé d'avoir travaillé avec les Soviétiques. Un geste pour que les autorités russes aient une opinion plus positive envers notre projet d'union sami. C'est pour ça aussi que nous avons décidé d'organiser une grande battue, pour en finir avec les derniers chiens errants avant que ne commence la réunion plénière du Conseil sami, vendredi. Il faut montrer qu'on a le contrôle sur la situation dans la vallée de Pasvik. Comment veux-tu, sinon, convaincre les Russes que nous saurons l'avoir sur les pâturages russes ? On vient de publier sur les réseaux sociaux pour recruter des gars et régler ça une bonne fois pour toutes. Tout est lié, Nina, tout.

– Vraiment ? Tout est lié ? Et sur Chadoff, c'est tout ? C'est lié aussi ?

– Il m'a fait visiter cet abattoir, qui m'a l'air conforme aux standards d'ici.

– Tu n'as rien senti d'anormal ?

– Mais à la fin, tu veux quoi ? C'est un projet magnifique, c'est tout ! Et j'espère bien que tu ne vas pas tout faire capoter pour je ne sais quelle raison. L'utilisation de ces pâturages russes, c'est du travail pour les éleveurs russes, et si en plus les rennes sont traités dans un abattoir estampillé UE, c'est la garantie de pouvoir exporter et d'obtenir de meilleurs prix. C'est quoi le problème avec ça ? C'est le mot business qui te gêne ? Profit ?

– Le mot qui me gêne ? C'est Chadoff.

55

Station hydroélectrique de Skogfoss.

Natalya Pimenova souriait en serrant ses jumelles. Le caporal Kornilov, à ses côtés, regardait dans la même direction, et ne souriait pas.

– Qu'est-ce qui vous fait sourire, mon adjudante-chef ? Je ne vois que de la neige, des arbres couverts de neige, une rivière couverte de neige et un ciel couleur de neige. On ne doit pas observer la même chose…

Natalya ne prit pas la peine de répondre. Kornilov n'était pas son type. Dans ces cas-là, elle coupait court. Elle reposa les jumelles, feuilleta le cahier d'observation de la tour de guet. Calme, si calme. Un couple d'ours dans la matinée, un lynx. Une journée d'hiver normale. Elle rangea son téléphone. Songea au message reçu. Il était l'heure.

– Tu attends la relève. J'y vais.

Kornilov paraissait déçu. Ils sont marrants ces petits jeunes. Je suis sûre qu'il bande en pensant à moi. Elle jeta un dernier coup d'œil au-delà de la frontière, barrée d'un voile de froid. Elle se demandait où se trouvait ce policier norvégien qui venait de lui envoyer un courriel sur sa messagerie personnelle. Elle essayait d'imaginer son trajet depuis Kirkenes jusqu'à la station hydroélectrique de Skogfoss. Drôle d'endroit pour un rendez-vous de dernière minute. Follement romantique, pour des gardes-frontières… Lui, en tout cas, était beaucoup plus son type. Moins tourmenté que Pavel. Le pauvre lieutenant ne savait plus où il en était.

Vingt minutes plus tard, elle sortait du sentier qui menait à la station. Le policier de Kirkenes l'attendait, emmitouflé dans sa combinaison, avec sa chapka en peau de renne et poils de renard.

– J'imagine que cette rencontre n'a jamais eu lieu…

Le policier sourit. Charmant.

– Celle-ci en tout cas…

Natalya apprécia l'invite.

– Comme cette rencontre est informelle, nous nous passerons du protocole.

– Mais j'imagine que nous devons rester chacun de notre côté de la frontière.

– Si un doigt, un bout du ventre… ou tout autre bout dépasse ne serait-ce que d'un demi-centimètre, je serai obligée de verbaliser…

Même avec leur anglais basique, le policier avait compris son allusion, et cela plut à Natalya. Elle le récompensa de son sourire le plus engageant.

– Nous ne voulions pas embarrasser nos collègues et amis gardes-frontières russes par une requête officielle, c'est pour cela que j'ai choisi cette voie inhabituelle.

Natalya et le policier norvégien se tenaient face à face, la frontière invisible les séparait.

– Nous ?

– L'inspectrice du Commissariat de la frontière.

– La blonde un peu fade à l'air sérieux ?

Le Norvégien ne releva pas sa pique.

– Nous nous posons des questions sur un habitant de Nikel, un certain Piotr Potap, et ses liens avec le lieutenant Pavel Zubkov.

Natalya oublia la blonde. Le Norvégien commençait à l'intéresser pour de bon.

– Ce Piotr Potap a été vu plusieurs fois récemment dans la vallée. Une fois au moins, il disait chercher le chien d'un ami russe. Ça nous a semblé bizarre. Tout comme le comportement de Zubkov. Pour différentes raisons, nous nous demandons si ces deux éléments sont liés.

Natalya choisit le masque neutre.

– Je n'exige rien, surtout pas des renseignements sur un collègue, bien sûr. Mais ce Potap devrait vous intéresser aussi. Il passe beaucoup la frontière, se livre à des activités bizarres. Nous pensons qu'il n'est pas étranger aux dégâts causés à deux poteaux frontaliers, ce qui est un acte grave, vous le savez. Aussi, nous nous posons des questions sur la nature réelle de ses activités, et si votre collègue, contre sa volonté bien entendu, y jouerait un rôle.

Natalya réfléchit vite. Si les Norvégiens mettaient leur nez dans cette affaire, s'ils lançaient une requête officielle auprès de l'état-major, l'enquête interne révélerait sûrement le rôle joué par Natalya dans le nettoyage du registre des événements à cause de ces maudits chiens. Elle ne pouvait pas prendre ce risque.

– Mon collègue est tout à fait irréprochable, soyez-en sûr, inspecteur. Quant à ce Potap, ma foi, je me ferai un plaisir de me renseigner.

Elle afficha à nouveau son sourire le plus engageant.

– En espérant que ce mur invisible disparaisse la prochaine fois…

Le policier norvégien lui rendit son sourire. Bref. Il allait faire demi-tour, hésita. Natalya sentit un délicieux fourmillement.

– À propos de votre collègue, je pensais que ça pouvait vous intéresser de savoir qu'une énorme battue avec des dizaines d'hommes va être organisée d'ici vendredi, avant le début de la réunion plénière sami. Je voulais juste vous prévenir, ne soyez pas étonnés d'entendre des coups de feu. Ils ont décidé d'éliminer les chiens. Jusqu'au dernier.

La lumière était allumée dans l'appartement de Pavel. Natalya hésita sur le pas de la porte. Elle était passée chez elle se mettre en civil, choisissant une robe qui, avec le bon mouvement, dévoilait ses longues jambes. Les hommes adoraient ça. Ce dimanche soir pourrait peut-être se terminer agréablement. Suivant la façon dont Pavel prendrait ses questions sur ce Piotr avec qui elle l'avait vu traîner au garage du chercheur de cadavres. Elle sonna. Rien. Elle sonna encore, longtemps. Des pas précipités. La porte s'ouvrit. Alissa, l'air des mauvais jours.

– Je viens voir ton père.

Elle ouvrit la porte en grand pour laisser entrer Natalya.

– Il va rentrer bientôt, tu pourras l'attendre ici, moi j'allais me casser avant qu'il arrive, je dors chez ma mère.

Ton agressif. Natalya pensa toutefois que c'était une très bonne idée qu'elle parte, cela renforçait sa perspective de soirée agréable sans cette ado qui se prenait de grands airs sous prétexte qu'elle arborait l'insigne de Yunarmiya. Mais quelque chose clochait.

Elle s'attendait à ce que Gagarine lui saute dessus, comme il le faisait lorsqu'il était arrivé à Natalya de raccompagner Pavel chez lui, avec le risque qu'il effiloche ses bas. Le chien n'était pas là. D'un coup, Natalya comprit. Le film de ces derniers jours défila. Le registre des événements, la réaction de Pavel lors de la réunion sur la frontière, son comportement avec ce policier norvégien qui visait des chiens. Elle se reprit. Non, Pavel ne pouvait pas mettre sa carrière en jeu pour ça, pour un bâtard !?

– Ton père est allé promener le chien ?

L'autre explosa.

– Promener Gagarine !? Il en a rien à foutre de mon chien, il l'a laissé partir je ne sais pas où, juste pour me faire chier et faire chier ma demeurée de mère, parce que c'est un gros con, mon père. Et toi, avec ta robe de pute, tu viens faire quoi, d'abord ?

Une telle violence surprit Natalya. Elle se fichait des attaques personnelles. Mais cette petite conne en béret rouge qui se prenait pour l'incarnation de la Russie nouvelle et ne savait rien de la vie, ça la gonflait vraiment.

– Et puis je m'en fous de toute façon, je me tire.

Alissa prit son sac à dos, écarta Natalya et mit la main sur la poignée de la porte.

Natalya n'y tint plus. Elle repoussa Alissa contre la porte et lui coinça la gorge avec son avant-bras.

– Écoute-moi, petite conne, que tu m'insultes, passe encore, mais que tu foutes la vie de ton père en l'air, là, je ne te laisserai pas faire.

Alissa, d'abord surprise, lui lançait maintenant un regard haineux. Mais Natalya tenait bon.

– Ton putain de Gagarine est passé en Norvège avec ses petits copains, il fout le bordel, provoque un incident diplomatique, et toi, tu viens pleurnicher ! Pauvre petite !

Ton père s'est battu avec un policier norvégien pour l'empêcher d'abattre ton putain de Gagarine ! Il trempe avec des mecs louches pour essayer de le récupérer en Norvège, et toi, tu viens pleurnicher !? Pauvre petite ! Allez, casse-toi, va pleurer chez ta mère, grande pionnière de la vaillante Yunarmiya, espoir de la Russie !

Le regard d'Alissa trahissait son trouble. Elle repoussa le bras de Natalya, l'air mauvais. Elle jeta son sac et s'assit sur le canapé. Natalya jeta aussi son sac et vint s'asseoir en face d'elle. Elles s'affrontaient du regard.

– Tu baises avec mon père ?

Natalya sourit. La discussion reprenait un cours presque normal.

– Tu crois que je m'habille comme ça pour aller à l'épicerie ?

Natalya venait de marquer un point. Alissa la regardait autrement.

– C'est vrai ce que tu as raconté ?

– Je ne devrais pas t'en parler. Après tout, c'est une faute de ma part aussi, je l'ai aidé en faisant disparaître une feuille d'un registre et en trafiquant l'intranet des gardes-frontières. Je ne savais pas que c'était pour Gagarine. Mais je l'ai fait.

– C'est quoi ces mecs louches ?

Natalya jaugeait Alissa.

La garde-frontière lui parla des absences de son père, quand il gardait la datcha de cet Oleg Gretchko. Natalya s'en était rendu compte, mais n'avait pas voulu l'embêter avec ça. Elle l'avait vu parfois en compagnie de ces autres types, ce Piotr Potap surtout, qu'elle ne connaissait pas, mais ce chercheur de cadavres aussi, qui traînait sa réputation. Quand on habitait à Nikel depuis un moment et qu'on faisait son métier, ces choses-là finissaient par se remarquer. Surtout quand, comme elle, on s'intéressait à Pavel.

Alissa ne paraissait pas surprise. Natalya eut la conviction qu'elle savait, pour ces types.

– Tu connais ce Piotr Potap ?

La gamine fit la moue. Elle se décida, de mauvaise grâce.

– Un pauvre type, qui bosse à la mairie, un raté, un chien-chien tenu en laisse par Oleg. Oleg, c'est lui qui tire les ficelles de tout ce petit monde. Je sais que ce Piotr va livrer toutes les semaines des cigarettes et de la vodka aux pêcheurs de crabes de Kirkenes. Mais là, tu dis que t'es mouillée aussi, t'es complice. Pourquoi t'as fait ça ?

– Parce que j'ai confiance en ton père. Et je t'assure que ce n'est pas mon genre de faire confiance.

– Et moi, pourquoi tu me dis ça alors ?

– Tu en veux à ce point à ton père ?

Alissa n'eut pas le temps de répondre. Pavel entra. Il resta un instant sur le pas de la porte, remarqua les sacs jetés à terre, sa fille et son amante face à face. Natalya vit tout de suite qu'il avait bu.

Alissa se leva d'un bond. Elle avait l'air en colère à nouveau. Une seconde nature chez cette gamine.

– C'est vrai ce qu'elle raconte ?

Pavel, prudent malgré l'alcool, ou grâce à l'alcool, resta silencieux. Il jeta un œil soucieux vers Natalya. Il se demande ce que j'ai pu dire. Il la craint vraiment, sa fille.

– Je croyais que tu devais être chez ta mère à cette heure.

– Moi aussi. Et puis cette… ta collègue est arrivée. Alors, c'est vrai ? Et puis ça veut dire quoi, que Gagarine il va crever là-bas, c'est ça ?

Natalya eut pitié de lui.

– J'ai raconté à ta fille ce que tu as risqué pour retrouver son Gagarine.

Les épaules de Pavel s'affaissèrent. Il referma lentement la porte et s'assit par terre, dos à l'entrée, regard fixé devant lui. Vitrifié par l'alcool et le poids du destin.

C'était au tour d'Alissa d'hésiter. Pas du genre à pardonner vite, ni à se jeter dans les bras de son père. Il suffisait de voir les photos qui décoraient le salon pour comprendre pourquoi Pavel avait tout risqué pour récupérer ce chien. Gagarine était le vrai maître des lieux. Le lien entre père et fille. Alissa se baissa pour ramasser son sac. Elle s'apprêtait à partir. Mais elle traînait. Pavel se leva pour dégager la porte. Il n'essayait pas de la retenir, d'expliquer. Tout sonnerait faux, surtout dans son état.

– Je ferai tout pour retrouver Gagarine. Je… ce que je sais, c'est qu'il ne fait pas partie des chiens qui ont été…

Natalya eut presque pitié de la tentative de Pavel.

Alissa posa sa main sur la poignée. Elle faisait face à la porte. Ne bougeait pas. Sa tension était palpable.

Natalya n'aurait su dire si en cet instant cette fille était en colère ou non, sur le point de sortir une vacherie haineuse ou de faire une sortie hollywoodienne.

Elle se tourna vers son père.

– Je sais que Gretchko t'a piégé, il y a longtemps. Je sais qu'il te fait faire ce qu'il veut. Je sais que tu ne gardes pas sa datcha pour l'argent. Il te force. Il te tient.

Natalya retenait presque son souffle. Elle ne s'était pas attendue à ça. Toute colère avait disparu dans la voix d'Alissa. Mais une détermination nouvelle l'animait. Alissa n'avait plus rien d'une gamine boudeuse en cet instant.

– Ce que tu ne sais pas, c'est ce qu'Oleg a dit, un soir où il avait trop bu, dans un campement de fouille, autour du feu, quand il voulait impressionner les garçons, qu'il racontait ses histoires du temps de la mafia. Il se vantait. J'écoutais dans un coin, cachée, quand il a parlé de ce Finlandais.

56

Teriberka.

– On va le faire à l'ancienne, tu vas voir, comme des frères.

Oleg Gretchko déplaça son poignard dans le feu. Tukavin lui avait confié un couteau sami à manche finement ouvragé, pour faire plus crédible. Un éleveur sami se devait d'en avoir un. Il ordonna à Vitali Tukavin de chercher d'autres planches. Les flammes peinaient à les réchauffer, mais en cet instant Piera Kyrö s'en moquait. La vodka le brûlait, ça lui suffisait.

– Faut célébrer, c'est grave ce qui se passe. C'est beau.

Tukavin traduisait, Gretchko faisait tourner trois bouteilles. Sa voix commençait à devenir un peu pâteuse. Son téléphone sonna, il raccrocha en jurant. Zubkov, il attendra, l'avait qu'à pas déserter ! Il arrosa la lame de vodka et la remit sur les flammes.

Le magasin d'alcool était l'endroit le plus fréquenté de Teriberka. Même si la vendeuse s'était plainte. Il n'y avait pas grand monde ici, alors il n'y avait pas grand monde pour boire.

Piera se rapprocha encore du foyer. C'était une idée d'Oleg de célébrer, comme il disait, sur la plage enneigée et glacée du vieux Teriberka. Piera se croyait habitué au froid, mais celui-ci battait des records. Ils ne pourraient pas tenir longtemps. Oleg avait promis que ça irait vite.

– On peut pas partir comme des voleurs, quand même.

À leur gauche, les carcasses de bateaux de pêche de l'ancien kolkhoze finissaient de pourrir. En face, au fond de la baie, Piera apercevait l'usine à poissons de la nouvelle Teriberka. Quelques navires de pêche mouillaient à quai. Tout à l'heure, il avait aperçu la coque bleue de l'un des chalutiers pêcheur de crabes, le *FV Barents Enterprise*, qui se trouvait quelques jours plus tôt à Kirkenes. En face encore, au-delà, la mer de Barents, l'océan Arctique. Le mystère du bruissement des cultures, du choc de l'histoire, tout cela balayé par le vent glacial. Comment cette Ivanna avait-elle survécu à tout cela ? La boiteuse, tant bien que mal, avait collé quelques morceaux. Tout ce que Gretchko voulait célébrer maintenant, avec un cérémonial d'antan. Enfant, la Sami avait vu une partie de sa famille emportée par le NKVD. Elle n'avait jamais revu son père. La guerre en avait rapidement effacé le souvenir. Tant d'hommes mouraient. Elle avait passé une partie de sa jeune vie en Asie centrale, déportée avec sa mère, avant de revenir à Mourmansk quelques années, puis à Teriberka, sur la terre de ses ancêtres. Sous son tablier, Piera avait trouvé d'autres photos. Une photo d'elle, bébé, emmitouflée dans un berceau, à la façon sami. Une photo signée Charnolusky aussi, mai 1932. La vieille Ivanna appartenait au même clan. Et si ça se trouve, à la même famille.

Oleg avait ensuite chargé Potap de ramener toutes affaires cessantes chez le docteur de Teriberka pour qu'il fasse un prélèvement de la vieille et recueillir son ADN.

Il ferait pareil avec Piera, on comparerait et la preuve serait irréfutable. Piera Kyrö avait secoué la tête. Il n'était pas contre l'idée, mais l'analyse devait être faite en Norvège, il savait où.

– Sinon, avait dit Kyrö, les Norvégiens soupçonneront que l'analyse a été trafiquée.

Oleg fit la moue, Potap prit son air indigné, mais l'éleveur norvégien avait raison. Tamara la bibliothécaire et Aliona la dirigeante s'étaient regardées avec un sourire quand ils avaient parlé de médecin.

– Il y a un médecin, avait dit Aliona, mais il est vieux, sourd et aveugle, alors les gens d'ici sont en bonne santé…

Elles avaient amené Piotr chez le médecin, et chez Ivanna.

Le portable d'Oleg sonna encore. Il le regarda, pesta à nouveau. Sans répondre. Zubkov ! Ce maudit lieutenant ! Il va pas me lâcher celui-là ?! Le téléphone de Piotr Potap sonnait à son tour. Potap regarda l'écran, puis Oleg Gretchko. Le lieutenant l'appelait. Gretchko lui fit signe de ne pas répondre. Il nous emmerde, le déserteur ! Piera ne comprenait pas ce qu'il voulait dire. Gretchko but au goulot, tendit la bouteille presque vide à Piera.

– Toi et moi, maintenant, on va être frères de toundra.

Oleg purifia une dernière fois le couteau. La neige avait pris la teinte bleu foncé de cette fin de journée où toute autre couleur était bannie. Ils étaient là depuis quinze minutes tout au plus, et ils ne tiendraient pas beaucoup plus longtemps.

– Approche ta main, ordonna Oleg.

Piera s'exécuta. Troublé d'avoir trouvé cette vieille. Ému par ce village abandonné du bout du monde. Une nouvelle aventure l'attendait. Avec cet Oleg Gretchko, à qui il allait réapprendre les gestes simples et éternels du berger. Le temps des kolkhozes était fini, ces bateaux pourrissaient comme pourrissaient les carcasses de rennes abattus par les contrebandiers depuis des années après l'écroulement de l'élevage traditionnel. Oui, leur histoire allait redonner du sens aux petits bergers sami russes. Il fallait sceller ça.

Oleg versa de la vodka une dernière fois et se fit une entaille dans la paume. Le sang perla. Il tendit la lame ensanglantée à Piera. L'éleveur but une nouvelle rasade de vodka, empoigna le couteau, et s'entailla la paume. Pacte scellé. Il tendit le poignard à Oleg. Il lui fit signe de la main de le garder, et lui tendit l'étui.

– Il te revient. Nous en sommes là grâce à toi.

La cérémonie terminée, après s'être rincé la main à la vodka, ils s'étaient précipités dans la voiture chauffée au maximum. Pour faire bonne mesure, ils avaient terminé les bouteilles, les avaient jetées en passant sur les carcasses de navires du kolkhoze. Une page se tournait. Une nouvelle s'ouvrait. Piera voulait y croire. Ce rêve d'Ida allait pouvoir prendre forme. Il se laissa bercer par le cahotement du véhicule qui filait sur la route glacée. Oleg ne prenait plus la peine de regarder son téléphone qui sonnait régulièrement, comme celui de Piotr Potap. Il marmonnait le nom du lieutenant Zubkov. Cinq heures le séparaient de Kirkenes.

À la bibliothèque, juste avant de partir, Tamara lui avait lu quelques lignes du poète local, Vladimir Smirnoff. Il avait composé l'hymne du village. Ça évoquait une tradition aussi sacrée que la vérité, avait dit Tamara, d'accompagner de vœux celui qui se prépare à un long voyage.

Que le vent te vienne en aide, que ton vaisseau vogue vers l'aurore.

Piera Kyrö se réveilla brutalement. Le coup de frein de Piotr Potap l'envoya heurter la vitre. La voiture fit un tête-à-queue avant de se stabiliser. Trois policiers approchaient, emmitouflés dans des parkas. L'un d'eux frappa à la vitre de Piotr Potap, qui réajusta nerveusement ses lunettes.

– Et merde ! jura Oleg Gretchko en découvrant le policier.

Sa figure s'encadrait par la vitre. Un homme jeune, aux yeux durs et bridés, à la moustache fine comme une lame de rasoir. Il jetait un regard inquisiteur sur les passagers, s'arrêtant plus longuement sur Oleg Gretchko. Il vérifia les papiers. Oleg se tortillait sur son siège, il cherchait à voir les deux autres policiers, mais ils restaient en retrait.

– Inutile de chercher, Gretchko, c'est moi le chef cette fois-ci. Votre ami a retrouvé un poste bien plus calme pour son âge, aux archives. Le coffre…

Potap sortit. Le vent froid s'engouffra dans l'habitacle.

Le policier fit signe à ses collègues d'aller fouiller. Il resta à la vitre.

Assis à côté de lui, Vitali Tukavin chuchotait à l'oreille de Piera en sami.

Le policer s'adressait à Gretchko, avec un air qui n'augurait rien de bon.

– C'est un policier qui nous a arrêtés l'autre jour, expliquait Tukavin. Il dit qu'après le départ de notre chenillette, il est revenu, seul, sur la route et a remonté nos traces, il a trouvé plusieurs carcasses de rennes abattus à la mitraillette. Il parle de massacre, de honte.

Le policier s'exprimait avec un calme froid et tranchant. Il avait découvert une douzaine de charniers clandestins depuis le début de l'année, tout ça pour satisfaire quelques riches touristes. Quand le dégel arriverait, ces charniers représentaient un danger de santé publique, en plus d'un vol caractérisé et d'un manque à gagner pour l'État. La liste des griefs s'allongeait. Piera observait le policier, gêné. Cette histoire de massacre le dépassait. Le salissait, alors qu'il n'y était pour rien. Devant, Oleg Gretchko encaissait, protestant mollement. Le policier finit par les laisser partir. Quand ils eurent roulé quelques minutes, Oleg Gretchko se retourna vers Piera. Il lui montra sa main bandée.

– Nous sommes unis maintenant, Kyrö, ne l'oublie pas. Ce n'est pas un petit policier comme ça qui va se mettre en travers de notre route. Ce sont ces gens-là qui nous ont spoliés, ce type-là, c'est le NKVD, les mêmes qui ont arrêté tes grands-oncles, ne l'oublie pas.

Il se retourna et fixa la route devant lui.

– Chadoff s'en occupera, il a l'habitude…

57

Lundi 24 février.
Lever du soleil : 6 h 49. Coucher du soleil : 15 h 38.
8 h 49 d'ensoleillement.

Vallée de Pasvik.

Klemet hésitait. Il était garé devant la maison de Piera depuis une bonne dizaine de minutes mais ce dernier recevait des visiteurs. D'autres éleveurs, à en juger par les scooters. Il savait que Piera Kyrö était rentré de Russie dans la nuit. Il avait beaucoup de questions à lui poser. Jaakoppi avait insisté pour qu'ils lui rendent visite dès la première heure. Klemet avait suggéré d'y aller un peu plus tard dans la matinée, afin de ne pas le prendre au saut du lit, mal disposé. Jaakoppi avait râlé, bien sûr. Trouvé que Klemet prenait décidément bien trop de pincettes avec ces Sami.

– On n'est pas la police des Sami, Nango, faudrait pas se tromper ! On n'est pas là pour les protéger.

Klemet savait très bien ce qu'il faisait. Il l'avait laissé râler. Jaakoppi, en tant que chef de patrouille, devait assister à une réunion de service à l'hôtel de police à dix heures. Il n'aurait pas le temps de venir participer à l'interrogatoire de Piera. C'est ce que Klemet voulait.

Klemet réalisait dans quelle impasse il s'était placé en acceptant que Piera le prenne sur son quota de rennes au sein du district. Comment allait-il lui poser ses questions ? Piera changerait-il d'avis si Klemet l'interrogeait trop durement ? Il n'avait pas voulu que Jaakoppi assiste à ça. L'autre s'en servirait contre lui. Et bon Dieu, il n'aurait pas tort !

Klemet consulta son téléphone. Une nouvelle alerte venait de tomber sur le site du *Barents Observer*. Un charnier d'au moins deux cents rennes venait d'être découvert quelque part entre la péninsule de Kola et Yamal, dans le nord-ouest de la Sibérie, dans les territoires des Nenets, d'autres éleveurs de rennes. Les autorités russes annonçaient de nouvelles mesures pour lutter contre ces massacres qui faisaient courir un risque pour la santé humaine à cause de la propagation de bactéries. La gouverneure de Mourmansk évoquait à nouveau l'idée de créer une police spéciale. Les Russes se méfiaient de certains de leurs policiers ? La belle affaire. Klemet refusait de pousser plus loin la comparaison avec son propre cas. Rien de comparable. Rien.

Il se décida.

Il entra chez Piera au moment où quatre éleveurs sortaient. Trois d'entre eux avaient fait partie de l'équipe mobilisée pour récupérer les rennes en Russie. Ils avaient trinqué ensemble la semaine passée. Tout ça lui paraissait très loin. Aucun ne lui adressa la parole. Mauvais signe. Mais dans quel sens ? Klemet sentit la gêne grandir. Il enleva ses chaussures, attendit qu'ils s'éloignent. Le bruit des scooters disparut. Il fallait qu'il se concentre sur son boulot de policier. Il entra dans la cuisine. La grand-mère de Piera était assise, un peu de travers, regard perdu à travers la fenêtre. Elle ne chantait pas. Piera le salua, sans un mot, lui versa une tasse de café. Il avait l'air fatigué. Ailleurs. Il finit par se tourner vers Klemet.

– Tu viens en tant que policier ou comme éleveur amateur ?

Klemet encaissa. Le ton de la question, l'accentuation sur amateur lui firent regretter d'avoir discuté de son renne avec Piera. Ça ne marcherait jamais.

– En tant que policier. Et j'attends des réponses.

– C'est donc un interrogatoire ?

– Ça pourrait le devenir, si nécessaire. Piotr Potap. Une connaissance à toi. Il nous intéresse beaucoup.

Regard interrogatif de Piera. Il ne l'aiderait pas.

– Tout nous porte à croire que ce Potap se livre à un petit trafic de langues de rennes avec des opérateurs touristiques peu scrupuleux des environs.

– En quoi ça me regarde ?

– Les derniers à avoir été victimes de ça, à notre connaissance en tout cas, sont tes rennes. Ceux de décembre. Tu vas toucher l'assurance, non ?

– J'espère bien.

– Opération neutre pour toi ?

– Ça veut dire quoi ?

– Tu ne perds rien, finalement, à ce que tes rennes passent en Russie…

– En fait, je ne suis pas sûr de vouloir te répondre. Je suis fatigué.

– Avec Piotr Potap, de quoi vous avez discuté ? Qu'est-ce qu'il fiche, toujours fourré en Norvège ? Pourquoi il s'intéresse ici au chien d'un lieutenant des gardes-frontières russes ?

Piera tira une chaise et s'assit à la table. Sa grand-mère n'avait quasiment pas bougé. Klemet s'assit en face de l'éleveur.

– J'étais en Russie avec Potap tous ces jours-ci. Nous y voilà, pensa Klemet.

– Avec Potap, et avec deux Sami, Vitali Tukavin et Oleg Gretchko. Celui qui va faire partie du projet de relance de l'élevage familial au sud de Nikel. La procédure est en cours, maintenant qu'on a établi le lien de parenté, ou plutôt, qu'on va l'établir formellement. Je serai autorisé à faire paître mes rennes sur les pâturages de mes ancêtres, d'avant le hold-up des Soviétiques.

Piera posa sa main sur l'avant-bras de sa grand-mère.

– Et c'est ça qui m'intéresse. C'est dur pour Ida, tout ça. Ça remue beaucoup d'émotions.

Il étreignit son bras.

– Si tu veux mon avis, Piotr Potap est surtout une espèce d'homme à tout faire d'Oleg Gretchko. C'est Gretchko qui prend les initiatives. C'est lui, l'âme du projet. Qui a un vrai plan. Il y croit, je l'ai vu tous ces jours-ci en Russie. Il mouille sa chemise.

Piera montra sa main bandée.

– Un serment à l'ancienne. Ça te dit quelque chose, non ?

Piera montra un couteau sami finement ouvragé avec un manche en bois de renne posé sur une petite table près de la cheminée.

– Ce couteau, il garde notre marque à tous les deux. Sang contre sang. Oleg Gretchko et moi, nous sommes liés maintenant. En plus, ce Potap n'est pas sami.

– Mais ce Gretchko, il est quoi par rapport à Chadoff, le type qui investit dans l'abattoir ?

– Chadoff ? Je l'ai à peine vu cinq minutes. Des grands mots. Je m'en fous de Chadoff.

– Vous parlez d'avoir au maximum deux mille rennes sur ces pâturages russes. Sur les deux mille, vous en abattrez quelques centaines, mais d'après ce qu'on sait, le projet évoque un abattoir avec une capacité de cent cinquante rennes toutes les huit heures ! Qu'est-ce que vous allez faire d'un abattoir surdimensionné ?

Piera le regardait sans comprendre.

– Mais je m'en fous, moi, de cet abattoir. C'est le pâturage qui m'intéresse. Notre bien commun. C'est la justice, c'est tout !

– Tu t'en fous peut-être, mais ce Chadoff, il met en avant ton beau projet pour justifier son abattoir, il va réclamer la certification de l'UE. Tu crois que c'est pour tes rennes ? D'autant que tes rennes, tu les ramèneras à l'automne sur tes pâturages norvégiens, ils seront sûrement abattus dans l'abattoir de Neiden, comme aujourd'hui, en Norvège, pas en Russie ! Alors il va abattre quels rennes dans cet abattoir de Lovozero ?

Piera reprit sa main, il se frottait doucement l'intérieur de la paume bandée. Sa grand-mère se tourna doucement vers Piera, puis vers Klemet, qui ne pouvait se détacher de son regard à cet instant. Des yeux bleus comme une lumière d'hiver, qui pouvait en prendre les teintes douces ou dures. Ces pâturages, c'était pour elle que Piera se mouillait.

Piera se leva et se dirigea vers la porte. Il invitait Klemet à s'approcher. À distance de sa grand-mère. Klemet le rejoignit. Ida avait repris sa position tournée vers la fenêtre.

– Encore une fois, je n'ai vu ce Chadoff que cinq minutes. Piotr Potap ? Un gars qui fait ce qu'on lui dit de faire. Gretchko ? C'est lui qui m'intéresse. Quelqu'un à multiples facettes ? C'est possible. Quand j'étais avec lui, sur le retour, on a été arrêtés par la police russe. Le policier parlait de rennes qui avaient été abattus et laissés à pourrir dans la nature. Je n'ai pas souvenir qu'il parlait de langues. Gretchko a protesté, mais il était visé. Ce que j'en pense ? Ça ne me plaît pas, mais je me dis que les Sami de Kola n'ont pas eu le choix. Ils survivent. Et si moi, avec ce projet, je peux l'aider à se sortir de ce mauvais pas, alors j'aurai accompli quelque chose de bien. Pour le reste, c'est pas à moi de le juger.

Klemet allait mettre en garde Piera sur sa fréquentation de Piotr Potap, mais il se retint. Le conflit d'intérêts pouvait se nicher n'importe où. Il remit ses chaussures. Se sentait à nouveau mal à sa place. Ça n'en finirait jamais.

Piera mit sa main sur la poignée de porte alors que Klemet sortait. C'est lui qui paraissait gêné maintenant.

– Avec les gars, on n'a pas seulement parlé de la battue. On a discuté aussi de ma proposition de te prendre sur mon quota, pour ton renne.

Il secoua la tête.

– Ils s'y sont opposés. Je suis désolé.

La douche froide. Ils se saluèrent de la tête. Il n'y avait rien à dire. Piera referma la porte.

Klemet marcha vers sa voiture, avant de changer de direction. Il descendit en contrebas, jusqu'à l'enclos situé derrière la maison, qui donnait sur les lacs et les collines gelés. Le faon était toujours là. Il avait ce même type de regard, en brun, que la grand-mère de Piera. Capable en un instant de passer du doux au dur. Il regarda Klemet, avant de s'enfuir à l'autre bout de l'enclos, comme s'il le narguait.

58

Nikel.

Pavel Zubkov regarda à droite, à gauche. Dans les garages voisins, personne ne semblait avoir réagi au choc de la tête de Piotr Potap contre la porte métallique du garage d'Oleg Gretchko. Mis à part le vent qui s'engouffrait dans la ruelle en pente encadrée par les deux rangées de garages, seul le gémissement de Potap s'entendait. Le lieutenant des gardes-frontières donna une gifle à Potap qui gémit à nouveau. Pauvre type. Il avait suffi que Pavel l'appelle pour lui dire d'un ton sec qu'Oleg Gretchko l'attendait à son garage pour que l'autre rapplique en courant. Zubkov attrapa Potap par son col roulé et le secoua.

– Monsieur Gretchko m'a promis de me nommer directeur administratif de l'abattoir, je suis quelqu'un d'important dans son dispositif, vous n'avez pas le droit de…

Une nouvelle gifle le fit taire.

Potap se protégeait le visage, sans même penser à se défendre. Pavel avait choisi l'option violente dès le départ pour annihiler toute velléité de résistance en lui. Sur un type comme Potap, la peur de l'uniforme avait sûrement joué aussi. Zubkov lui donna encore trois gifles. Potap se contenta de gémir. Ratatiné au pied de la porte métallique. Zubkov cracha. Dégoûté. Par ce type pleutre. Par lui-même. Il se retint de lui donner un coup de pied. Il se redressa, bras tendus vers le ciel obscurci. Il resta un long moment ainsi, comme pour soulager la pression qui s'était accumulée depuis ces derniers jours, depuis la veille au soir.

Alissa l'avait laissé abasourdi dans son appartement. Pavel avait dû s'y reprendre à plusieurs fois, se pincer, se répéter ce qu'Alissa avait dit sur Oleg. De ses vantardises coupables. Après le départ de sa fille, il s'était retrouvé seul avec Natalya. C'est comme s'il la découvrait pour la première fois. Belle à se damner, dans une robe fendue comme il n'en avait vu qu'en photo. Il l'avait regardée longuement. Il aurait dû se vautrer sur elle. Mais quelque chose dans son regard l'avait retenu. De la compassion. Pavel ne s'attendait pas à ça d'elle. Il lui avait servi un verre, s'était rendu compte qu'il avait trop bu. Avait continué à remplir son verre, à boire, à tenter d'ordonner les pièces du puzzle. Il avait écouté Natalya en sourdine. Sa rencontre avec ce policier norvégien. La battue avec des dizaines d'hommes. Décidés à tuer tous les derniers chiens avant vendredi. L'étau lui brisait le crâne. Il avait fait un pari avec lui-même, sans perdre des yeux les cuisses dénudées de Natalya qui lui caressait les cheveux. Quand la bouteille est vide, je me décide, quand la bouteille est vide, je me décide.

Il s'était décidé sur la dernière gorgée. Sans difficulté. La colère l'avait emporté. Un de ces instants bizarres où la voie s'impose. Vision tunnel. Détermination au summum. Il savait comment tout rattraper. Comment retrouver Alissa. Tout effacer, tout recommencer. Comme s'il se réveillait d'un long sommeil. D'un long cauchemar.

La veille, Natalya n'avait pas tenté de le faire parler. Elle lui avait caressé le visage.

Maintenant, c'est le visage de Piotr Potap qu'il tenait entre ses poings. Il le caressa. Piotr le regarda sans comprendre, les joues rouges des claques prises. Plus inquiet encore. Prêt à prendre le prochain coup.

– Tu as compris ? Tout ?

Potap, effondré au pied de la porte métallique, assis dans la neige brunâtre, ne résistait plus. Pavel lui caressa le crâne.

– C'est bien, mon petit Piotr. Comment il t'appelle déjà, Oleg ? Le fritz ? C'est bien, le fritz.

Potap hochait la tête, déjà docile. Le même Potap, la peur aidant peut-être, l'avait surpris. Sa solution était d'une audace qui ne collait pas avec le personnage. Les miracles de la peur. Le *FV Barents Enterprise*.

Pavel ne pouvait pas se rendre lui-même en Norvège. Pas officiellement, en tout cas. Depuis que l'Occident imposait ces sanctions criminelles à Moscou après la réunification de la République de Crimée à la Russie, les membres des forces comme lui ne pouvaient plus se rendre de l'autre côté de la frontière, même en civil. Seule satisfaction, les gardes-frontières norvégiens n'osaient plus réaliser leurs petits voyages d'agrément en groupe à Mourmansk.

Gagarine était encore vivant. La moitié des chiens passés l'autre jour l'était encore. Piotr Potap lui avait assuré que Gagarine ne faisait pas partie des chiens tués qui avaient été rassemblés dans un laboratoire dans la vallée de Pasvik.

Une demi-heure plus tard, le convoi constitué de leurs deux véhicules parvenait au parking de la boutique hors taxes du poste-frontière. Pavel regarda autour de lui. Il s'était garé dans un angle mort par rapport aux caméras de surveillance, à une heure qu'il savait en outre très calme. Il baissa sa vitre, Piotr Potap baissa la sienne, et comme Pavel le lui avait ordonné, lui confia son portable.

– Tu sais où me trouver et quand. Et n'oublie pas, petit fritz, je garde ton téléphone et, si tu tentes quand même de parler à Oleg, je serai à ses côtés. Et si tu parles à quelqu'un d'autre, tu es mort.

59

Kirkenes.

Les vidéos se ressemblaient avec une triste banalité. Des chasseurs, un pied sur leur trophée, fusil fièrement posé sur leur cuisse. Posture virile. Depuis une heure, Klemet, son partenaire finlandais et Nina écumaient YouTube à la recherche de séquences de chasse filmées dans la péninsule de Kola.

La région était apparemment devenue un paradis pour les touristes en mal de sensations fortes et de grands espaces supposés vierges.

Impressionnant, se dit Nina, cette quantité de films qu'on pouvait trouver, où les expéditions en puissants 4×4 succédaient aux expéditions en quads ou en scooters. Certains mis en ligne par les chasseurs eux-mêmes. Le russe de Jaakoppi Kujala leur permettait de faire des recherches approfondies. Certains films étaient mis en ligne par des opérateurs qui laissaient leur adresse Internet ou leurs coordonnées sur les images. En visitant les sites Internet et en recoupant les numéros de téléphone, adresses et personnes qui apparaissaient sur les sites, il ne leur fallut pas très longtemps pour constater que Krazimir Chadoff était l'un des acteurs de ce tourisme.

– Mais rien qui montre quoi que ce soit de problématique a priori, nota Kujala.

– Sur Chadoff, peut-être, tempéra Nina. Mais sur d'autres… Ce Potap, de la mairie de Nikel, nous intéresse peut-être encore plus. Je sais que Piera Kyrö a dit qu'il était sans doute un pion, mais nous devons nous concentrer sur lui.

Elle continuait à visionner les séquences. Certaines lui laissaient un goût bizarre. Là, un groupe d'hommes et de femmes qui se vautraient sur des rennes sûrement fraîchement abattus. Les hommes brandissaient des bouteilles, certaines des femmes étaient presque nues sous des manteaux, malgré le froid, apparemment. Pas de site Internet sur cette vidéo, mais le véhicule à chenillette qui passait rapidement à l'image à l'occasion d'un panorama paraissait semblable à un véhicule vanté sur un des sites de Chadoff. Ce qui ne voulait rien dire. L'image était trop brève pour voir les personnes au volant. Le téléphone de Nina sonna.

Elle écouta quelques instants, hocha la tête et raccrocha en se levant.

– Le poste-frontière de Storskog. Piotr Potap vient de traverser, seul.

Klemet se leva et attrapa sa parka.

– Kujala, le mieux est que tu continues les recherches sur Internet, tu es le seul à parler russe.

– Aucune envie de foutre mon cul dehors par ce froid de toute façon.

Klemet et Nina avaient obtenu le feu vert de la commissaire Ellen Hotti pour procéder à la surveillance du Russe. Mais pas d'incident diplomatique, avait insisté la mentor de Nina. Potap atteindrait Kirkenes dans une dizaine de minutes. Que venait-il faire cette fois-ci ? Ravitailler les équipages des chalutiers russes ? Chercher le chien de son ami ? Ou bien livrer des langues de rennes ? Le flagrant délit était nécessaire.

Ils n'eurent pas longtemps à attendre au rond-point du centre commercial, à l'entrée de Kirkenes, dans la Volvo personnelle de Klemet. Où qu'il aille, Piotr devait l'emprunter. Le Russe se gara sur le petit parking devant le Barents Frokosthotell. Il traversa la route jusqu'au café Centrum. Nina s'y rendit seule. Arne Knutsen était à sa place, à la table basse de l'entrée, avec deux autres retraités. Potap était allé s'asseoir au fond. Que faisait-il ? Il était seul. En train de dévorer une pâtisserie. Nina s'assit sur le divan à côté de Knutsen.

– Tu le connais ?

Knutsen secoua la tête. Non.

– Mais il vient souvent ici. Il prend sa pâtisserie, son chocolat chaud, et il repart. En moyenne, il reste quatre minutes. Et après seulement, il se rend au quai des Russes, livrer ses cigarettes et sa vodka.

Nina regarda Arne Knutsen.

– Et tu ne le connais pas ? Je me demande ce que tu peux raconter sur les gens que tu connais…

Knutsen la regarda d'un air impénétrable. Ce gars-là était une véritable agence de renseignements à lui tout seul, avec son réseau d'anciens syndicalistes.

– Tu savais que Chadoff était de retour dans le business de l'abattoir ?

La mâchoire du vieux mineur syndicaliste se serra.

– Vous êtes sur le coup ?

Elle lui répondit d'un mouvement de menton qui ne voulait rien dire. Elle se leva. Il restait une minute avant que Potap termine sa pâtisserie. Elle rejoignit Klemet.

– Au quai des Russes. On peut le précéder.

Cinq minutes plus tard, la voiture de Potap se garait sur un des quais du petit port d'attache des crabiers russes. Le Russe se dirigea vers celui nommé *FV Barents Enterprise*. Il ne se distinguait pas des autres, coque bleu clair, amoncellement de paniers et cages. Un marin descendait du navire et vint à la rencontre de Potap. Klemet et Nina suivaient la rencontre à distance, à travers les piles de paniers. La discussion était animée. Potap était nerveux, agressif même. Il colla le marin contre des paniers, le menaçait du doigt.

Le marin gesticulait, se frappait la tête, l'air de dire que Potap était fou. Ils se calmèrent l'un et l'autre un instant. Sur le pont, un homme les haranguait. Le capitaine apparemment, à en croire le comportement de soumission qu'adopta aussitôt le marin. Ce dernier monta sur le pont. Potap attendait sur le quai, il tirait sur son col roulé. Klemet déplaça un peu la voiture pour conserver la vue du marin qui s'entretenait avec le capitaine. Celui-ci hochait la tête devant les explications aux gestes saccadés du marin. Le capitaine avait l'air de réfléchir, puis il acquiesça à sa requête.

Piotr remit cigarettes et vodka au marin quand celui-ci redescendit sur le pont. Klemet avait reculé la voiture pour continuer à suivre la scène. Vodka, cigarettes, rien d'autre. Le marin n'avait rien remis à Potap. À Storskog, les gardes-frontières qui avaient fouillé sa voiture n'avaient rien trouvé d'autre que le quota légal d'alcool et de tabac. Nina était persuadée que Potap devait se faire livrer les langues de rennes par le biais du navire. Mais rien. Que se passait-il ? Le marin avait-il déposé les langues ailleurs, afin que les deux hommes ne soient pas vus ensemble au moment de l'échange, qui après tout était sur un quai opéré par une compagnie logistique norvégienne ? Il fallait continuer à suivre Potap qui redémarrait maintenant.

Ils suivirent à distance la voiture de Potap. Celui-ci roulait lentement, comme toutes les voitures russes de ce côté-ci de la frontière, dans la crainte des amendes pour excès de vitesse qui se chiffraient en milliers de couronnes, une fortune pour les Russes. Où allait-il ? Potap passait le rond-point et poursuivait vers le carrefour de Hesseng. Il bifurqua à gauche et s'engagea sur la E105.

– Il retourne en Russie, dit Klemet.

– Merde ! hurla Nina.

Ils poursuivirent par acquit de conscience, jusqu'à la petite cabane de souvenirs à côté de l'annexe du Commissariat de la frontière, au poste frontalier.

Nina téléphona au poste de garde. De loin, elle put voir que son instruction était exécutée. La voiture de Potap était fouillée. Avant de repartir. Le garde-frontière la rappela. Rien.

– Au moins, on n'a pas provoqué d'incident diplomatique, murmura Klemet.

– On retourne au *Barents Enterprise*, décida Nina. On peut essayer de parler avec le marin. Il n'avait pas l'air de tenir Potap en grande estime.

Ils reprirent le chemin de Kirkenes. Nina réalisa seulement qu'un silence pesant régnait dans la voiture. Elle connaissait assez Klemet pour savoir que quelque chose traînait dans l'air.

– Des problèmes avec Kujala ?

Klemet secoua la tête.

– Piera m'a dit que son district refusait qu'il me prenne sur son quota. Pour le renne.

C'était donc ça. Nina en fut soulagée.

– Si tu veux mon avis, c'est mieux. Tu n'aurais pas pu travailler normalement. Tu imagines ? Suspect de conflit d'intérêts, avant même de lever le petit doigt !

Klemet haussa les épaules.

– Il suffit de se déclarer inapte à travailler sur certains cas, et c'est tout. Les gens sont sensibles à ça. Ils te voient comme quelqu'un d'honnête. D'ailleurs, j'ai appelé Anneli.

– Anneli ? Mais pourquoi ?

– Elle est toujours chef du district d'élevage 23, dans la zone d'Hammerfest.

– Je le sais bien. Et alors ? Tu lui rends son renne ? C'est la meilleure solution, bravo.

– Je ne lui rends rien du tout ! Elle me l'a donné, ce renne, elle reste attachée à cette idée. Non, elle a compris la situation, elle. Elle a accepté tout de suite de le prendre sur son quota. C'est déjà validé par son district.

Nina n'en revenait pas. Comme si les problèmes allaient disparaître !

– Il ne reste plus qu'à attendre la décision de la direction de l'Agriculture maintenant. Et j'aurai ma marque, la marque de mon grand-père. L'histoire va pouvoir reprendre ses droits !

– Je suis contente pour toi.

Nina jouait l'apaisement. Pas convaincue du tout.

Ils gardèrent le silence jusqu'à Kirkenes. Lorsqu'ils arrivèrent sur le quai des Russes, ils gardèrent encore le silence.

Le *FV Barents Enterprise* avait disparu.

60

Mercredi 26 février.
Lever du soleil : 8 h 38. Coucher du soleil : 17 h 45.
9 h 07 d'ensoleillement.

Nikel.

Piotr Potap se retournait pour la dixième fois. Le frottement de son col roulé commençait à l'irriter. Il ne voulait pas être vu ici, dans ce cimetière. Pas comme ça. Pas quand monsieur Gretchko buvait sa vodka et jetait les verres en les brisant contre la pierre tombale. Mais monsieur Gretchko avait insisté à sa façon, c'est-à-dire qu'il était déconseillé de lui désobéir. Depuis que ce maudit lieutenant lui avait forcé la main, Piotr avait le sentiment que son monde s'écroulait. Les comportements brutaux de monsieur Gretchko, il s'y était habitué, convaincu de sa supériorité. Sa promesse de le nommer directeur administratif du nouvel abattoir de Lovozero lui avait donné des ailes.

Apparemment, Piotr avait un profil qui rassurerait les inspecteurs de l'UE, et c'était ça l'important. Pour le reste, il lui suffirait de signer les documents que monsieur Chadoff lui ferait passer. Qu'il ne s'inquiète pas. Pourtant, les menaces du lieutenant l'inquiétaient.

Il n'en disait rien à monsieur Gretchko, des fois qu'il soupçonne la moindre faiblesse et qu'il lui retire son poste de directeur administratif.

Piotr ne comprenait pas ce que le lieutenant avait en tête. Ce qu'il savait, c'est que le lieutenant pouvait, s'il le souhaitait, ruiner les projets de Piotr. S'il empêchait Piotr de passer toutes les semaines la frontière, monsieur Gretchko n'aurait plus besoin de lui. Il lui chercherait un remplaçant, auquel il donnerait dans la foulée le poste de directeur administratif du futur abattoir.

Monsieur Gretchko donna enfin le signal du départ pour sa datcha. Il fallait préparer la suite, lança monsieur Gretchko. Le Conseil sami commençait sa réunion plénière à Kirkenes ce vendredi, et Krazimir Chadoff avait insisté. Le protocole sur le projet russo-norvégien de pâturage devait être présenté officiellement et signé. Il fallait accélérer afin de convaincre la gouverneure de Mourmansk que des solutions étaient en cours d'élaboration. Ça calmerait ses ardeurs sur les autres activités de monsieur Chadoff. Ce protocole, c'était, comme il disait, la « part blanche ». Le reste, c'était… le reste. Monsieur Gretchko ne s'était pas étendu sur la nature des solutions envisagées, mais l'urgence était là.

Il ordonna à Piotr d'appeler le lieutenant et le berger de la 9e brigade pour qu'ils les rejoignent immédiatement à la datcha. Piotr Potap eut l'impression que son col roulé se resserrait soudain autour de sa gorge. Jamais le lieutenant ne pourrait les rejoindre. Et Piotr ne pouvait pas lui dire pourquoi ! Il fallait gagner du temps. Il avait cinq heures devant lui, la durée du trajet qu'aurait à effectuer le berger Tukavin depuis Lovozero, pour faire venir Zubkov. Mais ce serait sa faute à lui, Piotr, si le lieutenant ne venait pas !

Lorsqu'ils arrivèrent à la datcha, Piotr aperçut la catastrophe, à la toucher. Un peu comme si un train allait le percuter. Le véhicule de Vitali Tukavin se trouvait devant le portail. Le berger était déjà là ! Comment était-ce possible ? Il descendait de sa voiture. La fatalité s'acharnait contre Piotr. Le berger salua monsieur Gretchko. Le hasard avait voulu qu'il ait un rendez-vous à Nikel à la direction du parc naturel, avec Mirzaev, pour évoquer l'utilisation des pâturages une fois que le protocole de coopération entre éleveurs sami norvégiens et russes serait validé. La catastrophe. Dans le petit salon de la datcha, monsieur Gretchko se tourna vers Piotr.

– Et Zubkov, il est pas encore là ? Qu'est-ce que tu fiches, le fritz ? On est pressés !

Piotr balbutia.

– Il ne répond pas, il doit être en mission sur la frontière.

– En mission ? Qu'est-ce que ça me fout ! Comme s'il était seul pour surveiller cette foutue frontière ! Tu me le ramènes tout de suite ! On a besoin de lui, de sa signature et de ses putains de tampons ! Sinon les autres à leur putain de réunion plénière ne penseront pas qu'on est sérieux !

La gifle de monsieur Gretchko avait claqué, sous le regard indifférent du berger de la 9e brigade, et ça le vexa.

– Je vais appeler sa fille pour savoir où il est.

– Appelle l'évêque Mitrofan si tu veux, mais ramène-le-moi ici tout de suite !

Piotr tira sur son col roulé. Gagner du temps. Gagner du temps.

Vingt minutes plus tard, Alissa Zubkova entra comme une furie dans la datcha. En découvrant son expression de colère, Piotr se dit qu'il aurait mieux fait d'appeler l'évêque Mitrofan. Elle repoussa Piotr, ignora Tukavin, se planta jambes écartées, poings sur les hanches, face à monsieur Gretchko qui continuait à se verser des verres de vodka. Avec sa parka beige clair et son béret rouge vif, elle impressionnait Piotr. Il retenait sa respiration.

Monsieur Gretchko leva son verre, cul sec.

– Petite Alochka…

Assis à la table de la cuisine, il regardait la fille du lieutenant, yeux vitreux. Avec l'air de se demander ce qu'elle faisait là.

– Je l'ai appelée pour lui dire que nous attendions son père au plus vite ici, et…

– Et c'est elle qui a rappliqué… Je vois.

– Et dis-moi, Oleg, qu'est-ce que tu vois ? lança Alissa.

– Une jeune fille en colère.

– Vraiment, c'est tout ce que tu vois ?

– En colère, impatiente. Tu as soif, Alissotchka ?

Piotr commençait à avoir soif, mais monsieur Gretchko ne lui proposa pas. La jeune fille ne répondait pas à l'invitation. Il se resservit. Elle s'approcha encore.

– J'ai tout dit à mon père.

Monsieur Gretchko s'étouffa et recracha sa gorgée de vodka. Quand il eut fini de tousser, il se leva, face à la jeune fille qui ne semblait nullement impressionnée. Il gardait le silence, comme s'il avait peur de la réponse s'il lui demandait ce qu'elle avait dit au lieutenant. Piotr se demandait s'il craignait pour lui, ou que Piotr et Tukavin entendent. Piotr préférait cette dernière option, qui signifierait que monsieur Gretchko se souciait de son opinion. Il lui fut reconnaissant de ce silence, qu'il prit pour une marque de considération. Il se sentit transporté d'allégresse lorsque monsieur Gretchko se tourna et pointa son doigt vers lui.

– Toi, va me chercher un bocal de cornichons. Et du miel. Et magne-toi !

Piotr resta interdit deux secondes. Se précipita dans la cuisine, ouvrit les placards. À côté, le ton montait. Cette petite effrontée de Yunarmiya parlait d'un campement de fouille il y a quelques années, de bouteilles de vodka, d'un feu autour duquel les jeunes pionniers mâles l'écoutaient religieusement quand il leur racontait ses exploits de mafieux. La petite effrontée disait qu'elle avait bien compris à l'époque, même si elle était jeune, que monsieur Gretchko tentait d'impressionner les jeunes garçons, de se faire mousser, pour leur imposer son autorité. Elle était cachée dans un coin, attentive, quand il parlait des cadavres qu'il avait collectionnés à la grande époque. Oui, il avait parlé de grande époque, avec fierté, la même fierté avec laquelle les derniers survivants de la Grande Guerre patriotique avaient parlé de leurs sacrifices. Et ça, elle n'avait jamais oublié. Et son père, quand elle lui avait raconté, ça l'avait mis dans une colère monstre. Et il avait pleuré de rage, dit qu'Oleg Gretchko l'avait trahi, manipulé. Qu'il avait forcé Pavel à lui passer des informations confidentielles, sur les trous dans le dispositif de surveillance russe de la frontière, sur les Norvégiens qu'il avait rencontrés en mission, en échange de faire arrêter la chasse aux chiens ! Et rien ! Rien !

Et il était parti. Et non, elle ne savait pas où. Piotr se ratatina. Il espérait disparaître dans le placard à cornichons, mais monsieur Gretchko l'interpella, en colère. Il n'osait pas répondre à l'effrontée, et ça troubla Piotr. Pire, il paraissait soudain avoir peur. Visage transfiguré. Et ça n'était pas que la bouteille de vodka qu'il venait de vider. Il tapa du plat de la main sur la table. Il hurla de douleur, en se tenant la paume, toujours bandée. Le hurlement se prolongea en cri.

– Et il est où ton père, maintenant ?

Piotr, un bocal de cornichons dans la main gauche, un pot de miel dans la droite, retenait son souffle, tétanisé. Jamais il n'avait vu monsieur Gretchko comme ça. Tout allait s'écrouler, là, sous ses yeux. Sur lui. Piotr devait-il raconter ? Dire ce qu'il avait fait ? Et tout perdre ? Ce poste de directeur administratif qui lui était réservé ? Impossible ! Piotr Potap saurait rattraper l'affaire. La fille du lieutenant insultait monsieur Gretchko, qui semblait se retenir à la bouteille de vodka vide. Elle criait plus fort que lui. Son père était allé chercher Gagarine, et tout ça était de sa faute.

– Oui, il va remuer ciel et terre dans la vallée pour retrouver les chiens de Pasvik, pour ramener Gagarine, pour étouffer ce scandale que vous avez provoqué ! Il y risque sa carrière, sa vie, à cause de toi !

Elle quitta la datcha comme un coup de vent du nord, laissant un même froid glacial dans la pièce. Monsieur Gretchko s'assit lourdement. Les yeux ronds, de stupeur, d'indécision, de vodka, Piotr n'aurait su dire. La seule chose que Piotr savait, en regardant la pendule, c'était qu'il devait partir pour Kirkenes. S'il voulait sauver les meubles, c'était maintenant. Il allait annoncer son départ, en trouvant une excuse, lorsque monsieur Gretchko se leva brusquement.

– Le fritz, conduis-moi à Kirkenes. Pas question de laisser cet enfoiré de lieutenant tout détruire.

Piotr laissa tomber le bocal de cornichons. La catastrophe venait de se refermer complètement sur lui.

61

Kirkenes.

– Ça va pas le faire aller plus vite !

Kujala jura en finnois. Klemet jeta un dernier coup d'œil au symbole du navire sur l'écran de son téléphone, comme il le faisait toutes les cinq minutes. Depuis le départ du *FV Barents Enterprise* de Kirkenes deux jours auparavant, Klemet suivait sa progression sur l'application MarineTraffic. Il approchait à nouveau de Kirkenes, après une courte escapade. Étrange pour un chalutier qui partait en principe pour des saisons de pêche de plusieurs semaines. Le crabier avait fait une escale au nord-est de Mourmansk, dans un lieu situé sur la côte de la mer de Barents. Klemet avait demandé à l'agence logistique qui hébergeait les pêcheurs de crabes à Kirkenes si elle connaissait la destination du *Barents Enterprise*. Mikael Grej, le responsable opérationnel de l'agence, lui avait répondu que le chalutier pouvait parfois récupérer des cargaisons dans de petits ports. Quelques-uns étaient accessibles à ce type de bateaux sur la côte, afin de livrer à des navires-usines ou à des usines de traitement de poissons ou de crabes. Maintenant, Jaakoppi Kujala et lui surveillaient le retour du navire afin d'interroger Boris à sa descente.

Le téléphone de Klemet sonna. Kujala râla. Nina. Cela faisait au moins la dixième fois aujourd'hui. Elle restait en alerte, au cas où le Russe au col roulé repassait à nouveau la frontière. D'après les renseignements de Nina, Piotr Potap ne devait pas se montrer à nouveau à Kirkenes avant ce week-end. Ils avaient vérifié auprès du magasin d'outillage où Potap venait faire des extras.

– Mais je viens de recevoir un coup de fil de Piera Kyrö. Il était assez étonné, car le Sami russe, celui avec qui il va démarrer ce projet de pâturage, vient de l'appeler. Et il voulait mon aide.

– Tu parles d'Oleg Gretchko ou de Vitali Tukavin ?

– Gretchko. Finalement, il a brusquement changé d'avis et accepte de venir à Kirkenes pour la séance plénière du Conseil sami qui s'ouvre après-demain. Il est même très pressé de venir maintenant. Il a dû recevoir des garanties des autorités russes. En tout cas, il arrive dès aujourd'hui. Piera m'a demandé de faciliter son passage au poste-frontière pour être sûr qu'il ne soit pas inquiété. Piera en a rajouté, en disant que ça donnerait une très mauvaise image si les autorités norvégiennes tentaient de freiner le rassemblement des Sami au-delà des frontières. C'est un peu grossier comme chantage, mais Piera a assuré qu'il accueillerait Gretchko chez lui jusqu'à vendredi.

Klemet raccrocha. Ils reprirent leur attente. Kirkenes était plongé dans la pénombre, pas la nuit encore. Le bleu de l'horizon fonçait lentement. Le *Barents Enterprise* était à l'arrêt à quelques centaines de mètres du quai.

– Qu'est-ce qu'il attend, bon Dieu ? pesta Kujala. Ça fait deux heures qu'il est là-bas.

– Ça y est, il bouge, dit Klemet.

Son téléphone sonna au même moment. Nina encore. On venait de la prévenir que Piotr Potap passait le poste-frontière de Storskog, au volant d'une Dacia Logan beige, immatriculée au nom d'Oleg Gretchko. Qui l'accompagnait sur le siège passager.

Klemet raccrocha. La lumière avait encore chuté.

– Le navire attendait qu'il fasse nuit, murmura Klemet. Sûrement pas par hasard.

Une demi-heure plus tard, il arrivait à quai.

Nina rappela.

– Je ne suis pas loin de vous. Ils se sont arrêtés au Barents Frokosthotell. C'est bizarre, Piera Kyrö avait dit qu'il hébergerait Gretchko.

– Piera viendra peut-être le récupérer plus tard à l'hôtel.

– Potap est toujours au volant de la Logan. Il descend aussi. Il faut que je parte, il va me voir.

Nina rappela quelques minutes plus tard.

– La Logan est repartie. Mais je n'ai pas pu voir qui il y avait dedans.

– Bon, on va demander à parler à ce Boris, on ne va pas passer la nuit ici…

Jaakoppi Kujala ouvrait sa portière.

– Attends ! chuchota Klemet.

Il venait de voir aux jumelles un homme qui l'intriguait. Il ne se comportait pas comme un membre d'équipage. Plus comme un veilleur. De loin, depuis l'autre côté du quai, en grande partie caché derrière les amoncellements de panier et cages à crabes, il ne perdait rien de ses mouvements. Le veilleur attendait. Kujala regardait aussi. Avec ses jumelles de nuit, Klemet pensait reconnaître Boris, d'après la photo d'identité que lui avait fournie Mikael Grej, le gars de l'agence logistique.

Il faisait le guet. Une voiture approcha. Les phares balayèrent celle des policiers. La Logan. Klemet et Kujala s'enfoncèrent dans leur siège. Elle ralentit à leur niveau. La voiture tourna pour s'engager vers le quai. Elle stoppa. Piotr Potap restait au volant, moteur tournant. Les phares éclairaient le quai. Dans ses jumelles, Klemet suivait les mouvements. Impossible de voir qui se trouvait dans la voiture, ni même s'il y avait une ou deux personnes. Une ombre sauta du *Barents Enterprise*. Elle fut prise dans les phares de la Logan. L'ombre se protégea le visage. Pas assez vite.

– Nom de Dieu !

Klemet venait de reconnaître Zubkov.

Le lieutenant des gardes-frontières débarquait en clandestin.

62

Vallée de Pasvik.

Pavel Zubkov descendit précipitamment de la Logan, repoussant Piotr Potap. Qui suivre ? Qui devancer ? Combien de chiens restait-il ? Les chasseurs allaient se disperser. Ça parlait fort. Une langue inconnue. Se fier aux intonations, aux gestes ? Des regards se portaient sur lui. On ne le connaissait pas. Qu'est-ce qu'il faisait là, dans cette vallée de Pasvik ? Pavel ne contrôlait rien.

Il respirait difficilement. Il entendait les battements de son cœur. Pendant le trajet en voiture, il avait tenté de les cacher à Potap, persuadé qu'ils envahissaient l'habitacle. Il avait refermé sa parka, espérant que le martèlement qui lui obscurcissait le cerveau était contenu par son manteau.

Trop tard, tout venait trop tard.

Pavel n'en pouvait plus de se dégoûter, de se décevoir. De se retrouver entre les mains d'un Gretchko, aux paroles vibrantes, aux desseins troubles. Il avait accepté cette lente dérive tant qu'il protégeait Alissa. Gagarine témoignait de cet échec massif.

Mais il retrouverait Gagarine. Et Alissa. Pas son poste. On l'accuserait de trahison, de désertion. Il s'en fichait. Il demanderait l'asile politique, on l'accueillerait, il pouvait en raconter tellement, il avait tant de déceptions à partager, on l'écouterait, ici.

Potap, par tous les moyens, voulait le dissuader. Pavel ne ressentait que mépris pour ce type qui n'avait aucune raison d'être le caniche de Gretchko, si ce n'était sa nature faible, sa soumission innée au plus fort. Il avait suffi de le bousculer un peu pour qu'il se plie aux volontés de Pavel. Quelques gifles, la menace de suspendre ses petits trafics minables. Comme si les gardes-frontières s'intéressaient au passage de quelques cartouches de cigarettes. Un minable, avec une tête de minable. Son regard, pendant le trajet, avait exprimé autre chose. Pavel lisait son âme travaillée par le doute. Piotr Potap n'avait sûrement pas parlé à Oleg. Trop peureux pour ça. Peur de Pavel, peur de la réaction d'Oleg. Trop à gérer pour un type comme lui. Ce qui pouvait le rendre dangereux.

Potap, lorsqu'ils étaient sortis de Kirkenes pour prendre la route de la vallée, avait tenté de le raisonner.

– Monsieur Gretchko ne sera pas heureux. La réunion de Kirkenes doit se tenir dans deux jours. Le document des gardes-frontières doit être signé et tamponné d'ici là. C'est votre responsabilité dans cette affaire. Monsieur Gretchko a insisté. Si cela ne se fait pas, les Nordiques ne signeront pas la convention, l'abattoir ne pourra pas entamer son processus d'homologation, le plan de monsieur Chadoff ne marchera pas, tout le monde en pâtira.

– C'est ça qui t'inquiète ? Ton petit poste de directeur administratif ? Est-ce que tu sais seulement ce que c'est, le plan de Chadoff ? Roule. Tu as échoué à retrouver un chien et tu penses pouvoir gérer un abattoir ? Pauvre merde… Roule.

La discussion avait tourné court, bien sûr, mais les battements de cœur, le poids sur la poitrine, tout lui criait d'ordonner le demi-tour. D'autres voitures avec des remorques chargées de scooters des neiges se dirigeaient sur la même route, les doublaient. Des chasseurs sûrement. Ils les avaient suivis.

Pavel était aux cent coups. Les idées les plus folles lui traversaient l'esprit. Appeler les policiers norvégiens. Tout balancer. Marchander son témoignage. Sauver Gagarine. Sauver Alissa. Il sortit son téléphone. Afficha le numéro de téléphone de l'inspectrice norvégienne. Il hésita. S'il appelait, c'était la fin. Qu'arriverait-il à Alissa ? Elle s'en sortirait. Elle est tellement forte. Et moi si faible.

À côté, Piotr Potap avait ralenti, son regard allait de la route aux mains de Pavel, s'attardant de plus en plus longuement sur le téléphone.

– Qu'est-ce que vous faites ? C'est quoi ce numéro norvégien ? Vous ne pouvez pas appeler ! Pas d'ici ! C'est qui ? La police ? Vous voulez trahir monsieur Gretchko ? Vous êtes fou !

Les cris de Piotr Potap lui étaient indifférents. Pavel pouvait presque sonder le bouillonnement de sa cervelle servile. Rester fidèle à Gretchko sans désobéir à Pavel, préserver sa promotion future sans compromettre sa position actuelle. Piotr Potap ne savait sans doute pas quel prochain coup jouer. Il devait se sentir comme un animal aux abois.

– Il faut juste ramener le chien…

Pavel avait voulu rassurer Potap, mais le rythme saccadé de sa voix trahissait son état. Ses mots n'avaient pas calmé le fonctionnaire municipal. Au fil des lampadaires le long de la route, il avait vu luire les traces humides que les mains moites de Piotr Potap laissaient sur le volant.

Ça avait dérapé un peu plus loin, lorsqu'ils avaient passé le village de Svanvik, là où, il le savait, les chiens abattus étaient envoyés pour analyse. Potap avait encore agité la menace de Gretchko quand Pavel lui avait dit d'accélérer.

Pavel avait répliqué en lui mettant sous le nez un couteau à poisson denté, à manche plastique, volé sur le *Barents Enterprise*. Depuis, la tension n'était pas redescendue.

Ils avaient roulé encore une vingtaine de minutes en silence. Le volant toujours plus luisant. Vite, avant que la marionnette de Gretchko dérape pour de bon.

– Vous n'avez pas le droit ! Pas pour un chien !

Pavel avait mis la radio. Musique à fond. Couteau sous le nez. Il n'avait jamais emprunté cette route couverte de neige le long la frontière. Les façades en bois éclairées de lampadaires donnaient une image idyllique de la vallée de Pasvik. Il hurla.

– Ralentis.

Potap ne ralentissait pas.

Pavel sauta sur lui et plongea sur le frein. La Logan cala.

Piotr se débattait, Pavel lui envoya son poing dans la figure.

– Si tu bouges encore, je te découpe.

À quelques centaines de mètres, de nombreuses voitures étaient garées. Ils devaient se trouver du côté de la station hydroélectrique de Skogfoss. Les chasseurs discutaient, se répartissaient en groupes. Quelles intonations, quels gestes ? Il fallait se décider vite.

– Tu attends ici ! Il faut que j'empêche ces chasseurs !

– Non !

Piotr Potap avait crié. Comme un forcené. Là-bas, des visages s'étaient tournés vers eux. Pavel ouvrit la portière, Piotr essaya de s'accrocher à lui. Pavel le repoussa et quitta la voiture d'un bond, repoussant l'autre d'un nouveau coup de poing.

Il traversa la route en courant, glissa, se releva, glissa encore. Des chasseurs s'enfonçaient dans les sous-bois, fusil sous le bras. Bientôt il serait trop tard. Il fallait les prendre de vitesse. Avec cette pleine lune, ils le verraient, ne tireraient pas, il sauverait Gagarine.

Il ne l'entendit pas venir sur lui.

La voiture le percuta au niveau de la hanche. Il cria sous le choc et s'étala de tout son long. Il entendit vaguement une portière grincer, une voix l'insulter en russe. Il cria en se relevant, il ne pouvait plus courir, son genou, sa hanche, son bassin, trop douloureux. Il s'écroula. Les chasseurs commençaient à disparaître, en direction des chiens sûrement, alignés sur un front qui ne laisserait aucune chance à Gagarine. Il avait mal. Les hommes devaient savoir que les chiens se trouvaient par là. Il cria, faire fuir les chiens. Un homme qui parlait russe le prit par le col et le secoua, lui ordonnait de se taire.

Les chasseurs, il allait les perdre. Il repoussa violemment l'homme qui le tenait. Il bascula en contrebas de la route. Le mouvement fit hurler Pavel. Il faisait froid, il transpirait. Son téléphone. Il appuya sur la touche d'appel. L'inspectrice norvégienne répondit aussitôt. Comme si elle l'attendait. La douleur, un instant, s'apaisa. Il n'entendait pas sa voix, seulement les mots qui défilaient devant ses yeux, comme au ralenti, comme sur un écran, alors qu'il avait l'impression de crier, des mots qui s'inscrivaient en majuscules.

– Arrêtez-les, ne tuez pas mon chien ! Je vous dirai tout ! Sur Gretchko, sur Chadoff !

D'où sortaient ces mots, qui étaient ces gens ? Cette lune était si forte, d'autres mots le bousculaient. Criait-il, était-ce lui ou un autre qui hurlait ? Le meurtre du Finlandais de l'abattoir. Et qui répétait, ça ne pouvait pas être lui, il souffrait trop, il rampait sur la glace mêlée de graviers, s'écorchait les doigts, tenant toujours son téléphone.

Nina, son prénom lui revenait, une sœur d'arme, oui, Nina, lui demandait où il était, de l'attendre, et quel meurtre, Virtanen, Pekko Virtanen ? Il cria, au ralenti peut-être, les mots s'écrivaient-ils en italique maintenant, peut-être, Skogfoss, d'autres choses, il s'entendait si mal. Il se releva, glissa à nouveau, son genou ne le portait plus. Il y avait une musique très forte qui provenait de la voiture, c'était la musique qu'aimait sa fille. Il aperçut cet homme qui s'acharnait sur lui, qui se précipitait, le visage défait. Il cria encore, mais les mots sortaient-ils ? Il s'effondra à nouveau, haletant. Cet homme qui parlait russe, au crâne chauve, était presque sur lui, il se baissait pour ramasser un objet long et denté sur la route. Pavel regarda son téléphone qui venait de s'éteindre, lorsqu'il sentit une douleur terrible dans le dos.

63

Kirkenes.

Oleg Gretchko regarda son téléphone. Que fichait le fritz ? Oleg tournait en rond dans sa petite chambre du Barents Frokosthotell. Venir de Nikel pour tomber dans le pire hôtel de Kirkenes… *Tout me sera refusé.*

Avec son passif, il prenait un risque certain à se trouver ici, il s'étonnait même d'avoir passé la frontière si facilement. Piotr Potap, c'était différent, les gens d'ici étaient habitués à le voir circuler en ville. Il serait ses yeux et ses oreilles. Mais il ne pourrait pas patienter longtemps. Il fallait que le fritz mette la main sur le lieutenant avant que Piera Kyrö vienne le chercher à l'hôtel.

Il s'abstenait de répondre aux messages de Chadoff qui s'impatientait. La signature de la convention, vendredi, conditionnait la future homologation de l'abattoir par l'UE. Oleg avait au moins pu le rassurer sur un point, il se trouvait à Kirkenes. Il s'était bien gardé, en revanche, de préciser que le lieutenant des gardes-frontières avait passé clandestinement la frontière et menaçait toute l'opération.

Oleg ne quittait pas la fenêtre, observant les rares allées et venues de voitures qui roulaient devant l'hôtel. Le temple à droite, une discothèque du nom de Ritz en face, une place vers la gauche, où il apercevait la façade de l'hôtel Scandic, où devait se tenir le Conseil sami à compter de vendredi.

Jamais il n'aurait dû passer la frontière. Mais il n'avait pas le choix. Il avait accepté cette invitation de Piera Kyrö et Olaf Renson à cette séance plénière uniquement parce que cela lui donnait un prétexte pour venir à Kirkenes sans éveiller les soupçons.

Il se sentait piégé dans cette chambre, dans un pays dont il ne parlait pas la langue. Il attendait la visite de Piera Kyrö d'un moment à l'autre. C'était ce qui était convenu. Sauver les apparences. Aller chez Piera Kyrö. Jouer les retrouvailles. Signer cette convention. Relancer l'abattoir. Appliquer enfin le plan Chadoff.

Et reprendre ses fouilles.

Les morts attendaient. Les morts s'impatientaient.

Depuis qu'il avait vu cette foldingue d'Ivanna à Teriberka, l'image de la vieille chamane le hantait. Parce que Oleg était désormais sûr d'avoir vu une chamane. Et il était sûr qu'elle savait parler aux morts. Ça s'était incrusté dans son cerveau aussi sûrement qu'un shrapnel dans un casque soviétique sur le front de Litza. Elle savait parler aux âmes sous les montagnes. S'il savait écouter ce qu'elle disait, il saurait trouver d'autres soldats enlacés sous les pâturages de Pasvik. C'était pas plus compliqué.

Il regarda la montre de son téléphone. Mais qu'est-ce qu'il fout !?

Il appela. Pas de réponse. Deux fois, trois fois. Rien. Le fritz allait l'entendre !

Qu'est-ce qui avait pris à cette petite conne d'Alissa d'aller tout raconter à son père ? Alors qu'on était si près d'aboutir !

Et moi, l'idiot ! À me pavaner devant des jeunes, rouler des mécaniques à raconter des conneries sur les années de l'effondrement… Le Finlandais, c'était pas lui, enfin pas complètement. C'était comme souvent, il avait fait le nettoyeur de Chadoff.

Après, raconter ces histoires aux gamins, Oleg avait toujours considéré ça comme une sorte de formation continue. De la transmission. C'est comme ça qu'ils apprenaient, les jeunes. À partir de l'expérience des anciens. Dans un monde où des soldats ennemis se retrouvaient à s'enlacer pour se protéger du froid et des obus, d'où qu'ils tombent, mieux valait pas trop attendre de l'humanité. Oleg, il l'avait compris depuis longtemps. C'était pas qu'il était fier de ce qu'il avait fait dans la vie. Se faire passer pour un Sami pour obtenir des avantages, c'était le moindre de ses soucis. Si ça lui permettait enfin d'accéder à ces fichus pâturages dont il pourrait retourner la terre, avec l'aide de la vieille Ivanna, pourquoi pas. Tout le reste, des broutilles. Et c'était quoi, cette putain de voiture qui passait pour la deuxième fois ? Oleg ne pouvait pas rester là. Il prit son manteau, son sac. Si les policiers cherchaient quelque part, ce serait dans les hôtels de la ville. Ça irait vite.

Tout était fermé ou presque, à cette heure-ci. L'hôtel ici, une plaisanterie. Le type de la réception, un réfugié palestinien, avait baissé la grille. Le rez-de-chaussée était vide. Mais il n'avait pas le temps. Et si Piotr Potap ne trouvait pas Zubkov ? Oleg ne savait pas quel moyen le lieutenant avait employé pour passer en Norvège. Il pensait que les gardes-frontières du FSB n'avaient pas l'autorisation de passer côté norvégien pour faire du tourisme. Zubkov avait-il désobéi ? S'était-il inventé une mission ? Il avait peut-être bénéficié de complicité au sein des gardes-frontières ? Cette brune ? Et merde ! De toute façon, c'était trop tard. Pavel Zubkov serait venu dans sa propre voiture ? Il conduisait une Lada Niva, Oleg le savait. Ou bien il aurait pris le bus ? Bizarre tout ça, bizarre. Si Piotr ne venait pas, il fallait qu'il cherche Pavel Zubkov lui-même. Où ? Il jeta son sac sur le lit. Jura encore. Piotr Potap avait évoqué un centre de recherche de la vallée où ils analysaient les chiens tués. Un centre spécialisé dans la faune et la flore de Pasvik. Ça pourrait être un bon point de départ. Plus discret que d'aller frapper à la porte du commissariat. La station de taxis, près de l'hôtel, était accessible jour et nuit. Mais le centre ne serait pas ouvert avant demain matin. D'ici là, il ne pouvait qu'espérer que le fritz se manifeste enfin. À moins d'aller trouver Piera Kyrö. Oleg reprit son sac. L'éleveur de rennes saurait. Après tout, les chiens de Pasvik, c'est lui qui s'en plaignait le plus. Mais s'il croyait en avoir fini avec les chiens de Pasvik, Piera Kyrö se trompait. Tout ça ne faisait que commencer.

Quand il s'en rendrait compte, ce serait trop tard.

64

Vallée de Pasvik.

La Logan beige arrivait à toute vitesse sur la route glacée, face à eux. Le conducteur faisait des appels de phare furieux. Klemet donna un coup de volant, le plus souple possible, qui n'empêcha pas une embardée sur la route verglacée. Tête-à-queue sur la route étroite. Dérapage contrôlé, manœuvre rapide, rétablissement, poursuite de la Logan.

Les policiers l'avaient perdue de vue. Mais que Piotr Potap, Oleg Gretchko ou Pavel Zubkov soit au volant, il devait de toute façon remonter la vallée de Pasvik, longer la mine de Bjørnevatn. Au carrefour de Hesseng, trois alternatives. Vers le nord et Kirkenes. Vers l'ouest en direction de l'aéroport et au-delà des vastes étendues et villages de la Laponie norvégienne. Ou vers l'est et la frontière russe. Appel au poste-frontière de Storskog. Le mettre en alerte. L'ouest ? Une petite route sur des centaines de kilomètres. Klemet n'y croyait pas. Les occupants de la Logan anticiperaient la fermeture de la frontière. Il restait le nord, Kirkenes. Le *Barents Enterprise*.

À cette heure-ci, le commissariat était fermé et les restrictions budgétaires n'encourageaient pas le zèle chez les collègues. Nina ne répondait pas, mais elle n'était de toute façon pas habilitée à agir comme officier de police maintenant. À Hesseng, Klemet s'engagea en direction de Kirkenes sans hésiter. Quelques minutes plus tard, ils arrivaient en ville. Il fonça vers le *Barents Enterprise*. Calme. Ce qui ne voulait rien dire. Pas de Logan. Ce qui ne voulait rien dire non plus. Au pied du chalutier, ils frappèrent à la coque. Au bout d'un moment, un marin se montra. Ils demandèrent Boris. Le jeune Russe sauta bientôt sur le quai. L'air coupable avant la première question en découvrant les uniformes. Il n'essaya pas de nier. Il jura. Ni Piotr Potap ni le passager n'étaient réapparus. Boris avait peur, il ne voulait pas perdre son emploi, sa mère malade à Mourmansk, il ne faisait rien de mal, mais ce Potap avait exigé que Boris ne dise pas un mot à quiconque de la raison pour laquelle le *Barents Enterprise* était allé subitement récupérer ce passager au petit port de Teriberka, loin des yeux des autorités. Le passager ? Il ignorait tout de lui. Pas un mot échangé. Boris ne savait même pas s'il était russe ou d'une autre nationalité. Juré, juré, juré !

Klemet réveilla Mikael Grej, l'agent logistique, afin qu'il prenne les dispositions pour empêcher le départ du *Barents Enterprise*. Klemet hésitait. Fouiller le navire ? Cela provoquerait un incident diplomatique. On verrait demain, avec les autorités concernées. Kujala décida qu'il resterait là pour surveiller. Il déposa Klemet au garage du commissariat, et repartit au quai des Russes. Trois minutes s'étaient écoulées. Dans le pick-up qu'il avait récupéré, Klemet pilotait au ralenti en ville, continuant à patrouiller. À cette heure-ci, presque personne ne circulait à Kirkenes. Ville quasi morte. Étouffée par la neige, le froid et l'isolement. Il retrouva la Logan sur la place devant la bibliothèque. Sous son propre appartement. Une pensée lui traversa l'esprit. Ils m'attendent chez moi. Non, pas de raison. Potap, Zubkov et Gretchko avaient-ils rejoint l'hôtel ? Il se dirigea vers le Barents Frokosthotell. Pourquoi seraient-ils là ? Pourquoi la Logan avait-elle semblé quitter la vallée de Pasvik dans la précipitation ? Il jura contre le manque d'effectifs. Tout en marchant, il appela Nina. Elle ne pouvait pas intervenir comme officier de police au niveau des individus, cantonnée qu'elle était aux affaires frontalières entre États. Mais elle avait autorité pour mobiliser des gardes-frontières, qui eux pouvaient agir en tant que policiers. Elle était préoccupée. Elle avait reçu un appel confus du lieutenant russe des gardes-frontières, il avait parlé de l'agression de Pekko Virtanen, il savait qui en était responsable, il avait des révélations à faire sur Gretchko, sur Chadoff. Klemet comprenait à peine ce qu'elle disait. Nina avait ordonné aux chasseurs de suspendre la battue, d'attendre Anna-Liisa et un vétérinaire du centre Nibio et de les assister afin de neutraliser les chiens errants sans les tuer.

Klemet ne comprenait pas pourquoi elle lui parlait de chiens maintenant. Mais elle enverrait aussitôt un message à la compagnie de gardes-frontières Pasvik, basée à Svanvik. On saurait vite ce qui s'était passé, d'autant que la battue était en cours.

Klemet maudit les règles norvégiennes sur le port d'arme dans la police. Ces Russes pouvaient être armés. Il était seul. Ils étaient trois. Trop dangereux, sans arme. Dans la station de taxis, à côté de l'hôtel, un chauffeur était assoupi sur le vieux divan de la salle de repos. De grandes fenêtres ouvraient sur la rue. Il réveilla le chauffeur. Un Russe avait commandé un taxi il y a une quinzaine de minutes. Il ne savait pas pour où. Il pouvait appeler le chauffeur si c'était important. Non, décida

Klemet, sans le vouloir, le chauffeur risquait d'alerter ses passagers. Klemet se contenta de récupérer le numéro de portable du conducteur et l'immatriculation de sa Toyota. Mais le chauffeur était sûr. Un seul Russe avait embarqué à bord de la Toyota.

Un signalement ? Une parka, un bonnet et des bottes.

Nina rappela. La patrouille des gardes-frontières était arrivée rapidement sur place. Elle avait découvert un homme au bord de la route, non loin du parking où les chasseurs s'étaient rassemblés. Il n'avait pas de papiers sur lui, il était ensanglanté, inconscient, le pouls très faible. Une ambulance était en route. Nina avait demandé au chef de patrouille de lui envoyer une photo. Il s'agissait du lieutenant Zubkov, aucun doute. Elle partait directement pour l'hôpital.

Klemet resta seul. Il n'y avait plus de temps à perdre. Il prit un tournevis posé à côté du standard téléphonique, posa un doigt sur ses lèvres, pour le chauffeur qui le regardait avec un air effrayé. Il fit quelques pas jusqu'à l'entrée de l'hôtel. Tout était sombre, à part une veilleuse qui diffusait une faible lumière. À gauche, la réception était fermée, rideau baissé. La salle à manger en face était vide. Vers la droite, un couloir partait vers les escaliers. Des cartons et sacs de linge étaient entassés dans un coin. Personne. Klemet savait que, si un Russe se trouvait ici, il était seul. Potap ou Gretchko ? Qui était le plus dangereux ? Il composa le numéro de l'hôtel, inscrit sur un post-it collé à la grille. Le réfugié palestinien gérant l'hôtel habitait à deux pas. Il arriva trois minutes plus tard. L'uniforme de Klemet sembla lui suffire, il le mena jusqu'à une chambre de l'étage, frappa à la porte et s'écarta. La porte s'entrouvrit à peine. Klemet aperçut la tête chauve et le col roulé de Piotr Potap. Potap recula. Il clignait des paupières, comme s'il ne se faisait pas à la vue d'un policier. Quand il se calma, il le regarda les yeux écarquillés. Potap était dans un état second. Klemet ne comptait pas l'interroger, il ne parlait pas russe. Klemet donna le tournevis au Palestinien, il sentait que c'était inutile. Il regardait la chambre, pauvrement meublée. Quelque chose clochait. Il lui fallut quelques secondes pour réaliser. Potap n'avait que son pull à col roulé sur lui. Pas de manteau. Par ce froid ? Il souleva les couvertures, regarda sous le lit, dans la salle de bains. Rien. Étrange. Il avança jusqu'à la fenêtre, l'ouvrit. Un manteau reposait dehors, au pied de l'hôtel. Il attrapa Potap par le col. Le Russe se laissait faire, continuant à cligner des yeux. Impuissant, désemparé. Klemet le mena au rez-de-chaussée et le fit monter dans la voiture. Il dit au Palestinien de rester devant la portière. Il enfila des gants en latex et alla chercher le manteau. Quand il arriva au pied de la fenêtre, il le ramassa et l'exposa à la lumière d'un lampadaire. Le manteau était visiblement imbibé de sang sur un côté.

Il sortit son téléphone. Nina lui répondit tout de suite.

– J'ai mis la main sur Piotr Potap. J'ai son manteau, plein de sang. Mais je ne sais pas encore de qui. Ça veut dire qu'Oleg Gretchko se promène dans la nature. Il est parti en taxi d'ici.

– Je suis à l'hôpital. Les médecins sont très pessimistes pour le lieutenant. Il a déjà perdu beaucoup de sang, et le couteau a traversé un poumon, un rein, sans compter les autres coups. Ils se sont acharnés…

– Potap sans doute.

– Ça dépend, si l'autre, Gretchko, était sur place aussi. Il faut faire des analyses, ça prendra du temps.

– On peut aller plus vite. Où est Anna-Liisa ?

– Elle m'a envoyée un texto. Ils ont neutralisé les chiens, dit Nina. Grâce à tous les hommes qui avaient été mobilisés pour la battue. Elle les a amenés à son labo en attendant.

– Dis-lui de procéder aux analyses de sang du lieutenant et de celui de la parka de Potap. Elle est équipée sur place, on aura les résultats rapidement.

– Je sais. D'ailleurs, elle fait la gueule. Piera Kyrö lui a déjà amené des échantillons pour analyser l'ADN d'une vieille Sami russe et le sien. Elle trouve qu'on oublie un peu trop qu'elle est spécialisée dans l'analyse des merdes d'ours…

– Mais on ne sait pas si c'est Potap qui a poignardé le lieutenant. Il aura beau jeu de dire que ce manteau n'est pas à lui, qu'Oleg Gretchko le lui a prêté après l'attaque. Et il s'est laissé arrêter. C'est l'autre qui a fui. Il faut savoir s'il est impliqué.

Le silence s'installa entre eux.

Seconde après seconde, Klemet se repassait le film de ces derniers jours, des rencontres, des informations éparses. De l'autre côté, Nina devait faire de même. Klemet fut le premier.

– J'interroge le Russe, et ensuite je pars chez Piera Kyrö. La solution se trouve chez lui.

65

Jeudi 27 février.
Lever du soleil : 6 h 36. Coucher du soleil : 15 h 51.
9 h 15 d'ensoleillement.

Vallée de Pasvik.

Piera Kyrö hésitait. Il caressait le faon d'une main, tenait fermement le couteau de l'autre. Il regarda vers la cabane, derrière l'enclos et la maison. On ne la voyait pas de la route. Il devinait la silhouette à la fenêtre. Il devait l'observer. À chaque fois qu'il tournait le regard dans cette direction, la silhouette se tenait là. Le jeune renne avait vite appris à ne pas craindre l'éleveur. Piera lui tendit à nouveau du foin. Le faon mordit dedans et retourna au milieu des rennes qui s'étaient approchés du scooter et de sa remorque chargée de bottes de foin.

Piera ne parvenait pas à se résoudre. Quelque chose le retenait. Le côté survivant du faon. Piera respectait ça. Mais abattre ce faon au moment de la signature qui rendrait à la famille de Piera l'accès aux pâturages perdus avait une portée symbolique forte. Il fallait célébrer. Ce faon serait sacrifié sur l'autel de la réunification entre Sami de Russie et Sami de Norvège.

Les autres rennes venaient réclamer leur part. Piera procédait comme son père avant lui. Dans le monde du travail, disait-il, on appelait ça acheter la paix sociale. Lui aussi avait été militant travailliste. Il connaissait les éléments de langage. Aujourd'hui, il se trouvait dans le rôle du patron. À distribuer du foin à ses rennes pour les habituer à sa présence, pour qu'ils ne s'éloignent pas trop. En les domestiquant à petites doses, il économisait autant de tours de veille qui mobilisaient les hommes, les scooters, coûtaient en nourriture et en essence. Avec certains, ça ne marchait pas. Quand l'appel du large prenait le dessus. Comme en décembre. Comme au début du mois.

Ce faon revenait de loin. En fuyant avec les mâles en Russie, il avait échappé à l'abattage traditionnel de décembre. Un sursis. L'avait-il senti ? Allait-il lui faire subir le sort des autres ? Ceux-là, les adultes, il faudrait les abattre dans quelques mois, sinon ils retourneraient dès que possible en Russie, avec les problèmes que ça supposerait. À moins que la convention qu'il devait signer demain ne lui permette de profiter des pâturages russes d'ici là. On pouvait rêver. À quoi pensait-il, là-bas ?

Oleg Gretchko avait débarqué chez lui en pleine nuit. Avec les mains, les yeux, ses trois mots anglais et l'aide d'une application en ligne, il avait réussi à vaguement expliquer. Un taxi l'avait déposé à quelques kilomètres de là. Il ne voulait pas que le chauffeur sache où il allait. Il avait poursuivi à pied. Il était arrivé frigorifié, sans se plaindre. Il avait juste laissé comprendre qu'il souhaitait un lit pour la nuit, que Piera taise sa présence ici et que, quand il ferait jour, on préparerait la convention. Tout irait bien.

Formellement donc, plus rien ne devrait s'opposer au projet. Piera l'avait raconté à Oleg. Il lui avait montré le rapport. Écrit en norvégien bien sûr, incompréhensible pour le Russe. Un document officiel en tout cas. Ils pourraient l'exhiber demain.

La veille en fin d'après-midi, à l'issue de la journée au labo, Anna-Liisa était passée chez lui. Ça ne lui était plus arrivé depuis une éternité. Elle avait apporté une bouteille de vin blanc, cadeau d'un collègue français, un Mas Brunet.

– Quelque chose me dit que tu voudras fêter.

Elle avait raison. Elle apportait de bonnes nouvelles. Les résultats prouvaient une filiation entre Piera et cette vieille Sami de Teriberka. Piera appréciait peu le vin, mais ils avaient trinqué. Il aurait dû trouver ça improbable. Mais Anna-Liisa l'avait convaincu du contraire. La population sami russe comptait si peu de monde, encore moins il y a un siècle, quelques centaines de personnes à peine. Une population répartie en clans isolés sur de vastes territoires.

– Non, avait assuré Anna-Liisa, la chance n'a rien à voir avec ça. En cherchant, on trouverait sûrement d'autres liens comme ça avec des survivants de tous âges éparpillés de part et d'autre de ces frontières.

Piera avait encore levé son verre. Anna-Liisa avait raison. Le hasard et la chance n'avaient rien à voir là-dedans. Ces tracés de frontières prouvaient juste qu'aux yeux des puissants des états du Nord, les Sami ne comptaient pas. Qu'ils devaient juste plier. Intérêt supérieur de la nation. Des nations. Piera songeait aux discussions qu'il avait eues avec Olaf Renson et d'autres, aux peurs que créaient leurs moindres discussions sur le droit à la terre et la culture. Cette peur irraisonnée d'une indépendance sami, d'une nation sami. Il leva son verre vers Anna-Liisa.

– Pourquoi est-ce toujours à nous d'être raisonnables ? De nous adapter ?

Anna-Liisa avait souri.

– Tu vas me faire regretter de n'avoir amené qu'une bouteille…

Quand Oleg Gretchko était arrivé dans la nuit, avec son air pas très raisonnable, Piera n'avait pas hésité. Il n'avait pas envie d'être raisonnable, de faire à la mode scandinave. On allait tenter de recoller les morceaux. De montrer qu'entre eux, ils pouvaient proposer autre chose, au nez et à la barbe des puissants, quel que soit leur drapeau. Il regrettait maintenant d'avoir confié le couteau sami ramené de Russie à Klemet Nango quand il était venu le trouver la veille, bien avant qu'Oleg Gretchko surgisse à l'improviste. Le policier ne lui avait pas laissé le choix et, sur le moment, Piera n'avait pas trouvé à y redire. Qu'allait-il trouver ? Il n'imaginait pas qu'Oleg puisse tout faire capoter maintenant. Impossible, il ne serait pas là, sinon. Non, demain, il faudrait célébrer.

Dans l'enclos, Piera, son autre couteau toujours dans une main, prit une nouvelle poignée de foin. Oleg s'était écarté de la fenêtre. Les rennes vinrent brouter dans sa main. Le faon, lui, le regardait, et resta à l'écart.

66

Kirkenes.

L'interrogatoire de Piotr Potap prit une tournure bizarre dès le départ. Klemet faisait abstraction de l'avocat et de l'interprète pour se concentrer sur le comportement du Russe. Engoncé dans son col roulé sur lequel il tirait nerveusement, un vrai tic, Potap ne niait pas son acte. Il considérait en revanche avoir agi par légitime défense car le lieutenant avait non seulement trahi, mais il représentait un danger. Klemet le regardait avec un air intéressé, l'encourageant à préciser.

– Zubkov a trahi son pays, son uniforme, ses proches. Un esprit malade qu'il convenait de stopper. Il menaçait de s'attaquer aux chasseurs norvégiens qui partaient à la poursuite des chiens, il était armé d'un couteau de pêcheur denté !

Drapé dans sa conscience civique et patriotique. Les grands mots du Russe n'impressionnaient pas Klemet.

– Si un lieutenant des gardes-frontières russe avait poignardé des citoyens norvégiens, en Norvège, vous imaginez le scandale !?

Potap avait le sentiment d'avoir agi en homme responsable et attendait qu'on le remercie. Il affirmait avoir désarmé le lieutenant et s'être résolu à le neutraliser car il représentait un danger imminent.

Plus il répétait cette histoire, plus il semblait y croire, et plus il rajoutait des détails pour justifier son acte. Il prenait un air courroucé en racontant, offusqué à la moindre question de Klemet, comme si ce dernier mettait en doute sa bonne foi.

Mais Klemet se souciait peu de Potap. Sa culpabilité ne faisait aucun doute. On avait retrouvé ses empreintes sur le couteau denté qui avait servi à poignarder Pavel Zubkov quatre fois. Si Klemet comprenait mal la raison d'un tel acharnement, l'implication d'Oleg Gretchko l'intéressait bien plus. Gretchko s'était-il trouvé sur les lieux au moment de l'agression ?

Le manteau de Potap était imbibé du sang du lieutenant, c'était certain, mais pouvait-il y avoir le sang de quelqu'un d'autre, puisque Potap affirmait que Pavel Zubkov s'était débattu et représentait un danger ? Oleg avait-il été blessé dans la bagarre ? On le saurait demain matin, quand l'autre couteau, qui avait servi au serment de sang entre Oleg et Piera dans ce village russe de Teriberka, aurait livré ses secrets d'ADN à Anna-Liisa.

Piotr Potap continuait à défendre autant qu'il pouvait Oleg Gretchko.

– Il vient uniquement pour la signature de cette convention. Laissez-le tranquille !

Potap insistait décidément beaucoup pour tenir Gretchko à l'écart de cette histoire. Il jurait avoir agi seul, mais ça ne voulait rien dire. Il était visible qu'il le craignait. Piera Kyrö avait dit que Potap n'était que le sous-fifre de Gretchko. Klemet réfléchissait. Ce trafic de langues de rennes pouvait-il être à l'origine d'un tel drame ? Potap avait-il tenté d'éliminer Pavel Zubkov, le complice du poste-frontière qui, pour une raison quelconque, faisait faux bond ? Klemet avait du mal à croire que le lieutenant partait menacer les chasseurs de chiens. Ou qu'on pourrait tuer pour quelques langues de rennes. Pourtant, l'autre jour, l'officier des gardes-frontières s'était comporté de façon irrationnelle.

Potap regardait Klemet, et son silence l'inquiétait visiblement.

– Monsieur Gretchko ne doit rien savoir de ce que j'ai fait, sinon il ne me nommera pas directeur administratif de l'abattoir, et alors le projet ne fonctionnera pas bien, et ça se retournera contre les éleveurs norvégiens qui ne pourront pas profiter des pâturages russes, et ça sera un acte anti-patriotique !

Klemet n'en revenait pas des arguments fumeux développés par le Russe. Potap, profil type du fonctionnaire effacé et discipliné, s'embarquait dans un invraisemblable discours. Le sien ? Que savait-il vraiment ? Que cachait-il ?

– Où était Gretchko quand je vous ai trouvé à l'hôtel ?

Le Russe haussa les épaules.

Un appel sur son téléphone. Jaakoppi Kujala. Son partenaire finlandais était retourné à l'hôtel avec des techniciens de la police scientifique. Klemet sortit dans le couloir.

– Tu es toujours à l'hôtel ? Va demander au gars de la station de taxis où ils ont débarqué le Russe hier soir. Potap protège Gretchko, c'est lui qu'il faut trouver.

Il entendit Kujala bougonner, une porte grincer, et la voix dure du Finlandais qui questionnait quelqu'un. Il entendit la réponse. Le Russe s'était fait déposer sur la route de Pasvik, au croisement de Rødsan.

– C'est paumé et loin de tout, dit Kujala en reprenant la conversation avec Klemet. À mon avis, Gretchko n'a pas voulu donner la destination finale pour que le chauffeur ne puisse pas la répéter.

– Rødsan, nota Klemet, à moins d'une heure et demie à pied de chez Piera Kyrö par le sentier… Il est quasiment le seul à habiter dans ce coin.

Il retourna s'asseoir en face de Piotr Potap. Ce dernier paraissait encore plus inquiet. Son avocat norvégien lui expliquait les règles, mais le Russe ne quittait pas Klemet des yeux.

– Vous savez quoi, Potap ? Je sais où se trouve Oleg Gretchko. Vous avez raison, je n'ai rien à lui reprocher, mais je suis sûr qu'il aura beaucoup de choses à nous raconter sur vous, sur votre rôle. Et il sera très déçu.

– Vous n'avez pas compris ?

Potap s'était levé d'un bond. Son avocat le força à se rasseoir.

– Monsieur Gretchko a confiance en moi ! Mon rôle sera essentiel pour rassurer les inspecteurs européens. C'est moi qui signerai les documents que monsieur Chadoff me fera passer. Il n'y a rien d'autre à raconter. Tout est simple. Monsieur Gretchko a besoin de moi.

Il n'y aurait rien d'autre à tirer de Potap. Mais Klemet en savait assez.

On frappa à la porte. Nina. L'air soucieux.

L'affaire était sensible. Le commissaire de la frontière lui avait fait la leçon. On marchait sur des œufs. Cette signature de convention le lendemain échauffait les esprits. Les Russes y voyaient une manipulation occidentale pour entamer la souveraineté russe. Mais si la convention échouait et qu'on accusait des Russes, la propagande se retournerait aussi vite pour dénoncer le sentiment anti-russe qui prévalait en Norvège et la discrimination dont seraient victimes les Sami russes vis-à-vis des Sami d'Europe du Nord.

– Tu veux dire qu'on est coincés des deux côtés ? dit Klemet.

– En gros, je le crains. Les Russes ne vont pas lâcher un si bel os.

– Oleg Gretchko se réfugie chez Piera Kyrö, j'en suis presque sûr.

– Nous n'avons rien contre lui, Klemet, et la conférence ouvre demain à dix heures. Gretchko y sera, selon toute vraisemblance, Renson l'attend en tout cas. Avec les journalistes.

Elle marqua un court silence.

– Et mon patron ne veut pas de vagues. Avec les tensions actuelles entre la Russie et l'Occident, pas question que cette histoire déborde.

Après le départ de Nina, Klemet était retourné dans son bureau. Piotr Potap passerait la nuit au poste. Potap avait tout du coupable parfait. Si l'affaire en restait là, un Russe poignardé par un autre Russe en Norvège, les usines à trolls pourraient bien trouver des angles d'attaque, ça ne bougerait pas côté autorités. Si ça débordait sur la conférence, ça deviendrait politique, et comme le disait Nina, les Russes mordraient, quel que soit le bout par lequel on prendrait l'histoire.

Klemet regagna sa voiture. Goût étrange dans la bouche. Boule dans le ventre. Il avait bien senti que Nina n'était pas à l'aise. Pas faire de vagues… Elle devait avoir du mal à avaler la couleuvre. Pareil pour lui. Ce sentiment bizarre, cette ombre de Pekko Virtanen qui planait, comme cette autre ombre, Chadoff, omniprésent, invisible. Il roula jusqu'à la place, se gara. Resta au volant. Il regardait la bibliothèque à sa gauche, l'hôtel Scandic dans son rétroviseur, où la conférence démarrait demain à dix heures, le Barents Frokosthotell, plus loin, et la station de taxis. Klemet se décida. Il remit le contact et démarra, un couple de promeneurs fit un bond en arrière. Klemet sortit de Kirkenes à vive allure. Il lui fallut une vingtaine de minutes pour atteindre le croisement de Rødsan, quelques minutes de plus pour apercevoir la maison de Piera Kyrö, au bout du chemin qui donnait sur le long fjord. La lune éclairait le terrain enneigé. Un soir à aurores boréales, pensa Klemet, avec un froid sec, tel qu'il les aimait. Il éteignit les phares. Il parcourut en zigzag les deux cents derniers mètres à pied. La lune projetait une ombre fragile aux contours incertains devant lui. Il évitait de marcher dessus. Il se demanda si cela lui passerait avec le temps. Il s'arrêta. Se jeta un défi. Si j'obtiens la marque, l'ombre sera mon amie. Je ne craindrai plus de la piétiner. Lorsque mes pas la toucheront, ils feront pénétrer un peu de moi dans la terre, cette part de moi rejoindra les âmes qui flottent sous les montagnes. Je connaîtrai la communion avec les anciens. C'est de cela dont lui parlait Nils-Ante, mais son oncle n'avait jamais utilisé cette image. Lui était un poète, et la présence des âmes souterraines lui était naturelle. Mais moi…

Peut-être, quand il obtiendrait la marque. Maintenant qu'Anneli Stego avait accepté de prendre son faon sur son quota dans le district d'Hammerfest, il n'attendait plus que la réponse de la direction de l'Agriculture. On la lui avait promise avant la fin du mois. C'était demain. S'il obtenait la marque, il nommerait son renne, enfin. Il s'arrêta un instant. Il l'appellerait Ombre. Suoivvanas en langue sami du nord. Encore mieux. Ça disait tellement de choses, Suoivvanas. C'était toute son histoire. Depuis Aslak, depuis ses sept ans, un fantôme qui le poursuivait. Oui, Suoivvanas serait un joli nom.

Il se plaça en lisière du bois, afin que sa silhouette ne se détache pas sur fond de neige. Il observait la maison sur sa droite, l'enclos où l'autre jour Piera lui avait montré le faon survivant de décembre. À travers les fenêtres de la maison, Klemet surveillait les mouvements. Il put voir Piera et sa grand-mère Ida. La vieille femme dans la position où Klemet l'avait vue plusieurs fois, assise à la table de la cuisine, toujours plongée dans son univers. Peut-être visitait-elle aussi le monde souterrain en ces moments-là. On prétendait que seuls les chamans en étaient capables. Mais les chamans n'existaient plus de nos jours en Laponie. Miracle de la colonisation. Est-ce que leur connaissance des chemins de l'au-delà s'était dispersée dans les âmes perdues comme celle de la vieille Ida ? Est-ce que Klemet, policier, et donc rationnel, pouvait se permettre de telles pensées ? Piera vint poser sa main sur l'épaule de sa grand-mère. Elle se leva. Il l'accompagna à l'étage. Il pensa à Berit qui devait faire de même en ce moment à Kautokeino avec Todd. Peut-être Todd visitait-il aussi les âmes perdues. Piera referma la porte de la chambre de sa grand-mère. Il entra dans la sienne. Klemet avait un peu honte. Il vit Piera sortir d'un placard sa tenue sami. Il la mettrait sans doute demain pour la signature de la convention. Cette pensée le ramena à la raison de sa présence ici, en même temps qu'il prit conscience du froid. Il n'avait pas aperçu la moindre trace du Russe. Dans la maison, les lumières s'éteignirent. Klemet s'était donc trompé. Il faudrait attendre demain matin l'ouverture de la réunion plénière à l'hôtel Scandic pour trouver le Russe. Devant les journalistes. On n'échapperait pas à l'incident.

Le vent souffla un peu plus.

Il avait rebroussé chemin quand la porte de la petite cabane en contrebas s'ouvrit. Le Russe. Ça ne pouvait être que lui. Klemet était trop loin pour le reconnaître, et malgré la lune il faisait trop sombre. Mais ça ne pouvait être que lui. Piera était-il seulement au courant de sa présence ? Le Russe avait attendu que les lumières de la maison soient éteintes pour sortir. Que faisait-il ? S'il allait vers la maison, Klemet devrait intervenir. Si le Russe allait voler. Agresser peut-être, qui sait ? Il se dirigea dans l'autre sens. Vers l'enclos. Qu'est-ce qui lui prenait ? Il s'arrêta à l'entrée de l'enclos, prit quelque chose sur un tas posé à côté du portillon. Puis attendit, passant seulement la main à travers le portillon, avec ce qu'il avait pris dans le tas. Il patientait, sans bouger. Au bout d'un moment, il se tourna à nouveau vers le tas, prit encore quelque chose et tendit la main à travers le portillon. Il porta l'autre aussi. Klemet ne voyait pas ce qu'il faisait, seulement le mouvement de va-et-vient du coude dans la lumière de la lune. Au bout de quelques secondes, le Russe fit demi-tour et retourna dans la cabane. Gretchko s'était entiché du faon…

Klemet repartit vers sa voiture. Il se retourna un bref instant tout en continuant à marcher. Son ombre le suivait. Elle ne lui parlait toujours pas.

67

Vendredi 28 février.
Lever du soleil : 6 h 31. Coucher du soleil : 15 h 55.
9 h 24 d'ensoleillement.

Vallée de Pasvik.

Klemet, étendu sur la toundra, treillis blanc, camouflé par un tas de lichen, invisible, jumelles pointées sur les contrebandiers. Une trentaine, habillés à l'identique, longs manteaux en fourrure de phoque, chapeaux dont les poils de renard couvrent leurs yeux. Gestes brefs, vifs, mécaniques. Des habitués. Klemet, fusil à lunette calé, le premier dans le viseur. Départ du coup, silencieux. Trois hommes transpercés, d'un coup. Tombent en arrière, théâtral, bras jetés en l'air, au ralenti. Les autres, voient rien. Ils continuent. Chargent les corps. Des chiens. Par dizaines, sur une remorque transparente. Le tas grandit, vite. Klemet, fusil rechargé, fusil calé. Et puis ce bruit. Bon Dieu. Casse-toi ! Le collier du jeune renne, la clochette. Ça sonne aux oreilles de Klemet. Casse-toi, con de renne ! Vont me repérer. Les contrebandiers, gestes suspendus. Casse-toi, con de renne, ils m'ont vu ! Les contrebandiers, couteaux dentés brandis. Le renne, bouffe le lichen. Les contrebandiers, ils le regardent. La clochette, plus forte. Klemet, exposé, ils arrivent. Klemet, arrache la clochette, bouche les oreilles, con de renne !

Klemet se réveilla d'un bond. Son téléphone sonnait et quelqu'un frappait à sa porte. Il cligna des yeux, secoua la tête. Cria.

– J'arrive !

Le téléphone, Nina, il décrocha.

– C'est moi à la porte, cinq minutes que je tambourine.

Il se leva, enfila son pantalon et un T-shirt, ouvrit.

– Désolé, je me suis couché tard.

– T'inquiète, il est encore tôt.

Klemet regarda sa montre. Sept heures. Nina posa un sac sur la table de la cuisine. Elle sortit deux cafés et des pâtisseries, crémeuses à souhait.

– Qu'est-ce que tu fais ici, à cette heure ? Ah, oui, c'est vrai…

– Tu t'es vraiment couché tard…

– Oleg Gretchko a passé la nuit dans une cabane chez Piera. Je l'ai vu hier soir.

– Ne me dis pas que…

– Non, je n'ai rien fait, il ne m'a pas vu. J'avais juste besoin de savoir.

Elle s'assit à la petite table près de la fenêtre qui donnait sur la place. Klemet la rejoignit et commença par le café. Elle fit de même. Klemet réalisa qu'ils ne s'étaient pas retrouvés tous les deux au calme depuis leur arrivée à Kirkenes. Il se sentit détendu. Il lui sourit, mordit dans sa pâtisserie, elle fit de même. Sourire et pâtisserie. Il avait tant de choses à lui dire, et se sentait balourd, comme d'habitude avec elle. Il y avait le père de Nina entre eux. Ou est-ce qu'il se faisait une idée ?

Klemet savait par Berit que Nina n'était pas retournée voir son père, Todd. Klemet ne voulait pas lui en parler, il savait que Nina vivait mal la proximité entre l'ancien plongeur et lui. Ça l'embêtait, parce qu'il voulait évoquer avec elle son jeune renne à Kautokeino. Il attendait d'un moment à l'autre la réponse de la direction de l'Agriculture, mais savait qu'il ne pouvait parler du renne sans que la conversation déborde sur Todd, qui passait beaucoup de temps avec l'animal. Klemet but une gorgée, regarda sa boîte de messagerie. Rien ne venait.

– Tu attends un message ?

– Bah, rien de spécial…

Ils continuèrent en silence un moment. Nina montra une feuille griffonnée sur un coin de la table, un même mot écrit à l'infini, en calligraphie, en gras, en arabesques, en ronds, dans toutes les formes, la feuille en était remplie, Klemet eut le sentiment que le regard de Nina pénétrait sa conscience. Elle essayait de décrypter.

– Su… Suvva… Suoivvo… c'est quoi ça ?

– Suoivvanas. Bah, c'est rien.

– C'est rien, bon, ok. Sinon, comment ça se passe les longues patrouilles en montagne avec Kujala ? Ça cohabite bien dans les petites cabanes quand vous devez y passer des jours ?

Klemet sourit.

– Ça ne nous est pas arrivé. La configuration du terrain est différente ici. On peut rentrer les soirs.

– C'est nos patrouilles à nous deux qui te manquent alors ?

Nina souriait largement.

– Tu ne m'en veux plus ? Mes histoires de crânes, tout ça…

– Tes histoires de crânes, tes histoires de faon, tes histoires de…

– Je sais, pas la peine d'en rajouter.

Un silence.

– Tu n'as pas envie de revenir à la police des rennes ?

– C'est si dur avec Jaakoppi Kujala ?

– Kujala est un con. Tout l'emmerde ici. Il n'a aucun intérêt pour ce qui provoque les conflits dans cette région.

– Il fait son boulot de flic, on ne lui demande pas d'être anthropologue.

– Tu sais très bien de quoi je parle. Toi, tu t'y intéresses.

– Mais ça ne m'empêche pas de voir les conflits sous leur angle policier et légal. Je suis neutre, et je pense que cette région a besoin de ça, de gens qui portent un regard neutre sur ce qui se passe. Je ne fais pas de politique.

– De la politique… Quelle blague ! Tout est politique ici, dès que ça touche aux Sami.

– Tu n'arriveras à rien avec ce genre d'approche, tu le sais.

– Et alors, c'est ma faute si je suis moitié sami ?

– Ça ne t'oblige pas à être à moitié policier.

Klemet regretta de s'être embarqué dans cette discussion. Nina aurait le dernier mot, comme d'habitude. Il garda le silence. Nina le rompit au bout de quelques minutes où chacun s'était plongé dans l'observation assidue de ce que la fenêtre offrait comme vue, une place vide, sombre, à part quelques lampadaires qui jetaient des faisceaux de lumière qui semblaient avoir du mal à percer le froid.

– Tu veux vraiment que je revienne dans la police des rennes ?

– Tu es plus à mon goût que ce malade de Jaakoppi.

Klemet s'en voulut aussitôt. Avec Nina, ce genre d'allusion pouvait partir dans tous les sens. Il vit son petit sourire, et se traita d'imbécile.

– Tu te rappelles, à Kautokeino, devant chez toi, quand tu as essayé de m'embrasser ?

– Vraiment, j'ai fait ça ? dit Klemet, certain maintenant d'avoir vraiment l'air stupide.

– Tu ne te souviens pas de la gifle que tu as pris ?

– Ah, c'était toi ?

Nina rigola.

– Tu étais bourré, mais quand même…

– Bourré, ça m'étonnerait, je ne bois pas…

– Mouais…

Ils se regardèrent. Complices. À nouveau. Il aurait voulu la prendre dans ses bras. Résista.

– Tu comptes y rester, alors ?

– Dans la police des rennes ? Franchement, je ne me vois pas rempiler dans un commissariat sur la côte avec les poivrots et les bagarres du samedi soir.

– Et donc tu vas continuer à te bousiller la tête pour ton satané renne…

– En fait, je compte sur toi pour m'en protéger. Tu es la seule à comprendre, à peu près.

– À peu près… Tu as besoin d'une nounou en fait ?

Klemet, cette fois, se contenta d'un large sourire.

– Après tout, pourquoi pas, dit Nina.

Elle resta un temps le regard vague. Puis se ressaisit.

– En parlant de nounou… c'est bizarre, j'ai accepté d'être affectée ici pour me rapprocher de mon père. Et mon père me préfère Berit.

Klemet hésita à rentrer dans cette discussion. Sujet sensible. Il savait qu'en disant Berit, Nina pensait Berit et Klemet.

– Tu ne dis rien ? Tu le connais, mon père, il t'a à la bonne.

Nina avait-elle mis un soupçon de reproche dans sa remarque ? Peut-être. Pas sûr.

– Ce que je crois ? Todd préfère Berit, comme tu dis, parce qu'elle n'attend rien de lui. Il ne sent aucune pression en sa compagnie.

– Mais je ne lui mets…

Il posa sa main sur son avant-bras.

– Nina, c'est juste qu'il n'est pas prêt, c'est tout.

– Il ne le sera jamais… Je l'ai perdu, et je suis une idiote qui ne le comprend pas, tu as le droit de le dire…

Klemet pesait ses mots. Ils avaient déjà eu ce genre de discussion. Ça rongeait Nina.

– Pourquoi je suis la seule à ne pas y arriver ?

– Parce que tu es la seule à l'avoir connu avant. Pour nous autres, pour moi, pour Berit, pour Nils-Ante ou pour Changounette, Todd a toujours été comme ça. C'est comme ça qu'on le connaît, et qu'on l'apprécie. Un taiseux, une tête de mule, un imprévisible, pas un mauvais bougre, et pas si chiant en fait, à bien y réfléchir, si on compare avec d'autres.

Nina écoutait, sourcils froncés. Elle prenait sur elle pour ne pas réagir, pour entendre jusqu'au bout.

– En fait, on fantasme pas sur un type qu'on n'a jamais connu et qu'on ne connaîtra jamais.

– Mais si tu l'avais vu quand…

Elle n'alla pas plus loin. Klemet serra son avant-bras.

– Essaye le silence, pour voir.

Sur ces mots, ils se levèrent et se mirent en route vers la vallée de Pasvik. Anna-Liisa les attendait.

Ils arrivèrent à Svanvik un bon moment plus tard. Ils remontèrent l'allée qui menait au centre de recherche

Nibio. Ils trouvèrent Anna-Liisa dans son labo, blouse blanche ouverte et crayon dans la bouche. Des aboiements les firent s'arrêter.

– Venez, dit Anna-Liisa.

Elle les conduisit dans l'arrière-salle qui donnait sur une cour. Un chien tournait en rond dans une cage. Des allures de petit berger allemand. Avec un pelage beige et une queue noire. Le chien avait l'air de protester contre son enfermement, ou peut-être avait-il seulement faim.

– C'est le chien du garde-frontière ? demanda Nina.

– D'après la description qu'en avait donnée Klemet, oui.

– Ça fait déjà un incident diplomatique évité, soupira Nina. Comment l'as-tu attrapé ?

– Quand tu m'as appelée, j'ai pu rejoindre les chasseurs rapidement. Ce chien avait un comportement différent des autres, c'est à ça que j'ai pu l'isoler. Mais il était malin. Une prudence de chien dressé ajoutée à un instinct développé ces dernières semaines auprès des chiens errants qu'il a suivis. Si tu avais vu quand il s'est retrouvé acculé. Il aboyait, oh qu'il aboyait ! Il se dressait. Les deux autres chiens avec qui il était, de vrais chiens errants eux, couraient, cherchaient à fuir. Lui, coincé contre la clôture, il engueulait le monde entier. C'est ce qui fait que j'ai pu l'endormir facilement. C'est ce qui l'a sauvé aussi. Je suis arrivée à temps. Un des autres chiens a été abattu quand le groupe de chasseurs qui l'avait cerné en a eu assez de ce petit jeu. Son maître compte le récupérer ? Le chien devra être placé en quarantaine.

– On ne sait pas si son maître sera en état. Il est entre la vie et la mort. Mais d'après ce qu'on sait, une jeune fille devrait venir de Nikel pour s'en occuper. Ce n'est plus notre affaire maintenant.

Anna-Liisa revint vers son labo et prit un document qu'elle poussa vers les policiers.

– Sur le couteau sami que tu m'as ramené, il y avait l'ADN de deux personnes. Celui de Piera, et un autre.

– Celui de Gretchko, le Russe.

– Oleg Gretchko ?

– Oui.

– Le Gretchko qui est dans le dossier de disparition de mon père ?

– Nous n'avons aucune certitude, Chadoff surtout nous intéresse.

Anna-Liisa marquait le coup. Elle regarda le couteau emballé dans un sac plastique avec un air triste.

– Une chose est sûre, je n'ai pas trouvé trace de son ADN sur les vêtements de la victime.

– Cela n'innocente pas Gretchko. Le principal suspect, Potap, est à sa botte.

– Mais tu n'as pas assez d'éléments pour l'interpeller. Pas ce matin, pas avec les caméras de télé qui vont filmer cette signature.

– Ce n'est pas tout. J'ai découvert autre chose.

Anna-Liisa laissa sa phrase en suspens un instant.

– Mais je dois réserver la primeur de cette information à la personne concernée.

68

Vallée de Pasvik.

Nina et Anna-Liisa pénétrèrent dans la maison de Piera Kyrö. L'éleveur de rennes descendit les accueillir. Rasé de frais, vêtu de son costume traditionnel, prêt pour participer à la cérémonie de signature de la convention. Il avait l'air étonné de voir les deux femmes.

– Il y a du café chaud, dit-il en montrant la cuisine, mais je n'ai pas beaucoup de temps, je dois partir pour Kirkenes dans dix minutes. Qu'est-ce que vous voulez ?

Anna-Liisa leur servit une tasse de café. Ida, assise à la table de la cuisine, regardait les deux femmes sans qu'on pût lire ses pensées. Anna-Liisa s'avança vers elle et lui caressa l'épaule. Elle s'assit à côté d'elle et porta son regard sur Nina. L'ex-femme de Piera l'étonnait. Elle n'avait plus posé de question sur le sort de son père. Par crainte d'être déçue ? Elle devait pourtant sentir qu'il se passait quelque chose.

– Où est le Russe ?

La question de Nina stoppa Piera qui était en train de boucler sa ceinture sami. Il ne répondit pas. Ne protesta pas. C'est tout ce qui intéressait Nina.

– Question de pure convenance. Nous savons qu'il se cache dans ta cabane.

– Il ne se cache pas. Il est venu chercher refuge. Je l'ai accueilli, rien de plus. C'est un frère égaré, et nous allons renouer le lien, enfin, entre Sami russes et scandinaves.

Nina ne savait toujours pas ce qu'Anna-Liisa cachait comme secret. Elle buvait son café, posa sa main sur celle d'Ida. Mais gardait le silence. Qu'attendait-elle ? Piera était là, mais elle se taisait.

– Un frère ? Quelques jours en Russie, et vous êtes si intimes ? Alors tu sais sans doute que ton frère, comme tu dis, ton futur partenaire, est impliqué dans l'agression du garde-frontière russe ?

Visiblement, Piera ne savait pas. Il regarda Anna-Liisa, comme si elle pouvait défaire ce qui venait d'être dit.

La porte s'ouvrit. Klemet poussa devant lui Oleg Gretchko. Le Russe se dégagea de l'emprise de Klemet. Il resta dans l'entrée. L'air combattif. Mais autre chose aussi. Combattif et fatigué. Piera allait protester, mais un mouvement l'en empêcha. Anna-Liisa venait de se lever. Klemet gardait la porte. Mais le Russe ne semblait pas désireux de fuir. Nina s'attendait à une autre attitude. Anna-Liisa fut la première à briser le silence. Elle prenait sur elle, Nina le sentait. Ce Russe pouvait être lié à la disparition de son père.

Elle commença en norvégien. L'analyse de l'ADN du sang trouvé sur le couteau sami. Elle sortit le couteau enveloppé dans un plastique. Elle parlait quelques mots de russe, insuffisants, mais ses gestes étaient éloquents. Elle montrait les mains bandées de Piera et Gretchko, le couteau. Oui, le Russe hochait la tête, c'était bien le couteau que l'éleveur de Pasvik et lui avaient utilisé pour sceller leur pacte. Son regard virait de la fierté à l'inquiétude, cette dernière à peine perceptible, mais

Nina se concentrait sur lui, et elle était fascinée par la façon dont son visage pouvait exprimer tant de sentiments en si peu de temps. Au point qu'il devenait impossible de l'interpréter. À moins qu'il ne s'agisse d'un profond trouble. Il jouait son va-tout. Il ne semblait pas comprendre pourquoi la chercheuse lui parlait de ce couteau, de leur serment. Il montrait sa main bandée, hochait la tête, souriait, montrait Piera du doigt, la main de Piera, hochait la tête encore, souriait autant qu'il pouvait, mais toujours, ce regard qui pouvait l'espace d'un éclair exprimer tant d'autres états. Gretchko devait savoir que les choses n'allaient pas s'arrêter là. Nina était surtout pressée de l'interroger sur l'agression du garde-frontière. Anna-Liisa traînait. Elle regardait Piera, et se lança.

– L'analyse de l'ADN du couteau montre autre chose. Que personne sans doute ici n'avait envisagé. Piera, tu as un lien de parenté avec ce Russe.

Piera s'assit lourdement sur une chaise, bouche ouverte. Pas un son n'en sortait. Nina était tout aussi stupéfaite. Comme Klemet. La vieille Ida restait impassible. Perdue dans ses rêves, visage tourné vers la fenêtre. Elle n'avait pas entendu sans doute. Peut-être valait-il mieux. Oleg Gretchko comprenait que quelque chose d'important avait été dit. Son visage n'exprimait que l'inquiétude. Anna-Liisa parla en russe. Mais elle trouvait difficilement ses mots pour formuler avec tact cette révélation. Oleg Gretchko se mit à parler, vite, son visage ne cachait plus rien, seulement l'envie de comprendre pourquoi tout le monde affichait une telle mine.

Ida, alors, se leva. Elle fit le tour de la table de la cuisine, se planta entre Piera, l'air désemparé, et Gretchko, en train de perdre pied. Et elle se mit à lui parler en russe. D'un ton rapide, lapidaire. Nina assistait à la métamorphose de la vieille Sami, elle qui la croyait à demi folle. À voir sa tête exprimer une totale surprise, le Russe devait avoir compris. Il regardait Piera, se prit la tête entre les mains. Non, semblait-il dire, impossible, il se mit à rire, à se taper le doigt contre le front. Il se mit à parler vite, à crier, offusqué, son monde basculait.

Anna-Liisa écarta les bras, incapable de traduire ce flot soudain. À la surprise générale, Ida prit le relais, avec le même ton ferme.

– Il dit que c'est impossible qu'il soit sami. Il a menti. On l'a forcé à dire ça, à signer un papier, juste pour bénéficier d'avantages, pour ce projet. Mais tout ce qu'il veut, lui, c'est creuser la terre le long de la frontière, offrir une sépulture aux soldats de la guerre qui sont toujours enterrés dans la toundra, des âmes perdues qui errent sans fin sous terre.

– Qu'est-ce qu'il a dit ?

Klemet venait d'attraper le Russe par le bras. Il répéta sa question à Ida. Elle le fixa.

– Toi aussi, tu es sami.

Ce n'était pas une question.

– Alors tu sais que les âmes marchent sous les montagnes.

Klemet lâcha le bras du Russe. Comme s'il avait pris une décharge électrique. Le Russe, qui s'était arrêté un instant, surpris de la réaction de Klemet, reprit de plus belle. Ida continua à se faire son porte-parole. Le Russe était de plus en plus agité.

– Il dit que cette histoire est folle, que nous sommes tous fous si nous croyons ce que raconte ce couteau.

Nina ne comprenait plus. Oleg Gretchko ruinait toutes ses chances, maintenant. Pire, il paraissait effrayé.

– On ne ressort pas des morts ! Dire que je suis sami ? Vous êtes fou ! C'est comme déterrer des morts ! Vous croyez que c'est un jeu !?

Gretchko se cherchait un allié, prenait tout le monde à témoin, il ne comprenait rien, peut-être croyait-il à un piège, c'était plausible. Il continuait à éructer.

– On ne joue pas avec les morts ! On ne joue pas ! Vous n'avez pas le droit de m'enterrer vivant ! Ce n'est pas moi !

Nina voulait qu'on en finisse, elle s'avança vers le Russe qui se réfugia derrière Ida.

Anna-Liisa tapa du poing sur la table. Cela faisait un moment, à écouter les explications confuses du Russe, qu'elle bouillonnait. Elle se leva.

– Et Pekko Virtanen, ce n'est pas toi non plus ?

Ce fut au Russe d'hésiter. Le silence se fit pendant de longues secondes. Que disait son visage ? Ces lèvres qui tremblaient ?

– Le Finlandais ?

Oleg Gretchko regarda Anna-Liisa droit dans les yeux.

– Je sais où il est.

69

Samedi 1er mars.
Lever du soleil : 8 h 24. Coucher du soleil : 17 h 58.
9 h 34 d'ensoleillement.

Nikel.

Il y avait ce vent qui soufflait du nord, de l'océan Arctique. Un jour comme ça, on restait claquemuré chez soi si on pouvait. La bise mettait en mouvement les branches chargées de neige durcie des bouleaux qui les entouraient. On entendait à peine le passage des voitures qui longeaient la haie d'arbres. Elle faisait écran entre le cimetière de Nikel et la route qui reliait la ville au poste-frontière. Une haie entre la vie et la mort. Il suffisait de peu parfois. Cette bise dans les branches ne suffisait pas à donner vie à cet instant. La police russe avait bouclé la zone. Des jeunes gars frigorifiés qui avaient sécurisé le périmètre. La menace, pourtant, paraissait levée.

On avait appris le matin même que le corps de Krazimir Chadoff avait été retrouvé à l'entrée d'un enclos à rennes, non loin de Lovozero. Pour une raison inconnue, le Russe s'était trouvé à l'entrée d'un corral au pire moment, lorsqu'un troupeau de quatre cents rennes lancés par des bergers de la 9e brigade pour rejoindre l'enclos de tri se précipitait à pleine vitesse. Les premiers rennes s'étaient d'abord bousculés pour l'éviter, mais la masse l'avait percuté, éborgné, écorché, piétiné. Il n'en restait que de la bouillie. Il avait été identifié par ses vêtements et bijoux. Le berger témoin du drame, Vitali Tukavin, ne s'expliquait pas la décision de Chadoff. Il disait l'avoir mis en garde du danger imminent. La police allait toutefois ouvrir une enquête. Apparemment, elle s'interrogeait sur les marques de corde à un poignet retrouvé à peu près intact, enfoncé dans la boue glacée.

Klemet essayait d'imaginer les derniers instants de ce Chadoff, quand il avait vu foncer sur lui ce troupeau furieux, cette forêt de bois prêts à le hacher. Aucun moyen d'échapper, sûrement. Piétiné par des centaines de rennes affolés. Lesquels étaient les plus affolés ? Il plaignait les flics russes qui allaient ramasser cette purée.

Oleg Gretchko ne devait pas être encore au courant de la mise hors-jeu de Chadoff. Klemet attendait le bon moment pour le lui signaler. Chadoff mort, Gretchko parlerait plus facilement. La veille, il avait commencé à craquer. Il s'était écroulé chez Piera. Face à Anna-Liisa. Il avait levé un coin du voile, qui leur avait permis de se trouver aujourd'hui dans ce cimetière sinistre de Nikel. À l'époque, Chadoff, vétérinaire de l'administration, régnait sur toutes les activités liées à l'élevage. Il empochait à chaque étape. Toujours plus. Anna-Liisa s'était énervée. On le savait, on l'avait compris. Gretchko allait-il jouer les victimes ? Le Russe, ratatiné dans un coin de la cuisine, s'était lentement relevé.

– Si ton père a disparu, avait-il dit, c'est parce qu'il a refusé de continuer à payer quand Chadoff devenait de plus en plus gourmand. De ce jour, ton père était devenu un danger pour ses affaires.

Gretchko était maintenant planté devant une tombe du cimetière de Nikel que des fossoyeurs avaient mission d'ouvrir. L'exhumation avait été décidée en procédure accélérée après intervention des plus hautes autorités. De part et d'autre de la frontière, on avait convenu d'étouffer cette affaire qui ne servait pas les relations entre les deux pays. La mort du lieutenant Pavel Zubkov ne devait en rien entacher le corps des gardes-frontières du FSB, les Russes en avaient rapidement convenu. Les Norvégiens avaient de leur côté accepté de rapatrier sans attendre le cadavre de Pavel Zubkov. C'était d'ailleurs une sensation bizarre. Ils étaient arrivés en convoi ce matin de Kirkenes à Nikel, y compris le corbillard maintenant garé sur le parking du cimetière, en attendant de poursuivre sa route vers l'Institut médico-légal de Mourmansk.

En échange, les Russes avaient facilité la délivrance miracle et instantanée d'autorisations qui en temps normal auraient pris des semaines voire des mois à être obtenues, au prix de complications administratives ubuesques. La justice russe avait en outre garanti au tribunal de Vadsø, dont dépendait Kirkenes, qu'elle ne réclamerait pas l'extradition de Piotr Potap.

Oleg Gretchko, lui aussi, avait été autorisé à revenir en Russie pour l'exhumation, mais il serait ramené ensuite à Kirkenes pour la poursuite de l'enquête.

Klemet restait aux côtés de Gretchko, qu'il encadrait avec Jaakoppi Kujala. Nina se tenait deux pas derrière, avec Ellen Hotti, venue en personne superviser l'opération pour représenter les autorités norvégiennes.

– Je ne m'attendais pas à ce que les Russes nous lâchent Piotr aussi facilement, chuchota Klemet à la commissaire Hotti.

– Je te cite ce que m'a dit le cabinet de la gouverneure de Mourmansk que j'ai eu au téléphone ce matin : « Gardez cette merde de Potap, cadeau. »

– Bref mais explicite, commenta Klemet.

Hotti opina, tremblante de froid.

– Dis, Klemet…

Il se tourna vers la commissaire principale du Finnmark.

– Tu promets de ne pas faire de scandale parce qu'on doit mettre le couvercle sur cette affaire, on est bien d'accord ?

– Diplomatie de merde.

– Laisse les Russes faire le ménage de leur côté.

– Et nous ? On va enterrer à nouveau Pekko Virtanen ? Pour ne pas faire de vagues ?

– C'est compliqué…

– Vraiment ?

Sur le côté, Piera Kyrö tenait par les épaules Anna-Liisa Virtanen. Klemet essayait de ne pas trop y penser, la jalousie n'avait pas sa place ici. Comment allait-elle gérer le retour du corps de son père ? Toutes ces rumeurs qui pendant des années avaient jeté l'opprobre sur Pekko Virtanen, celui qui faisait le sale business avec les mafieux, celui dont la disparition avait arrangé tout le monde.

En cet instant, ils étaient tous égaux face au vent glacial qui leur claquait au visage.

Klemet avait une autre raison de se sentir l'égal de Piera dans ce moment particulier. L'éleveur de Pasvik voyait son rêve d'effacement des frontières s'évanouir maintenant qu'il réalisait que le côté russe s'écroulait. Il recollait bien sûr une partie de l'histoire brisée de sa famille, avec la vieille Ivanna de Teriberka et cette parenté improbable avec Oleg Gretchko.

Klemet aussi venait de se prendre une gifle. Il avait découvert la veille au soir le courriel tant espéré. La direction de l'Agriculture du Finnmark rejetait sa demande de marque. Réponse sèche.

Association à une part de siida selon le paragraphe 10 alinéa 2 : condition remplie.

Parent ou grand-parent ayant eu l'élevage comme occupation principale : condition non remplie.

Demande rejetée. En cas de contestation, s'adresser à la commission des recours.

D'autres frontières, visibles ou invisibles. Il s'en voulut de ne pas avoir accepté l'aide de Todd pour fouiller les archives. D'avoir cru que les Sami n'avaient pas à prouver qu'ils avaient toujours été là. L'histoire s'acharnait contre lui, contre Piera.

Les fossoyeurs creusaient la terre gelée, ils transpiraient malgré le froid. Leur souffle rauque perçait le souffle du vent. Pour le reste, tout le monde attendait. Le bruit irrégulier du vent, quelques aboiements parfois, le craquement des branches, le bruit des bottes sur la neige quand quelqu'un changeait de position, le ronflement des véhicules.

De leur convoi arrivé de Norvège, un autre véhicule était garé à côté du corbillard. Son coffre était grillagé. Des aboiements en sortaient. Gagarine avait fait partie du deal. L'autre chien qui avait été neutralisé en même temps que lui avait été anesthésié. Gagarine s'en sortirait avec une quarantaine avant d'être rendu à la fille du lieutenant. Elle se tenait là, en retrait, aux côtés d'un prêtre orthodoxe et de l'adjudante-chef Natalya Pimenova, en grand uniforme, l'air sombre. Elle ne jouait plus.

Les fossoyeurs se relayaient, s'acharnaient sur cette terre de Pasvik qu'Oleg Gretchko avait tant voulu retourner pour mettre un terme à l'errance des sacrifiés.

Ils cognèrent un couvercle en tôle qu'ils commencèrent à dégager avec plus d'égards. Oleg Gretchko paraissait plus nerveux. Piera, à quelques mètres de lui, entourant toujours Anna-Liisa, ne le quittait pas des yeux. L'éleveur de Pasvik avait vu tous ses rêves de pâturages russes s'envoler. Mais la parenté nouvelle avec cet homme qui avait tenté de le manipuler devait le perturber.

Klemet s'avança de quelques pas, pour se placer entre les deux hommes, en faisant un signe à Kujala pour qu'il traduise. Gretchko devait des explications à Piera Kyrö.

Klemet chuchota d'abord à l'oreille de son collègue finlandais, qui transmit au Russe. Gretchko hocha la tête un bon moment avant de répondre, traduit par Kujala. Les trois hommes et Nina semblaient maintenant hors de la scène qui se déroulait autour d'eux. Ils chuchotaient, leurs yeux passaient de l'un à l'autre, rien d'extérieur ne pénétrait, ni bruit ni regard.

Oleg Gretchko racontait, sans morgue, il ne comprenait toujours pas comment il pouvait être sami. Dans sa famille, on lui avait toujours dit qu'à l'époque des purges, son grand-père avait été un membre vaillant et discipliné du NKVD. Oleg avait grandi avec cette idée, avant de l'oublier au plus profond de lui, quand il avait appris que les hommes du NKVD, pendant la Grande Guerre, pourchassaient et exécutaient les soldats accusés de désertion ou de défaitisme.

Kujala lui donna un coup de coude, aussi discrètement que possible, pour le ramener à ses questions.

– On s'en fout de ta vie de merde, murmura Kujala. Cette histoire d'abattoir, avec Chadoff, c'est quoi votre bordel ? À propos, Chadoff, on l'a retrouvé mort ce matin.

Gretchko avait regardé Klemet, Nina et, au-delà, Piera. L'éleveur se sentit observé. Il s'approcha du petit cercle qui s'ouvrit pour lui faire place.

Gretchko reprit. Depuis qu'il avait dû renoncer à son métier de vétérinaire, Chadoff s'était lancé dans le business du tourisme pour les nouveaux riches russes qui chassaient des quantités énormes de rennes laissés à pourrir dans la nature. Chadoff était bien conscient que les autorités russes n'acceptaient plus ça. Quand il avait entendu l'histoire de Piera qui voulait récupérer ses pâturages côté russe, il avait imaginé ce plan. La réouverture de l'abattoir permettrait d'écouler et d'exporter officiellement les énormes stocks illégaux de viande de renne chassés par les touristes, en les mélangeant aux rennes officiellement abattus par les éleveurs.

– C'est pour ça qu'il fallait la capacité de cet abattoir, cette homologation de l'UE et tout le reste.

Chadoff avait sous la main un vétérinaire prêt à jouer le jeu, comme lui-même l'avait fait dans le passé. Il savait y faire. Piotr Potap aurait signé tous les papiers qu'il fallait.

Oleg Gretchko regarda longuement Piera.

– Mais le projet de pâturage, c'était un beau projet, non ?

– Et c'est moi que tu aurais éliminé quand je me serais rendu compte de votre trafic ?

Oleg Gretchko ne répondit pas.

Les fossoyeurs soulevèrent la plaque métallique. Anna-Liisa se mit à pleurer en silence. Piera revint la soutenir. Klemet s'approcha, en même temps qu'un inspecteur russe. Un fossoyeur sauta dans le trou. Il dévissa des écrous qui fermaient un gros coffre en bois moisi. Tout était gelé. Les fossoyeurs se relayèrent à nouveau.

Ils retirèrent enfin la planche et sortirent.

Au moins trois squelettes étaient allongés les uns à côté des autres.

L'inspecteur russe se tourna vers Klemet.

– Quand vous en aurez fini avec Gretchko, il faudra nous le rendre, on aura deux ou trois questions à lui poser…

Klemet regarda Oleg Gretchko.

– C'est pas moi qui l'ai tué. J'ai fait que transporter le corps, je vous jure.

Gretchko se ratatinait. Les deux policiers russes qui l'encadraient le soutinrent par les aisselles.

– Lequel est Pekko Virtanen ?

À sa question, Klemet entendit un gémissement qu'Anna-Liisa n'avait pas réussi à retenir. Piera la serra plus fort. Nina aussi la soutint.

– Celui du milieu. Celui avec un médaillon de la mort, où j'ai…

– Les autres ?

Gretchko secoua la tête.

– Des Vlad, des Grigori.

Klemet regarda l'inspecteur russe qui lui fit signe de la tête. Anna-Liisa ne quittait pas des yeux le contenu du cercueil. Tout à l'heure, en passant la frontière avec elle, elle l'avait fait arrêter devant une cabane peinte au rouge de Falun, quelques centaines de mètres avant le poste-frontière de Storskog. Elle était sortie et s'était dirigée jusqu'au pied de la cabane, avait pris une planche en bois au pied de la fenêtre de gauche. Et l'avait jetée dans la neige, au loin, sans un mot en remontant dans la voiture.

Maintenant, le regard d'Anna-Liisa restait fixé sur le cercueil au pied de Klemet.

Il enfila des gants spéciaux, se pencha et dévissa le vieux médaillon. Il en tira un papier, le déroula. Un bout de photo. Une jeune fille au sourire éclatant, prête à croquer la vie, aux côtés d'un homme, fier. Klemet tendit la photo. La même qu'au labo. Anna-Liisa la prit. Elle ferma les yeux.

La tombe aussi se referma. Sur les Vlad et sur les Grigori. Leur errance sous la terre de Pasvik se poursuivait.

Remerciements

Comme souvent, les idées de mes livres surgissent de mes carnets de reportages accumulés au fil des ans et soigneusement conservés. J'ai eu la chance de travailler pour des médias qui font du reportage un fondement de leur mission et m'ont permis ce ratissage de terrain dans ces confins d'Europe, *Libération* d'abord, jusqu'en 2005, puis *Le Monde* pendant plus d'une douzaine d'années, sans oublier un documentaire pour *France 5* sur la police des rennes ou encore le magazine *Long Cours*, sur la trace des derniers chamans de Laponie.

J'ai eu la chance de travailler sous ces latitudes avec de formidables photographes que je vous invite à découvrir, Olga Kravets (http://olgakravets.com/) et Céline Clanet (http://www.celineclanet.com/).

Parmi ceux qui m'ont éclairé au fil des ans pour ce roman :

En Norvège

Thomas Nilsen et Atle Staalesen, les journalistes et amis du site anglophone *The Barents Observer* (https://thebarentsobserver.com/), formidable source d'information pour tous les passionnés par cette région en plein bouleversement.

Rolf Randa, Knut Magga, Eli Rajala Lautz, Torkel Rasmussen, dans la vallée de Pasvik, qui m'ont guidé sur le choix et l'utilisation de certains noms propres et mots en sami du Nord, en fonction des dialectes.

Egil Kalliainen, leader du district d'élevage de rennes 5A/C dans la vallée de Pasvik (si j'en emprunte le nom et certains attributs, le district d'élevage de ce roman n'est bien sûr pas un miroir du vrai).

Rune Rafaelsen, le bouillonnant maire de Kirkenes.

Ellen Katrine Haetta, commissaire responsable des forces de police du Finnmark.

Steinar Wikan, fondateur du centre de recherche Nibio dans la vallée de Pasvik, grand connaisseur de la péninsule de Kola.

Cornelya Klutsch, chercheuse au centre Nibio, vallée de Pasvik, spécialiste des ours bruns.

En Suède

Lars Anders Baer, ancien directeur du parlement sami de Suède, passionné par l'histoire de son peuple.

Jörgen Heikki, journaliste du service sami de *SR*, la radio publique suédoise.

Olof T. Johansson et Anders Kråik, éleveurs sami de Suède qui m'ont aidé depuis longtemps.

Birger Wallström, que j'avais rencontré à Lovozero, en Russie, à l'époque où il lançait un abattoir pour viande de renne.

En Russie

À Nikel,

Larissa Vonogradova, qui tente de recueillir les chiens errants de Nikel ;

Alexander Fedukhin, qui m'a ouvert, dans la maison de la culture de Nikel, les portes de son incroyable musée dédié aux disparus du front de Litza. Que ses recherches soient fructueuses.

À Teriberka,

Irina Nikolaeva, directrice de la petite bibliothèque, qui m'a initié au poète local Vladimir Smirnoff ;

Olga Nikolaeva, ancienne professeure de littérature qui animait le fameux chœur des Pomor ;

Valeri Chatchaturov, qui rêvait de survie et de liberté sur les rives de Teriberka ;

Nadejda, chamane sami russe rencontrée à Shonguy, près de Mourmansk.

Les marins russes pêcheurs de crabes, les gardes-frontières norvégiens et finlandais (merci au colonel Jan Marius Nilsen, qui m'a permis de patrouiller avec la compagnie Pasvik le long de la frontière russo-norvégienne).

Et ceux que je ne peux nommer.

Merci enfin à celles qui ont rendu ce texte lisible, mon agente Anna Soler-Pont, alias « On continue ! », mon éditrice Anne Marie Métailié, aussi intrépide que passionnée, Liliane Guillard, Anna Marck et Céline Égéa dont la pointe du stylo rouge ne tremble jamais, et bien sûr Malou, qui supporte mes doutes et divagations avec une belle constance.

RÉALISATION : NORD COMPO À VILLENEUVE-D'ASCQ
IMPRESSION : CPI FRANCE
DÉPÔT LÉGAL : MARS 2022. N° 150394 (3046634)
IMPRIMÉ EN FRANCE